九三年

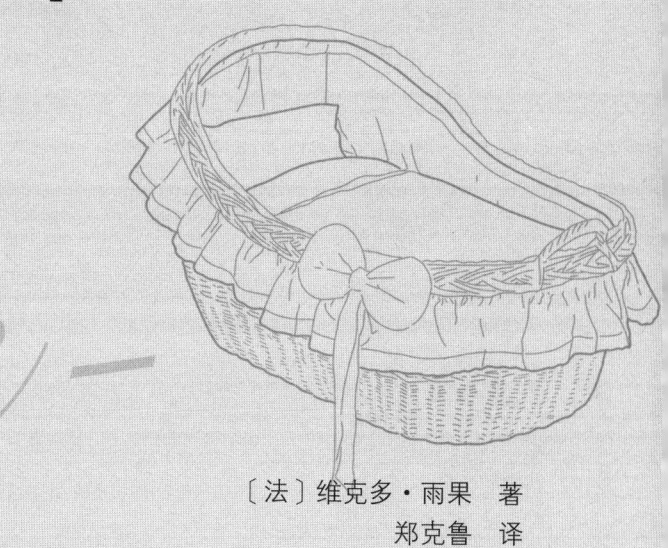

〔法〕维克多·雨果 著
郑克鲁 译

译 序

《九三年》是雨果晚年的重要作品,也是他的最后一部小说。

雨果在《笑面人》(1869)的序中说过,他还要写两部续集:《君主政治》和《九三年》。前者始终没有写成,后者写于1872年12月至1873年6月,1874年出版。这时,雨果已经流亡归来;他在芒什海峡的泽西岛和根西岛度过了漫长的19年,始终采取与倒行逆施的拿破仑三世势不两立的态度,直到第二帝国崩溃,他才凯旋般返回巴黎。可是,一波未平一波又起:他要面对普法战争的悲惨战祸和巴黎公社社员的浴血斗争,眼前的现实给他留下难以忘怀的印象,再一次激发了他的人道主义思想。他早就有心通过大革命时期旺代地区保王党人的叛乱事件,阐发自己的思想。这个念头早在1862年底至1863年初就已经出现,如今写作时机成熟了。

雨果在致友人的信中说:"天主会给我生命和力量,完成我的敌人称之为庞大得出奇的巨大计划吗?我年迈了一点,不能移动这些大山,而且是多么高耸的大山啊!《九三年》就是这样一座大山!"显而易见,在雨果的心目中,《九三年》分量很重,他轻易不肯动笔,因而酝酿的时间有十多年之久。

雨果在写作之前阅读了尽可能多的材料,做了充分的了解历史背景的工作。关于大革命时期布列塔尼地区的叛乱,他看了皮伊才伯爵的《回忆录》(1803—1807)、杜什曼-德斯波的《关于舒安党叛乱起源的通信》(1825),从中借用了人物、名字、方言土语、服装和生活方式的细节,还有各个事件。关于公安委员会的活动，他参阅了加拉、戈伊埃、兰盖、赛纳尔等人的回忆录。关于国民公会，他参阅了《旧通报》汇编。他研读了米什莱、路易·布朗、梯也尔、博南的著作；博南的《法国大革命史》里还保留了他写的一条书签，上写："1793年5月31日，关键局势。"这一天成为小说的出发点。他还使用过拉马丁的《吉伦特党史》、阿梅尔的《罗伯斯庇尔史》和他的朋友克拉尔蒂的《最后的几个山岳党人史实》。另外，赛巴斯蒂安·梅尔西埃的《新巴黎》给他提供了1793年的法国生活和堡垒建筑的宝贵材料。雨果并没有被这一大堆材料所左右，而是驾驭这些材料，创作出一部生动而紧张的历史小说。应该说，雨果对法国大革命并不陌生，他生于1802年，父亲是拿破仑手下的一个将军，而母亲持保王党观点。雨果的童年和青少年时期经历了大革命的变迁。对于这场人类历史上翻天覆地的社会变革，他有切身的感受。不过这时雨果早已改变了早年的保王派观点，他从19世纪20年代末开始逐渐成为共和派，他是以共和派的观点去看待这场革命的。

　　雨果不想写一部通俗的历史小说，他不满足于描写法国大革命的一般进程，而是想总结出某些历史经验。《九三年》这部历史小说的切入角度是独具慧眼的。雨果选取了大革命斗争最激烈的年代作为小说的背景。1793年是大革命生死存亡的一年：在巴黎，雅各宾派取代了吉伦特党，登上了历史舞台；面对得到国外反法联盟支持的保王党发动的叛乱，以及蠢蠢欲动的各种敌人，雅各宾派实行恐怖政策，毫不留情地镇压敢于反抗的敌对分子；派出共和军前往旺代等地，平定叛乱，终于使共和国转危为安。雨果在小说中指出："九三年是欧洲反对法国和法国反对巴黎的战争。大革命是什么？它是法国对欧洲和巴黎对法国的胜利。因此，九三年，这可怕的一刻震古烁今，比这个世纪的其他时刻都更加伟大。"

译　序

他又说："九三年是紧张的一年。暴风雨来临，那样怒不可遏，那样气势磅礴。"以这一年发生的事件来描写大革命，确实能充分反映人类历史中最彻底的一次反封建的资产阶级革命。雨果尊重历史，如实地展现了革命与反革命斗争的残酷性，描写出这场斗争激烈而壮伟的场面。在小说中，保王党叛军平均每天枪杀三十个蓝军，纵火焚烧城市，把所有的居民活活烧死在家里。他们的领袖提出："绝不宽恕，毫不赦免。"保王主义在一些地区，如布列塔尼，拥有广泛的基础，农民盲目地跟着领主走。他们愚昧无知，如农妇米雪尔·弗莱沙尔不知道自己是法国人，又分不清革命和反革命；她的丈夫为贵族卖命，断送了性命；乞丐泰尔马什明知政府悬赏六万，捉拿叛军首领朗特纳克，却把他隐藏起来，帮助他逃走。农民的落后是发动叛乱的基础，小说真实地反映了这种社会状况。面对贵族残忍的烧杀，共和军以牙还牙，绝不宽恕敌人。在雅各宾派内部，三巨头——罗伯斯庇尔、丹东、马拉，虽然政见有分歧，但都一致同意采取强有力的手段。他们选中主张"以恐怖对付恐怖"的西穆尔登为特派代表，颁布用极刑来对待放走敌人的严厉法令。因为要保存革命成果，就不得不用暴力来对付暴力。

其次，雨果正确评价了雅各宾派专政时期实行的一系列政策。他把国民公会喻为酿酒桶，桶里"虽然沸腾着恐怖，也酝酿着进步"。国民公会宣布了信仰自由，认为贫穷应受尊敬，残疾应受尊敬，母亲和儿童也应受尊敬；盲人和聋哑人成为受国家监护的人；谴责贩卖黑奴的罪恶行为；废除了奴隶制度；颁布了义务教育制；创立了工艺陈列馆和博物院；统一了法典和度量衡；创办了电报、老年人救济院、医院；创建了气象局、研究院。这一切措施都放射出灿烂的思想光芒，造福于人民。进行大革命乃是启蒙思想家的理想，是以先进的资产阶级文明代替愚昧落后的封建体制。

至今，上述各项措施继续起着良好作用，并普及到世界各国。

对法国大革命和一七九三年的阶级生死搏斗的正确描写，是这部小说的基本价值所在。雨果捍卫法国大革命，包括雅各宾派一系列正确政策的立场，鲜明地表现了他的民主主义思想，体现出真知灼见。《九三年》以雄浑的笔触真实地再现了18世纪末的法国历史面貌，既有描写英国舰队对法国的虎视眈眈和对叛乱的支持，又有对流离失所的农民悲惨生活的反映；既有对雅各宾派首脑唇枪舌剑争论不休的再现，又有对血肉横飞的两派军队你死我活的战争描述，总之，不愧为描绘法国大革命的一部史诗。

不过，对于雅各宾派的所作所为，雨果并没有完全加以肯定。

雅各宾派为什么会失败？人们有各种各样的看法。雨果也进行了哲理的沉思。在他看来，尽管一方面是刀光剑影，以暴力对付暴力，但另一方面应有仁慈，要以人道对人道或非人道。他认为，雅各宾派滥杀无辜，没有实行人道主义政策，以致垮台。这一沉思再现在小说结尾。人们历来对这个结尾争论不休，难以得出结论，小说的魅力却很大程度来自此。从艺术上看，《九三年》的结尾是出人意料的，同时写得扣人心弦。

叛军首领、布列塔尼亲王朗特纳克被围困在拉图尔格城堡，他让副手出面，要求以被他们劫走的三个孩子作为人质来交换，请蓝军放了他们，遭到拒绝。可是朗特纳克得到帮助，竟然从地道逃了出来。突然，他听到三个孩子的母亲痛苦的喊声：三个孩子快要被大火吞没了。朗特纳克毅然折回来，冒着危险，救出三个孩子，他自己则落在共和军手里。远征军司令郭文震惊于朗特纳克舍己救人的人道主义精神，思想激烈斗争，认为应以人道对待人道，放走了朗特纳克。

特派员西穆尔登是郭文小时候的老师，他不顾广大共和军战士的哀求，坚

译　序

决执行"要将放走被俘叛乱分子的一切军事首领处以死刑"的法令，铁面无情地将郭文送上断头台。就在郭文人头落地的一刹那，他也开枪自杀了。

西穆尔登、郭文和朗特纳克是小说中的三个主要人物，他们之间的纠葛从政治观点的敌对，转化为是否实施人道主义的尖锐冲突。

雨果认为："人类古老的怜悯心，这是一种普世的积淀，存在于所有人的心灵里，甚至在最冷酷无情的心灵里。"朗特纳克的情况就是这样，那个母亲的喊声唤醒了他的慈悲心，"他从堕入的黑暗中又回到光明。他策划了罪恶行动，又消除了行动。他值得称道的地方在于：没有坚持到底当恶魔"。朗特纳克不再是杀人者，而是救人者；不再是恶魔，这个拿着屠刀的人变成了"光明的天使"；他赎回了种种野蛮行为，救了自己的灵魂，变成无罪的人。

小说这种戏剧性的变化像异峰突起，使矛盾达到白热化。如何处置与评价朗特纳克和郭文的行为，构成了人物之间的冲突，也引起读者不同的看法。毫无疑问，与其说是郭文在沉思，不如说这是雨果的想法。倘若朗特纳克是个一般的保王党人或一般的叛军指挥官，他舍身去救三个处在大火包围中的孩子，那么这还是可以想象的。令人费解的是，朗特纳克是个异常冷酷的人，他曾经毫不怜悯地枪杀蓝军中随军的女小贩，是他劫走了三个尚不懂事的孩子，作为向共和军要挟的人质；也正是他主使放火烧死他们。试问，这样铁石心肠的人，内心怎么还能容纳得下人道主义思想？他怎么会在一时之间改变本性，产生人道主义？

雨果并没有描绘在这一瞬间他内心的思想活动，因而读者也无从理解这一行动的可信度。不能不说，雨果没有拿出充分的依据去证明这个恶贯满盈的人（或者说恶魔），怎么会放下屠刀，立地成佛的。所以，朗特纳克返回去救三个孩子的行动，只是作者的怜悯心"存在于所有人的心灵里"这一观点十分

· V ·

概念化的图解。其实,雨果也并没有完全说服自己。西穆尔登虽然执行了政府的无情法令,却也感到自己无法在处决郭文之后生活下去,因而开枪自尽。这几乎是否定了自己的行为是绝对正确的。而且雨果通过郭文的沉思,想到"还给他(指朗特纳克)生命,他会用来致人死命","救出朗特纳克,就是要牺牲法国;朗特纳克的生命,要换来一大批无辜者的死"。这从一个侧面表明了郭文放走朗特纳克的行动包含了谬误。

郭文的行动是描写得有根有据的。雨果早有交代,说他在打仗时很坚强,可是过后很软弱;他待人慈悲为怀,宽恕敌人,保护修女,营救贵族的妻女,释放俘虏,给教士自由。但郭文的宽大不是无原则的,他曾对西穆尔登说,他赦免了战败后被俘获的300个农民,因为这些农民是无知的,但他不会赦免朗特纳克,因为朗特纳克罪大恶极,即使是他的叔祖也罢。法兰西才是他最亲的,而朗特纳克是祖国的叛徒,他要把英国人引狼入室。他和朗特纳克势不两立,只能你死我活。

然而,郭文又有一些想法,与他的司令官身份很不相称。例如,他认为路易十六是一只被投到狮子堆里的羊,想逃命和防卫是很自然的,虽然一有可能便会咬人,最主要的是,他认为:推翻帝制不是要用断头台来代替它,打掉王冠,但是要保护人头,革命是和谐,"对我来说,赦免是人类语言中最美好的字眼"。这些观点为他后来的行动埋下了伏笔,虽然这是雨果的观点,但与人物的思想是融合在一起的。

郭文的行动和雨果对雅各宾派的看法有关。雨果对雅各宾派的恐怖政治是颇有微词的。在他的笔下,雅各宾派三巨头狂热多于理智,只知镇压,不懂仁政,语言充满火药味,浑身散发出平民的粗俗气息。他们所执行的恐怖政治在一定条件下起了作用,但同时也包含着弊病。郭文认为对旧世界是要开刀的，然而外科医生需要冷静，而不是激烈，"恐怖政治损害革命的名誉"，共和国不需要一个"令人害怕的外表"。从这种观点出发，郭文放走朗特纳克是顺理成章的。应该说，雨果在小说里发表的见解既非全对，亦非全错。对于保王党人的武装叛乱和屠杀平民的行为，革命政权只有以眼还眼，这样才能保存自身。但也无可讳言，雅各宾派矫枉过正，存在滥杀现象，这就是雅各宾派的专政维持不了多久，连罗伯斯庇尔也上了断头台的原因。据马迪厄的《法国革命史》考证，1794年，当局嫌断头机行刑太慢，便辅之以炮轰、集体枪毙、沉船，一次就处死几百人。因此，雨果提出胜利后应实施宽大政策，是针对革命政权的极端政策而发的，具有合理、正确的因素。《九三年》是较早对雅各宾派的极左政策提出异议的小说。19世纪末法朗士的代表作《诸神渴了》就进一步描写了雅各宾派杀人太多，以致监狱人满为患，出现了不仅罗伯斯庇尔而且他的忠实信徒也上了断头台的悲剧。

郭文之所以放走朗特纳克，是基于这样的考虑：敌人也能实行人道主义，共和军就不能实行人道主义吗？这里雨果走向了另一个极端。他的观点集中表现为这样一句话："在革命的绝对之上，有着人道的绝对。"雨果将革命和人道主义割裂开来是错误的。革命和人道主义可以统一，而且应该统一起来。

就拿资产阶级革命来说，这是对罪恶的、不人道的封建制度的清算，而代之以更人道的社会制度；自由、平等、博爱，就是以人道主义为基础的，比起封建主义的人身依附关系、贵族特权、森严的等级制度要前进一大步。然而，在有敌对阶级存在的社会中，尤其在尚未取得最终胜利的紧急关头，不可能也不应该实行宽大无边的、绝对的人道主义，否则就是对人民的不人道。以朗特纳克来说，就算他救出三个孩子，自己束手就擒，对于革命的一方来说，完全可以根据他的情况做出合理的符合人民利益的判决，而不一定处以极刑。当然，共和军不会这样处理，这就反映了雅各宾派的政策过于绝对，过于严厉。但是，放走了他，后果会怎样呢？正如郭文自己意识到的那样，他必然与革命政府为敌，再次纠集叛军，攻打共和军，屠杀无辜的百姓，犯下非人道的罪行。从效果看，郭文放走朗特纳克的行动，对人民是不符合人道原则的。以上分析说明，无论雅各宾派，还是雨果本人，都未能处理好革命与人道的问题。

西穆尔登是作为郭文的对立面而出现的，虽然他也是一个革命者。小说中，他是革命政府的化身。尽管他早先是教士，但他爱憎分明。他可以用嘴去吸一个病人喉部的脓疮，可他不会给国王干这件事。他认识到革命的敌人是旧社会，革命对这个敌人是毫不仁慈的。然而，他是一个冷酷无情的人，没有人看见他流过眼泪，他自认为自己不会犯错误，别人对他无可指摘。他既正直又可怕。他虽然崇高，但这"是在孤立、在悬崖、在冷淡的苍白中的崇高，是在峭壁环绕中的崇高"。

西穆尔登忠于雅各宾派的信条和各项恐怖政策。他向委任他的国民公会保证："如果委托给我的那个共和派司令官有闪失，就处以死刑。"他屡次警告郭文："在我们这个时代，怜悯可能成为背叛的一种方式。"他的誓言都成了事实。在判处郭文死刑之后，他再一次和郭文交锋。郭文纵横捭阖，畅谈他的理想，西穆尔登无言以对，败退下来。他承认郭文的话有道理，但是他不可能改变自己的观点，内心处于不可克服的矛盾之中。"他盲目自信，像箭一样只见目标，直奔而去。在革命中，没有什么像直线那样可怕。"他亲手处死了自己"精神上的儿子"和学生、他的战友，最后在痛苦和惶惑中开枪自尽。通过他的悲剧，雨果批判了只讲暴力、不讲人道，只知盲目执行、不会灵活处置的革命者。西穆尔登是有代表意义的、相当真实的一个形象。

作为浪漫派的领袖，雨果的浪漫手法在《九三年》中得到了充分的表现。

译 序

雨果的一个重要的浪漫手法是将无生命的或非人的事物,描绘得如同有生命的物体一样神奇,动人心魄,令人惊叹,小说第二章对战舰上大炮的描写是一个很好的例证。在这艘名为克莱摩尔号的军舰上,一尊大炮从炮座上滑脱了,它变成了一头怪物,在舰上滚来滚去,旋转、冲撞、杀害、毁灭,又像撞城锤撞击城门:

> 物质进入了自由状态,好像永恒的奴隶在复仇;仿佛我们称之为无生命的物体中的恶意逃逸出来,骤然爆发;它像是失去了耐心,在暗暗地进行一场奇怪的报复;没有什么比无生命的东西愤怒起来更加毫不留情。这狂暴的庞然大物像豹子一样跳跃,像大象一样沉重,像老鼠一样灵活,像斧头一样不屈不挠,像波涛一样出其不意,像闪电一样猛击,像坟墓一样没有听觉。它重一万斤,像孩子的球一样弹跳。它在旋转中突然直角拐弯。怎么办呢?怎样让它停下来?让一场风暴停息,一场飓风过去,一阵狂风降落,替换一根折断的桅杆,将进水窟窿堵住,将一场火灾扑灭;但同这个青铜的庞然大物打交道会变得怎样?有什么办法控制住它?你可以让一条看门狗听话,让一头公牛惊呆,让一条蟒蛇迷惑,唬住一头老虎,让一头狮子温顺;但对付这个怪物,这门离座的大炮却束手无策。你不能杀死它,它是死的;而同时它又活着。它靠来自无限的不祥的生命。它下面有摇晃它的甲板。它被船晃动,船被大海晃动,大海被风晃动。这毁灭者是一个玩具。船、浪、风,这一切掌握它;它可怕的生命由此而来。拿这个齿轮机械怎么办呢?

这门大炮完全解除了军舰的战斗力。雨果丰富的想象力将这个场面描绘得令人叹为观止。就是在这样一个悲壮的场面中,朗特纳克出场了,显出他的严厉、冷峻和刚毅。这个阴森森的场面给小说定下了悲剧的调子。雨果以这样的笔法,营造出残酷的、命运捉摸不定的气氛,具有浓郁的浪漫色彩。雨果认为这种浪漫手法同样能达到真实。他在小说中说:"历史有真实性,传奇也有真实性。传奇的真实和历史的真实有不同的性质。传奇的真实是以现实为结果的虚构。"浪漫手法与写实手法殊途同归。

众所周知,雨果是运用对照手法的大师。他在《克伦威尔·序言》中曾经指出:"丑怪就存在于美的旁边,畸形靠近优美,滑稽怪诞藏在崇高的背面,恶与善并存,黑暗与光明相伴。"这条准则始终指导着雨果的创作。《九三年》同样运用对照手法,不过,这部小说不像《巴黎圣母院》那样,运用人物形体的对照或形体与心灵的对照,也不像《悲惨世界》那样,以成对人物做对比。《九三年》中三个主要人物的对比表现在思想上。朗特纳克残酷无情,顽固不化,具有不达目的不罢休的坚定,也具有成为领袖的威严和果敢。他心中并无一丝人道感情,只是最后才人性复现。西穆尔登同样坚定不移,朗特纳克坚信保王主义,他则坚信共和主义,特别是坚信恐怖政治。他反对实施仁慈,不相信人道主义是放之四海而皆准的原则。应该说,他比朗特纳克心肠更硬,对维护自己的信念更加一丝不苟。这两个人物都受到雨果的批判。郭文既有革命的坚定性,又有面对复杂现实的灵活性。他是雨果心目中人道主义的化身,他为了人道主义不惜牺牲自己的生命。这三个人物思想上的对照与矛盾,有力地推动了情节的发展。

此外,心理描写以哲理沉思来替代,并不显得沉闷,反而显得酣畅。加之小说情节的进展异常紧凑,看不到多少闲笔和题外话,不像《巴黎圣母院》和《悲惨世界》那样,常常出现大段的议论或枝蔓的情节。作者的议论融合到人物的思想中，成为不可或缺的部分。从结构上说，小说环环相扣，一步步推向高潮。高潮以三个孩子的遭遇为核心，以三个主要人物的思想交锋为冲突，写得紧张而动人心魄。这部小说虽然篇幅不大，却堪与卷帙浩繁的历史小说相媲美，成为不可多得的上乘之作。

郑克鲁

目录

- 1 第一部分 在海上
  - 3 第一章 索德雷树林
  - 19 第二章 克莱摩尔号轻巡航舰
  - 57 第三章 阿尔马洛
  - 74 第四章 泰尔马什

- 105 第二部分 在巴黎
  - 107 第一章 西穆尔登
  - 124 第二章 孔雀街的小酒店
  - 157 第三章 国民公会

- 189 第三部分 在旺代
  - 191 第一章 旺 代
  - 207 第二章 三个孩子
  - 273 第三章 圣巴托罗缪惨案
  - 289 第四章 母 亲
  - 342 第五章 IN DAMONE DEUS
  - 357 第六章 胜利之后的斗争
  - 374 第七章 封建社会和革命

第一部分
在海上

第一章　索德雷树林[1]

一七九三年五月的最后几天[2]，由桑泰尔[3]率领来到布列塔尼的营队之一，搜索了阿斯蒂耶那座阴森恐怖的索德雷树林。这个营队不足三百人，在这场如火如荼的战争中，伤亡惨重。那时，经过阿尔戈纳、杰马普和瓦尔米战役以后，本来有六百志愿士兵的巴黎第一营，只剩下二十七人，第二营只剩下三十三人，第三营只剩下五十七人。这是惊心动魄的搏斗年代。

从巴黎派到旺代的营队，每营有九百十二人，配备三门大炮。兵员是迅速组建的。当时，戈耶是司法部长，布肖特是陆军部长；四月二十五日，"忠告区"[4]曾建议向旺代派遣志愿兵营队；公社委员吕班提出了报告；五月一日，桑泰尔准备好派出一万两千士兵、三十门野战炮和一个炮兵营。这些营队虽然成立仓促，但组织严密，改变了以往士兵和下级军官人数的比例，因此今日仍然被当作楷模；当今的战斗连队就根据这种建构模式组成。

1　索德雷树林是舒安党领袖聚集的地方。
2　当时，法国在国内外反对1793年3月开始的旺代叛乱的白军。
3　桑泰尔（1752—1809），法国政治家，1789年投身于大革命，1792年任国民自卫军首脑，1793年任旺代某师将军，受到怀疑和监禁，热月政变后被释放，退出政治生活。
4　法国大革命时，巴黎分为48个行政区。

九三年

四月二十八日，巴黎公社[1]给桑泰尔的志愿兵下了这道命令："绝不宽恕，毫不赦免。"五月底，从巴黎出发的一万两千人中，八千人殒命。

闯入索德雷树林的营队保持警惕，绝不贸然从事。同时观察前后左右；克莱贝[2]说过："士兵后背也有一只眼睛。"他们搜索了很长时间。眼下大概几点钟了？什么时候了？很难说清楚。在这样乱生乱长的荆棘丛中，总是像在昏暗的暮色里，这座树林里面从来都不明亮。

索德雷树林悲剧环生。从一七九二年十一月起，就是在这座树林里内战开始狼奔豕突；凶残的瘸子穆斯克通从这不祥的密林中走出来；那里犯下的杀人凶案令人头发倒竖。没有更加令人恐怖的地方了。士兵们小心翼翼地往里深入。处处鲜花盛开；人人周围是树枝颤动的墙壁，绿叶迷人的凉意从中倾泻而下；阳光这儿那儿斑斑点点落在绿色的暗影上；地上生长着菖兰、沼泽莺尾、草地水仙、预告明媚春光的小花、春天的藏红花，给厚厚的植物地毯刺绣和镶边，上面麇集各种各样的苔藓，有的像毛毛虫，甚至像星星。士兵们一步步向前，悄无声息，一面轻轻拨开灌木。鸟儿在刺刀上方啁啾。

以前，和平时期，人们在索德雷树林里"乌伊什巴"，就是在夜里猎鸟；眼下是在里面追逐人。

树林里全都是桦树、山毛榉和橡树，地面平坦，苔藓和厚密的青草隐去了人的脚步声。没有任何小径，就是有，也迅即消失了；可以看到枸骨叶冬青、野李子树、蕨草、一排排芒柄花、高高的荆棘；十步之外就看不见人。

不时有一只苍鹭或者一只黑水鸡从树叶之间掠过，表明附近有沼泽。

---

[1] 1789—1798年的巴黎公社是市政府，并非1871年的无产阶级政权。
[2] 克莱贝（1753—1800），法国将军，1792年任阿尔萨斯营的指挥，1793年被派到旺代，1798年随拿破仑到埃及，次年任总指挥，被穆斯林暗杀。

士兵们向前走，盲目前行，忐忑不安，生怕遇到他们搜索的人。

他们不时遇到扎营的痕迹、烧过火的地方、踩踏过的草、十字架木棍、血迹斑斑的树枝。这些地方有人做过士兵的大锅饭，做过弥撒，包扎过伤员。但是经过的人已然消失。他们当下在哪里？说不定很远。说不定近在咫尺，藏了起来，手里握着喇叭口短铳。树林似乎空无一人。营队加倍小心。孤寂，因此令人狐疑。不见人影，就更有理由担心有人。他们是在跟一个声名狼藉的树林打交道呢。

很可能有伏击。

三十个精兵独立出来去侦察，由一个中士率领，与部队主力拉开相当大的距离，走在前面。营队的女小贩陪伴他们，她喜欢和先遣队在一起。要冒危险，但有东西可看。好奇心是女性勇敢的一种表现形式。

突然，这支小先遣队的士兵们战栗起来，就像猎人走近兽穴时常有的那样。他们好像听见了矮树丛中央有呼吸声，他们似乎刚刚看到叶丛中有晃动。士兵们互相示意。

在侦察兵警戒和搜索时，军官们不需要介入；应该做的事会自动完成。

不到一分钟，有晃动的地方就被包围了；一圈瞄准的枪团团围住了它，从四面八方同时对准了荆棘丛晦暗的中央；士兵们扣住扳机，眼睛盯住可疑的地方，只等中士下令就一阵齐射。

女小贩壮胆往荆棘丛里张望，正当中士要喊出"开火"时，这个女人喊道："且慢！"

她转身朝士兵们说："别开枪，哥儿们！"

她冲进矮树林。大家跟着她。

里面确实有人。

在矮树丛最稠密处,有一小片圆形的林中空地,是烧树根的木炭窑形成的;边上有一个树枝搭成的洞穴,构成一个树叶遮盖的房间,犹如放床的凹室那样半掩半开。一个女人坐在苔藓上,怀里抱着一个吃奶的孩子,膝盖上还有两个睡熟的孩子金黄头发的脑袋。

这就是埋伏啊。

"你在这里干什么?"女小贩喊道。

女人抬起头来。

女小贩气势汹汹地加上一句:

"你在这里真是疯了!"

她又说:

"你险些玩儿完了!"

女小贩对士兵们又说:

"是个女人。"

"没错,我们看见啦!"一个士兵说。

女小贩继续说:

"跑到树林里找死!怎么想到干这种蠢事呢!"

女人惊慌失措,失魂落魄,目瞪口呆,环顾四周,仿佛在梦中看到这些步枪、这些刺刀、这些凶神恶煞的面孔。

两个孩子惊醒了,哭喊起来。

"我饿。"一个说。

"我怕。"另一个说。

那个小不点继续吃奶。

女小贩对女人说:

"你是对的。"

那个母亲吓得无言以对。

中士对她说：

"别害怕，我们是红帽子营[1]。"

女人从头到脚直打哆嗦。她望着中士，那张粗犷的脸只看得见眉毛、髭须和两只炭火般炯炯发光的眼睛。

"就是以前的红十字营。"女小贩补充一句。

中士继续说：

"你是什么人，太太？"

女人惶惶然望着他。她瘦削、年轻、脸色苍白、衣衫褴褛，戴一顶布列塔尼农妇的宽大风帽，脖子上系一条用细绳结住的毛毯。她像一只雌兽那样满不在乎地露出赤裸的乳房。她的脚没穿袜子也没穿鞋，鲜血淋漓。

"这是个穷人。"中士说。

女小贩用大兵的，但其中仍不失女性温柔的口吻问：

"你叫什么名字？"

女人吃吃地说，几乎听不清：

"米雪尔·弗莱沙尔。"

女小贩用粗大的手抚摸婴儿的小脑袋，问道：

"宝宝多大了？"

母亲没听明白。女小贩坚持说：

"我问你喂奶的那个孩子的岁数。"

---

[1] 当时的革命党人戴红帽子，穿长裤，称为"红帽子"或"长裤党"。

"啊!"母亲说,"一岁半。"

"不小了,"女商贩说,"不应该再吃奶了。我们会给这孩子喝汤。"

母亲开始放下心来。惊醒的两个小孩好奇多于恐惧,他们欣赏着军帽上的翎毛。

"啊!"母亲说,"他们饿得够呛。"

她又说:

"我没有奶了。"

"我们会给他们东西吃,"中士大声说,"也给你吃。不过,话还没有问完,你是什么政治见解?"

女人望着中士,没有回答。

"你听见我的问话吗?"

她期期艾艾地说:

"我年轻时被送进了修道院,但我结了婚,我不是修女。修女教会我说法语。有人放火烧了我们村子。我们飞快地逃了出来,我都来不及穿鞋子。"

"我问你,你是什么政治见解?"

"我不知道。"

中士继续说:

"因为奸细也有女的。女奸细要被枪毙的。喂,说呀。你不是波希米亚人吧?你的祖国是哪里?"

她望着他,好像不明白,中士重复说:

"你的祖国是哪里?"

"我不知道。"

"怎么,你不知道你的老家在哪里?"

"啊！我的老家。我知道。"

"那么，你的老家在哪里？"

女人回答：

"在阿泽教区的西斯夸尼亚庄园。"

轮到中士惊愕了。他沉思了一下，然后说：

"你是说？"

"西斯夸尼亚。"

"这不是一个国家呀。"

"这是我老家。"

女人沉吟了一下，又说：

"我明白，先生。你是法国人，我是布列塔尼人。"

"怎么说？"

"这不是同一个地方。"

"可这是同一个祖国呀！"中士大声说。

女人只限于回答：

"我是西斯夸尼亚人。"

"是西斯夸尼亚人也就罢了，"中士接着说，"你的家庭是在那里吗？"

"是的。"

"做什么的？"

"家里人都死光了。我再没有亲人了。"

中士有点爱滔滔不绝地说话，继续追问下去。

"见鬼！人总有亲戚，或者有过亲戚。你是什么人？说呀。"

女人听着，目瞪口呆，这句"或者有过亲戚"，更像野兽的咆哮，而不是人的话语。

女小贩感到需要介入。她又抚摸吃奶孩子的脑袋,并用手拍拍另外两个孩子的脸颊。

"吃奶的女孩叫什么名字?"她问,"她是个女孩噢。"

母亲回答:"叫乔热特。"

"老大呢,这淘气鬼是个男孩。"

"叫勒内-让。"

"他的弟弟呢,这也是个男孩,脸蛋胖乎乎的。"

"叫胖子阿兰。"

"这些小不点儿多可爱啊,"女小贩说,"模样儿已经是大人了。"

但中士坚持不懈。

"说吧,太太。你有一个家吗?"

"我有过。"

"在哪儿?"

"在阿泽。"

"为什么你不待在家里?"

"因为家被烧了。"

"谁烧的?"

"我不知道。打过一场仗。"

"你从哪儿来?"

"就从那儿来的。"

"你到哪儿去?"

"我不知道。"

"说正题吧。你是什么人?"

"我不知道。"

"你不知道你是什么人?"

"我们是逃难的人。"

"你属于哪个党派?"

"我不知道。"

"你是蓝党还是白党[1]?你和什么人在一起?"

"我和我的孩子们在一起。"

停顿一下。女小贩说:

"我呀,我没有孩子。我没有时间生养。"

中士又开始问。

"你的父母呢?喂,太太,告诉我们,你父母的情况。我呀,我名叫拉杜,我是中士,我住在舍尔什-米迪街,我的父母曾住在那里。我可以谈谈我的父母。你给我们谈谈你的父母吧。告诉我们,你父母是什么人。"

"他们是弗莱沙夫妇。就是这些。"

"是的,弗莱沙夫妇就是弗莱沙夫妇,就像拉杜夫妇就是拉杜夫妇。但总有个职业吧。你父母的职业是什么?他们原先干什么?眼下干什么?你的弗莱沙夫妇干什么玩意儿?"

"他们是农民。我的父亲残废了,由于他挨过老爷、他的老爷、我们的老爷的棍棒,还算发善心呢。因为我的父亲捉过一只兔子,按理要判死罪;老爷发善心,说道:就打一百棍算了;我的父亲便成了残废。"

---

[1] 蓝党是共和党,他们穿蓝色军服;白党是保王党,他们穿白色军服。

"还有呢?"

"我爷爷是胡格诺派[1]。本堂神父让他去做苦工。那时我很小。"

"还有呢?"

"我公公是私盐贩子。国王下令绞死了他。"

"你的丈夫呢,他是干什么的?"

"前一阵子他在打仗。"

"为谁打仗?"

"为国王。"

"还为谁?"

"当然还为领主老爷。"

"还为谁?"

"当然还为本堂神父先生。"

"真他妈的,该死的畜生!"一个士兵喊道。

女人吓了一跳。

"你看,太太,我们都是巴黎人。"女小贩和蔼可亲地说。

女人合十双手,高声说:

"啊!我主耶稣基督!"

"不要迷信。"中士说。

女小贩在女人身边坐下,把大孩子拉到两膝之间,孩子任由她这样做。孩子们放下心来和受到惊吓,原因都讲不清楚。不知道他们内心有什么在警示他们。

"可怜而善良的布列塔尼女人,你有几个漂亮的宝宝,这是确实的。可以

---

[1] 胡格诺派是16世纪法国的新教徒。

在海上

猜出他们的年龄。大的有四岁,他的弟弟三岁。啊,这个吃奶的小不点儿可真是个馋猫。啊!小妖精!你这样不是想把你娘吃掉吧!喂,太太,千万别害怕。你应该加入我们的营队。你会像我那样做事。我名叫乌扎尔德,这是一个绰号。但是我更喜欢叫乌扎尔德,而不是像我母亲一样叫比柯尔诺小姐。我是随军食品商贩,就是军队互相射击,互相残杀时,给人酒喝的女人。麻烦多得要命。咱们的脚差不多大小,我会把鞋给你。八月十日我在巴黎。[1] 我给维斯泰尔曼[2]喝酒,事情顺利。我看到路易十六,就是人们所说的路易·卡佩上了断头台。他不愿意。嘿,你就听着。真想不到,一月十三日他让人烤栗子,和家里人一起欢天喜地。当刽子手把他强按在所谓的铡头板上时,他再没有外衣,也没有鞋子;他只有一件内衣、一件凸纹短褂、一条灰呢短裤和一双灰色丝袜。我呀,我见过这个场面。押运他来的马车漆成绿色。得啦,跟我们走吧,营里都是好小伙子;你来当二号女小贩;我会指点你怎么干。噢!简单得很!你带上桶和铃铛,走到闹声震天和子弹呼啸中,冒着炮弹,在喊杀声里大声嚷嚷:'孩子们,谁想喝一口酒?'这有什么难啊。我呢,我给所有人喝酒。确实是的。给白党的人喝,也给蓝军的人喝,虽然我是蓝军。甚至是忠诚的蓝军。但我给所有人喝酒。受伤的人口渴。人死时不分观点。临死的人应该互相握手。打仗真是蠢事!跟我们走吧。如果我被打死,你就接替我。你瞧,我就是这副模样,可我是一个心地善良的女人,抵得上一个正直的男子汉。你怕啥子呢。"

1　1792年8月10日,巴黎公社冲进市政厅,巴黎和各省武装民众联合进攻王宫,逮捕路易十六,推翻了封建王朝。
2　弗朗索瓦·约瑟夫·维斯泰尔曼(1751—1794),法国将军,和丹东一起来到巴黎,参加1792年8月10日的革命事件;1793年被任命为将军,参加镇压旺代的叛乱;1794年被辞职,4月被革命法庭和丹东一起判处死刑。

女小贩住了口，女人呐呐地说：

"我们的邻居叫玛丽-让娜，我们的女仆叫玛丽-克洛德。"

中士拉杜正在训斥那个士兵：

"闭嘴。你吓坏了太太。在女人面前不该说粗话。"

"这是因为，在正直的人看来，这毕竟是真正的屠杀，"士兵反驳说，"你看这些不开化的人，公公被领主打残废了，祖父被本堂神父送去做苦工，父亲被国王绞死，他妈的龟孙子还打仗，还投身叛乱，替领主、本堂神父和国王卖命，弄得个粉身碎骨！"

中士申斥道：

"队伍里不许说话！"

"那就保持沉默，中士，"士兵又说，"可是，像这样一个标致的女人为了一个什么教士的漂亮眼睛，去冒脑袋开花的危险，这算什么事啊。"

"这个士兵，"中士说，"我们这里不是在梭标区俱乐部。别耍嘴皮子。"

说罢，他转向那个女人。

"太太，你丈夫呢？他干什么的？眼下怎样了？"

"眼下他啥也不是，因为他被杀死了。"

"在哪儿？"

"在树篱那儿。"

"什么时候？"

"三天前。"

"谁打死的？"

"我不知道。"

"怎么，你不知道是谁打死你的丈夫吗？"

"不知道。"

"是蓝军还是白军?"

"是一颗子弹。"

"三天以前吗?"

"是的。"

"在哪一边?"

"在埃尔内那边。我的丈夫倒下了,就是这样。"

"自从你丈夫死后,你干什么?"

"我带着这些小不点儿逃走。"

"你把他们带到哪儿?"

"往前赶呗。"

"在哪儿过夜?"

"在地上。"

"你吃什么?"

"啥也没吃。"

中士以军人方式噘起嘴,髭须碰到了鼻子。

"啥也没吃?"

"也就是荆棘丛里去年剩下的黑刺李、桑椹,还有越橘果子、蕨草的嫩芽。"

"不错。等于说啥也没吃。"

大孩子好像听懂了,说道:"我饿。"

中士从口袋里掏出一块分配的面包,递给那个母亲。母亲将面包掰成两半,给了两个孩子。小家伙们狼吞虎咽地吃起来。

"她一点不留给自己。"中士喃喃地说。

"这是因为她不饿。"一个士兵说。

"因为她是母亲。"中士说。

孩子们停下不吃。

"我要喝水。"

"我要喝水。"另一个孩子也说。

"这个见鬼的树林里没有小溪吗?"中士说。

女小贩解下挂在腰间小铃铛旁边的铜杯,旋开斜挂在身上的酒壶盖,往杯里倒了一点酒,送到两个孩子的嘴边。

第一个孩子喝了,做了个鬼脸。

第二个孩子喝了一口,吐了出来。

"这可是好东西。"女小贩说。

"是烈性烧酒吗?"中士问。

"是的,最好的。他们可是乡下人。"

她擦拭杯子。

中士又问:

"太太,你就这样逃命吗?"

"没法子啊。"

"穿过田野,就像有人追赶你?"

"我使尽力气跑,然后行走,再然后倒了下来。"

"可怜的教徒!"女小贩说。

"到处在打仗,"女人结巴着说,"周围子弹横飞。我不知道他们想要什么。我丈夫被打死了。我只明白这个。"

中士用枪托在地上磕得咚咚响,嚷道:

"打仗多么愚蠢！真他妈的！"

女人继续说：

"昨夜我们在一棵古树里睡觉。"

"四个人吗？"

"四个人。"

"睡觉？"

"睡觉。"

"那么，"中士说，"是站着睡的？"

他转身对着士兵们：

"弟兄们，这里有一种老得枯死的空心大树，一个人可以像种子一样钻进去。这些粗野的人管这叫埃穆斯。有什么办法呢？他们总不会像在巴黎那样睡觉。"

"睡在树洞里！"女小贩说，"而且还有三个孩子！"

"要是孩子们喊叫起来，"中士又说，"过路人什么也没看见，只听见一棵树在喊'爸爸，妈妈！'那应该很古怪。"

"幸亏眼下是夏天。"女人感叹说。

她看着地面，逆来顺受的模样，眼里流露出对灾难的惶惑。

默默无言的士兵们在这苦难的景象前围成一圈。

一个寡妇，三个没有父亲的孩子，逃难，无依无靠，孤立无援，战争在周围四野里轰鸣。饥饿，口渴，除了草叶没有别的食物，只有以天为屋顶。

中士走近女人，盯住吃奶的孩子。小家伙松开奶头，慢慢地转过头来，用漂亮的碧眼瞪着俯向她的毛发竖起的、野兽般可怕的脸，微笑起来。

中士直起身，只见一大颗泪珠滚落在面颊上，宛如一颗珍珠停在髭须

九三年

尖端。

他提高了声音。

"弟兄们,由此可见,我们营要当父亲。同意吗?我们收养这三个孩子[1]。"

"共和国万岁!"士兵们高呼。

"一言为定。"中士说。

他将两只手伸到母亲和孩子们的上方,说道:

"这就是红帽子营的孩子们。"

女小贩高兴得跳起来,她喊道:

"一顶帽子下有三个脑袋。"[2]

接着她号啕大哭,发狂地拥抱可怜的寡妇,对她说:

"小宝宝已经有淘气的神态了!"

"共和国万岁!"士兵们又一次高呼。

中士对母亲说:

"女公民,一起走吧。"

---

1 这句话和共和国的目标之一相应:"它通过祖国收养的孤儿"被宣称为"神圣的孩子"。
2 表示三个人共有一个观点,这是大革命时期人们的梦想。

第二章 克莱摩尔号轻巡航舰

一 英国和法国相混

1793年春天,正当法国所有边境受到攻击,吉伦特派的垮台动人心弦[1],让人分心的时候,在芒什海峡的群岛[2]上,发生了如下的事。

6月1日傍晚,日落之前约一小时,在泽西岛荒凉的"晚安"小海湾里,正值大雾弥漫,这种天气适于潜逃,因为航行危险重重。这时一艘轻巡航舰扬帆起航。舰上的船员全是法国人,但这艘军舰属于英国小型舰队。舰队仿佛担任警戒,停泊在岛的东端。布荣家族的拉图尔·德·奥维涅亲王指挥这支小型舰队,轻巡航舰按他的命令,离队去执行一项紧急的特殊使命。

这艘轻巡航舰是在三一公司登记的,取名克莱摩尔号[3],外表是一艘运输

---

[1] 在山岳派和吉伦特派之间冲突加剧,在埃贝尔派和愤激派领导的长裤汉施加的压力下,导致了后者的垮台(5月31日至6月2日)。某些吉伦特派人的领袖由于害怕巴黎民众的专政(山岳派人尤其是巴黎的选民),依靠地方治理,企图在某些省里领导反对山岳派的联合起义。

[2] 芒什群岛用作雨果后三部小说的共同背景,在流亡至根西岛时写作前两部,后又在岛上写作《九三年》。

[3] 克莱摩尔是巴黎公社在1871年4月反对凡尔赛所用的5艘炮艇之一。

· 19 ·

舰，但实际上是一艘战舰。它有笨重、平和的商船外形；但千万不要轻信外表。它的建造有双重目的：狡猾和拥有武力；若有可能就欺骗，若有必要就战斗。为了今夜它要完成的使命，中舱的负载被三十门大口径卡隆炮[1]所代替。这三十门卡隆炮，要么预见到风暴，要么更是为了给战舰一种温厚的外表，都隐蔽起来，就是说里面被三条铁链牢牢拴住，炮身顶在堵住的长方形舱口上，从外面什么也看不到；炮口通道被堵住了，舱门关上了；仿佛给这艘轻巡航舰戴上了面具。正规的轻巡航舰只在甲板上设置大炮；这艘为了突袭和设埋伏的轻巡航舰，在甲板上没有武器，建成的中舱就像刚才所说的可以承载一个中舱炮台。克莱摩尔号样式粗大矮壮，但行驶迅速；它的船体是英国舰队中最坚固的，战斗时几乎抵得上一艘大型驱逐舰，尽管它的后桅只有一面单帆。舵的形状罕见和讲究，弯曲的龙骨几乎是独一无二的，在南安普敦造船厂花去了五十英镑[2]。

　　船员全部是法国人，由流亡的军官和开小差的水手组成。这些人都是挑选出来的：没有一个不是好水手、好士兵和好保王派。他们狂热地崇拜三样东西：船、剑和国王。

　　除了船员之外，还有半营的海军陆战队，必要时可以登陆。

　　克莱摩尔号轻巡航舰的船长是布瓦贝特洛伯爵，曾获圣路易骑士勋章[3]，以前的王家海军最优秀的军官之一；大副是拉维厄维尔骑士，曾在法国卫队中指挥过奥什[4]担任中士的那个连队；驾驶员是泽西岛最精明强干的船老大菲利

1　卡隆炮的名字来自苏格兰的卡隆·伊隆·沃克斯。这种武器装的是霰弹：白铁皮的盒子里装的是高尔夫球大小的子弹。发射时子弹分散开来，像猎枪弹一样。
2　原文如此。
3　路易十四设立的等级。
4　奥什（1768—1797），法国将军，曾被委任镇压旺代叛乱，1797年任国防部长，不久死去。

普·加库瓦尔。

可以猜测，这艘军舰要执行不同寻常的使命。确实有个人刚刚上了船，模样完全是要去冒险。这是一个高个儿的老头，身板挺直而强壮，面孔严峻，很难确定他的岁数，因为他似乎既年老又年轻；他是这样一种人：上了岁数又孔武有力，满头白发，目光炯炯；论精力有四十岁，论威仪有八十岁。他登上轻巡航舰时，航海披风敞开一半，可以看到披风下面是所谓的"布拉古-布拉"的宽大长裤、带腿套的长筒靴和山羊皮上衣，皮子上面露出丝绸滚边，下面是耸起的兽毛。这是布列塔尼农民的服装。这种老式的布列塔尼上衣有两种用途，用在节日和干活时穿，随意翻转，要么露出羊毛的一面，要么露出滚边的一面；平时是皮袄，星期日是盛装。这个老头所穿的农民服装，仿佛特意显得真实，膝盖和手肘都磨旧了，看来穿了很久。航海披风用的是粗布，酷似渔民的破旧衣衫。这个老人头上戴一顶时兴的圆帽，高顶宽檐。这种帽子将帽子拉低，看上去就像乡下人，帽子一侧标有一枚带绦子的帽徽，看起来像军人。他像农民一样拉低帽子，帽子上面既没有绦子，也没有帽徽。

泽西岛总督巴尔卡拉爵士和拉图尔·德·奥维尔涅亲王亲自将他送上船安顿好。王公们的密探、德·阿尔图瓦伯爵先生[1]过去的保镖热朗布尔，亲自监督对他的舱室的安排，甚至周到而恭敬地提着箱子，跟在老人后面，尽管他也是地道的贵族。离开老人上岸时，热朗布尔先生向这个农民深深一鞠躬；巴尔卡拉爵士对老人说："祝你好运，将军。"拉图尔·德·奥维尔涅亲王对他说："再见，表兄。"

船员在海员之间的简短谈话中，果然用"乡下人"这个名字来称呼这个乘客；他们并不知道更多的事，却明白这个农民并不是乡下人，正如他们的轻巡

---

[1] 国王的弟弟。

九三年

航舰不是一艘运输舰一样。

风力不大。克莱摩尔号离开"晚安"湾,驶过布莱湾,抢风航行,有一段时间还看得见;然后它在越来越暗的夜色中变小,随后消失了。

一小时后,热朗布尔回到圣埃利埃自己的家里,通过南安普敦的快递,给约克公爵[1]司令部的阿尔图瓦伯爵发出如下的几行字:

阁下,刚刚出发。成功十拿九稳。过一星期,从格朗维尔至圣马洛的整个海岸将燃起战火。

马恩省的代表普利厄[2],肩负使命来到瑟堡海岸军中,暂时住在格朗维尔。四天前,他从密使手中接到信件,字迹与前一封快信相同,内容如下:

代表公民,六月一日,涨潮时分,轻巡航舰克莱摩尔号,将炮台掩蔽后起航,将一个人送到法国海岸,此人的特征是:高大身材,年老,白发,农民服装,贵族的手。明日我再详告。他将于二日早上登陆。通知巡洋舰队,截获轻巡航舰,将此人斩首。

二 夜幕笼罩下的军舰和乘客

轻巡航舰没有朝南向圣卡特琳驶去,而是船头朝北,然后又转向西边,果

---

[1] 约克公爵(1725—1807),1793年在荷兰指挥英军。
[2] 普利厄(1756—1827),国民公会的议员,1793年2月24日为建立30万人的军队出过力,同年3月成为总自卫委员会成员,7月成为公安委员会成员。

断地驶进塞克岛和泽西岛之间称作"溃逃通道"的海峡。当时海峡两岸根本没有灯塔。

太阳早已沉没；夜晚漆黑，比夏夜通常更黑；这是一个月夜，可是大块的乌云，更像夏至而不是秋分的云彩，覆盖着天空，看来，月亮要在天边沉落时才露面了。几块乌云悬挂在海面上，雾气迷蒙。

浓重的黑暗是大好时机。

驾驶员加库瓦尔想把泽西岛撇在左边，而把根西岛撇在右边，从阿努瓦和杜弗尔礁石中间大胆穿过去，到达圣马洛海岸的某个港湾。这条航线要比通过曼吉埃礁要长，但更安全，法国巡洋舰队通常的禁令是特别监视圣埃利埃和格朗维尔之间的海域。

如果顺风，不出任何意外，加库瓦尔打算升满船帆，在天亮时抵达法国海岸。

一切顺利，轻巡航舰越过了"大鼻礁"。将近九点钟，像海员所说的，天气佯装赌气，起了风浪，不过这是好风，海浪虽大，但不汹涌。不过有些海浪打上了船头。

巴尔卡拉称作"将军"，拉图尔·德·奥维尔涅亲王称作"表兄"的那个"乡下人"，走路时脚像水手一样稳健，沉着而安详地在甲板上踱步。他不像感觉到军舰在颠簸，他不时从外衣口袋里掏出一块巧克力，掰下一块咀嚼；他白发苍苍，但牙齿完好无损。

他不对任何人说话，有时只对船长低声简短说几句；船长恭敬地倾听，宛若认为这个乘客比自己更是指挥。

克莱摩尔号在灵巧的操纵下，隐没在雾中，沿着泽西岛北面漫长的峭壁，紧靠海岸，因为在泽西岛和塞克岛之间的海峡中有可怕的皮埃尔-德-里克礁石。加库瓦尔站在舵轮边,轮流指点利克海滩、大鼻礁、普莱蒙礁,让轻巡航舰在这一系列暗礁中间穿过,可以说是摸索着,但信心十足,仿佛一个人在自己家中,对大洋的岛礁了如指掌。轻巡航舰船头没有灯光,担心在受到监视的海域被人发现经过。他们庆幸大雾笼罩,到达了大埃塔克;雾浓得几乎看不清皮纳克尔山高耸的轮廓。传来圣乌昂钟楼敲响十点的钟声,这表明风始终从后面吹来。一切继续得很顺利;由于邻近柯比埃尔,海浪变得更加汹涌。

十点钟过后不久,布瓦贝特洛伯爵和拉维厄维尔骑士将乡下人装束的那个人领回舱室;也就是船长自己的舱室。进去的时候,他对他们低声说:

"先生们,你们知道的,重要的是保密。直到战事爆发,要保持沉默。这儿只有你们知道我的名字。"

"我们会把它带到坟墓。"布瓦贝特洛回答。

"至于我,"老人接口说,"即使面对死亡,我也不会说出来。"

然后他走进自己房间。

三 贵族与平民相混

舰长和大副又回到甲板上,肩并肩边走边谈。他们显然在谈论那个乘客,下面是被海风吹散到黑暗中的大致谈话:

布瓦贝特洛低声在拉维厄维尔的耳畔咕噜的话:

"我们倒要看看他是不是一个领袖。"

拉维厄维尔回答:

"暂且这是个亲王。"

"算是吧。"

"在法国是贵族,在布列塔尼是亲王。"

"就像拉特雷穆瓦伊家族[1],就像罗昂家族[2]。"

"他是他们的姻亲。"

布瓦贝特洛又说:

"在法国,在国王的华丽马车里,他是侯爵,就像我是伯爵,你是骑士一样。"

"华丽马车已经远去了,"拉维厄维尔大声说,"眼下我们是在敞篷车里。"[3]

静默无言。

布瓦贝特洛又说:

"缺少法国亲王,只好找一个布列塔尼亲王了。"

"没有斑鸫……"

"不,缺少雄鹰,只好找一只乌鸫了。"[4]

"我宁愿要坐山雕。"布瓦贝特洛说。

拉维厄维尔附和说:

"当然!要有利嘴和利爪。"

"咱们等着瞧吧。"

"是的,"拉维厄维尔又说,"是该有一位领袖的时候了。我同意坦泰尼亚克[5]的意见:'一个领袖和弹药!'呃,舰长,我几乎认识一切有能耐和没能耐的领袖;昨天的领袖,今天的领袖和明天的领袖,就是没有一个我们需要的打仗

---

1 拉特雷穆瓦伊家族,13—17世纪普瓦图的贵族世家。
2 罗昂家族,16—18世纪的贵族世家。
3 拉维厄维尔在这里影射将犯人送到断头台去的大车。
4 法国谚语:"没有斑鸫,只好吃乌鸫。"意为:没有好的,只好退而求其次。
5 坦泰尼亚克是拉卢埃里的副官,躲到英国,担当联络员。

才俊。在这个见鬼的旺代需要一个将军,他同时是一个检察官;需要让敌人生厌,和敌人争夺磨坊、灌木丛、壕沟、每块石头,和敌人软磨硬顶,利用一切,监视一切,大开杀戒,以儆效尤,不打瞌睡,不讲同情。当下,在这支农军里,有一些英雄,却没有领队的。埃尔贝[1]一文不值。莱斯居尔[2]病歪歪的,蓬尚心慈手软;他心地善良,这很愚蠢。拉罗什雅克兰[3]是出色的少尉。西尔兹是个擅长作战一竿子到底的军官,但不善于讲究方式方法的战争。卡特利诺[4]是个天真的车夫,斯托弗莱[5]是一个狡猾的猎场看守人,贝拉尔无能,布兰维利埃可笑,沙雷特[6]可怕。理发匠加斯通就不提了。因为,真见鬼!如果我们让理发匠来指挥贵族,那么何必争吵干革命呢,共和党人和我们之间又有什么区别呢?"

"这是因为狗日的革命也传染到我们身上了。"

"这是法国身上的疥疮!"

"第三等级的疥疮,"布瓦贝特洛说,"只有英国能帮我们治好病。"

"英国会帮我们医治好的,船长,毫无疑问。"

"在这期间,它可真丑。"

---

1 埃尔贝,旺代首领,卡特利诺在南特死后由他代替,将几个地方的力量和自己的力量联合起来。
2 莱斯居尔,带领旺代军队多次攻击共和国的正规军,在南特受挫,在特朗布莱的战斗中受伤。
3 拉罗什雅克兰,3月10日之后,汇合旺代的叛军。获得几次胜利后,1793年10月被任命为总司令。
4 卡特利诺,泥瓦匠之子,流动商贩;索穆一役获胜后,旺代的首领一致任命他为王军的总司令。
5 斯托弗莱,他先是在埃尔贝,然后在拉罗什雅克兰麾下作战,1794年代替了后者。
6 沙雷特,大革命前是海军军官,1793年3月在马什库尔领导旺代叛乱,参加对南特的围城,然后在普瓦特万的沼泽中战斗。

在海上

"当然，到处是平民；君主政体以德·莫勒弗里埃先生的猎场看守人斯托弗莱为总司令，与共和国没有什么可争奇斗艳的；因为共和国以德·卡斯特里公爵看门人的儿子帕什[1]为部长。旺代的交战双方是棋逢对手，一方是啤酒商桑泰尔[2]，另一方是理发师加斯通。"

"亲爱的拉维厄维尔，我相当重视这个加斯通。他在盖梅内一仗的指挥中干得不赖。他让三百名蓝军给自己挖墓坑，然后妙不可言地枪杀了他们。"

"干得好极了；不过我会干得和他一样好。"

"当然，毫无疑问。我也一样干得好。"

"伟大的战争行动，"拉维厄维尔说，"需要具有贵族品格的人来完成。这是骑士的事，而不是理发师的事。"

"但在第三等级中也有值得尊敬的人，"布瓦贝特洛回了一句，"比如，那个钟表匠若利。他曾经是弗兰德尔团的中士；他成了旺代的首领；他指挥沿海的一伙人；他有一个儿子，是个共和党人，正当他的父亲在白军效劳时，儿子却在蓝军里效劳。他们相遇了。父亲俘虏了儿子，一枪把他脑袋打开了花。"

"这一个很帅。"拉维厄维尔说。

"一个保王派的布鲁图斯[3]。"布瓦贝特洛说。

"尽管如此，叫一个科克罗，让-让，穆兰，福卡尔，布茹，舒普的人来指挥，是不能令人容忍的。"

"亲爱的骑士，另一方的愤怒也是一样的。你以为长裤汉由德·康克洛伯

---

1 帕什，这时是巴黎公社的市长，是他在公共纪念性建筑上刻上"自由、平等、博爱"的箴言。
2 桑泰尔在大革命前是圣安东尼郊区的啤酒商。
3 布鲁图斯（公元前85—前42），他和卡西乌斯一起谋杀了恺撒，而他是恺撒的养子。

· 27 ·

爵、德·米朗达子爵、德·博阿尔内子爵、德·瓦朗斯伯爵、德·居斯蒂纳侯爵和德·比隆公爵指挥,他们会高兴吗?"

"真是乱七八糟!"

"还有德·沙特尔公爵!"

"那个平等之子[1]啊!这一位什么时候能当上国王呢?"

"永远当不上!"

"他正爬上王位呢。他的罪恶为他效劳。"

"而他的恶行劣迹给他帮倒忙。"布瓦贝特洛说。

又一阵沉默。布瓦贝特洛继续说:

"但他曾想和解。他来看望国王。我那时在凡尔赛,人们都在他的后背吐唾沫。"

"从大台阶上面?"

"是的。"

"干得好。"

"我们管他叫污泥波旁[2]。"

"他是秃顶,一头脓包,是个弑君犯,呸!"

拉维厄维尔加上一句:

"我呀,我在乌桑[3]和他在一起。"

---

[1] 奥尔良公爵路易·菲利普·约瑟夫在国民公会占有席位,他投票赞成处死国王。1791年,他亲自提议巴黎公社采取一个决议,这个决议使平等之名永远落在他的家庭上面。他的儿子以路易·菲利普的名字进行统治。

[2] 波旁(Bourbon)是王族姓氏,与污泥(bourbeux)相近,意在诋毁。

[3] 1778年7月27日,凯佩尔指挥的英国舰队和奥维利埃指挥的法国船队,在乌桑进行了一场不分胜负的海战。

"在圣灵号上吗?"

"是的。"

"要是他服从奥维利埃海军上将向他发出的顶风前进,就能阻止英国人通过。"

"当然。"

"他确实躲在舱底吗?"

"不。不过应该说还是一回事。"

拉维厄维尔哈哈大笑。

布瓦贝特洛又说:

"有些人是傻瓜。呃,拉维厄维尔,你刚才说的这个布兰维利埃,我认识他,我在近处见过他。起先,农民用梭枪武装起来;他脑袋瓜里不是一心想把农民组织成使用梭枪的士兵吗? 他想把他们训练成斜刺和直刺,梦想把这些粗野的人改变成正规军,想教会他们削弱方阵的角,组成空心方阵。他用老套的军事术语哇里哇啦地说;他把班长叫作'领班',这是路易十四时代对下士的称呼。他固执地要所有的偷猎者组成一个团;他有一些正规军连队,队里的中士们每晚排成圆圈,接受第一连中士的对答口令,他低声对副中士说出口令,副中士传给旁边的人,旁边的人再传给下一个,这样咬着耳朵传过去,一直传到最后一个。有个军官没有脱帽,接受中士口中说出的口令,就立马被撤职。你可以判断这种方法多么成功。这个傻瓜不懂得农民想以农民的方式去训练,把大老粗训练成正规军人,那是异想天开。是的,我认识这个布兰维利埃。"

他们走了几步,各想各的心事。

然后谈话继续下去:

"对了,唐皮埃尔[1]确实被打死了吗?"

"是的,舰长。"

"在孔代[2]面前?"

"在帕马尔军营被一颗炮弹打死的。"

布瓦贝特洛叹了口气。

"德·唐皮埃尔伯爵。又是一个我们的人,站到了他们一边!"

"祝他一路顺风!"拉维厄维尔说。

"夫人们[3]呢?她们在什么地方?"

"在的里雅斯特[4]。"

"始终在那里?"

"始终在那里。"

拉维厄维尔大声说:

"呸!这个共和国!一点小事引起多大的损坏啊!试想,这场革命来临,只是为了几百万的赤字而已!"

"要防患于未然啊。"布瓦贝特洛说。

"一切都糟透了。"拉维厄维尔说。

"是的,拉卢亚里[5]死了,杜德雷斯内是白痴。所有那些主教,那个库西,

---

[1] 唐皮埃尔(1756—1793),法国将军,大革命的热烈拥护者,接替杜穆里埃任比利时的总司令,1793年在瓦朗西埃纳牺牲。
[2] 孔代(1736—1818),亲王,1789年攻陷巴士底狱后,流亡荷兰,1792年组织"孔代军",攻击共和军,复辟时期返回法国。
[3] 指德·普罗旺斯和德·阿尔图瓦伯爵夫人,她们是路易十六的小姑子。
[4] 的里雅斯特,在意大利,濒临亚得里亚海。
[5] 指德·拉卢亚里侯爵,他试图挑起布列塔尼、安茹和普瓦图叛乱,主要由他组织和发展舒安党人的叛乱。

拉罗歇尔主教,那个梅尔西,那个德·埃斯沙塞里夫人的情人博布瓦尔·圣奥莱尔,都是多么可怜的领头人啊!"

"您知道,舰长,这个夫人的名字叫作塞尔旺托;埃斯沙塞里是一块领地的名字。"

"还有阿格拉那个假主教,他不知是什么地方的本堂神父!"

"是多尔的。他名叫吉约·德·福勒维尔。再说他很勇敢,他在战斗。"

"需要军人时却只有教士!主教不是主教,将军不是将军!"

拉维厄维尔打断了布瓦贝特洛。

"舰长,您的舱室里有《箴言报》[1]吗?"

"有的。"

"眼下在巴黎演什么戏?"

"《阿黛尔和博兰》[2],还有《匪窟》。"

"我很想看看这些戏。"

"您会看到的。一个月以后,我们会在巴黎。"

布瓦贝特洛沉吟一下,又说:

"最迟不出一个月。温德姆[3]先生对胡德[4]勋爵说过的。"

"舰长,那么说,不是一团糟了吧?"

"当然,一切会好起来的,只要布列塔尼的战事指挥得当。"

拉维厄维尔点点头,又说:

---

1 《箴言报》,1789年由潘库克创建的日报,上面发表立宪议会的辩论。
2 埃蒂安纳·德尔里厄的戏剧,抨击长子继承权。
3 威廉·温德姆(1750—1810),英国政治家。
4 塞缪尔·胡德(1735—1816),英国海军上将。

"舰长,我们会派海军陆战队登陆吗?"

"会的,如果海岸那边支持我们;海岸那边对我们敌视,就不会派。有时,打仗必须破门而入,有时必须溜进去。打内战,必须口袋里揣一把仿造的钥匙。要尽其所能。重要的是要有领袖。"

布瓦贝特洛若有所思地说:

"拉维厄维尔,您对德·迪厄兹骑士有什么看法?"

"小迪厄兹吗?"

"是的。"

"当指挥吗?"

"是的。"

"他还是一个在平原上打阵地战的军官。丛林只有农民熟悉。"

"那么,您就只好屈就斯托弗莱将军和卡特利诺将军吧。"

拉维厄维尔深思一下,又说:

"需要有一位亲王,一位法国亲王,一位纯血统的亲王,真正的亲王。"

"为什么?谁说到亲王……"

"就是说胆小鬼。舰长,我知道这个。但是这能产生使那些愚蠢的小伙子[1]们瞪大眼睛的效果。"

"亲爱的骑士,亲王们不愿意来。"

"那就不要他们。"

布瓦贝特洛不由自主地做了一个捂住额头的动作,仿佛要挤出一个主意来。

他又说:

---

[1] 舒安党人都这样自称,巴尔扎克的小说当初也用这个名字。

"说到最后,那就试试这个将军吧。"

"他是一个大贵族。"

"您认为他够格吗?"

"但愿他不错!"拉维厄维尔说。

"就是说要凶狠。"布瓦贝特洛说。

伯爵和骑士相对而视。

"布瓦贝特洛先生,您说到点子上了。凶狠。是的,这正是我们所需要的。战争是残酷无情的,现在到了血腥交手的时候。弑君者将路易十六斩首,我们就将弑君者五马分尸。是的,我们需要的是残酷无情的将军。在安茹和上普瓦图,首领们宽宏大量,在宽容中不知所措,一切都糟透了。在马雷和雷兹,首领们是凶狠的,一切就顺当。这是因为沙雷特残暴,他才抵挡住帕兰[1]。这是以牙还牙。"

布瓦贝特洛来不及回答拉维厄维尔。后者的话语突然被一个绝望的喊叫声打断,与此同时,传来一种闻所未闻的嘈杂声,来自船舱内部。

舰长和大副匆匆向中舱跑去,但无法进入。所有的炮手失魂落魄地朝上跑。

刚刚发生了一件可怕的事。

四 TORMENTIM BELLI[2]

众多大炮中,一门二十四斤重炮弹的大炮脱离了炮座。

这说不定是海上最骇人听闻的事故了。一门大炮挣断了铁链,突然变成

---

1 帕兰,旅长,军委委员;从旺代归来后,他要求雅各宾派人要让贵族无所作为。
2 拉丁文:战争机器。

叫不上名儿的怪兽。这部机器变成了一个怪物。这个庞然大物在轮子上像台球一样滚动，随着船的横摇而倾斜，随着纵摇而来来去去，停下，似乎在深思，接着滚起来，犹如箭一样从船的这一头滚到另一头，旋转起来，躲避，逃遁，直立、冲撞，打开缺口，屠杀，毁灭。这是一只羊角撞锤，随意撞击城墙。还要加上一句：这是铁铸的羊角撞锤，城墙却是木头的。物质进入了自由状态，好像永恒的奴隶在复仇；仿佛我们称之为无生命的物体中的恶意逃逸出来，骤然爆发；它像是失去了耐心，在暗暗地进行一场奇怪的报复；没有什么比无生命的东西愤怒起来更加毫不留情。这狂暴的庞然大物像豹子一样跳跃，像大象一样沉重，像老鼠一样灵活，像斧头一样不屈不挠，像波涛一样出其不意，像闪电一样猛击，像坟墓一样没有听觉。它重一万斤，像孩子的球一样弹跳。它在旋转中突然直角拐弯。怎么办呢？怎样让它停下来？让一场风暴停息，一场飓风过去，一阵狂风降落，替换一根折断的桅杆，将进水窟窿堵住，将一场火灾扑灭；但同这个青铜的庞然大物打交道会变得怎样？有什么办法控制住它？你可以让一条看门狗听话，让一头公牛惊呆，让一条蟒蛇迷惑，唬住一头老虎，让一头狮子温顺；但对付这个怪物，这门离座的大炮却束手无策。你不能杀死它，它是死的；而同时它又活着。它靠来自无限的不祥的生命。它下面有摇晃它的甲板。它被船晃动，船被大海晃动，大海被风晃动。这毁灭者是一个玩具。船、浪、风，这一切掌握它；它可怕的生命由此而来。拿这个齿轮机械怎么办呢？怎样阻止这个导致沉船的恐怖机械呢？怎样预见它滚来滚去，回旋，停歇，撞击呢？每一下撞上船身都可能撞破船板。怎样琢磨出它迂回曲折的运动呢？要打交道的这颗炮弹在改变主意，好像有想法，时刻改变方向。怎样停止必须避免的事呢？可怕的大炮狂奔乱跑，忽前忽后，忽左忽右地撞击，逃窜而去，一闪而过，令人猝不及防，碾碎障碍，将人像苍蝇一样压扁。

局势的全部恐怖就在甲板的颠簸中。怎样制服任意倾斜的侧面呢？可以说，军舰的肚子里囚禁着雷电，雷电正试图逃逸而出，仿佛在地震上空滚动着电闪雷鸣。

一刹那，全体船员都站起身。过失在于炮长身上，他忽略了拧紧拴住铁链的螺母，而且没有卡住大炮的四个轮子；这样，垫板和炮架得以活动，两个底盘错开了，最后炮索松开了，粗钢索断裂，以致大炮不能固定在炮架上。防止大炮后退的固定炮索，当时还没有使用。一阵海浪打在炮口上，没有拴牢的大炮朝后退，挣断了铁链，开始在中舱里可怕地滚动起来。

要了解这奇特的滚动，可以设想一滴水珠在玻璃上滑动。

正当铁链断裂时，炮手们都在炮舱里。有些人聚在一起，另外一些人分散开来，都忙于水手们预见到一场战斗的海事工作。颠簸使大炮冲向人群，打开一个缺口，一下子就碾死了四个人，然后，由于滑动，重新起动，又冲了出去，将第五个可怜的人截成两半，在左舷上将另一门大炮撞坏。刚才听到的惨叫，就是这时发出的。所有人都涌向舷梯。炮舱里一刹那空无一人。

只剩下这门大炮，它只管自身，主宰自己，也成了军舰的主人。它能为所欲为。在战斗中也谈笑自若的船员在发抖。恐怖的气氛难以描述。

舰长布瓦贝特洛和大副拉维厄维尔是两个勇敢无畏的人，他们在舷梯上面站住了，默默无言，脸色煞白，迟疑不决，朝中舱看去。有一个人用胳膊肘推开他们，走了下去。

这是他们的乘客，那个乡下人，他们刚才谈论的是他。

到达舷梯底下时，他站定了。

九三年

五　VIS ET VIR[1]

大炮在中舱里滚来滚去，就像《启示录》里那辆有生命力的马车。[2] 在艉柱上摇晃的信号灯，将光和影令人昏眩的晃动添加在这幅景象上。在剧烈的奔跑中，大炮的形状模糊了，时而在亮光中显得黑乎乎，时而在幽暗中显得白蒙蒙。

它继续撞坏军舰。它已经撞坏另外四门大炮，船舷被撞出两道裂缝，幸亏在吃水线以上，但如果刮起狂风，海水就会灌进来。它疯狂地撞击军舰的构架。非常坚固的、连接船体下部的支柱承受得住，弯曲的木头特别坚韧；可是听得见在过度的打击下发出的断裂声，这大槌以一种闻所未闻的无处不在，同时向四处乱撞。瓶子里一颗滚动的铅弹，也不会有更加疯狂、更加迅速的撞击。四只轮子在尸体上碾来碾去，把它们切断，分成碎块，乱撕一气，五具尸体变成了二十段，在炮舱里滚动。死人的脑袋似乎在呼喊，随着船的摇摆，鲜血像小溪一样在地板上纵横交错。船壳有多处损坏，开始有裂口。整条军舰充满了可怖的响声。

舰长迅速镇定下来，在他的命令下，船员将所有能够减轻和阻止大炮疯狂滚动的东西，包括床垫、吊床、备用的船帆、成捆的绳索、水手背囊、一包包伪指券[3]，从舱口扔进中舱。轻巡航舰有一大批这种包裹，英国人把这种无耻勾当看作一场成功的战争手段。

1　拉丁文：力量和人。
2　《启示录》中，预言上帝将干预历史，将战争、瘟疫、饥荒、地震等降于人间。这时天马下凡，马嘴喷出火焰，要毁灭 1/3 人类。
3　1789—1897 年流行于法国的一种有国家财产担保的证券，后当作通货使用。

· 36 ·

但是，这些破玩意儿能有什么用呢？没有人敢下去把它们放在该放的地方；几分钟后，它们被压成齑粉。

海浪不大不小，正好使这次事故变得不可收拾。最好来一场风暴，它指不定将大炮掀翻，一旦四只轮子朝天，就能制服它了。可是破坏在加剧。插入龙骨构架，贯穿船体各层的桅杆，像一根粗大的圆柱，已经有损伤，甚至有裂缝。在大炮狂乱的撞击下，前桅出现了裂缝，主桅也受到损伤。炮群支离破碎。三十门炮中，十门炮已经失去战斗力；船壳板裂口越来越多，轻巡航舰开始进水。

下到中舱的年老乘客，好似一尊石像站在梯子脚下，目光严峻地望着这片狼藉的景象，一动不动，仿佛无法在炮舱里迈步。

毫无羁绊的大炮每动一动，都一步步造成军舰的崩溃。再过一点时间，沉船就不可避免了。

要么毁灭，要么阻止这场灾难，需要拿出一个主意，但这是什么主意呢？

这门大炮多么有战斗力啊！

必须制止这个可怕的疯子。

必须揪住这闪电的衣领。

必须打垮这霹雳！

布瓦贝特洛对拉维厄维尔说：

"骑士，您相信大主吗？"

拉维厄维尔回答：

"相信。不信。有时候信。"

"刮风暴的时候？"

"是的。还有眼下这种时候。"

"确实只有天主能解救我们。"布瓦贝特洛说。

大家默然无声,任凭大炮发出骇人的撞击声。

外面,拍击军舰的海浪应和着大炮的撞击声,好像是两个大锤在轮番敲打。

突然,在这个挣脱锁链的大炮横冲直撞的、无法接近的"竞技场"里,出现了一个手拿铁棒的汉子。他是灾难的肇事者,玩忽职守、造成事故的炮长和负责人。由于闯了祸,他想弥补。他一只手握着一根撬棍,另一只手拿着一条打活结的绳子,从舱口跳到中舱。

于是开始一场殊死的搏斗;丧胆销魂的场面;大炮进攻炮手;物质和智力相搏,物与人决斗。

那人站在一个角落里,手里拿着铁棍和绳子,背靠一根支柱,两腿像铁柱一样稳稳站住,脸色苍白,冷静而悲壮,仿佛在地板上生根,他等待着。

他等待大炮从他身边经过。

炮手熟悉他的大炮,大炮也似乎熟悉他。他和它一起生活了很久,多少次他将手伸进炮口!这是他亲近的怪物。他开始就像对他的狗一样对它说话。

"来吧。"他说,也许他喜爱它。

他看来盼望它向他滚过来。

但是,滚过来等于向他冲过来。那时他就完蛋了。怎样避免被碾压呢?问题在这里。大家都骇然地望着。

人人的胸膛都屏住呼吸,或许老人除外;这个面目阴沉的见证人,他独自在中舱和两个搏斗者在一起。

他本人也可能被大炮碾压。他纹丝不动。

在他们下面,海湾盲目地指挥战斗。

正当炮手接受这场可怕的肉搏,向大炮挑战时,大海的颠簸偶然让大炮一时静止不动,仿佛惊呆了。"那么过来啊!"炮手对它说。它似乎在倾听。

它猛然向他扑来。他躲开了袭击。

搏斗开始了,难以置信的搏斗。脆弱的人与无懈可击的钢铁在角力。血肉之躯的斗兽者攻击青铜猛兽。一边是力量,另一边是心灵。

这一切在昏暗中进行。奇迹显现的一幅朦胧景象。

心灵是奇特的东西,好像大炮也有心灵;但这是充满仇恨和狂怒的心灵。这盲目的东西似乎有眼睛。怪物看来在窥伺人。至少可以相信,这庞然大物诡计多端。它也在选择时机。难以描述的钢铁巨虫有着或者似乎有着恶魔的意志。这只巨大的蝗虫有时撞到炮舱的天花板,然后跌落下来,四只轮子着地,宛若老虎四爪伏地,又开始扑向他。他像蛇一样柔软、敏捷、灵活,在霹雳的攻击下东躲西闪。他避免相撞,而他躲开的打击却落在船上,继续摧毁它。

大炮身上还留着一段挣断的链条。这链条不知怎么缠绕在按钮的螺栓上。链条的一端固定在炮架上,另一端是松开的,在大炮周围狂转,加剧了大炮的扑腾。螺栓像一只手那样捏紧它,这链条像皮带一样加剧羊角槌的撞击,钢鞭加上青铜的撞击,在大炮周围掀起一阵可怕的旋风。这链条使搏斗更加复杂。

但是,炮手在战斗。有时甚至是他在进攻大炮:他拿着撬棍和绳子,沿着船壳板向前爬。大炮看来明白了,而且仿佛猜透了诡计,于是逃跑。炮手了不起,追了过去。

这样的情况不能持续很久。大炮仿佛突然自言自语:"得了!该结束了!"它停下来。大家感到结局临近。大炮好像暂歇一下,似乎有或者已有凶狠的预谋,因为对大家来说,它是有生命的。它冷不防扑向炮手。炮手朝旁边一闪，让过了它，笑着朝它喊道："再来啊！"大炮仿佛愤怒了，撞坏了左舷的一门炮；然后又像控制着它的无形投石器，再次弹射出去，向站在右舷的炮手冲过去，炮手避开了。在大炮的冲击下，有三门炮被撞毁；这时，大炮仿佛盲目一样，再也不知道在干什么，它背对着炮手，从后头滚到前头，撞坏了艏柱，在舰首舷墙上撞出一个裂口。炮手躲在舷梯脚下，离目睹的老人只有几步远，手里握着撬棍，站在那里。大炮似乎看到了他，也不管转身的麻烦，以斧劈一样的迅速，倒退着朝他扑去。炮手被逼到舷墙，无计可施。全体船员发出一声惊叫。

至今一动不动的老乘客，比大炮的横冲直撞更快，冲了出去。他抓住一包假指券，冒着被压死的危险，终于扔到大炮的轮子中间。这个危险的决定性动作，即使按杜罗泽尔的《海上大炮操作规程》做过所有训练的人，也做不到更加准而精。

这包假指券起到了缓冲器的作用。一颗石子能阻止一块巨石滚动，一根树枝能转变雪崩的方向。大炮颠踬一下。炮手这当儿抓住这可怕的连接点，把他的铁棍插入一只后轮的辐条之间。大炮停住了。

炮身倾斜，炮手按住撬棍顶端，一使劲将它翻倒。沉重的大家伙翻了个底朝天，像大钟倾翻时发出轰然一声，大汗淋漓的炮手拼命地扑过去，将绳子的活结套在被打垮的怪物的青铜脖子上。搏斗结束了，炮手胜利了。蚂蚁制服了庞然大物，侏儒俘获了雷霆。

士兵和水手一齐鼓掌。

全体船员拿着缆绳和铁链奔了过来，一瞬间大炮被拴住了。

炮手向乘客鞠躬致谢。

"先生，您救了我的命。"他说。

老人已经恢复了冷漠无情的态度，没有回答。

六　天平的两端

　　人战胜了，但是可以说大炮也战胜了。避免了顷刻沉船，但是轻巡航舰并没有获救，船的损坏看来无可修复。船壳板有五处裂口，舰首有一个大裂缝。三十门大炮中有二十门躺倒在地。被制服和重新锁起来的那门大炮，已经报废，炮闩钮的螺栓损坏了，因此无法瞄准。炮台上只剩下九门炮。底舱进水。必须立即抢修，用水泵把水排出去。

　　即使可以去看中舱，也是惨不忍睹。关闭发狂大象的笼子内部，也不会更加一片狼藉。

　　无论如何，这艘轻巡航舰不能让人发现，眼下有更加急迫的需要，就是立刻进行抢救。需要在舷墙上这里那里挂起几盏风灯，照亮甲板。

　　在这次悲惨的攻击发生的全部过程中，船员们由于被生死问题吸引住了，几乎不知道军舰外面出现的情况。雾气越发浓了，天气起了变化，狂风对军舰随心所欲，吹得偏离了航线，看得见泽西岛和根西岛，到了比预定航线更南的波涛汹涌的海域。大浪舔着轻巡航舰张开的裂口，令人胆战心惊。大海的颠簸变得咄咄逼人。微风变成北风。狂风，说不定是风暴正在酝酿之中。前面几个浪峰之外就望不见什么了。

　　正当船员匆忙地简单修补中舱损坏的地方，堵住进水的裂口，将劫后余生的大炮恢复原位时，那个老乘客重新登上甲板。

　　他靠在主桅杆上。

　　他根本不注意军舰上的动静。拉维厄维尔骑士命令海军陆战队的士兵，在主桅杆两侧排成战斗队列。水手长一声哨响,正在干活的水手们都跑到横桁上排好队。

布瓦贝特洛伯爵朝那个乘客走去。

舰长后面跟着一个惊恐的、气喘吁吁的、衣袖凌乱的汉子,不过神态心满意足。

此人就是那个炮手,他刚刚及时地制服了怪物,战胜了大炮。

伯爵对乡下人装束的老人敬了个军礼,对他说:

"将军,就是此人。"

炮手站立着,耷拉着眼睛,规规矩矩的军人姿态。

布瓦贝特洛伯爵又说:

"将军,鉴于这个人的表现,您不认为长官们应有所表示吗?"

"我认为要有所表示。"

"请您下命令吧。"布瓦贝特洛说。

"下命令的该是您。您是舰长。"

"但您是将军。"

老头望着炮手说:

"走近点。"

炮手迈了一步。

老头转向布瓦贝特洛伯爵,摘下舰长的圣路易十字勋章,将它戴在炮手的粗布短工作服上。

"乌拉!"水手们喊道。

海军陆战队的士兵们举枪致敬。

年老乘客指着受宠若惊的炮手,又说:

"现在,该枪毙这个人。"

惊愕代替了欢呼。

这时,在坟墓一般的寂静中,老头提高了嗓门说:

"玩忽职守断送了这艘军舰。眼下它指不定完蛋了。在海上,就是面对敌人。一艘穿越大海的军舰,是一支进行战斗的军队。风暴隐藏着,但并非不存在。整个大海是一个陷阱。大敌当前,犯了任何过失都应该处死。过失是无法弥补的。勇敢应该受到奖赏,玩忽职守应该受到惩罚。"

这番话一句接一句,缓慢地,庄重地,带着无情的节奏,犹如斧头砍在橡木上。

老头望着士兵们,加上说:

"执行。"

外衣上戴着闪光的圣路易十字勋章的炮手低下了头。

在布瓦贝特洛伯爵的示意下,两名水手下到中舱,回来时带上吊床,用作裹尸布。起航以来一直在军官餐厅里祈祷的随军神父,伴随着两个士兵。一个中士从队列里叫出十二个士兵,让他们六个人一排,排成两行。炮手一言不发,站在这两排士兵中间。神父手里拿着十字架,走上前,站在他身边。中士说:"开步走。"行刑队迈着缓慢的步子,走向舰首。两个水手拿着裹尸布,跟在后面。

轻巡航舰一片死寂。远处的风暴在呼啸。

过了一会儿,黑暗中响起一排枪声,一道亮光闪过,复又归于寂静,传来一具尸体落在海里的响声。

年老乘客始终靠在主桅杆上,抱着手臂,沉思凝想。

布瓦贝特洛用左手食指指着他,低声对拉维厄维尔说:

"旺代有一位领袖了。"

七 扬帆航行要碰运气

轻巡航舰的前景会怎样？

乌云整宿侵入到浪涛中，最后低垂到遮住了天际，整个大海就像披上一件大氅。只剩下浓雾。即令对一艘完好无损的军舰，这种局面始终是危险重重。

除了大雾，还有骇浪惊涛。

水手们争抢时间，他们清理大炮造成的所有损坏、撞散架的大炮、撞折的炮架、扭曲或者脱了钉的船体肋骨、破碎的木头或铁片，统统扔到海里，减轻巡航舰的负担。他们已把尸体和裹在篷布的人体残肢，从木板上滑到海浪里。

大海开始让人受不了。并非风暴恰好迫在眉睫；恰恰相反，似乎在天际轰鸣的风暴在减弱了，狂风正向北移去；但仍然风高浪急，这表明海底险恶，轻巡航舰已遍体鳞伤，已经不起颠簸，狂风恶浪可能对它是致命的。

加库瓦尔在掌舵，若有所思。

遇险泰然自若，这是海上指挥员的习惯。

拉维厄维尔在险境中保持乐观性格，上前和加库瓦尔搭讪：

"喂，舵手，风暴受挫了。想打喷嚏落了空。我们会摆脱困境的。还会刮风，如此而已。"

加库瓦尔严肃地回答：

"有风就有浪。"

既不笑也不愁，就是这个水手的特点。回答有点令人不安的意味。对一艘进水的船来说，有浪就会很快装满海水。加库瓦尔略微皱了一下眉头，强调这个预兆。在大炮和炮手造成的灾难之后,拉维厄维尔也许有点过早地说出几乎乐观而又轻飘飘的话。来到大海上,有些事是带着厄运的。大海神秘莫测,永远无法知道它会怎么样,必须提高警惕。

拉维厄维尔觉着自己需要恢复严肃的态度。

"舵手,眼下我们在哪儿?"

舵手回答:

"我们在天主的旨意里。"

舵手是个主宰,总是必须任由他去做,也往往必须任由他去说。

再说,这类人寡言少语。拉维厄维尔走开了。

大海突然展开在眼前。

拖曳在浪涛之上的雾散开了,在晨光熹微中,暗黑的翻滚的浪涛一望无际地展开,于是看到了如下的景象:

天空宛若一个乌云盖子;但乌云不再触到海面;东方呈现日出的鱼肚白,西方是另一种灰白色,那是月亮沉落。这两种白色在天际,面对面在阴暗的海面和黑暗的天空之间,形成狭窄的淡白色光带。

在这两种光亮之上,黑色身影笔直,一动不动地呈现出来。

在西方,被月儿照亮的天空之上,映衬出三块高耸的岩石,就像史前的粗糙石柱一样矗立。

在东方,早晨苍白的天际上,出现八艘大船,排列整齐,间隔有序,令人生畏。

三块岩石是礁石,八艘大船是一支舰队。

轻巡航舰后面是曼吉埃礁石,这礁石臭名昭著,前面则是法国巡航舰队。西边是深渊,东边是搏杀;他们处在沉没和战斗之间。

面对礁石吧,轻巡航舰的船体多处洞穿,帆缆索具七零八落,桅杆根基动摇;面对战斗吧,它的炮队三十门大炮中有二十一门已经散架,几个最优秀的炮手死了。

晨曦十分微弱,黑夜尚未退尽。黑夜甚至还要延续相当久,尤其是因为乌云而造成的,乌云厚而高,浓重深邃,看来像坚固的穹顶。

风终于带走了下边的雾,使军舰偏离向曼吉埃礁石刮过去。

它已疲惫不堪,损坏严重,几乎不再听从驾驭,与其说在航行,不如说在漂流,任凭海浪随意拍打。

曼吉埃礁石已造成了多少悲剧啊,当时比今日更加险恶。这座深渊中的城堡有几个塔楼,已被海浪不断地拍打削平了;礁石的形状改变了,怪不得人们把海浪称作锯子。每一次潮水到来是拉一次锯子。当时,驶近曼吉埃礁石,就是灭亡。

至于这支舰队,就是康卡尔舰队,在舰长杜舍斯纳的指挥下已经变得声名显赫,莱吉尼奥把杜舍斯纳称为"杜舍纳老爹"[1]。

局势危急。轻巡航舰在大炮横行无忌的时候,不知不觉偏离了航线,向着格朗维尔,而不是向着圣马洛行驶。即使它能航行,张满船帆,曼吉埃礁石也阻挡不了它返回泽西岛,法国舰队也阻挡不了它到达法国。

此外,虽然风暴停息,但正如舵手所说,海浪汹涌。狂风劲吹,海底险象环生,大海狂放不羁。

大海从来不会马上道出它想干什么。深渊中无奇不有,甚至爱找碴儿。几乎可以说,有一套诉讼程序;它前进又后退,建议又矢口否认,酝酿一场风暴又随之放弃,答应有深渊又不守诺言,威胁北边又打击南边。一整夜,克莱

---

[1] 杜舍纳是闹剧和戏剧中的普通形象,从大革命初开始,成为民众的代言人。

摩尔号轻巡航舰经历了大雾,担心风暴来临;大海刚刚食言,不过方式十分粗暴;它开始掀起一场风暴,结果却是一堆礁石。这始终是另一种形式的沉没。

在战斗中灭亡再加上触礁沉船。一个敌人补充另一个敌人。

拉维厄维尔在临危不惧的笑声中嚷道:

"这边是沉没,那边是战斗。我们两边都中了头彩。"

八 九对三百八十

轻巡航舰几乎成了残骸。

在散乱的灰白色亮光中,乌黑的云层,天际变化不定的朦胧影像,波涛神秘的折叠,内中有着墓地的庄严。除了带敌意的风吹拂之外,一切都寂然无声。灾难威严地从深渊中逸出,更像幽灵显现,而不像袭击。礁石中没有一丝动静,舰队中也没有一丝动静。这是难以形容的沉寂。要同真实事物打交道吗?好像一个梦掠过海上。传奇中就有这种幻象,轻巡航舰可以说是处在魔鬼礁石和幽灵舰队之间。

布瓦贝特洛伯爵给来到炮舱的拉维厄维尔低声下命令,然后舰长抓起望远镜,走到舰尾,站在舵手旁边。

加库瓦尔尽力要保持轻巡航舰航行在海上;因为它的一侧若受到风浪袭来,不可避免要翻船。

"舵手,"舰长说,"我们在什么地方?"

"朝向曼吉埃礁石。"

"在哪一边?"

"不妙的一边。"

"海底怎么样?"

"是尖锐的岩石。"

"能下锚吗?"

"反正总是一死。"舵手说。

舰长把望远镜转向西边,观察曼吉埃礁石;然后又转向东边,观察在望的帆船。

舵手像自言自语地继续说:

"那是曼吉埃礁石,是从荷兰飞来的红嘴鸥和大黑鸥用作歇脚的地方。"

舰长在数有多少艘军舰。

确实有八艘军舰,排列有序,在海面上显现出作战的侧影。可以看到当中一艘有三层甲板的军舰高耸的舰身。

舰长问舵手:

"你认得这是什么船吗?"

"当然!"加库瓦尔回答。

"是什么?"

"是一支舰队。"

"法国的吗?"

"魔鬼的。"

沉默片刻。舰长又问:

"是整支巡航舰队吗?"

"不是全部。"

确实,四月二日,瓦拉泽曾在国民公会宣布有十艘三桅战舰和六艘战列舰在芒什海峡游弋。舰长记起了这件事。

"事实上,"他说,"这支舰队有十六艘军舰,这里只有八艘。"

"其余的,"加库瓦尔说,"在那边沿着整个海岸游弋,在秘密监视。"

舰长一面通过望远镜观察,一面喃喃地说:

"一艘有三层甲板的战舰,两艘一级三桅战舰,五艘二级三桅战舰。"

"我呀,"舵手咕噜着说,"我监察过它们。"

"一流战舰,"舰长说,"这些军舰我也曾多少指挥过。"

"我呢,"加库瓦尔说,"我就近观察过它们。我不会搞混。我在脑子里记住了它们的特征。"

舰长把望远镜递给舵手。

"舵手,你看得清那艘高层甲板的军舰吗?"

"看得清,舰长,这是'黄金海岸'号。"

"他们把它改了名字,"舰长说,"以前叫'布戈涅三级会议'号。一艘新军舰,有一百二十八门大炮。"

他从衣兜里掏出一个记事本和一支铅笔,在本子上写下一百二十八这个数字。

他继续问:

"舵手,左边第一艘是什么军舰?"

"'内行'号。"

"一级三桅战舰。五十二门大炮。两个月前在布雷斯特装配的。"

舰长在本子上记下五十二这个数字。

"舵手,"他又问,"右边第二艘军舰呢?"

"'山林仙女'号。"

"一级三桅战舰。四十门十八斤重炮弹的大炮。它到过印度,有光荣的战斗史。"

他在数字五十二下面写上四十；然后抬起头来：

"现在看右边的。"

"舰长，这都是二级三桅战舰，有五艘。"

"从战列舰数起，第一艘叫什么名字？"

"'坚定'号。"

"三十二门十八斤重炮弹的大炮。第二艘呢？"

"'里什蒙'号。"

"同样的火力。后面那艘呢？"

"'无神论者'号[1]。"

"航海取这样的怪名字。后面呢？"

"'卡利普索仙女'号。"

"后面呢？"

"'攻占者'号。"

"五艘三桅战舰，每艘三十二门大炮。"

舰长在前面几个数字的下面写上一百六十。

"舵手，"他说，"你都认得出它们吗？"

"您呢，"加库瓦尔回答，"舰长，您很熟悉它们。认得出已不错，熟悉就更了不起。"

舰长盯着看他的本子，嘴里在做加法。

"一百二十八，五十二，四十，一百六十。"

---

[1] 根据海军档案。此为1793年3月的舰队状况。——原注

这时，拉维厄维尔重新登上甲板。

"骑士，"舰长对他喊道，"我们面对三百八十门大炮。"

"好啊。"拉维厄维尔说。

"拉维厄维尔，你察看过一遍以后刚回来，我们有多少门炮可以射击？"

"九门。"

"好啊。"轮到布瓦贝特洛说。

他从舵手的手里取回望远镜，观察天际。

八艘黑黢黢的军舰无声无息，仿佛一动不动，但是它们在增大。

它们不知不觉地接近。

拉维厄维尔行了个军礼。

"舰长，"拉维厄维尔说，"我的报告如下。我原本并不放心这艘克莱摩尔号轻巡航舰。突然登上一艘自己不熟悉也不喜欢的军舰，总是要遇到头疼的事。这是一艘英国船，会背叛法国人。狗娘养的大炮已经证明了这一点。我刚才检查了一遍。锚很好。不是熟铁块，而是用重锤锤到一起的铁杠。锚环十分坚固。缆绳出色，很容易解开，长度符合标准，有一百二十寻。火药充足。死了六个炮手。每门炮有一百七十发炮弹。"

"因为只剩下九门炮了。"舰长喃喃地说。

布瓦贝特洛将望远镜对准天际。舰队继续慢慢地接近。

大口径海军大炮有一个优点：三个人就能操作；但是也有一个缺点：射程不如加农炮射得远，也没那么准。因此，必须让这支舰队到达射程之内。

舰长低声下达命令。舰上静默无声。并没有鸣笛做好战斗准备，但是已经准备好了。轻巡航舰已经丧失对人和对海浪的战斗能力。他们尽量利用这艘残存的军舰，将粗缆绳、备用缆绳都搜集起来，堆在操舵索旁边和主通道上，以便在必要时加固桅杆。还准备了安排伤员的地方。根据当时的航海习惯，甲板上拉上防护网，这可以预防子弹，但不能预防炮弹。搬来了检测枪弹的仪器，虽然检验炮弹口径晚了一点，但谁能预见到那么多事故呢？每个水手领到一盒子弹，腰带别上两把手枪和一把匕首。吊床都收了起来；大炮校准了；准备好火枪；预备了斧头和铁钩；整理好炮弹筒和炮弹舱，将火药舱打开。每个人各守各位。干活时都不发一言，就像在临终者的房间里，迅速而又阴森森。

然后，轻巡航舰锚泊了。它像一艘三桅战舰，有六只锚，全都沉入水中。船头的警戒锚，船尾的拖曳锚，靠大海一侧的涨潮锚，靠礁石一侧的退潮锚，右舷的八字锚，左舷的主锚。

完好无损的九门大炮排成炮阵，全部朝着一面，即敌人的一面。

那支舰队仍然悄然无声，也操作完毕。八艘军舰如今形成半圆形，曼吉埃礁石则是弦。克莱摩尔号被封在这半圆形内，再说被它自己的锚捆住，背靠礁石，就是说面临会沉船的礁石。

双方似乎都在等待。

克莱摩尔号的炮手们待在大炮旁。

布瓦贝特洛对拉维厄维尔说：

"我等待着先开火。"

"想卖弄一下的乐趣吧。"拉维厄维尔说。

九　有人逃脱

那个乘客没有离开甲板，他不动声色地观察一切。

布瓦贝特洛走近他，对他说：

"先生，准备工作已经就绪。我们如今已经钉在自己的坟墓里了，不会松手的。我们要么是这支舰队的俘虏，要么是礁石的俘虏。要么向敌人投降，要么沉到礁石里，没有别的选择。我们只有一条路，就是死。战斗胜过沉船。我宁愿打死也不愿淹死；说到死，我宁愿死在炮火中，而不是死在水里。不过，死是我们这些人的事，而不是您的事。您是亲王们选择出来的人，您有一项伟大的使命，领导旺代战争。没有您，说不定君主制就完蛋了，因此您应该活着。我们的荣誉是留在这里，而您的荣誉是离开这里。将军，您要离开这艘军舰。我会给您一个人和一条小艇。兜个圈子到达岸边，不是不可能的。眼下还没有天亮，浪涛汹涌，大海幽暗，您可以逃走。有些情况下，逃脱就是胜利。"

老人严肃而庄重地点了一下头。

布瓦贝特洛伯爵提高了声音喊道：

"士兵们，水手们。"

大家都停止了动作，从舰上的四面八方，人人的面孔都转向舰长。

他继续说：

"我们中间的这个人代表王上。王上把他委托给我们，我们应该保存他。他对法国王位是必不可少的；既然缺少一位亲王，他就是旺代的领袖，至少这是我们的期待。他是个伟大的军事将领，他本应和我们一起登上法国陆地，但他应该离开我们登陆，拯救他的头颅，就是拯救一切。"

"对！对！对！"全体船员众口一词地喊道。

舰长继续说：

"他也要冒严峻的危险。到达海岸不是容易的事。小艇要相当大，才能抵挡汹涌的浪涛。但也不能太大，才能躲过敌人舰队。要到一个安全可靠的地方,宁愿到富热尔那边,而不是库唐斯那边。要有一个身强力壮的水手,划船和游泳都很棒;是本地人,熟悉航道。眼下天还很黑,小艇可以离开轻巡航舰而不被发觉。再说,就会有硝烟,遮蔽住小艇。船小有助它不会搁浅。豹子被逮住的陷阱,鼬鼠可以逃脱。我们没有出路了,他却有出路。小艇使劲划桨远去,敌人的军舰不会看见它;再说,这段时间,我们在这里,我们可以逗弄敌人。是吧?"

"是的!是的!是的!"船员们喊道。

"一分钟也不要耽搁,"舰长又说,"有谁自告奋勇?"

黑暗中有一个水手从队列中走出来。

"我。"

十 他逃脱了吗?

过了一会儿,一条专供舰长使用,名叫交通艇的小艇,离开了军舰。在这只小艇里,有两个人,坐在船尾的乘客和坐在前头,"自告奋勇"的水手。夜还很黑。水手遵照舰长的指示,朝曼吉埃的方向有力地划桨。其他出路都无可能。

水手们在小艇里扔了一些食品,一袋饼干、一条熏牛舌和一桶水。

正当交通艇放到海里时,面对深渊仍然说笑的拉维厄维尔从轻巡航舰的舵柱上俯身,对小艇打趣地告别:

"这样逃脱倒不错,淹死就好极了。"

"先生,"舵手说,"别再开玩笑了。"

离开得很快,在轻巡航舰和小艇之间,迅速拉开了距离。风和浪同划桨者配合，小艇飞快地逃离，在晨曦中随浪起落，被浪涛起伏遮住了。

海上有一种难以言说的阴郁等待氛围。

突然，在大海夹杂汹涌声的广袤寂静中，响起一个声音，被传声筒扩大，就像被古代悲剧的铜面具所放大的声音，几乎不是凡人的声音。

这是布瓦贝特洛舰长在说话。

"国王的水兵们，"他嚷着说，"把有百合花徽的旗帜钉在主桅杆上。我们要看到我们最后的太阳升起。"

轻巡航舰放了一炮。

"国王万岁！"船员们呼喊。

这时从海面上传来另外一阵呼喊，响亮、遥远、模糊，但很分明：

"共和国万岁！"

远处的海面上发出了响声，犹如三百个炸雷爆炸。

战斗打响了。

海面上硝烟弥漫，炮火闪烁。

炮弹落在水面上溅起水沫，四散落在浪涛上。

克莱摩尔号开始向那八艘军舰喷射火焰。与此同时，在克莱摩尔号周围集中排成半月形的整支舰队火力齐发。天边火光一片。好像海底一座火山爆发了。风儿吹动这片战斗的巨大血红色，军舰像幽灵般在其中忽隐忽现。近景中的轻巡航舰黑乎乎的轮廓，衬托在这红色的背景上。

可以看得清主桅杆上有百合花徽的旗帜。

曼吉埃礁石的三角形浅滩，是一种海底的三角形岬角[1]，比整个泽西岛面

---

[1] 这里用的是 trinacrie 一词，是意大利诗人维吉尔在《埃涅阿斯纪》中形容西西里岛有三个岬角。

积还要大；海水淹没了浅滩；最高点是一个平台，最大的海潮也淹没不了它，它的东北面矗立着六块巨礁，一字儿排开，看上去像一堵这儿那儿崩坍的大墙。平台和六块礁石之间很狭窄的海峡，只有小艇能够通过。出了海峡，就是大海。

负责小艇脱险的水手，将小船划进了海峡。这样，曼吉埃礁石便将战斗和小艇隔开了。水手在狭窄的航道中灵活地划动，在左右两侧避开暗礁；现在礁石挡住了战场。由于距离越来越远，天际的火光和大炮激烈的爆炸声开始减弱了；连续不断的炮声，表明轻巡航舰坚持住，它要用尽舰上的一百九十一发炮弹，直到最后一发。

不久，小艇来到自由海域，离开了礁石，离开了战斗，离开了炮弹的射程。

起伏的海面逐渐变得不那么阴暗了，光带扩大了，但仍有时突然被黑暗遮没；形状各异的浪花折射出光束，波涛的棱面上漂浮着白光。天亮了。

小艇摆脱了敌人的侵害，但还要做最困难的事。小艇逃脱了炮击，但并没有逃脱沉没的危险。它航行在汪洋大海上，船体小得微不足道，没有甲板，没有风帆，没有桅杆，没有罗盘，除了船桨什么都没有，面对大海和风暴，赛过任凭巨人摆布的一颗微粒。

这时，在这浩瀚的海洋中，在这片孤寂中，坐在前头的水手，抬起被曙光泛白的脸，对坐在后头的那个人说：

"我是你让人处决的那个人的兄弟。"

第三章　阿尔马洛

一　话就是道[1]

老人慢慢地抬起头。

对他说话的人大约三十岁。他的脸被海风吹得黧黑,眼睛奇特;在农民淳朴的眼眸中流露出水手的机敏目光。双手有力地握住双桨。神态柔和。

他的腰带上别着一把匕首、两支手枪和一串念珠。

"你是什么人?"老人问。

"我刚才告诉过你了。"

"你想对我怎样?"

那个放下双桨,抱起手臂回答:

"杀死你。"

"随你便。"老人说。

那人提高声音:

---

[1] 《圣经·约翰福音》:"开始是道,道和天主一起,道是天主。"雨果借用这种表达形式。

"你准备吧。"

"准备什么?"

"准备死。"

"为什么?"老人问。

沉默片刻。那人似乎被问住了,过了一会又说:

"我说我要杀死你。"

"我问你为什么?"

水手眼里掠过一道闪光。

"因为你杀死了我的兄弟。"

老人平静地回答:

"我先是救了他的命。"

"不错。你先救了他,然后杀了他。"

"杀死他的不是我。"

"那么是谁杀死他的呢?"

"是他的过错。"

水手呆呆地望着老人,然后又凶狠地皱起眉头。

"你叫什么名字?"老人问。

"我叫阿尔马洛,可是你被我杀死,并不需要知道我的名字。"

这时太阳升起来了。一抹阳光照在水手的整张脸上,把这张凶狠的脸照得明晃晃的。老人仔细端详他。

始终连续不断的炮声,如今断断续续,像临死的抽搐一样。一大片硝烟沉落在天际。水手不再划桨了,小艇随波浪漂流。

水手用右手握住腰间的一支手枪,左手握住他的念珠。

老人站起身来。

"你相信天主吗?"

"我们的主在天上。"水手回答。

他画了一个十字。

"你母亲还在世吗?"

"在世。"

他又画了一个十字,然后又说:

"好了,我给你一分钟,老爷。"

他打开了手枪扳机。

"你为什么叫我老爷?"

"因为您是一个领主老爷。这看得出来。"

"你呢,你有一个领主老爷吗?"

"有的,而且是一位大老爷。没有领主老爷怎么活呢?"

"他在哪儿?"

"我不知道。他离开了当地。他叫德·朗特纳克侯爵先生、德·封特奈子爵、布列塔尼亲王;他是七森林的领主老爷。我从来没见过他,这并不妨碍他是我的主人。"

"你如果见到他,会服从他吗?"

"当然。如果我不服从他,我不就成了异教徒!我们应该服从天主,然后服从像天主一样的国王,再然后服从像国王一样的领主。但眼下和这一切无关,您杀了我兄弟,我必须杀死您。"

老人回答:

"首先,我杀了你兄弟,我做得对。"

水手握紧了他的手枪。

"来吧。"他说。

"好的。"老人说。

他平静地加上一句:

"教士在哪儿?"

"教士?"

"是的,教士。我给了你兄弟一个教士,你也应该给我一个。"

"我没有教士。"水手说。

他又说下去:

"大海上有教士吗?"

只听到更远的地方传来战斗松一阵紧一阵的炮声。

"那边正在死去的人有教士。"老人说。

"不错,"水手喃喃地说,"他们有随军神父。"

老人继续说:

"你要毁掉我的灵魂,这很严重。"

水手低下了头,沉思起来。

"毁掉我的灵魂,"老人接着说,"你就毁掉自己的灵魂。听着。我怜悯你。你想怎么做就怎么做吧。我呢,我刚才履行了我的职责,先是救了你兄弟的命,然后夺走他的命,眼下,我尽力挽救你的灵魂,是在尽我的职责。你考虑吧。这是你的事。此刻你听到炮声吧? 那边有人正在死去,那边有绝望的人正在咽气,那边有丈夫将再也看不到自己的妻子,有父亲将再也看不到自己的孩子,有兄弟像你一样将再也看不到自己的兄弟。这是因为谁的错? 是因为你兄弟的过错。你信仰天主,不是吗? 那么,你知道,天主此刻正在受苦;天主痛苦的是像童年耶稣一样的儿子、非常虔诚的法兰西国王关在神庙塔楼里；天主为他的布列塔尼教堂痛苦；天主为他的大教堂受到侮辱，为他的福音书被撕毁，为他的祈祷室受到侵犯而痛苦；天主为他的教士被杀害而痛苦。我们，我们来到这艘此刻正沉没的军舰，是干什么的？我们是来救助天主的。如果你的兄弟是个好信徒，如果他忠实地做了一个明智而有用的人应做的祭礼，大炮造成灾难的事就不会发生，轻巡航舰就不会失去操纵，就不会偏离航线，就不会落到这支要命的舰队的包围中，我们此刻就会在法国登陆，我们作为勇敢的战士和水兵，手握军刀，举起有百合花徽的旗帜，人数众多，高高兴兴，欢欣鼓舞，来帮助勇敢的旺代农民拯救法国，拯救国王，拯救天主。这就是我们想要做的，这就是我们将会做的。这就是我，唯一幸存的人，我来做的事。但是你反对我这样做。在这场不信教的人反对教士的斗争中，在这场弑君者反对国王的斗争中，在这场撒旦反对天主的斗争中，你站在撒旦一边。你的兄弟是魔鬼的第一个助手，你是第二个助手。他开的头，你去完成。你帮助弑君者去反对王位，他帮助不信教的人去反对教会。你剥夺天主的最后手段。因为我代表国王，我不再存在时，村庄就会继续被焚烧，家庭就会继续哭泣，教士就会继续流血，布列塔尼就会继续受苦，国王就会继续受囚禁，耶稣基督就会继续蒙难。这是谁造成的？是你。得，这是你的事。我指望你做完全相反的事。我搞错了。是的，不错，你是对的。我杀了你兄弟。你兄弟很勇敢，我奖励了他；他是有罪的，我惩罚了他。他玩忽职守，我却没有。我所做的，我还会再做。伟大的奥雷的圣安娜正看着我们，我对她发誓，在同样的情况下，我也要像枪毙你兄弟一样，枪毙我的儿子。现在，你是主宰。是的，我为你抱怨。你对你的舰长说谎。你是基督徒，却没有信仰；你呀，作为布列塔尼人，你没有荣誉感；他们将我托付给你，你却以叛卖来接受我；你答应了他们要救我的命,却给我的是死亡。你知道你在这里要葬送的是谁吗? 是你自己。你从国王那里夺去了我的生命,你把永生给了魔鬼。得,动手犯罪吧,很好。你廉价处理你在天堂的位置。由于你,魔鬼胜利了;由于你,教堂将会倒坍;由于你,异教徒将继续熔化大钟,铸造成大炮,将拯救灵魂的东西去杀人。在我讲话的时候,那口曾经为你洗礼而敲响的大钟可能正用来杀死你的母亲。得,你去帮助魔鬼吧。不要止步。是的,我处决了你兄弟,但是你要明白,我是天主的一个工具。[1] 啊! 你审判的是天主的工具! 你因此而要审判上天的雷霆吗? 可怜的人,你将受到雷霆的审判。当心你的所作所为。只是你要知道我是否正受到恩宠? 不知道。还是算了吧。你想干就干吧。把我投进地狱,而且和我一起投进去,这是你的自由。我们两个人地狱,掌握在你手里。在天主面前,负责任的将是你。眼下只有我们两人,面对面处在深渊里。继续下去啊,结束啊,了结啊。我年老,你年轻;我手无寸铁,而你有武器;杀死我吧。"

正当老人站着,用盖过浪涛的声音说这番话时,波浪起伏使他时而在暗影中,时而在亮光中显现;水手变得脸色煞白;大颗汗珠从他的额上滚落下来;他犹如树叶一样抖抖索索;他不时吻一下他的念珠;当老人说完话时,他扔掉他的手枪,跪了下来。

"饶恕我,老爷! 请原谅我,"他嚷道,"您像仁慈的天主一样说话。我错了。我的兄弟做错了事。我要竭尽所能弥补他的罪。支配我吧。下命令吧。我会服从。"

"我饶恕你。"老人说。

---

[1] 这篇讲话参考了约瑟夫·德·梅斯特尔的理论,认为社会服从一种决定论,它的根源在天主,作为极端保王派的主要代表,他把法国大革命看作神的惩罚。如果法国受苦,那是为了在鲜血中赎罪。在《圣彼得堡的夜晚》中,他把刽子手看作神的意志的象征,尽管刽子手的职责令人恐惧。

二　乡下人的记忆力抵得上统帅的才干

小艇里的食品很顶用。

两个逃跑者不得不绕很长的弯路，花了三十六小时才到达海岸。他们在海上过了一宿；不过夜色美艳，但对于想避人耳目的人来说，月光太明亮了。

他们先是远离法国，来到泽西岛附近的海域。

他们听到被摧毁的轻巡航舰最后的炮声，仿佛听到树林里被猎人射杀的狮子最后的吼声。然后海面上沉寂了。

这艘克莱摩尔号轻巡航舰像复仇号一样沉没，但光荣不配给它。反对祖国的人不是英雄。

阿尔马洛是一个了不起的水手。他做出敏捷和机智的奇迹；穿过暗礁、波浪和敌人的监视，临时找到一条航路，无异于杰作。风力减弱了，大海变得适于航行。

阿尔马洛避开了曼吉埃礁石，绕过牛堤礁，隐蔽起来，那里退潮时在北面有个小海湾，他们休息了几小时，再向南走，在格朗维尔和肖塞群岛之间找到办法通过，没有被两边的监视哨发现。他们划进了圣米歇尔海湾，由于就在法国舰队的锚地康卡尔附近，这是很大胆的。

第二天傍晚，大约在落日前一小时，他把圣米歇尔山抛在后面，来到一个浅滩登陆，由于那里危险，总是荒无人烟，人会陷进沙子里。

幸亏这时涨潮。

阿尔马洛把小艇尽量划向前，试试沙滩，觉得很结实，便把小艇搁浅在那里，跳下地来。

老人跟随在他后面，跨过船舷，观察天际。

"老爷,"阿尔马洛说,"我们是在库埃斯农河口。右边是博伏瓦尔,左边是于伊斯纳。前边那座钟楼是阿德逢。"

老人向小艇俯下身,拿了一块饼干,揣进兜里,对阿尔马洛说:

"把剩下的都拿上。"

阿尔马洛把剩下的肉和饼干都放进口袋,把口袋扛到肩上,然后说:

"老爷,应该给您带路,还是跟在您后面?"

"都不是。"

惊愕的阿尔马洛望着老人。

老人继续说:

"阿尔马洛,我们要分手了。两个人不顶用。要么成千,要么单独一人。"

他止住话头,从一个口袋里掏出一个绿色的丝结,很像一根绶带,中间是一朵金色线绣的百合花。他问:

"你识字吗?"

"不识字。"

"很好。一个识字的人反而麻烦。你记性好吗?"

"好的。"

"很好。听着,阿尔马洛。等一下你朝右走,我呢,朝左走。我走富热尔那边,你呢,走巴祖日那边。拿着你的口袋,显得像个农民。藏好你的武器。从树篱折下一根棍子。爬过高高的荞麦地。从围墙后面溜过去。跨过栅栏,穿过田野。离开行人一段距离。避开道路和桥。不要进入篷托尔松。啊!你将要穿过库埃斯农河,你打算怎么过河?"

"游过去。"

"很好。然后有一个浅滩。你知道在什么地方吗?"

"在昂塞和老维埃尔之间。"

"很好。你当真是本地人。"

"但是黑夜来临。老爷会睡在什么地方?"

"我会照顾自己。你呢,你要睡在什么地方?"

"有的是空心老树。我在当水手之前是庄稼人。"

"把你的水手帽扔了,它会暴露你的身份。你找个地方弄一顶风帽。"

"噢!雨帽吗,哪儿都能找到。第一个遇到的渔民都会把他的雨帽卖给您。"

"很好。现在,听着。你熟悉树林吗?"

"全都熟悉。"

"整个地区的?"

"从努瓦穆埃到拉瓦尔。"

"你也熟悉所有树林的名字?"

"我熟悉树林,我熟悉名字,我什么都熟悉。"

"你一点都不忘记?"

"都不忘记。"

"很好。现在请注意。你一天能赶多少法里[1]路?"

"十,十五,十八,需要的话二十法里。"

"就需要二十法里。不要忘掉我对你说的每一个字。你要去圣奥班树林。"

"在朗巴尔附近吗?"

"是的。在圣里厄尔和普莱德利亚克之间的山沟边上,有一棵大栗树。你

---

[1] 1法里约合4公里。

在那里停下。你看不到任何人。"

"尽管如此,还是会有人。我知道的。"

"你呼唤一下。你会呼唤吗?"

阿尔马洛鼓起腮帮,转向大海,发出猫头鹰的叫声。

好像这来自黑夜深处,逼真而凄厉。

"好,"老人说,"你能行。"

他把绿丝结递给阿尔马洛。

"这是我的指挥花结。你拿着。重要的是任何人还不知道我的名字。但是这花结就足够了。百合花是王后在神庙监狱中绣下的。"

阿尔马洛单膝跪在地上。他带着颤抖接过有百合花徽的丝结,把嘴唇凑近它;然后仿佛害怕这一吻似的,停止不动。

"我能亲吻它吗?"他问。

"能够,既然你也吻十字架。"

阿尔马洛亲吻百合花。

"你起来吧。"老人说。

阿尔马洛站起身来,把花结揣在怀里。

老人继续说:

"好好听着,这是命令:揭竿而起。不要宽恕。因此,你到圣奥班树林边上发出呼唤。你呼唤三次。到第三次,你会看到一个人从地里钻出来。"

"从树下的一个洞里出来。我知道。"

"这个人是普朗什诺,大家也称他为'国王的心'。你给他看这个花结,他会明白的。然后你通过新辟出来的路,走到阿斯蒂耶树林;你在那里会找到一个膝外翻的人,他绰号叫火枪,对任何人都不发慈悲。你对他说,我爱他,让

在海上

他发动他教区的人。然后你到离普洛埃梅尔一法里地的库埃斯篷树林。你发出猫头鹰的叫声,从洞里会出来一个人,他就是图奥先生,普洛埃梅尔的司法总管,曾经是所谓立宪会议的成员,属于好的一边。你告诉他武装库埃斯篷城堡,城堡属于流亡的盖尔侯爵。沟壑、小树林、起伏不平的地块,好地方。图奥先生是个正直和有头脑的人。然后你到圣乌昂图瓦,对让·舒安说明情况,在我看来,他是一个真正的领袖。然后你到昂格洛兹城树林,你在那里会看到吉特,所谓的圣马丁,你告诉他监视一个叫库梅斯尼的人。此人是老库皮·德·普雷费尔的女婿,操纵着阿尔让唐的雅各宾派。记住这一切。我绝不写信,因为什么也不该写。拉卢阿里写过一份名单,断送了一切。然后你到卢日弗树林,米埃莱特在那里,他能用一根长竿一撑,跳过沟壑。"

"这叫作一根 ferte[1]。"

"你会使用吗?"

"我不会使用就不是布列塔尼人,就不是庄稼人。这种撑竿是我们的朋友。它延长我们的双手和双腿。"

"就是说它把敌人变得矮小,缩短了道路。好工具。"

"有一回,我用撑竿顶住了三个手持军刀的盐税官。"

"什么时候?"

"十年前。"

"国王在位时?"

"是的。"

"你在国王治下打过仗?"

---

[1] 昂日万的方言。

九三年

"是的。"

"打的是谁?"

"说实话,我不知道。那里我是私盐贩子。"

"很好。"

"这是所谓和盐税开仗。盐税和国王是一回事吗?"

"是又不是。你明白这个没有必要。"

"我请求老爷原谅提了一个问题。"

"我们继续说下去。你熟悉拉图尔格吗?"

"我是不是熟悉拉图尔格!我是那里的人。"

"怎么?"

"是的,因为我是帕里涅人。"

"拉图尔格确实和帕里涅毗邻。"

"我是不是熟悉拉图尔格!那座大圆城堡就是我的领主家族的城堡。有一扇大铁门把新楼和旧楼隔开,就是用大炮也轰不开。那本关于圣巴托罗缪[1]的名著就藏在新楼里,人们出于好奇,来看这本书。草丛里有青蛙。我孩子时和这些青蛙玩耍。还有地道!我熟悉它。眼下指不定只有我熟悉这条地道了。"

"什么地道?我不知道你想说什么。"

"这是从前图尔格被围的时候,里面的人可以从一条直达森林的地道逃走。"

"在朱佩利埃尔城堡、于诺岱城堡和尚佩翁城堡,确实都有这种地道;但是在图尔格根本没有类似的地道。"

---

[1] 圣巴托罗缪,1572年8月23日至24日的夜里,在巴黎对新教徒的屠杀,在外省持续到10月,但西部和南部的抵抗没有停止。

在海上

"有的,老爷。我不熟悉老爷所说的这种通道。我只知道图尔格的通道,因为我是那里的人。而且,几乎只有我知道这条通道。没有人谈论它。这是禁止的,因为这条通道在罗昂[1]先生打仗的时期起过作用。我的父亲知道秘密,给我指出过。我熟悉进出的秘密。如果我在森林里,我能走到塔楼,如果我在塔楼里,我能走到森林,而不被人看见。敌人进来的时候,一个人也没有了。图尔格就是这样的。啊!我熟悉它。"

老人沉吟了一下。

"你显然搞错了;如果有这样一个秘密,我会知道的。"

"老爷,我肯定是有的。有一块石头会旋转。"

"是这样!你们这些乡下人,你们相信会旋转的石头,会唱歌的石头,夜里会在旁边的小溪喝水的石头。全都是胡诌。"

"但是我让那块石头旋转过……"

"就像其他人听到过石头唱歌一样。哥儿们,图尔格是一座安全、坚固、容易防守的城堡;可是,指望有一条地道逃脱,未免天真了。"

"可是,老爷……"

老人耸耸肩膀。

"别浪费时间,谈谈我们的正事吧。"

这专断的口气中止了阿尔马洛的坚持。

老人接着说:

"我们说下去。听着。你从卢日弗走到蒙什弗里埃树林,贝内迪西泰在那里,他是十二人委员会的首脑,而且是个仁慈的人。他在枪毙人的时候,还念

---

[1] 在亨利四世被暗杀以后,德·罗昂公爵(1579—1638)在旺代成了改革党的首脑,要求执行《南特敕令》。

祈福经[1]呢。打仗嘛,就不能温情。你从蒙什弗里埃走到……"

他打住了。

"我把钱给忘了。"

他从口袋里掏出一个钱袋和一个皮夹子,交到阿尔马洛手里。

"这个皮夹子里有三万法郎的指券,大约合到三利弗尔十苏;应该说这是假指券,不过真的正好值这些;这个钱袋里,注意,有一百金路易。我将自己所有的钱全都给了你。在这里我什么也不再需要。再说,最好不要让人在我身上搜到钱。我再说下去。你从蒙什弗里埃走到昂特兰,你在那里会看到德·弗罗泰先生;从昂特兰再到朱佩利埃尔,你在那里会看到德·罗什科特先生;从朱佩利埃尔再到努瓦里厄,你在那里会看到博杜安神父。你记得住所有这些事吗?"

"像记得住天主经一样。"

"你在圣布里斯-昂科格尔会看到杜布瓦吉先生,在修了防御工事的莫拉纳会看到德·蒂尔潘先生,在贡蒂埃会看到德·塔尔蒙亲王[2]。"

"和我说话的会是一位亲王吗?"

"我就在和你说话。"

阿尔马洛脱下帽子。

"所有人见到王后绣的这朵百合花,都会好好的接待你。别忘了,你要去的地方有山岳党人和贱货。你要化装。这很容易。这些共和党人那么蠢,穿上一件蓝衣,戴一顶三角帽,有一枚三色帽徽,可以通行无阻。团队再没有了,再没有军服,部队没有番号;只要愿意,人人都可以穿破烂衣服。你到圣默尔维去。你在那里会见到绰号大彼得的戈利埃。你到帕尔内军营去,那里

---

1 祈福经和贝内迪西泰的发音相同。
2 他像朗特纳克一样是布列塔尼的亲王,在返回法国之前流亡,他期待发动叛乱。

的人面孔弄黑了。他们在枪里装沙砾，再装上双倍的火药，让枪发出更大的响声，他们干得好；你尤其要告诉他们杀、杀、杀。你到黑母牛军营去，就在沙尔尼树林中央的一个高地上。然后到野燕麦军营、绿营、蚂蚁营。你到大船壳，也叫牧场顶，那里住着一个寡妇，一个外号英国人的特勒通娶了她的女儿。大船壳在格莱纳教区。你去看看埃皮纳勒-什弗勒伊、西耶-勒纪尧姆、帕拉纳，以及所有在树林里的人。你会有朋友，可以派他们到上马纳和下马纳；你在维斯日教区会看到让·特勒通，在比尼翁看到'无悔'，在篷尚看到尚博尔，在梅松塞尔看到柯尔班兄弟，在圣让-埃尔弗河畔看到'小无畏'。他也叫作布尔多瓦佐。做完这些事以后，到处传达'揭竿而起，毫不宽容'的命令，你再去大军的所在地，就是信奉天主教的王军。你会看到德阳埃尔贝、德·莱斯居尔、德·拉罗什雅克兰诸位先生，这是还活着的首脑。你给他们看我的指挥花结。他们知道这意味着什么。你只是一名水手，但卡特利诺也只是一个车夫。你向他们传达我的话：现在是同时打两场仗的时候：大仗和小仗。大仗造声势，小仗收实效。旺代是好的，舒安党是坏的[1]；在内战中，坏的却是更好的。一场战争的好坏，要以它造成的破坏来衡量。"

他打住了。

"阿尔马洛，我对你和盘托出。你并不明白词句，但你明白事理。看到你划船，我信任你。你不懂几何学，却做出惊人的航海动作；谁善于驾驭一只小船，也能领导一场起义；从你驾驭海洋的波涛起伏来看，我肯定你能出色地完成我给你的所有任务。我接着说。你要尽可能把我的话都说给首脑们听，说个大概就很好了。我更喜欢丛林战，而不是平原战；我不坚持让十万农民排成

---

1 雨果将旺代的战争和舒安党的叛乱区分开来，后者在卢瓦尔河的北边，与旺代叛乱同时发生。舒安党人进行游击战，而旺代叛乱者进行的是真正的正规战。

队,去让蓝军扫射,让卡尔诺[1]先生的大炮轰击;一个月内,我想有五十万杀手埋伏在树林里。共和国军队是我狩猎的目标。偷猎就是作战方法。我是丛林战略家。好,这又是一个你不懂的字眼。没关系,你抓住这一点就行:不要宽容!到处设埋伏!我希望多打一点舒安党人的仗,少打一点旺代的仗。你要告诉他们,英国人和我们在一起。让我们从两边夹攻共和国。欧洲帮助我们。让革命完蛋吧。国王们联合各个王国对抗革命,让我们联合教区和它对抗。你对他们这样说。你明白吗?"

"明白。应该将一切投入血与战火之中。"

"是这样。"

"不要宽容。"

"对任何人都不宽容。是这样。"

"我会走遍各地。"

"当心。因为在这个地方很容易断送性命。"

"死对我无所谓。迈出第一步,说不定最后也是穿着这双鞋。"

"你是一个勇敢的人。"

"如果有人问起我老爷您的姓名呢?"

"眼下还不应该告诉任何人。你就说你不知道,这倒是实情。"

"我在什么地方能再见到老爷?"

"在我要去的地方。"

"我怎么知道呢?"

"因为所有人都会知道。不出一星期,人们就会说起我,我会做出示范,

---

[1] 卡尔诺(1753—1823),公安委员会成员,研究军事问题,在共和国存在的14年起过重大作用。

为国王和宗教复仇，那时你就会看出来谈的是我。"

"我明白了。"

"绝不要忘记我的话。"

"放心吧。"

"现在你走吧。愿天主指引你。走吧。"

"我会完成您吩咐我的一切。我走了。我会说的。我会服从的。我会指挥的。"

"好。"

"如果我成功了……"

"我给你颁发圣路易勋章。"

"就像我的兄弟那样；而如果我不成功，您会枪毙我。"

"像你的兄弟那样。"

"一言为定，老爷。"

老人垂下头，仿佛陷入认真的沉思。当他抬起头时，只剩下他一个人。阿尔马洛只是天际一个渐行渐远的黑点。

太阳刚刚西沉。

白头鸥和黑头鸥正在返回，大海在另外一边。

空中弥漫着黑夜到来之前的骚动不安；雨蛙在鸣叫，小沙锥发出叫声，从水塘振翼飞出，海鸥、秃鼻乌鸦、白嘴鸦、小嘴乌鸦，在黄昏中聒噪；岸边的鸟儿互相呼应，但没有一点人的声音。深沉的寂寥。海湾没有一片帆影，田野里没有一个农夫。一望无际的荒无人迹。沙地上高大的蓟在瑟瑟抖动。暮色苍茫的天空向海滩洒下大片灰白的光。远处，平原上的池塘宛若平放在地上的锡板。风从海上吹来。

第四章 泰尔马什

一 沙丘顶上

老人等到阿尔马洛看不见了,才将身上的航海披风裹上,向前走去。他迈着缓慢的步子,若有所思。他走向于伊斯纳,而阿尔马洛走向博伏瓦。

他身后矗立着黑乌乌的巨大三角形,那就是圣米歇尔山有三重冠冕的大教堂,像盔甲的堡垒,东边两座大塔楼,一是圆形的,一是方形的,有助于大山承载教堂和村庄的重量;圣米歇尔山之于大海,犹如胡夫金字塔[1]在沙漠上一样。

圣米歇尔山海湾的流沙,不知不觉地移动沙丘。当时在于伊斯纳和阿尔德封之间有一座很高的沙丘,今日已不复存在。这个沙丘被一股春分时节的风削平了。这座沙丘不同寻常,年代悠久,顶上有一块里程碑,建于十二世纪,纪念在阿朗什为了谴责圣托马斯·德·康托贝里的谋杀者而举行的主教会议。从沙丘顶上,可以眺望整个地区,判别方向。

老人朝这座山丘走去,登上沙丘。

---

[1] 胡夫金字塔,最高的金字塔(约公元前2620)。

他来到丘顶时，背靠里程碑，坐在标志角度的四块界石中的一块上，开始察看放在脚下的一张地图。他似乎在这个虽已熟悉的地方寻找一条路。由于暮色朦胧，在这片广阔的地方，唯有泛白的天际黑色的地平线是清晰的。

那里可以望见十一个村镇鳞次栉比的屋顶；在好几法里远的地方，岸上所有的钟楼依稀可辨，钟楼都很高，为的是让航海的人必要时辨别方位。

过了一会儿，老人似乎在半明半暗中找到了所找的地方。他的目光停留在平原和树木中间隐约可见的一处围墙，里面绿树葱郁，点缀着屋顶，这是一处庄园。他点点头，就像暗自在想：就是那里；他用手指在空中画出一条穿过树篱和庄稼地的路线。他不时观察一样模糊的不成形的东西，这东西在庄园的主楼屋顶上晃动。他仿佛在思忖；这是什么东西？由于天色晦暗，分辨不出颜色，朦朦胧胧。这不是风向标，因为它在飘拂，但也没有任何理由认为是一面旗帜。

他很疲倦，很乐意坐在界石上；疲乏的人刚休息时，就会不由自主地沉入这种朦胧的忘怀之中。

一天都要有一个可以称为万籁俱寂的时刻，这就是宁静的时刻，黄昏时刻。眼下正是这个时候。老人在享受着，眺望着，谛听着，是什么呢？是静谧。凶狠的人也有忧郁的时刻。蓦地，传来路人的说话声，静谧未被干扰，而是更显深沉；这是妇女和孩子的声音。在黑暗中有时会遇到这种意料不到的欢乐喧声。由于灌木丛，根本看不见传出说话的那群人，他们就在沙丘下经过，走向平原和森林。这声音明晰而清丽，一直传到沉思默想的老人那里，离得很近，他一句也没漏掉。

一个女人的声音说：

"弗莱沙德家的，咱们走得快点。是从这边走吗？"

"不，是从那边走。"

对话在继续，两个声音，一高一胆怯。

"我们眼下所住的这个庄园叫什么名字？"

"埃尔布-昂帕伊。"

"咱们离得还远吗？"

"要整整走一刻钟。"

"咱们快点赶到那里吃晚饭吧。"

"咱们当真迟到了。"

"真要跑步了。可是你几个娃娃都疲倦了。咱们是两个女人，抱不动三个孩子。再说，你呢，弗莱沙德家的，你已经抱了一个。沉得像块铅一样。这个贪吃的小妞儿，你给她断了奶，但你总是抱着她。这是坏习惯。你就让她走路吧。啊！倒霉，汤会凉掉的。"

"啊！你给我的鞋子真舒服！好像是专门为我做的。"

"这总比打赤脚要好。"

"勒内-让，你走快点。"

"咱们赶不上就是因为他。他一遇到乡下小姑娘就说话，要显得像个大男人。"

"可不是吗，他快五岁了。"

"勒内-让，说说看，你干吗和村里那个小姑娘说话？"

一个男孩子的声音回答：

"因为我认识她。"

"怎么，你认识她？"

"是的，"小男孩回答，"因为她早上给了我几只虫子。"

"真有两下子！"女人嚷道，"咱们到这里才三天，这拳头大小的娃娃已经有一个情人了!"

说话声远去。一切复归沉寂。

二 AURES HABET，ET NON AUDIET[1]

老人一动不动,不在思索,几乎没有陷入遐想。在他周围,一片宁静、昏沉、安全、孤寂。沙丘顶上天色还很亮,平原上几乎全黑了,树林里黑沉沉的。月亮在东方升起。淡蓝色的天空闪烁着几颗星星。老人虽然心事重重,却沉浸在无限的天穹难以描述的宽容中。他感到内心升起朦胧的曙光,也就是希望,如果希望这个词可以用于等待内战的话。眼下,他觉得脱离了这无情的大海,踏上陆地,一切危险都烟消云散。没有人知道他的名字,他孑然一身,对敌人来说他失去了踪影,他身后无迹可寻,因为海面什么也不保留,他藏了起来,不被人知晓,甚至不被人怀疑。再下去他就会睡着。

对这个人来说,内心和身外都遭受如许烦扰,能对自己经历的平静一刻给予奇特的魅力,那是大地和天空的一片深沉的宁静所致。

只听见海上的风声,风是持续的低音,而且几乎不再是声音了,因为它变得习以为常。

蓦地,他站起身来。

他的注意力刚刚骤然间苏醒了,他盯住天际,有样东西使他的目光有一种特殊的凝固力。

他注视的是前方平原尽头的科尔默雷钟楼。在这座钟楼里确实发生了难

---

[1] 拉丁文:有耳听不见。见赞美歌第10首,文字有改动。

以述说的奇特事件。

钟楼轮廓分明,塔身上面耸起金字塔形的尖顶,塔身和尖顶之间是大钟停放的房间,正方形,镂空,没有披檐,从四边都能看到里面,这是当时流行的布列塔尼钟楼的式样。

但这个房间看来轮流地一开一关,间歇时间相等;高高的窗子显现出全白,又显现出全黑;一会儿露出天空,一会儿又看不见了;一会儿明亮,一会儿又被遮住了,每隔一秒钟一开一合,像铁锤敲打铁砧一样有规律。

老人离前面的科尔默雷钟楼大约有两法里,他远望右边的巴盖-皮康钟楼,一样耸立在天际;这座钟楼置放钟的房间也一开一合,和科尔默雷钟楼一样。

他远望左边的塔尼斯钟楼,它置放钟的房间也像巴盖-皮康钟楼的开与合一样。

他逐个远望天际的所有钟楼,左边是库尔蒂尔、普雷塞、克罗隆、阿弗朗散十字架等几座钟楼;右边是拉兹-须尔-库埃斯农、莫尔德雷、帕斯等几座钟楼;对面是篷托尔松钟楼。所有这些钟楼置放钟的房间都轮流一会儿黑暗,一会儿明亮。

这是怎么回事?

这意味着所有的钟都在摆动。

这样时隐时现,必然是钟在猛烈地摆动。

那么是怎么回事?显然是敲警钟。

人们在敲警钟,疯狂地敲,到处敲,所有钟楼,所有教区,所有村庄,都在敲警钟。而他却什么也听不见。

这是因为距离太远,声音传不过来,也因为从相反方向刮来的海风,把陆地上的声音都吹到天际以外。

所有大钟从各处疯狂敲响，与此同时却是一片静寂，没有什么更加阴森可怖的了。

老人在凝望，在倾听。

他听不到警钟，却看得到。看见警钟，真是奇妙的感觉。

这些大钟在指责谁？

这警钟在针对谁？

三　大号字的用处

无疑在追捕什么人。

追捕谁？

这个铁打的汉子哆嗦了一下。

追捕的不可能是他。没有人会想到他来到了，那些特派员不可能已得到通知；他才刚刚登陆。轻巡航舰显然已经沉没，没有一人脱险。在轻巡航舰中，除了布瓦贝特洛和拉维厄维尔，没有人知道他的名字。

大钟继续狂敲不已，他在观察，机械地计数，他的沉思从这种猜测转到另一种猜测，起伏变动，从深切的安全转到可怕的信念。可是，这警钟毕竟可以用许多方式来解释，最后他放下心来，一再说：“总之，没有人知道我到达，没有人知道我的名字。"

有一会儿了，他的头上和身后响起一个轻微的声音。这声音好像树枝摇动树叶的沙沙声。起初他没有注意。然后，由于响声在持续，他最终回过身来。这确实是一片叶子，不过是一张纸。风正在把他头顶上张贴在里程碑上的一大张布告揭下来。这张布告才贴上去不久，因为它还是湿漉漉的。风正在戏弄它,和它争夺,要把它拽下来。

老人是从沙丘背后爬上来的,到顶上时没有看见这张布告。

他爬上所坐的界碑,用手按住被风卷起的布告一角;天空宁静,六月的黄昏很长;沙丘底下黑影重重,但顶上仍是明亮的;一部分布告是用大写字母印刷的,天还很亮,能够看清上面的字。他看到这样写着:

统一和不可分割的法兰西共和国

派驻瑟堡海岸部队的人民代表马恩省的普里厄尔,发布命令如下:前侯爵朗特纳克,即所谓的布列塔尼亲王、封特奈子爵,已在格朗维尔海岸偷偷登陆,此人不受法律保护。现悬赏其首级。凡知情告发者,不论其死活,赏金六万利弗尔。奖金不用指券,而用黄金发放。瑟堡海岸的一营部队将派去搜捕前侯爵朗特纳克。各村镇务必予以协助。

此布

格朗维尔镇政府

一七九三年六月二日

签字:马恩省的普里厄尔

在这个名字下面有另一个签名,字小得多,由于天色昏暗,看不清楚。

老人把帽檐拉到眼睛上面,将身上的航海披风裹到下巴底下,迅速走下沙丘。继续在这明亮的沙丘顶上滞留,显然没什么用。

他在上面也许已经待得太久了,沙丘顶上是这一带唯一可以看见的地方。

到了底下,处在黑暗中,他放慢了脚步。

他按照刚才画出的路线,朝庄园的方向走去,或许认为那边安全。

周围一切不见人影。这时候不再有路人。

一个灌木丛后面,他站定了,脱下披风,将上衣毛皮的一面翻过来,又将披风搭在脖子上,这件破大衣用一根绳子在领口扎住;他重新上路。

月光皎洁。

他走到一个交叉路口,那里竖立一个老旧的石头十字架。在十字架底座上,可以看到一块白色的四方形,确实和他刚才看到的布告是一样的。他走近过去。

"你到哪儿去?"一个声音问他。

他转过身来。

那边的树篱中有一个人,像他一样高身材,像他一样白头发,比他的衣服还要破烂。几乎和他一模一样。

这个人拄着一根长拐棍。

这个人又说:

"我问您到哪儿去?"

"首先,请问这是哪儿?"老人说,态度平静得近乎高傲。

这个人回答:

"你眼下是在塔尼斯领地,我是这儿的乞丐,我是这儿的领主。"

"我吗?"

"是的,您,德·朗特纳克侯爵先生。"

四 凯门鳄

德·朗特纳克侯爵,后文我们用他的名字称呼他,严肃地回答:

"好吧。告发我吧。"

这个人继续说：

"我们两人都在自己家里，您在城堡，我在丛林里。"

"别啰唆，动手吧，把我交出去。"侯爵说。

这个人继续说：

"您到埃尔布-昂帕伊庄园，是吧？"

"是的。"

"千万别去。"

"为什么？"

"因为蓝军在那儿。"

"多久了？"

"三天了。"

"农庄的村子里的居民抵抗过吗？"

"没有。他们都将大门敞开。"

"啊！"侯爵说。

这个人指着稍远处树梢上露出的庄园屋顶。

"侯爵先生，您看到屋顶了吗？"

"是的。"

"您看见屋顶上有什么吗？"

"在飘拂的东西？"

"是的。"

"这是一面旗帜。"

"三色旗。"这个人说。

这正是他在沙丘上时已经引起侯爵注意的东西。

"不是在敲警钟吗?"侯爵问。

"是的。"

"为了什么?"

"显然是为了您。"

"可是听不见钟声呀?"

"逆风吹走了。"

这个人继续说:

"您看见关于您的布告吗?"

"看见了。"

"正在通缉您呢。"

他朝庄园那边瞥了一眼,加上说:

"那儿有半个营。"

"是共和派的?"

"巴黎人。"

"那么,"侯爵说,"我们走吧。"

他朝庄园走了一步。

这个人抓住了他的手臂。

"别去。"

"那么你要我到哪儿去?"

"到我那儿去。"

侯爵望着乞丐。

"听着,侯爵先生,我那儿不怎么样,但是安全。一间比地窖更矮的窝棚。一张海藻床当地板。树枝和干草搭的屋顶当天花板。来吧。到庄园您会被枪毙。在我那儿,您可以睡觉。您大概累了;明天早上,蓝军会开拔,您愿意上哪儿就上哪儿。"

侯爵端详这个人。

"那么你站在哪一边?"侯爵问,"你是共和派吗?还是保王派?"

"我是一个穷人。"

"既不是保王派,又不是共和派?"

"我想都不是。"

"你拥护还是反对国王?"

"我没时间顾到这个。"

"你对眼前发生的事怎么看?"

"我没东西糊口。"

"可是你却来救我。"

"我看到您不受法律保护。法律是什么玩意儿?人会在法律保护之外。我不明白。至于我,我是在法律保护之内,还是在法律保护之外?我一无所知。饿死是在法律保护之内吗?"

"你从什么时候起饿得要命的?"

"饿了一辈子了。"

"你愿意救我?"

"是的。"

"为什么?"

"因为我说过:这是一个比我还穷的人。我有权利呼吸,他却没有。"

"不错。你愿意救我吗?"

"当然。老爷,我们是难兄难弟。我乞讨面包,您乞讨生命。我们是两个乞丐。"

"你可知道我的脑袋被悬赏吗？"

"知道。"

"你怎么知道的？"

"我看过布告。"

"你识字吗？"

"是的。也会写字。为什么我非得是一个粗人呢？"

"那么，既然你识字，又会看布告，你知道告发我的人会得到六万法郎吗？"

"我知道。"

"不是用指券支付。"

"我知道，是用黄金支付。"

"你知道六万黄金是一大笔钱吗？"

"知道。"

"知道告发我的人要发财吗？"

"那又怎样呢？"

"发财哪！"

"这正是我考虑过的。看见你，我就想：要是谁告发这个人，就会得到六万法郎，发大财！我们赶快把他藏起来吧。"

侯爵跟着这个穷人走。

他们走进一个矮树丛，乞丐就栖身在那里。那种房间是一棵老橡树的空心，能让这个人待在里面；是在它的根部挖掘出来的，覆盖着枝叶。里面阴暗、低矮、隐蔽、外面看不见，容纳得下两个人。

"我预料到我会有一位客人。"乞丐说。

这种地下栖身所,在布列塔尼并不像人们以为的那样罕见,乡下人叫作"卡尔尼肖"。这个名字也可以用作设在厚墙中的藏匿处所。

里面的家具什物有几个陶罐、一张用麦秸和洗净晒干的海藻铺的床、一条粗毛毯、几根油脂灯芯、一只火镰、用作火柴的空心荆棘枝。

他们弯下腰,往里走了几步,进入屋里,粗大的树根将里面切割成几个古怪的隔间;他们坐在一堆作为床的干海藻上。他们从两个树根之间进来,中间的空隙用作门,漏进一点光来。黑夜来临,但目光适应黑暗,最终总是能在黑暗中找到一点光。一缕月光朦胧地照亮了入口。在一个角落有一罐水、一块荞麦饼和一些栗子。

"吃晚饭吧。"穷人说。

他们分享栗子;侯爵拿出他的那块干点心;他们吃同一块荞麦饼,先后喝罐子里的水。

他们聊起来。

侯爵开始盘问这个人。

"这样说,不管发生什么事,对你来说是同一回事。"

"差不多,你们这些人是领主。这是你们的事。"

"可是,眼前发生的事……"

"这是发生在上头。"

乞丐加上一句:

"再说,还有发生在更上头的事,旭日东升,月亮升起和沉落,我关心的是这类事情。"

他对着水罐喝了一口水,说道:

"水很甘洌!"

他又说:

"老爷,你觉得这水怎么样?"

"你叫什么名字?"侯爵问。

"我叫泰尔马什,人家叫我凯门鳄。"

"我知道。凯门鳄是本地方言。"

"意思是说乞丐。我的绰号也叫老家伙。"

他继续说:

"四十年来人家叫我老家伙。"

"四十年!可是你当初还年轻啊!"

"我从来没有年轻过。您呢,侯爵先生,您总是很年轻。您有二十岁年轻人的腿脚,能够爬上大沙丘;我呢,我开始走不动路了,走了四分之一法里的路,我就疲倦了。我们是同样的年纪,但是富人,对于我们有优越性,这是因为天天有东西吃。吃饱饭能够保养。"

乞丐沉默一下,继续说:

"有穷人,有富人,这是可怕的事。这要生出灾难。至少,事情使我产生这个印象。穷人想成为富人,富人不想成为穷人。我认为这差不多是问题的实质。我不掺和这些事。事件就是事件。我既不支持债主,也不支持借债的。我知道有债就得还债。就是这样。我希望不要杀国王,但是很难说出道理。听到这句话,有人会反驳我:但过去呢,无缘无故就把人吊在树上!我呀,我见过一个人因为开枪错打了国王的一只狍子,就被吊死了;他有一个妻子和七个孩子。两边都有理由可讲。"

他又沉默一下,然后说:

"您明白，我不清楚准确的情况，人来人去，出了这事那事；我呀，我待在星空下面。"

泰尔马什又停下来沉思，然后继续说：

"我懂一点正骨术，懂一点医术，我熟悉草药，从草药中提取药，乡下人看见我面对什么都出神，把我看作一个巫师。因为我爱思索，人家便认为我会巫术。"

"你是本地人吗？"侯爵问。

"我从来没有离开过。"

"你认得我吗？"

"当然。我最近一次见到您，是两年前您经过这里去英国。刚才我看到一个人在沙丘顶上，一个身材高大的人。高大的人很少见，布列塔尼的人矮小。我仔细看，看到一张布告。我说：哟！您下来时有月光，我认出了您。"

"可是我呀，我不认得你。"

"您见过我，但您没有注意我。"

凯门鳄泰尔马什又说：

"我呢，我常常看见您。从乞丐到路人，眼光是不一样的。"

"我从前遇到过你吗？"

"经常遇见，因为我是您庄园里的乞丐。我是您的城堡路边那个穷人。您有时给我施舍；但是施舍者是不看人的，接受施舍的人观察得仔细。说是乞丐，也就是说密探。我呢，尽管经常愁眉苦脸，却尽量不当蹩脚密探。我伸出手，您只看到手，您往里面扔点施舍，我上午需要钱，才不至于晚上饿死。我常常一天一夜没东西吃。有时候一个铜板就能救命。我的命是您救的，我要报答您。"

"不错,你在救我。"

"是的,老爷,我在救您。"

泰尔马什的声音变得严肃。

"不过有个条件。"

"什么条件?"

"就是您来这里不干坏事。"

"我来这里是做好事。"侯爵说。

"我们睡觉吧。"乞丐说。

他们并排躺在海藻床上。乞丐马上睡着了。侯爵虽然很疲惫,仍然思索了一会儿,然后在黑暗中他望着穷人,再躺下。躺在这张床上,等于躺在地上;他利用这个方便,把耳朵贴在地上,倾听着。地下有一种沉闷的嗡嗡声;众所周知,声音会在地底传播;传来的是钟声。

警钟还在长鸣。

侯爵沉入梦乡。

五 郭文的签名

侯爵睡醒时,已经天亮了。

乞丐起来了,不是站在蜗居里,因为里面不能站直,而只能在外面和门口。他挂在拐棍上。阳光照射在他脸上。

"老爷,"泰尔马什说,"塔尼斯钟楼刚刚敲响了早上四点钟。我听到敲了四下。因此,风向变了;这是陆地上刮的风;我没听到任何其他声音;可见警钟停止了。庄园和埃尔布-昂帕伊村里一切都很平静。蓝军要么在睡觉,要么已经开拔。最严重的危险过去了;我们现在分手是明智的。我该出去了。"

他指点着地平线上的一个点。

"我去那边。"

他又指着相反方向的一个点:

"你呢,你去这边。"

乞丐用手对侯爵严肃地致意。

他指点着晚饭吃剩下的东西又说:

"您饿的话,就把栗子带走。"

过了一会儿,他已消失在树丛下。

侯爵站起身来,朝泰尔马什指的方向走去。

这是一天中迷人的时刻,诺曼底农民的老话称作"清晨鸟雀欢唱的时刻"。传来了金翅鸟和家雀的啁啾声。侯爵沿着他们昨夜进来的那条小径走去。他走出矮树丛,重新来到石头十字架标志的路口。布告贴在那里,白晃晃的,仿佛在朝阳下欢笑。他记起布告下边有些字,昨天由于字体细小,光线昏暗,没能看清。他走到十字架底座前面。布告末尾,在马恩的普里厄的签名之后,确实有几行小字:

前侯爵朗特纳克一旦验明正身,立即执行枪决。

签名:指挥远征队的司令郭文

"郭文!"侯爵说。

他站住了,深深陷入沉思,眼睛盯住布告。

"郭文!"他再说一遍。

他又走起来,回转身,望着十字架,又走回来,再看一次布告。

他迈着缓慢的步子离开。如果有人在他身旁,会听到他喃喃地说:"郭文!"

从他堕入的洼路深处,看不到他撇在左边的庄园屋顶。他沿着一个陡峭的小丘走,小丘上长满了开花的荆豆,俗称"长刺"。小丘有一个尖顶,当地叫作"野猪头"。在小丘脚下,马上看到的是树木。树叶浴满了阳光。整个大自然充满了清晨的欢乐欣喜。

突然,这幅景致变得可怖了。仿佛一支埋伏部队冲了出来。喊杀声和枪声如龙卷风袭来,落在阳光灿烂的田野和树林之上,庄园那边升起了浓烟,夹杂着明亮的火光,仿佛村子和田庄是一捆燃烧的麦秸。这幅景象突如其来,阴森可怕,宁静突然过渡到狂乱,晨曦变成地狱的突然出现,恐怖场面没有过渡。埃尔布-昂帕伊那边在打仗。侯爵止住了脚步。

在这种情况下,没有人不感到好奇,压过了危险感;总想要知道情况,哪怕送掉性命。侯爵从洼地小路穿过的小丘脚下爬上丘顶。那里会被人看见,但能眺望。几分钟内他就在丘顶上,举目远望。

果然有枪战,燃起了大火。传来喧嚣声,火光熊熊。庄园好像成了难以描述的灾难中心。怎么回事?埃尔布-昂帕伊庄园受到了袭击吗?是什么人袭击?是一场战斗吗?不如说是惩罚?蓝军按照一项革命法令,经常放火烧不服从的田庄和村庄,加以惩罚;比如凡是根本不砍掉法律规定砍倒的树木,不在矮树丛中为共和军的骑兵开辟通道的庄园和村子,就统统烧掉。最近特别处罚了埃尔布附近的布尔贡教区。埃尔布-昂帕伊莫非情况相同?很明显,法令规定要开辟的战略通道,在塔尼斯和埃尔布-昂帕伊的丛林和院墙里,一条也没有开辟。这是受到惩罚吗?是不是驻扎在庄园里的先遣队得到命令?这支先遣队不是属于号称"恶魔纵队"的远征队吗?

侯爵站在小丘顶上观察,四周长满了浓密的、野兽出没的矮树林。这是称为埃尔布-昂帕伊小树林,它有一座树林的大小,就像布列塔尼的所有丛林一样,布满了沟壑、小径、洼路、迷宫,共和军迷失在里面。

这次惩罚,如果确是惩罚的话,该是十分凶残的,因为时间很短。就像所有的残暴事件一样,一下子就了结了。正当侯爵左猜右想,犹豫不决是走下山丘还是留下来,倾听着和窥伺着的时候,杀戮的喧嚣声停止了,或者毋宁说四下散开了。侯爵看到丛林中有一支狂热而兴冲冲的部队散开了。树丛底下有如可怕的蝼蚁蠕动。他们从庄园投入树林。战鼓在激励进攻。再也听不到枪声。眼下恰如一场围猎;他们好像在搜索、追逐、围捕;显而易见,他们在搜索一个人;人声鼎沸,乱哄哄的,混杂着愤怒和胜利的话语声,狂呼乱喊,分辨不清;猛然间,仿佛烟雾中呈现出一个框框,在嘈杂声中有样东西变得清晰而明确,那是一个名字,千百个声音重复一个名字,侯爵分明听到这喊声:

"朗特纳克!朗特纳克!朗特纳克侯爵!"

他们搜索的是他。

六 内战的一波三折

在他周遭,同时四面八方,丛林中猝不及防地布满了枪支、刺刀和军刀,一面三色旗耸立在昏暗中,"朗特纳克"的喊声在他耳边爆响,他脚下、荆棘和树枝间露出一张张凶神恶煞的脸。

侯爵孤零零站在小丘顶上,树林的各个角落都看得见他。他几乎看不见那些喊着他名字的人,但是所有人都看得见他。树林里倘若有一千支枪,那么他就是活靶子。他只分辨出密林里火热的眼睛盯住他。

他摘下帽子,把帽檐翻上来,从一株荆豆上折下一根长刺,又从口袋里掏出一枚白帽徽,用刺把帽徽别在帽檐上,然后戴上帽子,往上翻的帽檐让人看到他的额角和帽徽。他面对整座树林,高声说:

"我就是你们要搜索的人。我是朗特纳克侯爵、封特奈子爵、布列塔尼亲王、御林军少将。瞄准!开火!"

他用双手翻开羊皮袄,露出赤裸的胸膛。

他低头用目光搜索瞄准他的枪支,却发现许多人跪在他四周。

升起了震天动地的喊声"朗特纳克万岁!老爷万岁!将军万岁!"与此同时,一顶顶帽子抛向空中,军刀欢快地挥舞,在整座丛林里举起一根根木棍,棍顶上舞动着棕色呢帽。

在他周围是一帮旺代人。

这帮人看到他时,跪了下来。

相传在古老的图林根森林里,有一种奇特的动物,属于巨人族,多少有点像人,被罗马人认作猛兽,被日耳曼人认作神灵的化身,与之相遇,要看情况或被消灭,或被顶礼膜拜。

侯爵就有类似面对这样的生物时的感受,他原来准备被当成妖魔,却突然被当作天神。

所有这些充满可怕闪光的眼睛,带着一种野性的爱盯住他。

这群乌合之众由长枪、军刀、长柄镰刀、十字镐和木棍武装起来;所有人都戴着大毡帽或者棕色软帽,别着白帽徽,脖子上挂着大串念珠和护身符,穿着齐膝盖的宽大短裤和毛皮外衣,绑着皮护腿,膝弯外露,长头发,有些人模样凶狠,所有人样子天真。

一个容貌俊美的年轻人穿过跪在地上的人群,大步朝侯爵走去,登上小丘。这个人像农民一样,戴着帽檐上翘、别着白帽徽的毡帽,身穿翻毛上衣,但他的手白皙,衬衫料子精细,上衣外面斜挎了一条白绸绶带,绶带上挂了一柄镀金把手的长剑。

来到小丘顶,他扔掉他的帽子,解下绶带,单膝跪在地上,把绶带和剑呈递给侯爵,说道:

"我们确实在寻找您,终于找到了。这是指挥官的佩剑。这些人如今是属于您指挥的。我一直是他们的指挥官,现在升级了,成为您的士兵。老爷,请接受我们的敬意。我的将军,下命令吧。"

然后他做了个手势,几个扛着三色旗的人从树林里走出来。这几个人一直爬上小丘,来到侯爵身边,把旗帜放在他的脚下。这是他刚才在树丛间看到的那面旗帜。

"将军,"那个将剑和绶带呈给侯爵的年轻人说,"这是我们刚刚从蓝军那里夺取过来的旗帜,他们在埃尔布-昂帕伊农庄里。老爷,我名叫加瓦尔。我曾经是德·拉卢阿里侯爵的人。"

"很好。"侯爵说。

他平静而庄重地戴上绶带。

然后,他抽出剑,将出了鞘的剑在头上挥舞:

"站起来!"他说,"国王万岁!"

所有人都站起来。

树林深处响起一片狂热的、得意的喊声:"国王万岁!我们的侯爵万岁!朗特纳克万岁!"

侯爵朝加瓦尔转过身:

"你们有多少人？"

"七千人。"

他们走下山丘，农民们拨开荆豆丛，为朗特纳克开路。这时加瓦尔继续说：

"老爷，没有什么更简单的了。一句话就能说清楚。大家只等火星点燃。共和政府的布告透露了你的出现，使当地拥护国王的人揭竿而起。另外，我们得到格朗维尔的镇长秘密通知，他是我们的人，是救出奥利维埃神父的同一个人。昨天晚上我们敲起了警钟。"

"为了谁？"

"为了您。"

"啊！"侯爵说。

"我们全来了。"加瓦尔又说。

"你们有七千人吗？"

"今天是七千。明天会有一万五千。这是本地的高效率。亨利·德·拉罗什雅克兰先生去参加天主教军队的时候，人们敲响了警钟，一夜之间，六个教区，伊塞尔奈、柯尔格、埃绍布罗瓦涅、奥比埃、圣奥班和尼埃伊，给他带来了一万人。他们没有弹药，在一个泥瓦匠那里找到了六十斤开矿的炸药。德·拉罗什雅克兰先生就带上这些出发了。我们想，您应该在这座森林的某个地方，我们就来找您了。"

"你们在埃尔布-昂帕伊攻击过蓝军吗？"

"逆风阻碍他们听到警钟。他们没有防备；村里人是傻瓜，接待了他们。今天早上，我们包围了农庄，蓝军还在睡觉，一下子就完事了。我有一匹马。将军，你乐意接受吗？"

"好的。"

一个农民牵来一匹武装披挂的白马。侯爵不用加瓦尔帮助,骑上了马。

"乌啦!"农民们高呼。这种英国式的高呼,在布列塔尼和诺曼底海岸一带十分流行,因为这一带和芒什海峡的海岛来往不断。

加瓦尔敬了个军礼,问道:

"老爷,你的司令部要设在哪里?"

"先设在富热尔森林。"

"侯爵先生,这是你的七座森林之一。"

"需要有个教士。"

"我们有一位。"

"谁?"

"埃尔布雷小教堂的副本堂神父。"

"我认识他。他游历过泽西岛。"

一个教士走出队列,说道:

"游历过三次。"

侯爵转过头来。

"你好,副本堂神父先生。你将有工作做了。"

"好极了,侯爵先生。"

"你要听很多人忏悔。是自愿做忏悔的人。我们不强迫任何人。"

"侯爵先生,"教士说,"加斯通在盖梅内强迫共和派的人做忏悔。"

"他是个理发匠,"侯爵说,"死时应该是自由的。"

加瓦尔去下达几道命令,回来说:

"将军,我等待您的命令。"

"首先,汇合地点在富热尔森林。让大家分散前往。"

"命令已经下达。"

"刚才你不是对我说,埃尔布-昂帕伊的村民热情接待了蓝军吗?"

"是的,将军。"

"你们烧掉了农庄?"

"是的。"

"你们烧掉了村子?"

"没有。"

"烧掉它。"

"蓝军曾经试图抵抗;但他们只有一百五十人,而我们有七千人。"

"这些蓝军是哪个部分的?"

"是桑泰尔的蓝军。"

"这家伙在国王被砍头时指挥敲鼓。那么,这是巴黎来的营队?"

"半个营。"

"这个营叫什么名字?"

"将军,旗帜上写着:红帽子营。"

"一群恶兽。"

"怎么处治受伤的人?"

"结果性命。"

"俘虏该怎么处理?"

"毙了。"

"大约有八十人。"

"统统毙了。"

"有两个女人。"

"也毙了。"

"有三个孩子。"

"把他们带走。以后再做打算。"

侯爵催动他的马。

七 绝不宽大（公社的口号） 绝不饶恕（亲王们的口号）

这些事在塔尼斯附近发生的时候，乞丐已朝克罗隆走去。他钻进沟壑，在大片的树荫下，正如他自己所说的，对一切都漠不关心，对一切都毫不在意，不如说沉浸在遐想中，而不是思索中，因为思索者有目的，而遐想者没有，他在踯躅，在逡巡，停下步子，这儿那儿吃一把野酸模嫩芽，在泉水旁喝水，不时抬起头对着远方的喧嚣，然后又回到大自然令人炫目的迷恋中，让破衣烂衫任由太阳照射，或许在倾听人声，但是听到的却是鸟儿的鸣啭。

他已年迈，动作缓慢；他走不了远路；就像他对朗特纳克侯爵所说的那样，走四分之一法里路，就使他疲乏；他朝阿弗朗散十字架走了短短一圈，回来时黑夜已经降临。

从马塞过去一点，他所走的小路把他带到一个不长树木的山丘，那里可以看得很远，整个西边的天际，直到海边，尽收眼底。

一缕烟吸引了他的注意。

没有什么比烟更加柔和，也没有什么更加令人可怕的了。有平和的烟，也有恶狠狠的烟。一缕烟，仅仅从浓度和颜色，就可以区别出和平还是战争，是友爱还是仇恨,是好客还是坟墓,是生还是死。在树丛中升起的烟,可以意味着世上最迷人的东西:家园,或者最可怕的东西:火灾;人的全部幸福和全部不幸,有时就在这随风消散的东西中。

泰尔马什看到的烟使他不安。

这黑烟带着突然冒出的红光,仿佛冒出黑烟的火场时断时续地燃烧,升到埃尔布-昂帕伊的上空。

泰尔马什加快步子,朝冒烟的地方走去。

他疲惫不堪,但是他想知道这是怎么回事。

他来到村子和庄园背后的山丘顶上。

村子和庄园已荡然无存。

只剩下一堆在燃烧的破房子,这里就是埃尔布-昂帕伊。

看到一间茅屋被烧掉,比看到一座宫殿在燃烧,更加令人心碎。一间着火的茅屋惨不忍睹。浩劫扑向贫困,等于秃鹰扑向蚯蚓,这里,难以形容的违反常理令人揪心。

《圣经》有个传说,一个人看见大火,变成了石像[1];泰尔马什刹那间成了这尊石像。他眼前的景象使他纹丝不动。这场毁灭是静悄悄地完成的。没有升起一声呼喊;没有一声叹息混杂到这烟火中;这烈火还在燃烧,在吞噬掉这个村子,除了屋架的爆裂声和茅草的噼啪声以外,听不到别的响声。有时浓烟撕裂开,露出敞开的房间,烈火中露出各种各样的红宝石,鲜红的破衣,绛红的破旧家具,泰尔马什面对灾难,感到阴森可怖,头晕目眩。

与房屋毗邻的几棵栗子树也着了火,熊熊燃烧。

---

[1] 见《创世纪》第19章洛特之妻因触犯禁止回头看索多姆和戈摩尔的诺言,变成了盐像。

他在谛听,竭力听到一个声音,一声呼救,一阵喧嚣;除了火焰冲天,没有任何动静;除了烈火,一切悄无声息。莫非所有人都逃走了?

埃尔布-昂帕伊那些活跃的、干活的老百姓哪里去了?所有的村民怎么样了?

泰尔马什从山丘上下来。

他面对的是一个不祥的谜。他不慌不忙,目光呆滞地走近去。他像影子一样慢慢地走向这个废墟;他感到自己是这座坟墓中的幽灵。

他来到原先是庄园大门的地方,张望院子;现在院子连围墙也没有了,与它周围的村子连成一片。

他所见的还算不了什么,只不过可怕而已,如今骇人的景象出现在眼前。

在院子中央,有一堆黑乎乎的东西,一边被火光,另一边被月光朦胧地照出轮廓;这是一堆人,这些人已经死了。

这堆死尸周围,有一大洼积水,冒着一点烟;大火映照在这摊水中;这摊水不需要火就呈现红色;这是血。

泰尔马什走了过去。他一个接一个观察这些躺在地上的尸体;统统光着脚;他们的鞋子都被拿走了,武器也被夺走;他们身上还穿着蓝军的军服;这儿那儿在堆积的四肢和头颅中,可以分辨出带着三色帽徽的洞穿帽子。这是共和军。这些巴黎人昨天还都是生气勃勃的,驻守在埃尔布-昂帕伊农庄里。从尸体整齐地倒下所表明的情况看来,这些人是被枪决的。他们被就地枪决,而且经过细心策划。他们全都死了。尸堆中没有发出嘶哑的喘气声。

泰尔马什巡检这些尸体,没有遗漏一个;所有尸体都被子弹洞穿了不少窟窿。

那些枪杀他们的人,大概急于到别的地方,来不及掩埋他们。

他正要离开,目光落在院子里的一堵矮墙上,他看到从墙角后面伸出四只脚来。

这四只脚都穿着鞋子,比其他脚小一点;泰尔马什走了过去,原来是女人的脚。

两个女人并排躺在墙后,也被枪杀了。

泰尔马什向她们俯下身去。其中一个女人穿着军服,身旁有一只砸破的空酒壶;这是一个随军小商贩。她的脑袋上中了四颗子弹,已经死了。

泰尔马什观察另一个。这是一个农妇。脸色死白,嘴巴张开。她的眼睛闭上。她的头上没有伤口。她的衣服无疑由于穿得太久而褴褛不堪,倒下时撕开了,上半身一半裸露着。泰尔马什把她的衣服完全撩开,看到一只肩膀上有被一颗子弹洞穿的圆窟窿;锁骨被打断了。他看了看那只无血色的乳房。

"是个母亲,还在奶孩子。"他低声说。

他触摸一下她,身体还没有凉。

除了打断的锁骨和肩膀上的伤口,她没有别的伤。

他把手放在她的心窝上,感到微弱的跳动。她没有死。

泰尔马什站起身来,用可怕的声音喊道:

"这里有人吗?"

"是你啊,凯门鳄!"有个声音回应,低得几乎令人听不见。

与此同时,一只脑袋从废墟的一个洞里冒了出来。

然后另一张脸在另一间破屋里出现。

这是两个躲藏起来的农民;仅有的两个幸存者。

凯门鳄那熟悉的声音使他们放下心来,他们得以从躲藏的角落里出来。

他们朝泰尔马什走来,仍然哆嗦不已。

泰尔马什能够呼叫,但说不出话来;锥心的激动就是这样。

他向他们指着躺在他脚下的女人。

"难道她还活着吗?"其中一个农民说。

泰尔马什点头称是。

"另一个女人活着吗?"另一个农民问。

泰尔马什摇头否定。

第一个露面的农民又说:

"其余的人都死了,是吗?我看到这个场面。我躲在地窖里。这种时候没有家小,真是谢天谢地!我的房子在燃烧,我主耶稣!他们杀死了所有人。这个女人有孩子。三个孩子,都是小不点!孩子们叫喊:'妈妈!'母亲喊叫:'我的孩子们!'他们杀死了母亲,带走了孩子。我看见这个场面,天啊!天啊!天啊!那些人把人杀光后就走了。他们心满意足。他们带走了孩子,杀死了母亲。可是她没有死,是不是,她没有死?喂,凯门鳄,你认为你能把她救活吗?你要我们帮你把她抬到你的蜗居去吗?"

泰尔马什点头称是。

树林靠近农场。他们快速地用树枝和蕨草做了一副担架,把始终一动不动的女人放在担架上,两个人抬着担架,一前一后,朝荆棘丛走去。泰尔马什扶住女人的手臂,把着她的脉搏。

两个人一面走着,一面在鲜血淋漓的女人上方交谈,月光照亮她苍白的面孔。他们交换着悲切切的感叹:

"统统杀光啊!"

"统统烧光啊!"

"老天爷啊!眼下就是这样的世道吗?"

"是那个高个的老头要这么干的。"

"是的,是他指挥的。"

"枪杀人的时候,我没有看见他。他在场吗?"

"不在场。他走了。但这是一样的。一切都是在他指挥下干的。"

"那么这就等于是他干的。"

"他说了:杀吧!烧吧!毫不宽恕!"

"他是一位侯爵?"

"是的,就是我们的侯爵。"

"他叫什么名字来着?"

"德·朗特纳克先生。"

泰尔马什抬眼望天,低声咕哝:

"早知这样就好了!"

第二部分
在巴黎

第一章　西穆尔登

一　当年巴黎的街景

人们在公共场合生活，桌子摆在门口吃饭，女人坐在教堂的石阶上做纱布团，一面唱着《马赛曲》，蒙梭公园和卢森堡公园是练兵场，所有十字路口都有在干活的兵工作坊，在路人面前制作枪支，招来一阵阵掌声；从人人嘴里就听到这句话："要耐心。眼下是在革命。"人人都豪迈地笑着。大家去看戏，就像在伯罗奔尼撒战争[1]时期的雅典人。街角上可以看见海报：《蒂荣维尔之围》《烈火中救出母亲》《无忧者俱乐部》《女教皇的长姐雅娜》《士兵哲学家》《乡村的恋爱艺术》。德国人逼近国门；谣诼纷纷，说是普鲁士王已让人在歌剧院订了包厢。一切都骇人听闻，却没有人害怕。可恶的惩治嫌疑犯法案[2]——梅尔兰·德·杜埃的罪恶——让明晃晃的铡刀悬在每个人的头上。一个名叫塞朗的检察官受到揭发，穿着室内便袍和拖鞋，在窗口吹笛子，等待遭到逮捕。人人似乎都时间紧张，匆匆忙忙。没有一顶帽子不带着帽徽。女人们说："我们

1　伯罗奔尼撒战争，公元前431—前404年斯巴达和雅典之间争夺霸权的大战。
2　国民公会在1793年9月17日通过的法案，是根据梅尔兰·德·杜埃和康巴塞雷斯提出的报告做出的，针对受到怀疑敌视革命事业和自由的人。它成为恐怖时期司法的基石。

戴上红帽子显得漂亮。"巴黎仿佛到处有人搬家。古董店堆满了王冠、主教冠、金色的木头权杖、百合花徽等王室遗物；这就是已然远去的君主制的毁灭。旧货店里挂着要出售的无袖法袍和紧袖法衣，上写："请给我取下这件。"在波尔什隆和朗波诺[1]那里，有人身穿白色宽袖法衣，披上襟带，骑在披着祭袍的驴子上，拿着大教堂的圣体盒去打酒喝。在圣雅克街，一些赤脚的铺路工，拦住卖鞋的货郎车，凑起钱来，买下十五双鞋，送到国民公会，送给我们的士兵。富兰克林、卢梭、布鲁图斯，还要加上马拉的胸像，到处都是。在克罗什-佩尔斯街，马拉的一座胸像下面，挂着一个镶玻璃的黑木框，里面有一段马拉对马卢埃[2]的控诉："这些细节是西尔万·巴伊[3]的情妇向我提供的，她是一个对待我仁慈的爱国志士。——签名：马拉。"王宫广场的喷泉上，有一块题铭，上写"Quantos effundis in usus"[4]，被两幅巨大的胶画遮住了。其中一幅画的是卡伊埃·德·热尔维尔[5]在国民议会上揭露阿尔勒的"捡破烂分子"集结的迹象；另一幅画的是路易十六坐在国王的华丽马车里，从瓦雷纳押送回来，马车下用绳子挂着一块木牌，两个士兵刺刀上枪，各站一边。很少有大店铺开门；女人推着卖服饰用品和小摆设的流动货车，走街串巷，用蜡烛照明，蜡烛油熔化落在货物上。露天商店都由戴金黄假发的前修女经营；这个摆摊修补袜子的女工是一名伯爵夫人；那个女裁缝是一位侯爵夫人；德·布弗莱夫人[6]住在一间阁楼里，她从那里看得到她那座公馆。报贩满大街叫卖"新闻报"。把下巴缩进

1　朗波诺开一家小酒店。
2　马卢埃（1740—1814），君主制拥护者的主要代表之一，后来反对革命，1792年流亡。
3　西尔万·巴伊，夺取巴士底狱后的巴黎市长，在立法议会起过作用，但失去民心，在向到练兵场请愿罢黜和判决国王的示威者开枪后辞职。
4　拉丁文：用之不绝。
5　卡伊埃·德·热尔维尔：1791—1792年的内政部长。
6　法国诗人布弗莱（1738—1715）之妻。布弗莱以写轻佻诗歌闻名。

领带的人,被称为"患瘰疬的家伙"。巡回演唱的歌手比比皆是。群众嘲骂保王派的讽刺歌谣作者皮图,其实他是个血性男儿,因为他被二十二次关进过监狱,被传至革命法庭,他拍着屁股,一面说"公民爱国心"这个词;看到自己的脑袋有危险,他大喊:"有罪的不是我的脑袋,而是我的屁股!"这使得法官笑了起来,因此得救。这个皮图讽刺取希腊和拉丁语名字的时尚,他喜欢的一首歌唱的是一个瘸脚鞋匠,名叫居絮,妻子名叫居絮淡。[1]大家跳卡马尼奥尔圆舞[2];不再称"男舞伴和女舞伴",而是称"男公民和女公民"。人们在毁坏的修道院跳舞,祭坛上点着油灯,拱顶上用两根木棍搭成十字架,放上四根蜡烛,舞场底下是坟墓。——人们穿上暴君的蓝上衣。衬衣上的别针用红白蓝三色石片构成"自由帽"。黎世留街命名为法律街;圣安东尼郊区命名为光荣郊区;在巴士底广场上有一座"大自然"塑像。人们互相指出一些路过的名人:沙特莱、迪迪埃、尼古拉和加尔尼埃-德洛奈,他们监视着杜普莱细木匠的大门[3];吴朗不错过断头台杀人的机会,跟在囚车后面,称作"去参加红色弥撒";蒙弗拉贝本是侯爵,成了革命法庭陪审员,自称是"八月十日"。人们看到军校学生游行,他们被国民公会的法令称作"战神军校的低年级学生",被老百姓称作"罗伯斯庇尔的侍从"。人们阅读弗雷隆[4]揭露嫌疑分子"奸商"罪行的声明。保王派的花花公子聚集在各区政府的门口,嘲笑世俗结婚,挤在新郎和新娘经过的路上,说什么:"世俗结婚夫妇。"在残老军人院,圣徒和国王们的塑像戴上了弗里吉亚帽[5]。人们在十字路口的界石上玩纸牌;纸牌游戏也在闹大

---

1 居絮和居絮淡是拉丁文,与法文的"笨蛋"一词发音相近。
2 大革命时期的民间歌曲和舞蹈,名称得自一件时尚的衣服。
3 当时罗伯斯庇尔住在这个木匠家里。
4 弗雷隆,政论家,科尔得利俱乐部成员,参加大革命,被选入国民公会,和山岳党站在一起。
5 一种红色锥形高帽。

九三年

革命;国王被天才代替,王后被自由代替,侍臣被平等代替,爱司被法律代替。在公园里耕地,犁铧在杜伊勒里宫翻耕。除了这一切,尤其在失势的一方,有一种难以名状的活腻了的清高情绪。有人写信给富吉埃-坦维尔[1]:"请发善心让我摆脱生命吧。这是我的地址。"尚塞内兹被逮捕,是由于在王宫中喊叫:"什么时候进行土耳其式的革命?我想看到一个土耳其苏丹宫廷的共和国。"到处是报纸。理发店的伙计在众目睽睽之下为妇女卷头发,而老板大声念着《箴言报》;其他人三五成群,指手画脚,在评论杜布瓦-克朗塞的《谅解报》或者贝勒罗兹老爹的《号角报》。有时,理发师兼卖肉;可以看见火腿和香肠挂在金发玩偶的旁边。商人在公共大街上卖"流亡贵族酒";一个商人做广告卖"五十二种"酒;其他商人出售竖琴式座钟和公爵夫人式沙发的旧货;一个理发师在招牌上写着:"本店为教士刮脸,为贵族梳头,为第三等级打扮。"[2]有人去安茹街,即过去的王妃街一百七十三号,找马丁算命。缺面包,缺煤炭,缺肥皂;只见从外省运来一群群乳牛。在瓦莱,羔羊肉一斤卖十五法郎。公社的告示规定每人十天配给一斤肉。商店的门口都排长队;有一次,长队都长得出了奇,从小方块街一直排到蒙托盖伊街的中间。排队叫作"牵绳子",因为排队的人一个接一个抓住一根长绳。在这种艰难困苦中,妇女既勇敢又温柔。她们整宿排队,等待轮到进入面包店。革命中采取的措施取得了成功。革命引起的普遍苦难是由于两个危险的措施造成的,即指券和限价;指券是杠杆,限价是支点。这个经验倒是拯救了法国。敌人,不论是科布伦茨[3]的敌人,还是伦敦的敌人,都做指券投机。姑娘们来来去去,兜售薰衣草香水、松紧袜带

---

1 富吉埃-坦维尔,革命法庭的检察官,成为无情的严酷和恐怖的残酷的象征。
2 双关语。刮脸、梳头、打扮可理解为纠缠、殴打、嘲笑。
3 大批流亡者躲在那里。

和假发辫,在做投机;维维埃纳街佩隆的投机者,皮鞋粘着污泥,油腻的头发,戴着狐尾毛帽,瓦洛亚街的浪荡公子,皮鞋擦得锃亮,嘴里叼着牙签,头上戴着毛皮帽,妓女亲昵地称呼他们。老百姓追捕他们,就像追捕小偷,保王派管他们叫"活跃的公民"。此外,很少有偷窃。缺吃少穿的匮乏,倒也穷得有志气。赤脚汉和饿死鬼路过平等宫的珠宝店前,都庄重地耷拉着眼睛。安托万区公所在博马舍住宅进行搜查时,有个女人在花园里采摘了一朵花,老百姓向她扇耳光。劈柴卖到四百法郎一捆,街上常见有人把床锯掉。冬天,喷泉结冰了,一升水卖到二十苏;大家都成了挑水夫。一个金路易值到三千九百五十法郎。出租马车跑一次六百法郎。坐了一天出租马车,能听到这样的对话:"车夫,我该给你多少钱?"车夫回答:"六千利弗尔。"一个卖菜的女贩一天可卖到两万法郎。有个乞丐说:"行行好,救救我吧!我想买双鞋子,缺少两百三十利弗尔。"桥头上可以看到大卫雕刻和着色的巨型雕塑,梅尔西埃[1]贬之为"丑陋的大木偶"。这些巨像象征被打垮的联邦主义和联盟[2]。民众中没有任何软弱动摇。和王权一刀两断产生沉郁的欢乐。志愿者不断涌现,甘愿捐躯沙场。每条街可以组成一个营。各区的旗帜来来去去,每一面都写着格言。嘉布遣会的区旗写着:"别想动我们一根毫毛。"在另一面旗帜上写着:"高贵只存在于心中。"所有墙上都贴满大大小小的标语,黄的、绿的、红的、印刷的、手写的,只看到这声呼喊:"共和国万岁!"小孩子结结巴巴地唱着《一切都会好》这首歌。

  这些小孩子代表无限美好的未来。[3]

---

1 梅尔西埃(1740—1814),法国小说家,著有《巴黎景象》(12卷,1790)。
2 联邦主义,吉伦特派提出的反对雅各宾派"一个和不可分割的"共和国。联邦指欧洲结成的反法同盟。
3 这一句成为"圣巴托罗缪屠杀"的主题。

九三年

玩世不恭的巴黎代替了悲壮的巴黎;在热月九日[1]前后,巴黎的街道有两种截然不同的革命景象;圣鞠斯特[2]的巴黎让位于塔利安[3]的巴黎;这正是天主安排的不断的对照,过了西奈山[4],立即就是拉库尔蒂伊区[5]。

这显而易见是极端的公众狂热。这种情况在八十年前已经出现过。人们摆脱路易十四,就像摆脱罗伯斯庇尔一样,迫切需要呼吸;这个世纪以摄政府开头,以督政府告终。在两次恐怖时期之后,是两次纵情玩乐。法国从清教徒和修道院逃了出来,就像从君主制的修道院逃之夭夭一样。

热月九日之后,巴黎在欢乐,是一种丧失理智的欢乐。不健康的快乐四处漫溢。生的疯狂代替了死的疯狂,崇高悄然隐去。出了一个特里马西翁[6]式的人物,名叫格里莫·德·拉雷尼埃尔,他创办了《美食者年鉴》。人们在王宫的中二楼吃饭,军乐伴奏,女子乐队敲鼓吹喇叭;"里戈丁人"拉着琴,主宰着场面;在梅奥饭店,在芬芳扑鼻的香炉中,人们品味"东方式"的晚餐。画家博兹画的是自己的几个女儿,有着十六岁的天真而迷人的脑袋,却像"上了断头台"那样,就是说袒胸露背,穿着红衬衣。吕吉厄里、吕盖、温泽尔、莫杜伊、蒙唐西埃的舞厅代替了坍塌的教堂中狂热的舞蹈;苏丹妃子、野性女郎、半裸美女代替了制作纱布团的严肃的女公民;珠光宝气的女人赤裸的脚代替了士兵满是鲜血、泥巴和尘埃的光脚;欺诈与无耻再度沉渣泛起。上有供应

---

1 这一天,罗伯斯庇尔和他的同盟者垮台,山岳派的国民公会终结,热月党向革命势力进攻。
2 圣鞠斯特(1767—1794),法国政治家,要求处死国王,公安委员会成员,主持内政。
3 塔利安(1767—1820),曾是雅各宾俱乐部成员,山岳派议员,积极参加热月党政变,关闭雅各宾俱乐部,取消革命法庭,镇压山岳派的起义。
4 据《圣经》,摩西带领以色列人经过此处,最后离开埃及。这里暗指山岳派。
5 当时巴黎酒馆和妓女集中之地。
6 公元前罗马作家佩特罗尼乌斯笔下的人物,以富有自诩,生活放荡。

商,下有"盗贼小团伙";扒手麇集,充斥巴黎,人人都得当心自己的"luc",也就是皮夹子:消磨时间的方法之一,就是到法院广场,去看女小偷坐高脚圆凳示众;不得不把她们的裙子扎起来。戏院门口,小男孩在为双轮轻便马车拉客,喊道:"男女公民,这里可以坐一对";不再叫卖《老科尔得利报》[1]和《人民之友报》[2],而是叫卖《小丑之信》和《顽童请愿报》;萨德[3]侯爵主持旺多姆广场梭枪区公所。逆反潮流既乐观又凶残:1792年的"自由龙骑兵"以"匕首骑兵"的名字复活。同时在露天舞台上出现了若克里斯[4]这种典型;出现穿古希腊古罗马服装的时髦女郎,这些之外还有"不可思议的女郎";人们用诽谤的话和不堪入耳的话来骂人;从米拉博[5]倒退到博贝什[6]。巴黎就这样来来去去;它是文明的一座巨大挂钟,从这一极摆到另一极,从泰尔莫皮尔[7]摆到戈摩尔[8]。1793年后,大革命经历了一段奇特的被遮蔽阶段,这个世纪好像忘记了结束它业已开始了的事,难以描述的狂欢插了进来,占据了前台,而把可怕的世界末日推到第二位,这就产生了巨大的幻觉。在恐怖之后爆发了大笑;悲剧在滑稽模仿中消失了,在天际的背景上,狂欢的烟雾隐约遮住了美杜莎[9]。

但在此刻,即1793年,巴黎的街道仍然保留当初崇高而狂暴的面貌。街

---

1 由卡米尔·德穆兰创办。
2 由马拉创办。
3 萨德(1740—1814),法国小说家,著有《茹丝丁和德行的不幸》《索多姆的一百二十天》。
4 若克里斯,出自18世纪多维尼的《若克里斯的绝望》,是个可笑的、受到主人虐待的仆人。
5 米拉博(1749—1791),法国政治家、演说家,既接受津贴为王朝利益辩护,又保卫革命原则。
6 博贝什,市集戏剧的可笑角色,在第一帝国和复辟时期很有名。
7 泰尔莫皮尔,希腊的峡谷,好几次战斗的舞台,公元前5世纪在此牺牲了300斯巴达人。
8 戈摩尔,《圣经》中因风俗败坏而遭到天火毁灭的城市。
9 美杜莎,希腊神话中的蛇发女怪,被她的目光触到即化为石头。

头仍有演说家,瓦尔莱推着他的流动棚屋,站在车上向路人演说;街头有自己的英雄,其中一个自称"铁棍队长";街头也有自己的宠儿,如小册子《卢吉弗》的作者古弗罗瓦。这些名人中有几个是坏家伙,其余的都很刚直。其中一个正直而命运多舛,他就是西穆尔登。[1]

二 西穆尔登

西穆尔登是个心灵纯洁但气质阴沉的人,他骨子里易走极端。他当过教士,这一点不可小觑。人和天空一样,可以平静而又阴霾密布;一点儿事就足以使他内心黑夜笼罩;当过教士就在西穆尔登心里形成了漫漫长夜。一日为教士,终身为教士。

在我们身上造成黑夜的东西,也会留下星星闪烁。西穆尔登品德高尚,追求真理,这些在黑暗中熠熠闪光。

他的经历讲起来很简单。他当过乡村本堂神父,在一个名门之家当过家庭教师,后来得到一笔小小的遗产,他便获得了自由。

他尤其胶柱鼓瑟。他思索起来,就像使用钳子一样;他自认为只有思路想透了,才能撒下;他死死抓住思索。他懂得所有的欧洲语言,也懂一点其他地区的语言;这个人不停地研究,这有助于他保持是个童身,但没有什么比这样克制自身更加危险了。

作为教士,他出于高傲、偶然或者心灵高超,遵守三愿[2];但他未能保持信仰。科学瓦解了他的信仰,教条在他心里泯灭了。他自我审察,感到自己仿佛

---

1 上述名人都是杜撰的。
2 进修道院时所许的贫修、贞洁和顺从三愿。

是残废人,既然无法摆脱教士的影响,他便致力于重新做人,不过是以严峻的方式;他失去了建立家庭的机会,就以祖国为家;他拒绝娶一个女人,便以人类为妻。这种满腾腾的充盈,究其实是空虚。

他的父母是农民,让他当教士,是本想让他脱离平民;他又回到平民之中。

他激情满怀地回到平民中。他以一种令人生畏的柔情去观察苦难生活。他从教士变成哲学家,从哲学家变成斗士。路易十五还在世时,西穆尔登就隐约感到自己是共和派。是怎样的共和呢?也许是柏拉图的共和,也许是德拉孔[1]的共和。

既然不许他爱,他便开始仇恨。他憎恨谎言、君主制、神权政治、教士道袍;他憎恨现在,大声呼唤未来;他预感到未来,提前看到未来,猜测到未来可怕而又壮丽;他理解,为了结束人类可悲的苦难,必须有一个类似复仇者的救星。他早就憧憬天下大乱。

1789年,天下大乱来到了,他早有准备。他合乎逻辑地,就是说按照他的精神气质,义无反顾地投入这场波澜壮阔的人类变革之中。逻辑不是感情用事。他亲历了伟大的革命年代,感受过所有这些风云变幻的战栗;1789年,攻占巴士底狱,结束了人民的苦难;1790年6月19日,封建制终结[2];1791年,瓦雷纳事件宣告王权结束[3];1792年建立了共和国[4]。他目睹大革命站立起来;他这个人不害怕这个巨人;远非如此,万象更新使他跃跃欲试;尽管他几乎已经

---

1 德拉孔(约公元前7世纪末),给雅典制定了最初的法律,十分严酷。
2 8月4日夜,立法会议投票废除特权。
3 6月20日,国王逃往国外时在瓦雷纳被捕。
4 9月2日宣布成立。

九三年

年老了——他五十岁——，一个教士比一般人老得更快，但他却开始成长。一年又一年，他看到革命事件在发展，也跟着一起壮大。起初他担心大革命会流产，他观察着，革命既有理又正当，他希望革命获得成功；随着革命变得恐怖，他感到放心了；他希望这个头戴未来之星的弥涅耳瓦[1]，也是帕拉斯[2]，以毒蛇面具为盾牌。他希望她的神眼在必要时能向魔鬼放射出强光，以恐怖制服魔鬼的恐怖。

他这样来到了九三年。

九三年是欧洲反对法国和法国反对巴黎的战争。大革命是什么？它是法国对欧洲和巴黎对法国的胜利。因此，九三年，这可怕的一刻震古烁今，比这个世纪的其他时刻都更加伟大。

欧洲攻击法国，法国攻击巴黎，没有什么更悲壮的了。这场悲剧堪称史诗。

九三年是紧张的一年。暴风雨来临，那样怒不可遏，那样气势磅礴。西穆尔登感到在其中怡然自得。这种狂乱、野蛮、壮丽的场景适合于他的魄力。这个人犹如海上的老鹰，内心异常平静，外表喜欢冒险。有些飞禽凶猛而又平静，生来是搏击强风的。天生爱风暴的人是存在的。

他对穷苦人抱着特别的同情心。面对触目惊心的苦难，他愿意献身。他不嫌弃做任何事。他的侠义心肠就在这里。他的济世行善虽不堪入目，却是神圣的。他寻求脓疮亲吻。高尚的行为虽然令人瞩目，却是最难做到的；他就喜欢这类行为。有一天，在主宫医院，有个人快要死了，被喉部的一个瘤子压迫得透不过气来，脓疮发出恶臭，十分可怕，说不定是传染性的，必须马上排

1 罗马人的智慧女神，在希腊称为雅典娜。
2 雅典娜的战神形象。

除脓液。西穆尔登在那里,他把嘴唇贴在肿瘤上去吸,吸满一口吐掉一口,吸干净脓液,救了那个人。由于那时他还穿着教士服,有个人对他说:"倘若你对国王这样做,你就会当主教。"西穆尔登回答:"我不会对国王那样做。"他的行为和他的回答,使他在巴黎的街区闻名遐迩。

正因此,那些受苦的、悲泣的、以威胁相逼的人,都愿做他想做的事。在群众愤恨囤积居奇分子时,愤恨过激而越轨,正是西穆尔登一句话就止住了抢劫古拉港载满肥皂的船,让愤怒聚集在圣拉撒路城门口拦车的人群散开。

八月十日之后两天,是他率领群众推倒了历代国王的塑像。塑像倒下来时压死了人;在旺多姆广场,一个名叫雷娜·维奥莱的女人,把一根绳子套在路易十四塑像的脖子上去拉,被塑像压死了。路易十四的塑像站立了一百年,是在一六九二年八月十二日竖立的,在一七九二年八月十二日被掀翻。在协和广场,一个名叫甘盖尔洛的人把推倒塑像的人叫作恶棍,被打死在路易十五塑像的底座上。塑像被砸成了碎块,后来铸造成了铜钱,只有一条手臂得以幸免;这是路易十五模仿罗马皇帝的姿势伸出的右臂。正是在西穆尔登的要求下,民众交出了那条手臂,并派一个代表团把手臂送给拉蒂德[1],一个在巴士底狱囚禁了三十七年的人。拉蒂德是这位国王下令投入监狱的;当国王的塑像俯瞰巴黎,而他脖子上戴着枷锁,腰间锁着铁链,在监狱的深处生不如死时,有谁会对他说,这座监狱会倒塌,这座塑像会被推倒,他会从这座坟墓中出来,而君主制会被关进去,他这个囚徒,将得到这只签署他入狱令的手,这个粪土般的国王将只剩下这条铜手臂呢!

西穆尔登属于这一类人:他们内心有个声音,他们听从这个声音。这类人

---

[1] 拉蒂德,法国冒险家,被指控阴谋反对蓬巴杜夫人,囚禁了37年,多次试图越狱。大革命后获释。

似乎心不在焉；绝非如此；他们可专心着呢。

西穆尔登无所不知，又一无所知。他对科学了如指掌，对生活却一窍不通。他的刻板由此而来。他像荷马笔下的忒弥斯女神[1]一样被蒙住眼睛。他盲目自信，像箭一样只见目标，直奔而去。在革命中，没有什么像直线那样可怕。西穆尔登笔直向前，注定倒霉。

西穆尔登认为，在新社会诞生时，走极端能站在牢靠的地域，这是以逻辑代替理智的人特有的通病。他超越国民公会，他超越公社，他属于起义委员会。[2]

所谓的起义委员会，是因为它的会议在旧的主教宫的一个大厅举行，与其说是聚会，不如说是一帮大杂烩。这个会和公社一样，与会的旁观者默默不语，却含有深意，他们就像加拉[3]所说的那样，"有多少个口袋就有多少支手枪"。起义委员会是个奇特的大杂烩；既是世界性的大杂烩，又是巴黎的大杂烩，二者绝不互相排斥。巴黎是各国人民的心脏跳动的地方，平民热情在那里达到白热化。在起义委员会旁边，国民公会是冷冰冰的，而公社是不冷不热的。起义委员会是一个像火山地层那样的革命地层；起义委员会无所不包，无知，愚昧，正直，英勇，愤怒，警察。布伦瑞克[4]在里面有密探。里面有斯巴达克人那样的勇士，也有该去服苦役的人。大部分人是狂热而正直的。吉伦特派借暂时担任国民公会主席的伊斯纳尔之口，说了一句骇人听闻的话："巴黎人，当心啊。你们的城市将荡然无存，有一天会找不到巴黎的原地。"就是这

1　忒弥斯是司法女神。
2　建于1793年5月29日。
3　加拉（1749—1806），继丹东之后任共和政府司法部长，后任内政部长。
4　布伦瑞克（1735—1806），普奥联军首脑，他发表最后通牒，威胁倘若对王族稍有侮辱，便对巴黎采取报复。

句话创立了起义委员会。各种人,就是我们刚才所说的各个国家的人,感到需要紧紧聚集在巴黎周围。西穆尔登加入了这个团体。

这个团体对反动派进行反击。它产生于公众对暴力的需要;暴力是革命可怕而神秘的一面。起义委员会仗着这种力量,立刻取得了自己的地盘。在巴黎的每次骚动中,是公社发射大炮,是起义委员会敲响警钟。

西穆尔登淳朴而无情,认为只要是为了服务于真理,一切都是合理的,这使他能够驾驭极端的派别。无赖觉得他正直,对他十分满意,罪行因受到德行的主宰而感到满足。这使无赖们困惑,又使他们高兴。建筑师帕卢瓦利用拆毁巴士底狱的机会,出售石头,中饱私囊;他负责粉刷路易十六的牢房,狂热地在墙上画满了铁棍、镣铐和枷锁。圣安托万郊区的演说家贡松形迹可疑,后来查出了他受贿的收据;美国人富尼埃据说在七月十七日受拉法耶特[1]收买,向拉法耶特开了一枪;昂里奥[2]从比赛特收容所[3]释放出来,在成为将军,并把炮口对准国民公会之前,是一个仆人、街头卖艺者、小偷、密探;沙特尔的前代理主教拉雷尼,以《杜舍斯纳老爹》[4]代替了日课经;所有这些人对西穆尔登都怀着敬意,有时,只要面对这个可怕而令人信服的天真汉,他们便感到要止步,阻止了最恶劣的失足。圣鞠斯特就是这样使施奈德慑服的。同时,起义委员会的大部分人特别是由穷人和性情暴烈的人组成,他们都是善良的,相信西

---

[1] 拉法耶特(1757—1834),法国侯爵,政治家,与富兰克林合作,支持美国的独立战争,夺取巴士底狱后,成为国民自卫军首领,在立法议会初期起过重要作用,后来逐渐失去民心,参与让拿破仑退位,作为烧炭党人,参加1830年革命。

[2] 弗朗索瓦·昂里奥(应写作Hanriot,而不是Henriot),领导长裤汉和埃贝尔派反对国民公会,最初意在消灭吉伦特派的主要首领。

[3] 路易十三为残废士兵建造的收容所,在克朗林村。

[4] 多种革命小册子和活页的名称,最著名的是埃贝尔所创办的一种,运用民间语言,相信长裤汉和极端革命派的地位。

穆尔登，跟随他走。他有位助理，或称为副官也行，是拥护共和的教士，名叫当茹，老百姓喜欢他的高身材，绰号叫"六尺神父"。西穆尔登能把大胆无畏的首领带到随便什么地方；这个首领人称"长矛将军"；还包括绰号"大尼古拉"的特吕雄，他很大胆，曾想救出德·朗巴勒夫人[1]，让她挽住自己的手臂，让她跨过尸体堆，倘若不是理发师沙尔洛恶狠狠地开玩笑，他这次就成功了。

公社监督国民公会，起义委员会监督公社。西穆尔登思想正直，厌恶搞阴谋，掐断了帕什手中不止一根神秘的线；伯尔农维尔[2]把帕什称为"黑暗的人"。西穆尔登在起义委员会和所有人平起平坐，多布桑[3]和莫莫罗[4]都征询他的意见。他对居斯曼说西班牙语，对皮奥说意大利语，对亚瑟说英语，对佩雷拉说佛兰德尔语，对奥地利人、一个亲王的私生子普罗利说德语。他在不和睦中创造了和谐。因此他的地位虽不明朗却很强有力。埃贝尔[5]怕他。

西穆尔登当时在这些悲剧性的团体中，具有冷酷无情者的威势。他自以为是不会犯错误的无懈可击的人。没有人看见过他哭泣。这种品德不可接近而冷冰冰。他是令人畏惧的正义者。

革命之中没有教士的位置。一个教士投身于惊天动地的明显冒险，只会出于最卑劣的或者最高尚的动机；他要么必然卑鄙，要么必然崇高。西穆尔登是崇高的，但是在孤立、在悬崖、在冷淡的苍白中的崇高，是在峭壁环绕中的

---

1 德·朗巴勒夫人，王后玛丽-安托瓦奈特的女总管，她是王后的忠实朋友，被关在"力量监狱"，1792 年 9 月在狱中被杀死。
2 伯尔农维尔，共和国将军，国防部长，由国民公会委任调查杜穆里埃的品行。
3 多布桑，革命法庭的法官。
4 莫莫罗，科尔得利俱乐部主席，参与埃贝尔派的运动，是他在 1791 年创造了"自由、平等、博爱"的座右铭。
5 埃贝尔，科尔得利俱乐部的首领，在国民公会领导反对吉伦特派的激烈斗争；他从长裤汉运动出发，埃贝尔派极端革命的运动以他的名字命名，终于让国民公会接受山岳派反对怀疑分子的政治措施和社会经济纲领。

崇高。高山有着这种阴森森的无邪。

西穆尔登具有普通人的外表;衣着随便,穷人模样。年轻时他行过剃发礼,年老时他谢了顶。他那点头发是灰白色的。他的脑门很宽,上面有一个胎记。西穆尔登说话方式生硬,热烈而庄重;声音短促;语气武断;嘴巴带着忧郁而苦涩的神情;目光明亮、深邃,脸上有一种难以言明的恼怒。

西穆尔登就是这样。

今日没有人知道他的名字。历史上就有这类可怕的默默无闻者。

三 未在冥河里浸没的一角[1]

这样的人算是人吗?人类的仆人能有情感吗?对于一颗心来说,灵魂难道是多余的吗?包容一切和所有人的博大胸怀,能不能给人保留呢?西穆尔登能够爱吗?我们说:能够。

年轻时他在一个近乎王府之家当家庭教师,他的学生是王爷之子和继承人。他爱这个学生。爱一个孩子是一件易事。对孩子有什么不能宽容的呢?可以宽容他是领主、是亲王之子,是国王。年幼的天真无邪使人忘却他的家族的罪行;人的弱小使人忘却等级的悬殊。他那么幼小,使人原有他的尊严。奴隶原有他是主人。老黑奴敬慕白人小娃娃。西穆尔登对他的学生满腔热爱。童年有着这种匪夷所思的素质,能使人对之倾注所有的爱。西穆尔登身上能化为爱的,可以说,都落在这个孩子身上;这个天真的温顺的孩子成了这颗陷于孤独的心的某种猎物。他竭尽所有的温情去爱孩子,犹如父亲,犹如哥哥,

---

[1] 像阿喀琉斯的脚踵,他的母亲没有把他的身体的这一部分浸到冥河里,于是成了致命弱点。

犹如朋友，犹如创造者。这是他的儿子，不是血缘上的，而是精神上的。他不是父亲，孩子不是他的亲生子；但他是支配者，这是他的杰作。他将这个小领主培养成人。谁知道呢？指不定是个伟人。因为他的梦想就是这样。家庭一无所知，培养有智慧、有意志而又正直的品质，需要得到准许吗？他把自己的全部进步思想都传递到他的学生、子爵身上；他注入了他品德中的可怕毒素；他在学生的血管中注入了自己的信念、自己的意识和自己的理想；他将平民的灵魂注入这个贵族的头脑中。

精神能哺育，智慧是乳房。在提供乳汁的乳母和思想的家庭教师之间，有相似之处。有时候，家庭教师胜过父亲，正如乳母常常胜过母亲一样。

这精神上深刻的父子之情，把西穆尔登和他的学生联结在一起。只要看见这个孩子，他就情动于怀。

需要补充这一点：替代父亲是容易的，孩子已没有父亲；他是孤儿，父亲死了，母亲也过世了；他只有一个瞎眼的祖母照看他，还有位叔祖不在家。祖母死后，叔祖成了家长，他是军人，大领主，在宫廷里任职，逃离家中古老的主塔，生活在凡尔赛，常去军队，让孤儿茕茕孑立，待在孤独的城堡里。家庭教师于是成了地道的主人。

还需要补充这一点：西穆尔登曾经看到成为他的学生的那个孩子出生。孤儿孩提时得过一场重病。西穆尔登在孩子岌岌可危时日夜看护他；他是治病的医生，他是救命的看护，西穆尔登救了孩子。不仅孩子的教育、知识和学问得之于他，而且孩子的康复和健康也归功于他。不仅他的学生的思想得之于他，而且孩子能活下去也归功于他。一切受之于我们的人，我们会热爱他们；西穆尔登热爱这个孩子。

人生的自然偏离出现了。教育完成以后，西穆尔登不得不离开长成青年的孩子。这种分离以意识不到的冷酷来临！东家心安理得地辞退在孩子身上留下了思想的家庭教师，就像乳母留下了自己的五脏六腑一样啊！西穆尔登领了工钱，来到门外，离开了上层社会，回到下层社会；大人物和小人物之间的隔层又封闭了；年轻的领主生来就是军官，一下子成了上尉，到某地驻防；卑微的家庭教师心底里是个不驯服的教士，匆匆回到了教会阴暗的底层，即所谓教会的下层；西穆尔登见不到他的学生了。

革命来临；对于这个被他培养成人的学生的回忆，继续保存在他心中。这个回忆被多不胜数的公共事务掩盖了，但是没有消失。

塑造一座塑像，赋予它生命，这是美好的；塑造一个心灵，让它懂得真理，这就更加美好。西穆尔登是塑造一个心灵的皮格马利翁[1]。

精神可以有孩子。

这个学生，这个孩子，这个孤儿，是西穆尔登在世上唯一心爱的人。

但是，像他这样的人，在这样一种爱中也是脆弱的吗？

我们拭目以待。

---

[1] 皮格马利翁，希腊神话中著名的雕刻家，他创造了一个象牙女像，名叫嘉拉底，他爱上了这个雕像。爱神维纳斯使雕像活起来，和皮格马利翁结了婚。

第二章　孔雀街的小酒店

一　弥诺斯、埃阿斯科和拉达芒特[1]

孔雀街有家小酒店，大家称作咖啡店。这个咖啡店有个后间，今天已成为历史遗迹。这是一些人物有时几乎秘密会见的地点；这些人物那样有权势，那样受到监视，都迟疑不定是否公开讲话。一七九二年十月二十三日，山岳派和吉伦特派著名的拥吻就是在这里交换的，还有那个阴森森的夜晚[2]，加拉也到这里来打听情况，虽然他在自己的《回忆录》里不承认这一点；那一夜，他把克拉维埃尔安全地藏在博纳街以后，把他的马车停在王家桥上，倾听警钟。

一七九三年六月二十八日，有三个人聚集在这个后间一张桌子周围。[3] 他们的椅子不靠在一起，分别坐在桌子的一边，让第四边空着。大约傍晚八点

---

1 地狱三判官，喻指马拉、丹东和罗伯斯庇尔。
2 指1792年8月9日至10日夜里，吉伦特派被指责支持杜穆里埃，担心成立革命法庭对他们进行审判，并担心起义委员会对他们进行袭击。加拉在王家桥上没听到警钟，便跑到小酒店来打听情况。
3 这个会面改变了时间和地点。当时，英国海军封锁了法国海岸。6月25日至28日，在圣尼古拉桥发生了抢肥皂的骚乱，表明在民众运动越来越激烈的压力下，爱国者的不团结。

钟,街上还很明亮,但在后间已经漆黑,一盏挂在天花板上的油罐灯照亮着桌子,当时相当有气派。

三个人之中的第一位,脸色苍白,年轻,庄重,薄嘴唇,目光冷峻。他的脸神经质地抽动,妨碍他微笑。他的头上扑了粉,戴手套,衣服刷过,纽扣都扣上;他的浅蓝衣服没有一点皱褶,米黄色短裤,白色长袜,昂贵的领带,带褶的襟饰,银扣的皮鞋。另外两个人,一个像巨人,另一个像侏儒。大个子衣冠不整,穿着一件宽大的深红呢子礼服,礼服领带没结好,一直垂到襟饰之下,光脖子露了出来,上衣敞开,纽扣脱落,脚上是翻皮长筒靴,头发竖起,虽然还剩下一点发型和梳理的痕迹;他的假发里掺杂马鬃。脸上有麻子,生气时眉宇间有一道皱纹,嘴角有一道显示和蔼的皱褶,厚嘴唇,大板牙,搬运工的拳头,目光炯炯有神。小个子皮肤黄腊腊,坐在那里像个畸形人;他的头向后仰,眼睛充血,脸上有灰白色的斑,油污而平直的头发上扎了一块手帕,额头低矮,一只可怕的大嘴。穿着盖到脚面的长裤和拖鞋,背心好像是白缎子的,外面罩一件粗呢外套,皱褶中呈现出一条硬邦邦的直线,让人猜测是把匕首。

三人中的第一个名叫罗伯斯庇尔,第二个叫丹东,第三个叫马拉。

他们单独待在这个大厅里。丹东前面有一只杯子和一瓶酒,上面盖满灰尘,令人想起路德的大啤酒杯;马拉前面是一杯咖啡;罗伯斯庇尔前面是一叠文件。文件旁边有一只铅制的笨重墨水盒,圆形,带条纹,世纪初的小学生都记得起来。一支羽毛笔扔在墨水盒旁边。文件上压着一只大铜印,上面刻着"帕卢瓦制",铜印的形状准确模仿巴士底狱。

一张法国地图摊开在桌子中央。

守在门口和门外的是一只马拉的看门狗洛朗·巴斯,科尔得利街十八号的跑街;七月十三日,约在六月二十八日之后半个月,他用椅子一下猛砸在一个名叫沙洛特·科尔戴的女人头上；她眼下在冈城，仍然神志不清。洛朗·巴斯为《人民之友》送校样。这一晚，他的主人把他带到孔雀咖啡店，吩咐他看守住马拉、丹东和罗伯斯庇尔所在的大厅，不让任何人进去，除非是公安委员会、公社或起义委员会的人。

罗伯斯庇尔不想把圣鞠斯特拒之门外，丹东不想把帕什拒之门外，马拉不想把居斯曼拒之门外。

会议已经进行多时。议题是桌上那摊文件，罗伯斯庇尔已经一一朗读过。话语声开始升高。在这三个人中间，仿佛愤怒的情绪引发嗷嗷的叫声。从门外不时可以听到话声爆响。这个时期，旁听的习惯好像设立了倾听的权利。那时，制副本的法布里修斯·帕里斯，从锁孔里偷看公安委员会在干什么。顺便说一句，这样做并非毫无用处，因为正是帕里斯在一七九四年三月三十日到三十一日那个夜里向丹东报信的。洛朗·巴斯把耳朵贴在丹东、马拉和罗伯斯庇尔所在的后间门上。洛朗·巴斯为马拉效劳，但他是起义委员会的人。

二 MAGNA TESTANTUR VOE PER UMBRAS[1]

丹东刚刚站起来，他使劲把椅子往后一推。

"听着，"他嚷道，"只有一件事十万火急，就是共和国处在危险中。我只知道一件事，就是把法兰西从敌人手里救出来。为此可以不择手段。一切手段！一切手段！一切手段！我要应付各种危险时，就求助于一切手段，我担心危险四伏时，就敢傲然面对。我的思路是一头狮子。不要权宜措施。干

---

[1] 拉丁文：他们互相作证，响亮的声音穿过黑暗。摘自维吉尔的《埃涅阿斯纪》第8卷第487行，动词由单数变成多数。

革命不要假装正经。涅墨西斯[1]不是假装正经的女人。让我们大刀阔斧,讲求实际。大象提起脚踩下去,难道要看是踏在什么地方吗?让我们砸烂敌人吧。"

罗伯斯庇尔轻声地回答:

"我很愿意。"

他又加上一句:

"问题是要知道敌人在哪里?"

"敌人在外部,我已把他们赶了出去。"丹东说。

"敌人在内部,我正监视着他们。"罗伯斯庇尔说。

"那么我再赶走他们。"丹东又说。

"内部的敌人是赶不走的。"

"那么怎么办?"

"消灭他们。"

"我同意。"丹东接口说。

他又加上一句:

"罗伯斯庇尔,我对你说,敌人在外部。"

"丹东,我对你说,敌人在内部。"

"罗伯斯庇尔,敌人在边境。"

"丹东,敌人在旺代。"

"少安毋躁,"第三个声音说,"敌人无处不在,你们完蛋了。"

说话的是马拉。

---

[1] 涅墨西斯,希腊神话中的复仇女神。

罗伯斯庇尔看着马拉,平静地又说:

"不要笼而统之。我说得明确些。事实是这样的。"

"书呆子!"马拉咕噜着说。

罗伯斯庇尔将手按在他面前摊开的文件上,继续说:

"我刚才给你们念了普里厄尔从马恩省发来的快报,也向你们通报了热朗布尔提供的情报。丹东,你听着,国外进行的战争无关紧要,内战却至关重要。国外进行的战争,是胳膊上抓破一点皮;内战却是蚕食五脏六腑的溃疡。从我刚才给你们念的所有文件可以看出:几个头子至今分散肆虐的旺代,正处在集结的时刻。今后旺代要有唯一的统帅……"

"一个土匪头子。"丹东喃喃地说。

罗伯斯庇尔继续说:"就是六月二日在蓬托尔松附近登陆的那个人。你们已经看到他是怎样一个人。请注意,这次登陆和我们的两个特派员被抓住不谋而合,他们是黄金海岸的普里厄尔[1]和罗姆[2],六月二日,同一天,由叛变的卡尔瓦多省派人在巴约被抓走的。"

"他们被押送到冈城的城堡。"丹东说。

罗伯斯庇尔接着说:

"我继续归纳这些快件的内容。丛林战在广阔的规模上组织起来。同时英国人准备登陆,旺代人和英国人是同样的字眼[3]。菲尼斯泰尔的休伦人和科尔努阿伊的托皮南布人讲的是同一种语言[4]。我让你们看了一封截获的信和普伊泽

---

[1] 国民公会的山岳派代表,被派往诺曼底镇压吉伦特派首领发动的叛乱。
[2] 国民公会的山岳派代表,被派往瑟堡,不久被冈城的叛乱者关禁。
[3] 用的都是"Bretagne"这个词。
[4] 都是印第安人。

的信,信上说:'向反叛者发两万套红色英国军服,就可以鼓动十万人起来反叛。'当农民全都起来反叛时,英国人就会登陆。这是计划,你们就在这张地图上察看吧。"

罗伯斯庇尔指点着地图,继续说:

"英国人从康卡尔到潘波尔选择登陆点。克雷格[1]更喜欢圣布里厄湾,康沃利斯[2]更喜欢圣卡斯特湾。这是细节方面。卢瓦尔河的左岸是由旺代叛军守卫的,至于昂塞尼和蓬托尔松之间的二十八法里毫无遮拦,四十个诺曼底教区答应过支援他们。登陆将在普莱兰、伊菲尼亚克和普莱纳夫三个点进行。从普莱兰到圣布里厄,从普莱纳夫到朗巴勒,第二天就可以到达迪南,那里关押着九百个英国俘虏。他们将同时占领圣茹昂和圣梅昂,把骑兵留在那里;第三天,他们会分成两支纵队,一支从茹昂向贝代进发,另一支从迪南向贝什雷尔进发;贝什雷尔是一个天然要塞,在那里将建两座炮台。第四天就到达雷恩。雷恩是布列塔尼的要冲。掌握雷恩就掌握整个地区。雷恩失守,沙托纳夫和圣马洛就陷落。在雷恩,有一百万发子弹和五十门野战炮……"

"他们会一抢而空。"丹东小声说。

罗伯斯庇尔继续说:

"我就说完。从雷恩将分三个纵队,一路扑向富热尔,一路扑向维特雷,一队扑向勒东。由于桥梁被炸断了,敌人会预备浮桥和厚木板,你们已经看到这个确定的事实。他们会有向导,带领骑兵从可以涉水的地方过河。他们从富热尔再扩散到阿弗朗什,从勒东扩散到昂塞尼,从维特雷扩散到拉瓦尔。南

---

[1] 克雷格,泽西岛的总督,将军。1793年11月,一艘英国军舰载着步兵、法国军官和全部装备,准备支援旺代,要在普伊泽帮助3000人登陆。
[2] 康沃利斯,英国将军。

特将投降，布雷斯特将投降。勒东让出维莱纳的整条河道，富热尔让出通诺曼底的大路，维特雷让出通巴黎的大路。在半个月内，将有一支三十万人的匪军，整个布列塔尼将属于法国国王。"

"就是说属于英国国王。"丹东说。

"不，属于法国国王。"

罗伯斯庇尔补充说：

"法国国王更麻烦。驱逐外国人只消半个月，而消灭君主制需要一千八百年。"

丹东坐了下来，双肘支在桌子上，双手捧着头，若有所思。

"你们看到危险了，"罗伯斯庇尔说，"维特雷向英国人让出通往巴黎的大路。"

丹东抬起两只攥紧的大拳头捶在地图上，就像捶在铁砧上一样。

"罗伯斯庇尔，凡尔登不是给普鲁士人让出通往巴黎的大路吗？"

"怎么样呢？"

"那么，我们会赶走英国人，就像赶走了普鲁士人那样。"

丹东又站了起来。

罗伯斯庇尔将冰凉的手搁在丹东热烘烘的拳头上。

"丹东，香槟没有归顺普鲁士人，而布列塔尼归顺了英国人。收复凡尔登，这是攘外战争；收复维特雷，这是内战。"

罗伯斯庇尔用冷冷而深沉的声音喃喃地说：

"迥然不同。"

他又说：

"丹东，你坐下，看地图吧，用不着拿拳头来捶桌子。"

但是丹东沉浸在自己的思想中。

"真叫人摸不着头脑!"他大声说,"灾难就在东方,却在西方看到。罗伯斯庇尔,我同意你的看法,英国人在大洋上冒头,西班牙人在比利牛斯山冒头[1],意大利人在阿尔卑斯山冒头,德国人在莱茵河冒头。俄国大熊在远处。罗伯斯庇尔,危险构成一个圆圈,我们在里面。外部有各国联盟,内部有叛逆。南面,塞尔旺[2]把法国的大门向西班牙国王打开了一半。北面,杜穆里埃[3]投降敌人。再说,敌人主要威胁的是巴黎,而不是荷兰。奈尔文德抹去了热马普和瓦尔米。哲学家拉博·圣艾蒂安[4]是个叛徒,就像他是个新教徒那样,和廷臣蒙泰斯吉乌[5]有来往。军队伤亡惨重。现在没有一个营超过四百人;英勇善战的双桥团只剩下一百五十人;帕马尔兵营已失陷,吉维只剩下五百袋面粉;我们正向朗多后退,乌尔姆塞[6]进逼克莱贝[7];梅央斯英勇抵抗后陷落,孔代陷落得很可耻。瓦朗西埃纳也一样[8]。保卫瓦朗西埃纳的尚塞尔和保卫孔代的老费罗,还算得上是两个英雄,保卫梅央斯的默尼埃也一样棒。但其余所有人都叛变了。达维尔在埃克斯-拉沙佩尔叛变,穆通在布鲁塞尔叛变,瓦朗斯在布雷达叛变,纳伊在兰堡叛变,米朗达在马埃斯特里茨叛变;斯唐热尔是叛徒,拉努是叛徒,利戈尼埃是叛徒,默努是叛徒,迪荣是

---

1 西班牙人从1793年3月7日开始向法国开战,同年9月27日取得特鲁伊亚战役的胜利。
2 塞尔旺(应写作Servant,而不是servan),古比利牛斯山军队司令,在恐怖时期被当作吉伦特派受监禁。
3 杜穆里埃,法国将军,善于玩弄阴谋,吉伦特派的国防部长,1793年为外国人效劳。
4 新教徒牧师拉博之子,1792年和吉伦特派联合。
5 蒙泰斯吉乌,旧制度的拥护者,反对废除特权和教士的公民组织法。
6 乌尔姆塞,奥地利将军。
7 克莱贝,他带领一营阿尔萨斯志愿兵,因保卫梅央斯而闻名,被任命为将军。
8 梅央斯在1792年被居斯丁占领,1793年7月被布伦斯维克公爵的普鲁士军队从法国手里重新夺走;孔代和瓦朗西埃纳向奥地利人投降。

叛徒[1]；他们和杜穆里埃是一丘之貉。需要举出例子。居斯丁的反方向行军，我觉着可疑[2]；我怀疑居斯丁宁愿夺取有利可图的法兰克福，而不去夺取有实用价值的科布伦茨。法兰克福能交纳四百万战争赔偿，不错。与摧毁流亡贵族的巢穴相比，这算得了什么？我说是背叛。默尼埃死于六月十三日。只剩下克莱贝一个人。在此期间，布伦斯维克壮大和向前推进。他在夺取的所有法国地盘升起德国旗帜。勃兰登堡的总督今日成了欧洲的主宰；他把我们的省——装进口袋；你们会看到他把比利时占为己有；好像我们在替柏林干活；如果这种情况继续下去，我们不加以整饬，法国革命就只能有利于波茨坦了；唯一的结果是壮大腓特烈二世的小王国，我们会替普鲁士国王杀死法国国王。"[3]

丹东可怕地大笑起来。

丹东的笑引起马拉的微笑。

"你们各有自己喜爱的话题。你呢，丹东，是普鲁士；你呢，罗伯斯庇尔，是旺代。我也来说得明确点。你们没有看到真正的危险；危险在这里：咖啡馆和赌场。舒瓦塞尔咖啡馆是属于雅各宾派的，帕坦咖啡馆是属于保王派的，约会咖啡馆攻击国民自卫军，圣马丁门咖啡馆保卫国民自卫军，摄政咖啡馆反对布里索[4]，科拉扎咖啡馆支持布里索。普罗科普咖啡馆崇拜狄德罗，法兰西剧院咖啡馆崇拜伏尔泰，圆顶咖啡馆的顾客撕毁指券，圣马尔索的几家咖啡馆情绪激愤，马努里咖啡馆争论面粉问题，在福阿咖啡馆大吵大闹，拳打脚踢，在佩

---

1 以上都是贵族将领的人名。
2 德·居斯丁伯爵是北部军队总司令，在孔代投降和梅央斯失守后，被指控叛变，由革命法庭判处死刑。
3 这段话影射1871年1月18日在华沙宣布第二帝国成立，雨果向和平代表大会的参加者揭露德国的霸权行为。
4 布里索（1754—1793），吉伦特派的首领之一，又叫作布里索坦。

隆咖啡馆金融界的大胡蜂嗡嗡营营。这才是严重的情况。"

丹东不再笑了,而马拉始终在微笑。侏儒的笑比巨人的笑更加骇人。

"你在嘲笑人吗?"丹东低声责怪。

马拉抽搐了一下腰,这个动作很有名。他的微笑隐没了。

"啊!丹东公民,我又找回了你。正是你在国民公会的会场上管我叫'马拉这家伙'。听着。我原谅你。我们正经历一个危险时期。啊!我在嘲笑人?我究竟是怎样的人啊?我揭露了沙佐,我揭露了佩匈,我揭露了凯尔散,我揭露了莫尔通,我揭露了杜弗里什-瓦拉,我揭露了利戈尼埃,我揭露了默努,我揭露了巴纳维尔,我揭露了让索奈,我揭露了比隆,我揭露了利东和尚蓬;我错了吗?我在叛徒身上嗅出了背叛,我感到在犯罪之前揭露罪犯是有用的。我习惯在前一天说出你们这些人在第二天说的话。我这个人在议会提出了一个刑法的完整方案。迄今为止我做了什么?我要求对各区进行教育,让它们遵守革命纪律。我让人启封三十二盒文件,我收回了放在罗朗[1]手中的钻石,我证明了布里索坦派曾将一些空白逮捕证给了公安委员会,我指出了兰代的报告中遗漏了卡佩的罪行,我投票赞成在二十四小时内处死暴君,我为莫孔塞伊和共和者这两个营作过辩护,我曾阻止宣读纳尔博纳和马卢埃的信,我为伤兵提过一个动议,我指示取消六人委员会,我在蒙斯案件中预感到杜穆里埃的背叛,我曾要求十万流亡贵族的家属作为人质,以换回被出卖给敌人的特派员,我曾提议将一切越过边境的代表宣布为叛徒,我揭露了罗朗派在马赛动乱中的真面目,我曾强调悬赏得到平等之子的头颅,我曾为布肖特[2]辩护,我

---

1 罗朗(1734—1793),吉伦特派的首领之一,在此派被消灭时,他成功地躲藏起来,在得知他妻子被处决后自杀。
2 布肖特,国民公会时期的国防部长,由他组织保卫法国,他与极端革命者(埃尔贝分子)结合。

曾想通过唱名表决的方式,把伊斯纳尔赶下议席,我让人宣布,巴黎人无愧于祖国;因此,我被卢维[1]说成傀儡,菲尼斯泰尔省要求驱逐我,卢登城期望流放我,亚眠城希望给我戴一个嘴套,科布尔要求逮捕我,勒孔特-普伊拉沃向国民公会提议宣布我是疯子。啊!丹东公民,既然你不想听取我的意见,为什么要叫我来参加你们的秘密会议呢?难道我要求参加吗?远非如此。我根本没有兴趣跟罗伯斯庇尔和你这类反革命分子密谈。再说,我应该料到,你并不理解我,你和罗伯斯庇尔一样不理解我。那么这里没有政治家吗?那么必须对你们一五一十地讲解政治,那么必须给你们讲得一清二楚。我以上对你们说的话意思是:你们两个搞错了。危险既不像罗伯斯庇尔认为的那样在伦敦,也不像丹东认为的那样在柏林;危险在巴黎,危险在于不团结,你们两人一开始就各行其是,危险在于精神瓦解,意志涣散……"

"涣散!"丹东打断说,"是谁造成的,不就是你吗?"

马拉没有停下来。

"罗伯斯庇尔,丹东,危险在这一大批咖啡馆中,在这一大批赌场中,在这一大批俱乐部中:黑人俱乐部、联盟派俱乐部、贵妇俱乐部、不偏不倚者俱乐部;后者产生于克莱蒙-托奈尔[2],一七九〇年曾是君主派的俱乐部,这是由教士克洛德·富舍设想出来的社交圈子;此外还有报人普吕多姆创办的呢帽俱乐部,诸如此类,还不算罗伯斯庇尔你的雅各宾俱乐部[3],丹东你的科尔得利俱

---

1 卢维,吉伦特派的演说家,罗伯斯庇尔最坚决的对手之一。
2 克莱蒙-托奈尔(1757—1792),伯爵,1789年任三级会议的贵族议员,接受自由思想,赞成废除特权,但在革命运动进一步发展时,和君主派联合,为动乱者所杀。
3 雅各宾俱乐部是1789年由朗茹伊奈和勒沙普利埃创建的革命组织,和立法议会同时设立在巴黎,俱乐部先是稳健的,采取共和立场,大部分代表构成立法议会的左翼。

乐部[1]。危险在于饥荒,饥荒使得扛包工布林将帕吕市场的面包商德尼吊死在市政厅的路灯上。危险在贬值的纸币中。在神庙街,一张一百法郎的指券掉在地上,一个路人,一个平民说:'不值得去捡。'在市政厅升起黑旗[2],奋勇向前!你们逮捕德·特朗克男爵,这还不够。给我扭断那个监狱里的老阴谋家的脖子吧。拉贝尔泰什在雅马普挨了四十一下军刀,舍尼埃为此大吹法螺,国民公会主席把一顶公民冠冕戴在他的头上,你们以为就摆脱了困境吗?这是滑稽戏,演杂耍。嘿!你们也不看看巴黎!嘿!危险近在咫尺,你们却到远处去找。罗伯斯庇尔,你的警察对你有什么用?你有密探,在公社有帕扬,在革命法庭有科凡阿尔,在普安委员会有达维德,在公安委员会有库通。你们看到我消息灵通。那么,你们要知道这一点:危险就在你们头上,危险就在你们脚下;搞阴谋,搞阴谋,搞阴谋;街上的行人互相念报,互相点头示意;六千人没有身份证,有返回的流亡贵族、纨绔子弟和白色恐怖时期南方的保王派,躲藏在地窖、阁楼和王宫的黄杨树走廊中;面包店前面排起长队;老娘儿们在门口合十双手说:'啥时能太平啊?'你们关在行政院[3]大厅里密谈也是徒劳;大家都知道你们谈的是什么;罗伯斯庇尔,证据就是你们昨晚对圣鞠斯特所说的话:'巴尔巴鲁[4]开始大腹便便了,这会妨碍他逃跑。'是的,危险无处不在,尤其是在中心地带。在巴黎,前贵族在搞阴谋,爱国者却光着脚,三月九日抓住的贵族已经被释放,本应在边境拉大炮的骏马,在街上溅得我们一身是泥,四斤重的面包卖到三法郎十二苏,剧院上演淫秽的剧目,罗伯斯庇尔会让丹东上断头台。"

1　1790年由丹东在巴黎创建的革命俱乐部。
2　起义的信号。
3　部长们出席的行政院,面对公安委员会,权力减小了。
4　巴尔巴鲁试图在诺曼底组织对吉伦特派的抵抗。

"呸!"丹东说。

罗伯斯庇尔聚精会神地看地图。

"眼下需要的是一个独裁者,"马拉突然大声说,"罗伯斯庇尔,你知道,我要的是一个独裁者。"[1]

罗伯斯庇尔抬起头。

"马拉,我知道,要么是你,要么是我。"

"要么是我,要么是你。"

丹东咕哝说:

"独裁,到这一步啊!"

马拉看到丹东蹙起眉头。

"得了,"他又说,"做最后一次努力。让我们达成一致。局势需要这样做。五月三十一日我们不是达成一致了吗?[2] 全局问题比起吉伦特派的枝节问题更为重要。你们所说的不假,不过真实,全部的真实,真正的真实,是我所说的。南方有联盟派[3];西面有保王派;在巴黎,国民公会和公社互相决斗;在边境,居斯丁后退,丁穆里埃叛变。这一切意味着什么?分崩离析。我们需要什么?团结。得救的路在这里,不过我们要赶快行动。巴黎必须掌握革命的主导权。如果我们浪费一个小时,明天旺代人就可能来到奥尔良,普鲁士人来到巴黎。丹东,这一点我同意你的见解,罗伯斯庇尔,那一点我向你让步。不错。那么,结论是要专政。让我们专政吧,我们三个人,我们代表革命。我们

---

[1] 马拉想要的独裁者,参照罗马的行政官职位,权力限于半年和特殊的局势。这是他的持续要求之一。
[2] 1793年5月31日,在埃尔贝派领导的长裤党的压力下,吉伦特派垮台。
[3] 在巴黎成立了起义公社之后,对巴黎实行专政的担心在好几个地区引发成立省的革命委员会,这些委员会又变成联盟派的委员会。

是刻耳柏罗斯[1]的三只脑袋。在这三只脑袋中,一只说话,就是你,罗伯斯庇尔;另一只怒吼,就是你,丹东……"

"还有一只咬人,"丹东说,"就是你,马拉。"

"三只都咬人。"罗伯斯庇尔说。

一阵冷场。然后充满明争暗斗的对话又开始了。

"听着,马拉,在互相结合之前,必须互相了解。你怎么知道昨天我对圣鞠斯特所说的话?"

"这事关系到我,罗伯斯庇尔。"

"马拉!"

"搞清楚是我的责任,了解情况是我的事。"

"马拉!"

"我喜欢一清二楚。"

"马拉!"

"罗伯斯庇尔,我知道你对圣鞠斯特所说的话,就像我知道丹东对拉克罗瓦所说的话,就像我知道在泰阿坦码头,在拉布里夫公馆里所发生的事;这是流亡的贵族美女们趋之若鹜的巢穴;就像我知道在戈奈斯附近蒂尔人之家发生的事,那座房子属于以前的邮政局长瓦尔默朗日,莫里[2]和卡扎莱斯[3]从前常去,后来西耶斯[4]和维尔尼奥[5]常去,如今有人每星期去一次。"

---

1 把守地狱的狗,影射马拉提议的三头政治。
2 莫里,巴黎主教,教会在立法国民议会的主要支持者之一。
3 卡扎莱斯,朗格多克省三级会议中的贵族议员,是保王党在立法议会中的演说家。
4 西耶斯,第三等级议员,雅各宾俱乐部成员,立宪君主派,但他投票赞成处死国王;公安委员会成员,在恐怖时期不起什么作用。
5 维尔尼奥,吉伦特派在立法议会的首领和演说家之一,倾向温和,反对公安委员会最初的措施。

在说"有人"时,马拉看着丹东。

丹东嚷了起来:

"如果我有一点儿权力,那会毫不容情。"

马拉继续说:

"罗伯斯庇尔,我知道你所说的话,就像我知道神庙塔楼里发生的事,路易十六在那里喂得好肥,仅仅九月份,这头狼、母狼和狼崽们就吃掉了八十六篮桃子。而这段时间,人民却在挨饿。我知道这个,就像我知道罗朗躲藏在竖琴街一幢面朝后院的房子里;就像我知道七月十四日所用的六百根梭枪,是由德·奥尔良公爵的锁匠富尔制作的;就像我知道西勒里的情妇圣伊莱尔家里所发生的事;举行舞会那些日子,年老的西勒里要亲自用白垩去擦纳夫-德马图兰街黄色客厅的地板;比佐[1]和凯尔散在那里吃晚饭。二十七日萨拉丹在那里吃晚饭,同谁呢,罗伯斯庇尔?同你的朋友拉祖尔斯[2]。"

"连篇废话,"罗伯斯庇尔小声说,"拉祖尔斯不是我的朋友。"

他若有所思地加上说:

"这期间,伦敦有十八家工厂在印假指券。"

马拉继续说,声音平和,但有点可怕地颤抖:

"你们是重要人物组成的小集团。是的,我无所不知,尽管圣鞠斯特称为'国家机密'。"

马拉加重声音强调这个词,望着罗伯斯庇尔,继续说:

---

1 比佐,第三等级代表,和吉伦特派一起坐在国民公会,试图在诺曼底组织抵抗山岳派对吉伦特派的镇压。
2 拉祖尔斯,普安委员会和第一届公安委员会的成员,和吉伦特派一起被判刑。

"但凡勒巴[1]邀请达维德来吃饭,品尝他的未婚妻伊丽莎白·杜普莱烹饪的菜,你们在饭桌上所说的话我都知道;罗伯斯庇尔,杜普莱是你未来的弟媳妇吧。我是民众巨大的眼睛,从我的地下室向外观察。是的,我在观看[2],是的,我在倾听,是的,我知道。你满足于一些小事情。你自我欣赏。罗伯斯庇尔得到沙拉布尔夫人欣赏,她是德·沙拉布尔侯爵的女儿,在处决达米安[3]那天晚上,侯爵在和路易十五玩惠斯脱牌。是的,你们趾高气扬。圣鞠斯特老是戴着领带。勒让德尔衣冠楚楚;新礼服,白背心,戴着胸饰,想让人忘记他系过围裙。罗伯斯庇尔以为历史会知晓他在立宪议会穿橄榄色礼服,在国民公会[4]穿天蓝色礼服。他的卧室四壁都挂着他的肖像……"

罗伯斯庇尔用比马拉更平和的声音打断说:

"你呢,马拉,你的肖像挂遍了所有的阴沟。"

他们以闲聊的语气说话,慢吞吞反而显得对答和反驳更加激烈,在威胁中加上了难以形容的讽刺。

"罗伯斯庇尔,你曾经把那些想推翻王位的人称为'人类的堂吉诃德'。"

"你呢,马拉,在八月四日以后,在《人民之友》第五百五十九期,啊!我忘了数字,这是有用的,你要求恢复贵族称号。你说过:'公爵总是公爵。'"

"罗伯斯庇尔,在十二月七日的会议上,你为罗朗的妻子辩护,反对维亚尔。"

---

1 勒巴,山岳派议员,普安委员会成员。
2 影射马拉地下活动的时期,他因此有"地下人"之称。这个意象把他与布列塔尼森林的藏身处、拉图尔格的地下通道、凯门鳄的藏身地所代表的地下网相连起来。
3 达米安,被指控暗杀路易十五(1757年),在格雷夫广场被四马分尸,对他的酷刑是一件持久的丑闻。
4 1792年的会议几乎一致通过赋予战争中的法国一部新宪法。

九三年

"马拉,你在雅各宾俱乐部受到攻击时,我的兄弟也一样为你辩护。这能说明什么?什么也不能。"

"罗伯斯庇尔,大家知道你在杜伊勒里宫对加拉说过:'**我对革命厌倦了。**'"

"马拉,正是在这里,在这家小酒店里,十月十九日,你拥抱了巴尔巴鲁。"

"罗伯斯庇尔,你对比佐说过:'共和国是什么玩意儿?'"

"马拉,正是在这家小酒店里,你邀请过三个马赛人和你一起吃饭。"

"罗伯斯庇尔,你让中央菜市场的一个壮汉拿根棍子给你保镖。"

"你呢,马拉,八月十日头天晚上,你请比佐帮你化装成骑师,逃往马赛。"

"九月处决[1]期间,罗伯斯庇尔,你躲藏起来。"

"你呢,马拉,你是自我表现。"

"罗伯斯庇尔,你把红帽子扔在地下。"

"是的,有个叛徒炫耀红帽。给杜穆里埃装饰,就是玷污罗伯斯庇尔。"

"罗伯斯庇尔,在沙托维厄的士兵经过时[2],你拒绝用布盖住路易十六的头。"

"我比用布盖住他的头做得更进一步,我砍掉了他的头。"

丹东插了进来,好似火上浇油。

"罗伯斯庇尔,马拉,"他说,"少安毋躁。"

马拉不喜欢别人把自己的名字放在第二位。他回过身来。

---

1 1792年9月2日至6日,巴黎和外省的几个城市执行一系列处决,当局不阻止民众的愤怒,有些革命领袖,如马拉,还煽动民众对敌人执法。
2 1792年4月15日,一个庄严的队列庆贺沙托维厄士兵的解放,他是镇压的受害者,引起了南席的驻兵起来反对军官。

"丹东掺和什么?"他说。

丹东蹦了起来。

"我掺和什么?掺和这个:不应兄弟阋墙,两个为人民服务的人不应你争我夺;与外敌的战争已经够了,内战已经够了,同室操戈是多余的,发起革命的是我,我不想有人毁掉革命。我掺和的就是这个。"

马拉回答,没有提高声音:

"考虑一下汇报你的事吧。"

"汇报我的事!"丹东嚷道,"你去问阿尔戈纳的游行队伍吧,去问解放了的香槟吧,去问被征服的比利时吧,去问我曾四次参战,用胸膛迎接扫射的部队吧!去问革命广场吧,去问一月二十一日[1]的绞架吧,去问被推翻在地的王位吧,去问断头台这个寡妇吧……"

马拉打断了丹东。

"断头台是一个处女;可以躺在她身上睡觉,但不能使她怀孕。"

"你知道什么?"丹东反驳说,"我呀,我会使她怀孕!"

"我们拭目以待。"马拉说。

他露出微笑。

丹东看到这微笑。

"马拉,"他大声说,"你是隐秘的人,我呢,我是在大庭广众和光天化日之下露面的人。我憎恶爬行动物的生活。深居简出对我不合适。你住在地窖里,我住在街上。你不和任何人交往;我呢,谁都可以过来看我,和我说话。"

"帅哥,你愿意上楼到我家吗?"马拉咕噜说。

---

1 1793年1月21日,是处决"犯有阴谋反对民族自由的"路易·卡佩公民(即路易十六)的日子。

他不再微笑,用专断的语气又说:

"丹东,汇报一下那三万三千埃居这笔现金吧,那是蒙莫兰以国王的名义,借口补偿你在沙特莱当检察官的公职费用,给你支付的。"

"我是七月十四日的参与者。"丹东高傲地说。

"还有家具储藏室呢?还有王冠上的宝石呢?"

"我是十月六日的参与者。"[1]

"你的'alter ego'[2]拉克罗瓦在比利时的窃取呢?"

"我是六月二十日的参与者。"[3]

"还有借给蒙唐西埃那笔款子呢?"

"我鼓动民众将国王从瓦雷纳押回来的。"

"还有你拨款建造的歌剧院大厅呢?"

"我武装了巴黎的各个区。"

"还有司法部十万利弗尔的秘密基金呢?"

"我发动了八月十日的行动。"

"还有议会两百万法郎的秘密开支,你拿了其中的四分之一呢?"

"我阻止了敌人的进军,我堵住了联盟的各国国王的道路。"

"婊子!"马拉骂道。

丹东可怕地站起来,嚷道:

"不错,我是婊子,我出卖肉体,但我拯救了世界。"

罗伯斯庇尔又啃起指甲。他呢,他既不能大笑,也不能微笑。丹东闪电般

---

[1] 指那几天,王室从凡尔赛被带到杜伊勒里宫。
[2] 拉丁文:密友、亲信。
[3] 1792年6月20日,路易十六被冲进杜伊勒里宫的示威者摘去了红帽。

犀利的大笑,和马拉刺人的微笑,他都不会。

丹东又说:

"我像汪洋大海,有涨潮落潮;落潮时看得见我的浅滩,涨潮时看得见我的浪涛。"

"你的泡沫吧。"马拉说。

"我的风暴。"丹东说。

与丹东同时,马拉站了起来。他也发火了。水蛇霍地变成了龙。

"啊!"他嚷道。"啊!罗伯斯庇尔!啊!丹东!你们不愿意听我说话!那么,我告诉你们,你们完蛋了。你们的政策走到绝境,不可能走得更远;你们再也没有出路;你们的所作所为,关闭了你们前面所有的门,除了坟墓之门。"

"这是我们了不起的地方。"丹东说。

他耸了耸肩。

马拉继续说:

"丹东,当心。维尔尼奥也有大嘴、厚嘴唇和横眉竖目;维尔尼奥也像米拉波和你一样有麻子;这并不能阻止五月三十一日事件的发生。啊!你耸肩膀。有时候耸肩膀会掉脑袋的。丹东,我对你说,你的粗嗓门,你的松领带,你的软靴子,你小小的晚餐,你大大的口袋,这都与小路易丝有关。"

小路易丝是马拉给断头台的昵称。

他继续说:

"至于你,罗伯斯庇尔,你是一个温和派,但这对你无济于事。得,你扑粉吧,你梳头吧,你刷衣服吧,自命不凡吧,穿上内衣吧,装模作样吧,卷曲头发吧,上发蜡吧,你仍然要上格雷夫广场[1];看一看布伦斯维克的宣

---

[1] 行刑的地方,现今是市政厅广场。

言吧;你仍然要被看成弑君的达米安,你打扮得整整齐齐,就等着四马分尸了。"

"科布伦茨贵族流亡者的应声虫!"罗伯斯庇尔嘀咕说。

"罗伯斯庇尔,这不是任何人的应声虫,我是一切的呐喊。啊!你呀,你很年轻。丹东,你多大岁数?三十四岁[1]。罗伯斯庇尔,你多大岁数?三十三岁。我呢,我经历了沧桑,代表人类的古老苦难,我六千岁。"

"不错,"丹东应道,"六千年来,该隐[2]藏在仇恨之中,就像癞蛤蟆藏在岩石中一样,岩石碎裂了,该隐跳到人丛中,这就是马拉。"

"丹东!"马拉高声说。眼里闪过一道阴鸷的光。

"怎么啦?"

这三个可怕的人这样交谈着,犹如雷电的争锋相击。

三 神经末梢的颤抖

对话暂时停歇,三个巨人一时各想各的心事。

狮子见到水蛇局促不安。罗伯斯庇尔变得脸色苍白,丹东却变得通红。他们两人战栗了一下。马拉浅黄褐色的眼睛暗淡了;平静,一种威严的平静,重新出现在这个人的脸上;这个人可是令可怕的人也要畏惧。

丹东感到自己战败了,但不愿意投降。他又说:

"马拉高谈阔论专政和团结,但是他只有一种力量,就是瓦解。"

罗伯斯庇尔松开紧闭的嘴唇,加上说:

---

[1] 耶稣死时也是这个岁数。
[2] 据《圣经》,该隐是亚当和夏娃的长子,因嫉妒杀死弟弟亚伯。

"我呢,我赞成阿纳沙西斯·克洛茨[1]的见解;我说不要罗朗,也不要马拉。"

"而我呢,"马拉回答,"我说不要丹东,也不要罗伯斯庇尔。"

他盯住他们两个,又说:

"丹东,让我给你一个建议。你在恋爱,正考虑再婚[2],别参与政治了,明智一点。"

他朝门口退后一步,想出去,向他们不祥地致意:

"再见,先生们。"

丹东和罗伯斯庇尔打了个哆嗦。

这当儿,大厅尽里面响起一个声音说:

"你错了,马拉。"

三个人回过身来。正当马拉震怒时,他们并没有发觉,有个人从底端的门进来了。

"公民西穆尔登,是你吗?"马拉说,"你好。"

确实是西穆尔登。

"我说你错了,马拉。"他再说一遍。

马拉脸铁青了,他生气时就是这样。

西穆尔登又说:

"你是有用的,而罗伯斯庇尔和丹东是必不可少的。为什么威胁他们?要团结!团结,公民们!人民希望团结在一起。"

他的进来有如浇了一盆冷水,仿佛夫妻吵架时一个外人到来,即便没有从

---

[1] 克洛茨,雅各宾俱乐部成员,以立场极端著称。
[2] 丹东的第二次婚姻娶了路易丝·杰利,按要求举行天主教的婚礼。

根本上，至少是使表面上平复下来。

西穆尔登朝桌子走去。

丹东和罗伯斯庇尔认识他。他们常常在国民公会的公共讲坛上，注意到这个默默无闻、民众敬重、强有力的人。但罗伯斯庇尔讲究礼节，问道：

"公民，你怎么进来的？"

"他是起义委员会的。"马拉回答，声音里可以感到难以描述的恭顺。

马拉敢冒犯国民公会，操纵公社，却害怕起义委员会。

这是一条规律。

米拉波感到罗伯斯庇尔在深不可测的底部骚动，罗伯斯庇尔感到马拉在骚动，马拉感到埃贝尔在骚动，埃贝尔感到巴贝夫[1]在骚动。只有当地层稳定时，政治家才能行走；可是最革命的政治家脚下也有一个地下层，最大胆的政治家一旦感到他们的脚下发生他们在上头制造的活动时，便会不安地止步不前。

善于区分出于贪婪的运动和出自原则的运动，反对前者而支持后者，这是伟大的革命家的才能和可贵之处。

丹东看到马拉降尊屈贵。

"噢！西穆尔登公民不是多余的人。"他说。

他向西穆尔登伸出手去，然后说：

"当然，让我们向公民西穆尔登说明一下形势。他来得正好，我代表山岳派，罗伯斯庇尔代表公安委员会，马拉代表公社，西穆尔登代表起义委员会。他来给我们裁决。"

---

[1] 巴贝夫（1760—1797），法国早期革命家，恐怖时期在监狱里，创立《人民论坛报》，主张建立平等社会，因发动反叛，被判死刑。

"好的,"西穆尔登严肃而简捷地说,"关于什么问题?"

"关于旺代。"罗伯斯庇尔回答。

"旺代!"西穆尔登说。

他又说:

"这是严重威胁。如果革命灭亡,就是被旺代灭亡。一个旺代比十个德国更加可怕。法兰西要生存下去,就必须消灭旺代。"

这几句话博得罗伯斯庇尔的好感。

但罗伯斯庇尔提出这个问题:

"你以前不是教士吗?"

教士神态没有逃过罗伯斯庇尔的眼睛。罗伯斯庇尔从西穆尔登的外表看出了他的内心。

西穆尔登回答:

"是的,公民。"

"这有什么关系呢?"丹东大声说,"教士善良的话,要胜过其他人。革命时期,教士融于公民,就像大钟熔成了钱币和大炮一样。当茹是教士,多努是教士。托马斯·兰代是埃弗勒的主教。罗伯斯庇尔,你在国民公会和博韦的主教马修并排坐在一起。代理大主教沃茹瓦是8月10日起义委员会成员。沙博[1]是嘉布遣会修士。主持网球场宣誓的是热尔勒修士;宣布国民公会凌驾于国王之上的是奥德朗神父;要求立法议会取消路易十六王座上面华盖的是古特神父;提出废除王权的是格雷古瓦神父。"

---

[1] 还俗的嘉布遣会教士,拥护《教士的公民组织法》的布卢瓦主教,先是立法议会,后是国民公会的议员,雅各宾俱乐部和科尔得利俱乐部成员,采取极端主义立场。

九三年

"得到喜剧演员科莱-德布瓦[1]的支持,"马拉讽刺说,"他们两人完成了这件事;教士推翻了王位,打倒了国王。"

"还是言归正传谈旺代吧。"罗伯斯庇尔说。

"那么,"西穆尔登问,"怎么回事?这旺代,发生了什么事?"

罗伯斯庇尔回答:

"是这样:旺代有一个首领,快变得势不可当了。"

"公民罗伯斯庇尔,这个首领是何许人?"

"是一个前贵族德·朗特纳克侯爵,他自称布列塔尼亲王。"

西穆尔登做了一个动作。

"我认识他,"他说,"我在他家乡当过教士。"

他沉吟一下,又说:

"在成为军人之前,他是一个追逐女人的家伙。"

"就像先是叫洛真的比隆[2]一样。"丹东说。

西穆尔登若有所思,又说:

"是的,过去是个寻欢作乐的人。他应该很厉害。"

"很可怕,"罗伯斯庇尔说,"他焚烧村庄,杀死受伤的人,屠杀俘虏,枪杀妇女。"

"妇女?"

"是的。其中,他叫人枪杀一个有仨孩子的母亲。不知道这些孩子的下

---

[1] 喜剧作者和演员,著有《热拉老爹的年历》(被认为是雅各宾俱乐部最好的爱国年历),巴黎起义公社成员,参加九月的屠杀。

[2] 阿尔芒·路易·德·贡托,德·洛真公爵,然后是德·比隆公爵,绰号"俊美的洛真"。为宫廷引为丑闻的编年史支付费用之后,动身到美洲。三级会议议员,过渡到为大革命效劳。

落。另外，他是个统帅，懂得打仗。"

"的确，"西穆尔登回答，"他参加过汉诺威战争[1]。士兵们说：上有黎世留，下有朗特纳克；朗特纳克是真正的将军。你和你的同僚杜索尔克斯谈谈他吧。"

罗伯斯庇尔沉思一下，然后在他和西穆尔登之间的对话又继续下去。

"那么，公民西穆尔登，这个人在旺代啦。"

"有多久了？"

"有三个星期。"

"应该宣布他不受法律保护。"

"照此办理了。"

"必须悬赏他的头。"

"照此办理了。"

"必须重金奖赏抓住他的人。"

"照此办理了。"

"奖金不是指券。"

"照此办理了。"

"奖金是黄金。"

"照此办理了。"

"必须把他送上断头台。"

"会照此办理的。"

"由谁去做？"

---

1 指七年战争，1756—1763 年。法国、奥地利、俄国、萨克森、瑞典和西班牙反对英国、普鲁士和汉诺威。

"由你。"

"由我?"

"是的,你将是公安委员会的全权代表。"

"我接受任命。"西穆尔登说。

罗伯斯庇尔决策迅速,表现了政治家的素质。他从面前的卷宗里抽出一张白纸,白纸上方印着:**统一和不可分割的法兰西共和国,公安委员会**。

西穆尔登继续说:

"是的,我接受任命。以牙还牙。朗特纳克残暴,我也要残暴。和这个人进行殊死战斗。但愿我会从他手中解救共和国。"

他住了口,接着又说:

"我是教士;没有关系,我信天主。"

"天主过时啦。"丹东说。

"我信天主。"西穆尔登坚定不移地说。

罗伯斯庇尔阴郁地点头,表示赞许。

西穆尔登又说:

"派我到谁那里?"

罗伯斯庇尔回答:

"派你到征战朗特纳克的特遣队司令那里。只不过,我事先告诉你,他是一个贵族。"

丹东大声说:

"这又是一件我嗤之以鼻的事。一个贵族?那又怎样?贵族就和教士一样。只要善良,就是出色的。对贵族有偏见;不应该看重一面而看轻另一面,反对一面而不肯定另一面。罗伯斯庇尔,圣鞠斯特难道不是一个贵族吗?当然是弗洛雷尔·德·圣鞠斯特！阿纳沙西斯·克洛茨是男爵。我们的朋友沙尔·黑塞没有缺席过一次科尔得利俱乐部的会议，是个亲王，在位诸侯黑塞-罗唐堡的兄弟。在革命法庭里有一个陪审员维拉特是教士，还有一个陪审员勒罗瓦是贵族，他就是德·蒙弗拉贝侯爵。这两个人都可靠。"

"你忘记了，"罗伯斯庇尔补充说，"革命法庭的首席陪审员……"

"安托奈尔？"

"安托奈尔侯爵。"罗伯斯庇尔说。

丹东接着说：

"当皮埃尔是个贵族，为了共和国，刚刚当着孔代的面牺牲了。博尔佩尔是个贵族，他宁愿饮弹自尽，也不向普鲁士人打开凡尔登的城门。"

"尽管如此，"马拉咕哝着说，"在孔多塞说'格拉克兄弟[1]是贵族'那一天，丹东却冲孔多塞嚷嚷：'所有贵族都是叛徒，从米拉波开始，以你结束。'"

西穆尔登计策的声音响了起来。

"丹东公民，罗伯斯庇尔公民，你们如此信任也许是对的，但是人民不信任，不信任也没错。如果让一个教士去监视一个贵族，他的责任是加重的，教士必须坚定不移。"

"当然。"罗伯斯庇尔说。

西穆尔登补充说：

"而且要铁面无情。"

罗伯斯庇尔接着说：

"说得好，公民西穆尔登。你要跟一个年轻人打交道。你的年龄是他的两

---

[1] 格拉克兄弟，均为公元前2世纪罗马的平民护民官，两兄弟试图在罗马实行土地改革，将贵族占有的土地重新分给最贫穷的公民，被大地主反对派杀死。

倍,你对他会有影响。必须引导他,但必须谨慎对待他。看来他有军事才干,所有报告对这一点都众口一词。他所属的部队是从莱茵河军团抽调到旺代的。他从前线下来,在那里表现了出色的智慧和勇敢。他指挥远征军异常高明。半个月来,他挫败了这个朗特纳克老侯爵。逼迫他,往前驱赶他,最后,把他挤到海边,在那里打垮他。朗特纳克拥有老将军的狡猾,也有年轻统帅的大胆。这个年轻人已经有敌人和嫉妒者。副将莱舍尔就嫉妒他……"

"这个莱舍尔,"丹东打断说,"他想当总司令!对他倒适合一句双关语:**需要登梯才能上战车**[1]。这期间沙雷特正在攻打他。"

"他并不希望别人而不是他打败朗特纳克,"罗伯斯庇尔继续说,"旺代战争的不幸就在于这种兄弟阋于墙。我们的战士是英雄,但缺乏好指挥。一个普通的轻骑兵队长舍兰进入索缪城时,居然让军号吹响《一切都会好》这首曲子;他夺取了索缪城;他可以继续前进,夺取肖莱城,但是他没有得到命令,便就此停住。必须整顿旺代的所有指挥部。现在是守卫部队分散,力量分散;一支分散的部队是一支瘫痪的部队;如同一块岩石砸成了齑粉。在帕拉梅军营,只有一些帐篷。在特雷吉埃和迪南之间有一百个无用的小哨所,本来可以合成一个师,守卫整个海岸线。莱舍尔在帕兰的支持下,以守卫南方海岸为借口,撤离了北部海岸,这样向英国人打开了法国的大门,五十万农民暴动,英国人在法国登陆,这就是朗特纳克的如意算盘。远征军的年轻指挥官用剑抵住了朗特纳克的腰部,紧逼他,攻打他,并没有得到莱舍尔的允许;但是莱舍尔是他的上司;因此莱舍尔控告他。对这个年轻人见解分歧。莱舍尔想枪毙他。马恩省的普里厄则想把他升为副将。"

---

[1] 莱舍尔有梯子之意,沙雷特有战车之意。

"这个年轻人，"西穆尔登说，"我觉得有不同凡响的才能。"

"可是他有一个缺点！"

打断话头的是马拉。

"什么缺点？"西穆尔登问。

"爱宽容。"马拉说。

他继续说：

"打仗时挺得住，但之后就软了巴几。处事宽容，就爱宽大，慈悲心肠，保护修女，营救贵族的妻女，放走俘虏，给教士自由。"

"严重的缺点。"西穆尔登喃喃地说。

"是犯罪。"马拉说。

"有时是犯罪。"丹东说。

"往往是犯罪。"罗伯斯庇尔说。

"几乎总是犯罪。"马拉又说。

"在对待祖国的敌人时，总是犯罪。"西穆尔登说。

马拉转向西穆尔登。

"一个共和派领袖放走了一个保王派首领，你怎么处治他？"

"我会同意莱舍尔的意见，我会枪毙他。"

"或者送上断头台。"马拉说。

"两可。"西穆尔登说。

丹东笑了起来。

"我两者都喜欢。"

"你放心吧，两者必居其一。"马拉嘟囔着说。

他的目光离开丹东，又落在西穆尔登身上。

"这样说来,公民西穆尔登,如果一个共和派领袖有了闪失,你要砍掉他的脑袋?"

"在二十四小时之内。"

"那么,"马拉又说,"我同意罗伯斯庇尔的意见,应该派出公民西穆尔登,作为公安委员会的特派员,赶到海岸部队远征军的指挥身边。这个指挥叫什么名字来着?"

罗伯斯庇尔回答:

"他是一个前贵族。"

他开始翻阅卷宗。

"就让教士去看管这个贵族吧,"丹东说,"我不信任单独的教士;我不信任单独的贵族;当他们在一起的时候,我倒是担心他们;他们之间一个监视另一个,倒是可行的。"

西穆尔登眉宇间特有的愤怒表情加强了,但是无疑感到丹东的见解说白了是对的,他并没有转向丹东,提高了严厉的声音说:

"如果委托给我的那个共和派司令官有闪失,就处以死刑。"

罗伯斯庇尔眼睛看着卷宗,说道:

"这是他的名字。公民西穆尔登,你负有全权处理的那个司令官是个前贵族,他名叫郭文。"

西穆尔登脸色变得煞白。

"郭文!"他大声说。

马拉看到西穆尔登脸色变白。

"子爵郭文!"西穆尔登又说了一遍。

"是的。"罗伯斯庇尔说。

"怎么啦?"马拉说,目光盯住西穆尔登。

停顿片刻。马拉又说:

"西穆尔登公民,按照你自己提出的条件,你接受特派员的使命,到郭文指挥官的身边吗?一言为定?"

"一言为定。"西穆尔登回答。

他的脸色变得越来越苍白了。

罗伯斯庇尔拿起身边的笔,在上端印有"公安委员会"的纸上,端正而缓慢地写了四行字,签上名,把纸和笔递给丹东;丹东签了名,马拉一直盯着西穆尔登刷白的脸,在丹东之后也签了名。

罗伯斯庇尔拿回那张纸,写上日期,递给西穆尔登;西穆尔登看到:

共和二年

兹授予西穆尔登公民以全权,作为公安委员会特派员,前往海岸部队远征军司令郭文处。

罗伯斯庇尔　丹东　马拉

签名下面是日期:

一七九三年六月二十八日

革命历法,即民历法,在当时还没有合法,直到一七九三年十月五日才由罗姆提议,由国民公会通过。

在西穆尔登阅读时,马拉望着他。

· 155 ·

九三年

马拉低声说，仿佛是自言自语：

"应该由国民公会颁布一道法令，或者由公安委员会做出专项决定，明确这一切。还有一些事要做。"

"西穆尔登公民，"罗伯斯庇尔问，"你住在哪里？"

"商业大院。"

"嗨，我也住在那里，"丹东说，"你是我的邻居。"

罗伯斯庇尔又说：

"一刻也不能耽误。明天，你就会收到公安委员会所有成员签字的正式委任状，确认对你的委派，特别是让菲利波、马恩省的普里厄尔、勒库安特尔、阿尔吉埃等负有使命的代表信任你。我们知道你是什么人。你的权力是无限的。你可以把郭文提升为将军，或者把他送上断头台。明天下午三点钟你会收到委任状。你什么时候动身？"

"下午四点钟。"西穆尔登说。

他们分手了。

马拉回到家里，通知西蒙娜·埃弗拉尔[1]，第二天要去国民公会。

---

1 马拉的女伴和合作者。

第三章 国民公会

一 国民公会[1]

1

我们正接近顶峰。

这就是国民公会。

面对这顶峰,人的目光变得凝重了。

在人类的视野中,从来没有出现过更高大的东西。

有喜马拉雅山,有国民公会。

国民公会也许是历史的顶点。

在国民公会活着的时候,因为在它作为议会活着的时候,人们并不了解它是何物。同时代人所忽略的,恰好是它的伟大之处;人们太害怕,竟然没有目

---

[1] 国民公会建立于1792年,由749名议员投票选举,包括左翼、右翼和沼泽派。它经历了三个时期:吉伦特派时期(到1793年6月2日),山岳派时期(到1794年7月28日)和热月党时期(到1795年10月26日)。

眩神迷。但凡伟大的东西,都令人感到神圣的恐惧。欣赏平庸之物和山丘很容易;但是太高大的东西,无论天才还是高山,议会还是杰作,凑得太近去看,都会令人惶恐不安。凡是顶峰似乎都硕大无朋。攀登令人筋疲力尽。在悬崖峭壁上气喘吁吁,在斜坡上失足滑倒,在崎岖不平的美景旁碰伤;急流飞溅处显示有悬崖绝壁,高峰云遮雾罩;上山和下山同样令人心惊胆战。恐惧多过赞赏。心中产生这种奇怪的感觉,就是对伟岸的东西有强烈的反感。看到的是深渊,而不是雄伟壮丽;看到的是怪物,而不是奇迹。国民公会当初就是这样得到评价的。它本来供雄鹰瞻仰,却受到近视者的打量。

如今国民公会已成远景,它在深邃的天际,在宁静而悲壮的远处,显现出法国大革命的巍然侧影。

2

七月十四日解放了法国。

八月十日轰毁了王宫。

九月二日建立了共和国。[1]

九月二十一日,是秋分、均衡。"Libra"[2],是天秤。根据罗姆的见解,共和国的成立是平等和正义的标志。宣告是灿烂的星座。

国民公会是人民的第一个化身。正是通过国民公会,翻开了伟大的新篇章,未来从今天开始了。

凡是思想都要有一个可见的外表,凡是原则都要有一个依托;教堂是四堵

1　1789 年 7 月 14 日夺取了巴士底狱,1792 年 8 月 10 日夺取了杜伊勒里宫,1792 年 9 月 21 日废除了王权。

2　拉丁文:天秤星座。

墙中的天主；凡是教义要有一座神庙。国民公会成立后，要解决的第一个问题是把它安置在哪里。

首先选的是驯马场[1]，然后是杜伊勒里宫。在里面竖起了框架、布景、大卫画的一大幅灰色单色画、对称的长凳、四方的讲台、一些平行的半露柱、像铁砧一样的底座、长而直的柱子、长方形的蜂房般的房间，那是挤满群众的所谓旁听席，还有古罗马观众席上的顶篷、古希腊式的帷幔。国民公会就安置在直角和直线里；在这种对称中设下风暴。讲台上，红帽子画成灰色。保王派开始时就嘲笑这顶灰色的红帽子、这添加的大厅、硬纸板搭的建筑、混凝纸浆拼凑的圣殿、烂泥和唾沫构成的先贤祠。仿佛这应该很快就消失！柱子都是用木桶板拼成的，穹顶是用条板凑成的，浮雕是油灰做成的，大理石是画成的，墙壁是帆布的，在这个临时凑合的地方，法兰西做成了永恒的事业。

国民公会开会时，驯马场大厅的墙壁贴满了布告，那是国王从瓦雷纳被押解回来时，巴黎城里贴满了的。其中一张布告可以看到：**国王返回了。谁向他欢呼就揍谁，谁侮辱他就绞死谁**。在另一张上可以看到：**肃静。别脱帽**。他要在审判官面前说话。又一张上可以看到：**国王曾瞄准了人民。他没有命中，眼下轮到民族射击了**。又一张上可以看到：**法律！法律！** 就是在这些墙壁中间，国民公会审判路易十六。

一七九三年五月十日，国民公会移至杜伊勒里宫，那里叫民族宫，会议大厅占据所谓统一楼的钟楼和所谓自由楼的马尔桑楼之间的全部间隔。花卉楼称作平等楼。通过让·布朗大楼梯，上到会议大厅。在会议厅占据的二楼下面，大楼的整个底层是一种长形警卫室，里面摆满一束束枪、各军种的行军床；

---

[1] 在驯马场中，除了国民公会还有立法议会和立宪议会。

这些部队看守国民公会。公会有一支仪仗队,称作"国民公会的精锐部队"。

一条三色彩带把公会所在的宫殿和老百姓来往的公园隔开。

3

会议厅是什么样子?让我们说完整。这个可怕的地方,一切都令人感兴趣。

一进门,首先映入眼帘的是两扇大窗之间一座高大的自由神像。

四十二米长,十米宽,十一米高,这就是国王的舞台,如今变成革命舞台的大小。维加拉尼为朝臣们建造的富丽堂皇大厅,在九三年要经受民众重压的野蛮屋架下消失了。这个屋架,上面叠起旁听席,有个细节值得一提,只有一根柱子支撑。这根柱子是一整根木头,高十米。很少有女像柱如同这根柱子那样支撑;它在经年累月中承受了革命的猛烈冲击。它经受了欢呼、狂热、咒骂、吵闹、喧嚣、愤怒引出的极端混乱、骚动。它没有弯曲。在国民公会之后,它经历过元老院[1]。雾月十八把它替换了。

佩尔西埃用不那么结实的大理石柱替换了木柱。

建筑师的理想有时是奇怪的;黎沃利街的建筑师,理想是一颗炮弹的射程,卡尔斯吕的建筑师,理想是一把扇子;一个巨大的五斗柜抽屉,这似乎是建造国民公会在一七九三年五月十日移驻的大厅那个建筑师的理想;它是又长又高又平的。一个宽大的半圆形厅靠在平行四边形的一条长边上,这是呈阶梯形的代表席位,没有桌子,也没有斜面小桌;加兰-库龙作过很多记录,就放在膝头上写;讲台面对代表席;讲台前面有勒佩勒蒂埃-圣法尔若[2]的胸像;

---

1 元老院在共和三年由立法议会建立,1795年实施权力,采用或否决五百人院提出的法律。
2 勒佩勒蒂埃-圣法尔若,他在投票造成处死国王后,被保王派暗杀;他被看作共和国的受害者。

讲台后面是主席座位。

胸像的头越过一点讲台边缘；这使得后来把它移走了。

阶梯状席位由十九排半圆形的座位组成，一层层往后叠起；一排排座位将阶梯延伸到两边的墙角。

讲台脚下马蹄形的位置上，站着执达员。

讲台的一侧墙上，有一个黑色的木头框子，里面放了一块九尺高的木牌，一根权杖似的东西把《人权宣言》分成两页；另一侧有一个空位置，后来也占据了一个同样的框子，放上共和二年的宪法，一把剑把它分为两页。讲台上方，演讲者的头顶之上，颤动着三面巨大的三色旗，旗子是从一间分成两格，挤满群众的很深的包厢里伸出来的，几乎平靠着一个祭坛，祭坛上写着**法律**两个字。在这个祭坛后面，耸立着一个巨大的柱子一般高的古罗马束棒，好像一个捍卫言论自由的哨兵。一些偌大的塑像笔直靠着墙壁，面对代表。主席右边是利库尔戈斯[1]像，左边是梭伦[2]像；山岳派上面是柏拉图像。

这些塑像的底座是普通的方形石块，放在一长条突饰上，突饰绕大厅一圈，把群众和议会分开。观众把手肘搁在突饰上。

《人权宣言》布告那个黑木框子高及突饰，楔入了柱顶盘的构图，破坏了直线，使得沙洛低声对瓦迪埃说："真难看。"

在那些塑像的头上，交替地戴着橡树叶冠和月桂叶冠。

在一块绿色帷幔上，绘有深绿色的同样冠冕，帷幔降落到四周的突饰笔直的大皱褶上，覆盖了议会大厅的整个底部。帷幔上方，墙壁雪白、冰冷。这面墙上开辟出两层旁听席，既无线脚，也无叶饰，仿佛是用冲头开出来的，下面

---

[1] 利库尔戈斯，约公元前9世纪斯巴达的立法家。
[2] 梭伦（约公元前640—约前558），雅典立法者、诗人。

一层席位是方形的,上面一层席位是圆形的;由于维特吕维乌斯[1]还没有被替代,按照规范,拱门饰叠在下楣上。大厅两侧各有十个旁听席,两端还有两个很大的包厢;总共是二十四个旁听席,挤满了群众。

下面一层的听众挤出了边缘,挤到建筑的每个突出部分。一条长铁杠牢固地设在齐胸高的地方,作为高讲台的护栏,保护听众顶住往上爬楼梯的人群挤压。但一次有人掉在会场里,有点儿落在博韦主教身上,没有摔死,他说:"瞧!一个主教还是有点用处哩!"

国民公会的大厅可以容纳两千人,在起义的日子,能容纳三千人。

国民公会有两类会议,一类在白天开,一类在晚上开。

主席座椅的靠背是圆形的,金色的钉子。他的桌子由四头有翅膀的独脚怪兽支撑,它们好像是从《启示录》爬出来参与革命的。它们仿佛是从以西结[2]的战车上解下来,为桑松[3]拉囚车。

主席桌子上有一只大铃,几乎像口钟,还有一只铜制的大墨水缸,一个对开本羊皮封面本子,这是会议记录本。

一些砍下的头颅插在梭枪上,在这张桌子上滴着血。

从九级台阶登上讲台。台阶又高又陡,爬上去相当困难;有一天,让索奈爬上去时绊了一下。他说:"这是上断头台的台阶!"卡里埃[4]对他喊道:"学着爬吧。"

---

1 维特吕维乌斯,公元前1世纪罗马建筑师,著有《论建筑》,得到文艺复兴时期建筑师的运用。
2 以西结,《圣经》中的预言家,曾见四头怪物拉一部神车。
3 桑松,刽子手家族的名称。
4 卡里埃,山岳派在国民公会的议员,参加建立革命法庭,被派往诺曼底、布列塔尼,在南特组织可怕的屠杀,枪毙和淹死所有监狱中的疑犯。

大厅墙壁显得太光秃的地方,大厅的角落里,建筑师装饰了斧头外露的罗马束棒。

讲台左右两边,底座上面是十二尺高的枝形大烛台,顶上有四对油罐灯。在每个听众包厢里有同样一个枝形大烛台。在这些大烛台的底座上,雕刻着圆环,老百姓称之为"断头台的颈圈"。

会议座席几乎一直升高到讲台的突饰;代表和民众可以对话。

旁听席的出口通向迷宫般的走廊,走廊有时充满吵闹声。

国民公会使宫殿里拥挤不堪,并且让人群涌向旁边的龙格维尔府、库瓦尼府。如果布拉德福勋爵的信内容属实,那么八月十日之后,王室内的家具就搬到库瓦尼府。需要两个月才把杜伊勒里宫搬空。

各个委员会安置在大厅附近;平等楼里是立法委员会、农业委员会和贸易委员会;自由楼里是海军委员会、殖民地委员会、财政委员会、指券委员会、公安委员会;统一楼里是国防委员会。

普安委员会直接和公安委员会相通,经过一条阴暗的走廊,日夜有一盏路灯照亮,各派的密探出出进进。大家都不说话。

国民公会的证人席挪动过好几次。通常是在主席的右边。

大厅两端有两面垂直的板壁,封住同心半圆形阶梯会场的左右两头,在它们和墙壁之间留有两条窄而深的通道,两扇四方的、黑乎乎的大门朝里开着,人们从那里进出。

代表通过开向斐扬修道院平台的一扇门,直接进入大厅。

这个大厅由于窗户透进来的光线暗淡,白天并不怎么明亮,黄昏由于烛火苍白,有一种难以言说的黑影憧憧。半明半暗加以夜晚的黑暗,灯光下的会议阴森森的。大家互相看不见,从大厅的一头到另一头,从右到左,一团团模糊不清的面孔在对骂。相遇却互相认不出来。一天，莱涅洛跑上讲台，在下降的走廊上撞上一个人。他说："对不起，罗伯斯庇尔。"有个声音回答："你把我当谁了？"莱涅洛说："对不起，马拉。"

主席座位下面，左右两侧，有两个保留的观众席；因为奇怪的是，国民公会竟有特殊的观众。国民公会的大厅，堪称后来艺术家所说的"稚月建筑"最完美的标本；庞大而脆弱。当时的建筑师把对称奉为圭臬。文艺复兴的风格在路易十五时期已经登峰造极，随之走向反面。高贵推演到平淡，纯洁发展到无聊。建筑中存在假正经。在十八世纪的造型和色彩令人眼花缭乱的盛宴之后，艺术开始节食，只允许直线。这种进步导致丑陋。艺术只剩下骨架，现象就是如此。这种明智和节制导致弊病；风格如此简约，变得瘦骨嶙峋了。

撇开一切政治激情，只看建筑，这个大厅不由得令人有些毛骨悚然。人们还依稀记得旧剧场、花环装饰的包厢、天蓝色和鲜红色的天花板、多面体的枝形大吊灯、有宝石光彩的多枝烛台、闪色壁毯、绣上众多爱神和水仙的幕布和帷幔，还有绘画的、雕刻的、镀金的、像一首优雅的王家抒情诗的装饰，用微笑充满这个严肃的场所，人们环视四周这些像钢铁一样冰冷的、硬邦邦的直角；这有如布歇[1]被大卫砍了头一样。

4

谁看过国民公会开会，就不再想到大厅。谁看过演戏，就不再想到戏台。再也没有更丑陋和更崇高的了。一大堆英雄，一大群懦夫。高山上有猛兽，沼泽里有爬行动物。今日已变成幽灵的所有斗士，聚集、你挤我推、互相挑衅、

---

[1] 布歇（1703—1770），法国画家、雕刻家，受到蓬巴杜夫人的保护，被路易十五任命为首席画家，画风有贵族的趣味，裸体画纤细、轻佻，狄德罗认为他的艺术淫秽。

互相威胁、生活在那里。

让我们试举一下这些巨擘。

右边是吉伦特派,一群思想家;左边是山岳派,一群斗士。一边是接管了巴士底狱钥匙的布里索;马赛人俯首听命的巴尔巴鲁;凯尔维莱冈,他掌管驻扎在圣马尔索郊区的布雷斯特营;让索奈,他确立了与会代表高于将军;注定倒霉的加代,一天晚上,在杜伊勒里宫,王后给他看睡着的太子,加代亲了孩子的额角,却让孩子父亲的头落地[1];萨勒,捕风捉影地揭发山岳派和奥地利勾结;西勒里,右派的瘸子,如同库通是左派的双腿残缺者;洛兹-杜佩雷,被一个记者看作坏蛋,邀请记者吃晚饭时说:"我知道'坏蛋'这个词一般是指'和我们想法不一样的人'";拉博-圣埃蒂耶纳[2],他在一七九〇年的历书开头写上这句话:"大革命已经结束";吉内特,极力推翻路易十六的人之一;冉森派的卡缪,他起草教士公民法,相信副祭帕里斯的奇迹,在卧室的墙上钉了一幅七尺高的基督像,每天夜里跪在像前祈祷;和卡米尔·德穆兰一起制造了七月十四日的教士福舍;伊斯纳尔,正当布伦斯维克说"巴黎将被烧掉",他的罪就在于说:"巴黎将被毁掉";雅各布·杜蓬,他头一个宣称"我是无神论者",罗伯斯庇尔回答他:"无神论是贵族的";冷酷、明智和勇敢的布列塔尼人朗儒伊奈[3],杜柯,布瓦耶-封弗雷德的厄里亚尔[4];勒贝吉,巴尔巴鲁的皮拉吉[5];因为罗伯斯庇尔还没有被送上断头台而辞职;里绍,反对巴黎各区是常设机构;拉祖

---

1 他投票赞成延期处死路易十六。
2 拉博-圣埃蒂耶纳,国民公会议员,和吉伦特派联合,《箴言报》主编,著有《大革命简史》。
3 朗儒伊奈,三级会议的第三等级议员,与人创建后来成为雅各宾俱乐部的布列塔尼俱乐部。
4 厄里亚尔,《埃涅阿斯纪》中主人公的战友。
5 皮拉吉,古希腊悲剧中挚友的典型。

九三年

尔斯，他说过一句刻毒的名言："让感恩戴德的民族遭殃吧！"但一旦被押到断头台脚下，却又自相矛盾，对山岳派说出这高傲的话："我们被处死是因为民众在沉睡，你们被处死是因为民众要觉醒了"；比罗托，他下令废除公民不可侵犯，因此不自知地成为铡刀的制造者，为自己竖起断头台；沙尔·维拉特，他以这句抗议庇护自己的良心："我不愿意在刀下投票"；卢韦，《福布拉斯》的作者，后来在王宫开了家书店，由洛多伊斯卡站柜台；梅尔锡，《巴黎图景》的作者，他叫道："所有国王的脖子都感到一月二十一日"；马雷克，对"旧疆界乱党"耿耿于怀；记者卡拉，他在断头台下对刽子手说："死真令我烦恼。我还想看看下文呢"；维杰，他是梅耶纳和卢瓦尔的第二营精兵，受到旁听席的威胁，大声说："旁听席再有人嘀咕一声，我就要求我们全体拿上军刀退席，向凡尔赛进发"；布佐，死于饥饿；瓦拉泽，后来死于向自己捅刀；孔多塞[1]，因口袋里揣着《贺拉斯》[2]，受到揭发，死于后来改成平等镇的王后镇；佩雄，他的命运是1792年受到群众爱戴，却被1793年的狼群吃掉[3]；还有二十来人，诸如蓬泰库朗、马尔博兹、利东、圣马丁、尤维纳利斯[4]作品的译者又参加过汉诺威战役的杜索克斯、布瓦洛、贝尔特朗、莱斯泰尔-博韦、勒萨日、戈梅尔、加迪安、曼维埃尔、杜普朗蒂埃、拉卡兹、昂蒂布尔，为首的是巴尔纳夫[5]，大家称作韦尔吉奥。

另一边有：安托万-路易-莱翁-弗洛雷尔-德-圣鞠斯特，脸色苍白，侧面端正，目光神秘，忧心如焚，二十三岁；梅尔兰·德·蒂荣维尔，德国人称为

1　孔多塞（1743—1794）法国启蒙主义哲学家、数学家、政治家。
2　高乃依的悲剧，以描写古罗马两派各三兄弟的决斗。
3　佩雄是国民公会的首任主席，第一届公安委员会成员，与吉伦特派联合，1793年初，与布佐和巴尔巴鲁一起在诺曼底发动叛乱。
4　尤维纳利斯（约55—约140），拉丁语讽刺诗人，抨击当时的弊端。
5　巴尔纳夫（1761—1793），君主立宪派，死在断头台上。

· 166 ·

在巴黎

"火魔";梅尔兰·德·杜埃,制定嫌疑犯法案的罪人;苏布拉尼,牧月[1]一日,巴黎人民就被推举他为将军;前本堂神父勒蓬,用洒过圣水的手拿着一把军刀;比约-瓦雷纳,他设想未来的司法不要法官,只要仲裁人;法布尔·代格朗丁,他有一项可爱的发现,就是共和历,就像卢赛·德·利勒获得崇高的灵感,创作了《马赛曲》,不过这两个人再没有其他东西;马努埃尔,公社检察官,他说过:"死去一个国王并非少了一个人";古荣,攻进特里普斯城、纽斯塔特城和斯派尔城,看见过普鲁士军队逃窜;拉克罗瓦,变成将军的律师,在八月十日之前六天成为圣路易骑士;弗雷隆-泰尔西特[2],弗雷隆-佐伊尔[3]之子;吕尔,国王铁柜[4]的无情搜查者,注定了作为共和派悲壮地自杀,要在共和国灭亡那天自尽;福舍,魔鬼的心灵,僵尸的面貌;康布拉斯,杜舍斯纳老爹的朋友,他对吉约坦说:"你是斐扬[5]俱乐部的,但你的女儿是雅各宾俱乐部的";雅戈,他回答那些抱怨囚犯衣不蔽体的人:"一个监狱是一件石头衣裳";雅沃格,圣德尼坟墓的可怕发掘者[6],奥斯兰,一个放逐者,在家中窝藏女流亡者沙里夫人;邦塔博尔,主持会议时示意旁听席鼓掌或者起哄;记者罗贝尔,凯拉利奥小姐的丈夫,她写道:"无论罗伯斯庇尔还是马拉,都不来我家,罗伯斯庇尔愿意来时可以来,马拉永远不会来";加朗-库龙,当西班牙干预路易十六的案件时,他高傲地要求议会不要宣读一个国王给另一个国王的信;格雷古瓦,初期基督教时期不愧为主教,但后来在帝国时期,却由共和派的格雷古瓦摇身

---

1 法兰西共和历的第九月,相当于公历5月20日至6月18日。
2 弗雷隆-泰尔西特,《伊利亚特》第二歌中声音洪亮的演说家。
3 弗雷隆-佐伊尔,佐伊尔是公元前4世纪批评家,因反对荷马而闻名。大弗雷隆攻击伏尔泰,小弗雷隆攻击米拉波。
4 路易十六的保险柜,藏有他的罪恶证据。
5 君主立宪派,因在斐扬俱乐部集会而得名。
6 影射摧毁圣德尼的诸王坟墓,由国民公会下令,但雅沃格好像没有参与。

· 167 ·

九三年

一变而为格雷古瓦伯爵;阿马尔,他说:"普天下都判决路易十六。因此他向谁去上诉呢? 向其他星球吧";卢耶,一月二十一日,他反对在新桥鸣炮,说道:"一个国王的脑袋落地,不应比别人的脑袋发出更大的响声";谢尼埃,安德烈的兄弟[1];瓦迪埃,将一把手枪放在讲台上;帕尼斯,他对莫莫罗说:"我希望马拉和罗伯斯庇尔在我家的桌旁拥抱。"——"你住在哪里?"——"住在沙朗东。"——"住在别的地方,我倒要奇怪了。"莫莫罗说;勒让德尔,法国革命的屠夫,就像普赖德是英国革命的屠夫一样,——他对朗儒伊奈喊道,"来呀,我要打死你",朗儒伊奈回答:"你首先要颁布法令,说我是头牛";科洛·德尔布瓦,这个阴沉的演员,脸上戴着有两个嘴巴的古代面具,一个嘴巴说是,一个嘴巴说不,一个赞成,一个谴责,在南特痛斥卡里埃,在里昂神化沙利埃[2],把罗伯斯庇尔送上断头台,把马拉清进先贤祠;热尼西厄,要求把佩带"殉难者路易十六"纪念章的人判处死刑;莱奥纳尔·勒库安特尔,小学教师,他把房子送给汝拉山的老人[3];水手托普桑,律师古皮约,商人洛朗·勒库安特尔,医生杜昂,雕塑家塞尔让,画家大卫[4],约瑟夫·埃加利泰亲王。其他还有:勒库安特·普伊拉沃,他要求通过法令宣布马拉"处于精神错乱状态";罗贝尔·兰代,他是这条章鱼的令人不安的创造者,章鱼的头是普安委员会,以二万一千条触手覆盖全法国,即所谓的革命委员会[5];勒伯夫,吉雷-杜普雷在他的《假爱国者的圣诞节》中写下关于他的诗句:

---

1 玛丽-约瑟夫·谢尼埃,悲剧作家,是诗人安德烈·谢尼埃的兄弟。
2 沙利埃,山岳派的拥护者,他领导里昂的民主派。
3 指伏尔泰,他待在汝拉山区的费尔尼。
4 著名画家大卫是公安委员会的成员。
5 1793年3月由国民公会建立,其成员负责监视和逮捕可疑分子,给公民发放公民证,这是恐惧时期的主要工具之一。

在巴黎

勒伯夫[1]见到勒让德尔就哞叫。

托马斯·佩恩,美国人,宽厚;阿纳沙西斯·克洛茨,德国人,男爵,百万富翁,无神论者,埃尔贝派,天真;廉洁的勒巴,杜普伊的朋友;罗维尔,为凶狠而凶狠的罕见人物之一,因为为艺术而艺术比人们想象的更广泛存在;沙尔利埃,他希望人们对贵族称呼"您";塔利安,悲戚而凶恶,出于爱而制造热月九日[2];康巴塞雷斯,检察官,后来当了亲王,卡里埃,检察官,后来成了老虎;拉普朗什,有一天他会大声疾呼:"我要求给报警炮以优先权";图里奥,他要求以口头表决的方式选出革命法庭的陪审员;布尔东·德·洛瓦兹,他挑起和尚蓬的决斗,揭发佩纳,被埃尔贝揭发;法约,他建议"派遣一支纵火部队"到旺代;塔沃,四月十三日[3],他几乎充当吉伦特派和雅各宾派的调停人;维尔尼埃,他要求吉伦特派领袖和山岳派领袖像普通士兵一样去服役;雷贝尔,他在梅央斯闭门不出;布尔博特,在夺取索缪时他的坐骑被打死;甘贝尔托,他指挥瑟堡的海岸部队;雅尔-庞维利埃,他指挥拉罗歇尔的海岸部队,勒卡庞蒂埃,他指挥康卡尔舰队;罗贝尔若,拉斯塔特的埋伏等待着他;马恩省的普里厄尔,他在兵营里总是佩戴着骑兵队长的旧肩章;萨尔特省的勒瓦塞尔,他一句话就让圣阿芒营的营长塞朗决定自我牺牲;勒维尔雄、莫尔、贝尔纳·德·圣特、沙尔·理查、勒吉尼奥,在这群人之上的,是一个米拉波式的人物,叫丹东。

---

1 勒伯夫有"牛"之意。
2 塔利安是普安委员会成员,被派到波尔多,组织恐怖行动。但他的态度较为稳健,从而促使罗伯斯庇尔垮台。
3 1793年4月13日,马拉受吉伦特派指控,被传至革命法庭,法庭宣告他无罪。

九三年

在这两个营垒之外,让这两个营垒敬畏,伫立着一个人物,就是罗伯斯庇尔。

5

恐怖和畏惧在下面弯腰曲背;恐怖可能是高贵的,而畏惧是卑贱的。在激情之下,在英雄主义之下,在忠心耿耿之下,在狂热之下,是无名无姓的死气沉沉的一群人。会场的底层叫作平原派[1]。那里的一切都飘忽不定,人们怀疑、退缩、推延、窥伺,人人都害怕别人。山岳派是精英,吉伦特派是精英,平原派是群众。平原派概括和集中在西耶斯[2]身上。

西耶斯从一个思想深刻的人变成一个思想空虚的人。他停止在第三等级上,不能上升到人民。有些人天生是半途而止的。西耶斯管罗伯斯庇尔叫老虎,罗伯斯庇尔管他叫鼹鼠。这个玄学家未能通到智慧,而是通到谨慎。他是革命的奉承者,而不是革命的公仆。他拿了一把铁锹,和人民一起到练兵场干活[3],和亚历山大·德·博阿尔奈拉同一辆车。他建议要卖力气,而他根本不用力气。他对吉伦特派说:"架上你们一派的大炮吧。"有些思想家也是斗士,例如孔多塞[4]和维尔尼奥,或者卡米尔·德穆兰和丹东。有些思想家考虑如何生存,这些人和西耶斯是一路的。

出酒最多的酿酒槽也有酒糟。平原派下面有沼泽派。不堪入目的滞留物

---

1 平原派是国民公会最温和的部分,有时被他们的对手称为"沼泽的癞蛤蟆",坐在那些精英的下面。
2 西耶斯(1748—1836),法国政治家,受法国启蒙家影响,第三等级议员,雅各宾俱乐部成员,进入国民公会,公安委员会成员,波旁王朝复辟后流亡比利时。著有《什么是第三等级》。
3 1790年7月14日,为了修整练兵场,资产者、贵族、民众都一起参加干活。
4 孔多塞(1743—1794),法国哲学家、数学家和政治家,恐怖时期被当作吉伦特派逮捕,在狱中写出《人类精神进步和图景概述》。后服毒自杀。

让人看到利己主义。胆小鬼默默地等待,瑟瑟发抖。真是卑劣之至。恬不知耻到极点,却毫无羞耻;愤怒潜伏在内;反抗隐伏在屈从之下。他们无耻地害怕,又不怕表现出怯懦;他们更喜欢吉伦特派,而赞扬了山岳派;结局取决于他们;他们倒向成功者一边;他们把路易十六出卖给维尔尼奥,把维尔尼奥出卖给丹东,把丹东出卖给罗伯斯庇尔,把罗伯斯庇尔出卖给塔利安。他们将活生生的马拉行示众柱刑,却把死后的马拉神化。他们拥护一切,直至这一切。他们本能地给摇摇欲坠的所有东西决定性的一推。在他们看来,只要牢固,他们就为你效劳,动摇不稳,就是背叛他们。他们人数众多,又有力量,他们令人恐惧。由此敢于干卑劣勾当。

由此产生五月三十一日、芽月十一日、热月九日[1];这些悲剧由巨人策划,而由侏儒结束。

6

在这些充满激情的人群中,混杂了充满幻想的人。这里存在各种形式的乌托邦,好斗型的赞成断头台,宽容型的赞成废除死刑;王座那边是恶鬼,人民这边是天使。相比好斗的人,也有构思的人。有些人满脑子是战争,另外一些人装的是和平;卡尔诺一个人的头脑,产生了十四支军队;另一个头脑,让·德布里,考虑建立一个普世的民主联邦。在这些狂热的辩论中,在这些震耳欲聋的吼声中,也有意味深长的沉默。拉卡纳尔默不作声,思想里却在策划国民公共教育[2];朗特纳斯默不作声,却创办了初级小学;雷维利埃尔-莱波默

---

[1] 这一天,吉伦特派、丹东和罗伯斯庇尔垮台。
[2] 拉卡纳尔为公共教育委员会成员,他鼓动山岳派和热月时期的国民公会通过几项国民教育的法令,建立小学(1794年11月18日)。

不作声，却梦想将哲学提升到宗教的尊严高度。其他人专注于更小和更实际的具体问题。吉东-莫尔沃研究改善医院的清洁卫生，梅尔研究废除真实的奴役，让-蓬-圣安德烈研究取消债务监狱和人身拘留，罗姆研究沙普的提议[1]，杜博埃研究档案整理，柯朗-福斯蒂埃研究建立解剖室和博物史博物馆，吉奥马尔研究研究内河航运和埃斯科水坝。艺术有狂热爱好者，甚至痴迷者。一月二十一日，正当国王的头落在革命广场上时，洛瓦兹省的代表贝扎尔去看在圣拉撒路街找到的一幅鲁本斯的画。艺术家、演说家、预言家、丹东一类的巨人、克洛茨一类的天真汉、斗士、哲学家，所有人都奔向同一个目标，就是进步。没有什么使他们困惑。国民公会的伟大，就是在常人称之为不可能的事中寻找大量可实现的东西。罗伯斯庇尔在它的一端盯住法律，孔多塞在它的另一端盯住职责。

孔多塞是一个爱梦想和头脑清晰的人，罗伯斯庇尔是一个付诸行动的人；有时候，在老朽社会经历最后危机时，付诸行动意味着毁灭。革命有上升和下降的两个斜坡，在这两个斜坡上，一层层摞着各个季节，从结冰到开花。两个斜坡的每个区域，都产生适应气候的人，从生活在阳光下的人到生活在雷电中的人。

7

人们互相指点左边走廊的隐蔽处，罗伯斯庇尔在那里曾经对着克拉维埃尔的朋友加拉的耳朵，低声说过这句可怕的话："克拉维埃尔在他呼吸的所有地方，都搞阴谋诡计。"[2] 在这个适于密谈和低声发怨气的角落里，法布尔·德格朗蒂纳和罗姆拌嘴，责备他把暑月改成热月，歪曲了他的历法。人们互相

---

1 沙普：工程师，1793 年 4 月 26 日创建可视电报。
2 引自加拉的《回忆录》。其余的引文，摘自路易·布朗的著述。

在巴黎

指点上加罗纳省的七位代表并排坐着的角落；他们头一批被叫到，要对路易十六的判决表态，他们先后这样回答：马耶说："死刑。"——德尔马说："死刑。"——普罗让说："死刑。"——卡莱斯说："死刑。"——埃拉尔说："死刑。"——于连说："死刑。"——德扎比说："死刑。"这是充斥整个历史的永恒回响，自从人类有了司法，总是让法庭的墙壁发出坟墓的回声。人们在乱糟糟的面孔中，指点着传出闹哄哄的悲剧性投票的所有人。帕加奈尔说："死刑。一个国王只有处死才能派点用场"；马约说："今日，如果死刑不存在，就必须创造出来"；老拉弗隆·杜·特鲁耶说："赶快执行死刑！"古皮约大声说："立马上断头台。拖延会加重死罪"；西耶斯斩钉截铁地说："死刑"；图里奥拒绝了布佐提议的让人民去判决的建议："什么！基层议会！什么！四万四千个法庭！无休止的审判。路易十六的头发白了，头颅还不会落地呢"；奥古斯丁-蓬·罗伯斯庇尔在他的兄弟之后嚷道："我不明白扼杀人民，宽恕暴君的人道。死刑！要求缓刑就是让暴君而不是让人民来裁决"；接替贝尔纳丹·德·圣皮埃尔[1]的福斯杜瓦尔说："我害怕人流血，但是，一个国王的血不是人血。死刑"；让-蓬-圣安德烈说："暴君不死，人民就不会自由"；拉维孔特里说了这样一句话："只要暴君还在呼吸，自由就会窒息。死刑。"沙托纳夫-朗东嚷道："判处最后一个路易死刑！"吉亚尔丹表示这个愿望："既然障碍掀翻了，就处死他！"掀翻障碍，指的是王位的障碍；泰利埃说："但愿能用一门口径和路易十六的头一样粗的大炮，向敌人开火。"宽容的人，如让蒂尔说："我投票监禁。制造一个查理一世，就是制造一个克伦威尔"；邦卡尔说："流放。我想看到世界上头一个国王被判处干活谋生"；阿尔布伊斯说："驱逐出境。让这个活幽灵

---

[1] 贝尔纳丹·德·圣皮埃尔（1737—1814），法国小说家，受卢梭影响，著有《保尔和薇吉妮》。

到各国的王位周围去游荡";臧吉亚科米说:"监禁。留个活卡佩去吓唬人";沙荣说:"让他活着。我不希望我们杀死一个人,却让罗马当成一个圣人。"当这些判决从这些严厉的嘴里说出来,四散在历史中时,在袒胸露背、盛装打扮的妇女旁听席上,有人拿着名单在统计票数,在每个被投票人的名字下扎几针。

凡是发生悲剧的地方,就有恐惧和怜悯。

试看国民公会,不论它处于起主宰作用的任何时期,都会再看到最后一个卡佩受审的情形;一月二十一日的传奇事件似乎和它的所有行动混在一起;空虚可怕的议会弥漫了厄运的气息,这气息掠过了十八个世纪以来点燃了的君主制火炬,将它熄灭;在一个国王身上对所有国王的决定性审判,就像对昔日发动的一场大战的起点;不管去参加国民公会的哪次会议,都可以看到路易十六的那个断头台投下的阴影;旁听者互相叙述凯尔圣的辞职、罗朗的辞职,双塞弗尔省的议员杜沙泰尔病倒在床,奄奄一息,让人抬到会场上,投票让国王活着,这引起马拉嘲笑;人们用目光去搜索这个代表,今日他已被历史遗忘,经过三十七个小时的这场会议之后,他疲劳和困得倒在座位上。当轮到他投票时,执达吏叫醒他,他半睁开眼睛说:"死刑!"又睡着了。

正当他们判处路易十六死刑时,罗伯斯庇尔还可以活十八个月,丹东还可以活十五个月,维尔吉奥还可以活九个月,马拉还可以活五个月零三个星期,勒佩勒蒂埃-圣法尔若只能活一天。从人的嘴里呼出的气息多么短暂而可怕啊!

8

老百姓从一扇打开的窗口观看国民公会,这就是旁听席。当窗口不够用时，就打开大门，街上的人涌进了会场。群众涌进议会，这是历史最不可思议的景象之一。一般说，闯入是热情的。十字路口和罗马高级官员的象牙席位友好相处。但老百姓的热情是可怕的，有一天，在三小时内，老百姓就夺取了残老军人院的大炮和四万支枪。每时每刻都有一股人流打断了会议；他们是允许进入会场的代表、请愿者、表示敬意的人、献礼的人。圣安托万区的荣誉梭枪，由妇女们扛着进来。英国人送来两万双鞋子给我们赤脚的士兵。《箴言报》报道："奥比尼昂的本堂神父、德罗姆营的营长阿尔努公民，要求上前线，并要求保留他的本堂神父职位。"各区的代表用担架抬着餐盘、圣盘、圣餐杯、圣体显供台、成堆的金银和镀金银的器具，这是一大群衣衫褴褛的人对祖国的献礼，所要求的报偿，只是允许他们在国民公会前面跳卡马尼奥尔舞。舍纳尔、纳尔博纳和瓦利埃尔到场唱歌，向山岳派表示敬意。勃朗峰区送来勒佩勒蒂埃的胸像，一个妇女在拥抱她的议长头上戴上一顶红帽子；"玛依区的女公民"向"立法者"投掷鲜花；"祖国的学生"由乐队带领，来感谢国民公会"准备了本世纪的繁荣"；法兰西卫队区的妇女们送来了玫瑰花；香榭丽舍区的妇女们献了一顶橡叶冠；神庙区的妇女们到会场发誓"只和真正的共和派结合"；莫里哀区献了一块富兰克林纪念章，议会决定挂在自由女神塑像的冠冕上；自称为"共和国之子"的孤儿院的孩子们穿着民族制服列队而过；九二年区的少女们穿着洁白的长裙到来，第二天，《箴言报》报道："议长从一位年轻美女纯洁的手上接过一束花。"演说者向群众致意，有时奉承他们，说道："你们是不会错的，你们是无可指责的，你们是崇高的。"老百姓有天真幼稚的一面，喜欢这类甜言蜜语。有时，滋事生非的人穿过会场，怒气冲冲地进来，心平气和地出去，好比罗讷河穿过莱蒙湖，流入时夹带着污泥浊水，流出时蓝艳艳的。

有时没有这样平和，昂里奥派人把大炮搬到杜伊勒里宫的大门口。

九三年

9

国民公会从革命中脱颖而出的同时,也产生文明。它是一座大火炉,也是一座熔炉。炉子里恐怖翻腾不已,也孕育着进步。从这阴影重重中,从乌云的翻滚中,喷射出恰如永恒法则的万道光芒。这光芒停留在天际,在各国人民的天空中永远看得见,分别是正义、宽容、仁慈、理性、真理、爱情。国民公会宣布这条伟大的公理:**公民的自由结束于另一个公民自由的开始**。这句简短的话概括了人与人之间关系的准则,宣布贫困是神圣的,宣布残疾人是神圣的,盲人和聋哑人要受到国家监护,宣布母性是神圣的,未婚的母亲应得到安慰和扶持,宣布孤儿是神圣的,应受到国家收养,宣布清白无辜是神圣的,无罪释放的被告应得到赔偿。这准则谴责贩卖黑奴,主张废除奴隶制,组织国民教育,在巴黎建立师范学校,在省城建立中心学校,在市镇建立初级小学。这准则创建音乐戏剧学院和博物馆,颁布统一的法规、统一的度量衡、统一的十进制,建立法国的财政,用公共信贷取代君主制信贷的长期破产,电报用于交流,为老年人提供捐助的养老院,为病人提供卫生的医院,为教育创办综合工科学校,为科学创办地球经纬度局,为人类精神创办研究院。这既是民族的,又是世界的。国民公会颁布了一万一千二百一十条法令,三分之一是政治性的,三分之二涉及人。它宣布放之四海而皆准的道德是社会的基础,放之四海而皆准的良心是法律的基础。这一切,奴隶制被废除,博爱得到宣扬,人道受到保护,儿童受到教育和扶持,文学和科学得到宣传,所有的顶峰大放光明,一切苦难得到救助,一切原则得到发布,国民公会都一一实施,虽然内部有着旺代这条七头蛇,肩头上有着各国的国王们这群豺狼虎豹。

在巴黎

10

　　这是广大的地域。各种各样的角色,人的、非人的、超人的都聚集其中。对抗纷呈的史诗般的纠结。吉约坦回避大卫,巴齐尔侮辱沙博,加代嘲笑圣鞠斯特,维尔尼奥蔑视丹东,卢韦攻击罗伯斯庇尔,布佐揭发埃加利泰,尚蓬斥责帕什,所有人都憎恶马拉。还有那么多人需要一一列举! 阿尔蒙维尔[1]绰号红帽子,因为开会时戴着弗吉尼亚帽。他是罗伯斯庇尔的朋友,却出于平衡的兴趣,想"在路易十六之后,让罗伯斯庇尔上断头台"。马修是仁慈的主教拉穆雷特的同僚,相貌极其相似,这个主教的名字令人想起轻浮的爱情[2];勒阿尔迪·杜莫尔比昂谴责布列塔尼的教士们;巴雷尔属于多数派,路易十六受审时他是庭长,他和帕梅拉[3]的关系就像卢韦和洛多伊丝卡[4]的关系;奥拉托里会的会员多努说:"要争取时间";杜布瓦-克朗塞,马拉俯在他耳边说话,德·沙托纳夫侯爵、拉克洛[5]、埃罗·德·塞舍勒,后者听到昂里奥喊"炮手们,各就各位!"就吓得后退;于连把山岳派比作泰尔莫皮尔[6]一战的壮士;加蒙,希望专门给妇女保留一个旁听席;拉洛瓦在戈贝尔主教到国民公会便摘下主教冠戴上红帽子时,代表会议向他致敬;勒孔特大声说:"难道向还俗的人表示敬意吗?"——布瓦西-当格拉[7]是向人头即受害者,还是向梭枪即凶手致敬呢?——杜帕尔两兄弟,一个是山岳派,另一个是吉伦特派,就像谢尼埃两兄

1　阿尔蒙维尔,国民公会中两名工人中的一位,还有一位是枪炮匠诺埃尔·普安特。
2　拉穆雷特(Lamourette)与轻浮爱情(l'amourette)同音。
3　帕梅拉,英国小说家理查逊的小说的女主人公,品德高尚而获得婚姻。
4　洛多伊丝卡,卢韦·德·库弗雷的小说《骑士福布拉斯的爱情》的女主人公。
5　拉克洛(1741—1803),法国小说家,军人,著有书信体小说《危险的关系》。
6　泰尔莫皮尔,希腊的狭道,公元前480年,为了抵抗波斯人,牺牲了300个斯巴达人。
7　布瓦西-当格拉,热月时斯国民公会的议长。

九三年

弟一样互相憎恨[1]。

这些令人头晕目眩的话,是从这个讲台上发出的,有时说这些话的人甚至对革命乏味的语调不知不觉,随后,客观事实似乎突然具有难以形容的不满和激动意味,仿佛误解了刚刚听到的话;所发生的事好像对所说的话很恼火;灾难愤怒地突然而至,仿佛是被人的话激发出来的。如同在山里,一声叫喊能引起一场雪崩。多说一句话紧接而来就能引起崩塌。如果没有说话,事情就不会发生。有时好像事件暴躁易怒。

正是这样,由于演说者偶然的一句话被误解,伊丽莎白夫人[2]就掉了脑袋。

在国民公会,语言肆无忌惮也是合理合法的。

辩论中,威胁的话满天飞,来回穿插,恰如火灾中的火星。佩雄说:"罗伯斯庇尔,直接说事实吧。"——罗伯斯庇尔:"事实就是你,佩雄,我会说的,等着下文。"——一个声音:"处死马拉!"——马拉:"马拉死的那天,就再没有巴黎了,巴黎灭绝那天,就再没有共和国了。"——比约·瓦雷纳站起来说:"我们想……"巴雷尔打断说:"你说话像国王。"——另一天,菲利波说:"有一个议员拔出剑来对付我。"——奥杜安说:"议长,让凶手守秩序。"——议长说:"等一等。"——帕尼斯说:"议长,我呢,我提醒你遵守秩序。"——大家哄堂大笑。勒库安特尔说:"尚德布的本堂神父抱怨他的主教福舍不许他结婚。"——一个声音:"我不明白有几个情人的福舍不许别人有妻子。"——另一个声音:"教士,讨老婆吧!"——旁听席的人也参加交锋,用"你"去称

---

1 两兄弟,一个(安德烈)是诗人,反对大革命的恐怖政策;另一个(玛丽-约瑟夫)支持大革命,是雅各宾俱乐部、国民公会成员。
2 伊丽莎白夫人(1764—1794),路易十六的妹妹,忠于她的哥哥,被国民公会判处死刑,上了断头台。

呼议员。一天,代表吕昂走上讲台,他的屁股的一边比另一半大得多。有一个旁听者冲他喊道:"把这个朝右边转过去啊,因为你不是有大卫式的'面颊'吗?"——老百姓对国民公会就是这样随便。但有一次,在一七九三年四月十一日的混乱中,议长下令拘捕了一个打断发言的旁听者。

有一天,老布奥纳罗蒂[1]出席会议作证,罗伯斯庇尔发言,讲了两小时,有时盯着丹东,这是很严重的,有时斜视丹东,这就更糟。他当面攻击对方,最后以充满阴森森的字眼结束愤怒的爆发:"我知道那些阴谋家,我知道行贿者和受贿者,我知道那些叛徒;他们在这个会场里,等待着我们;我们看见他们,我们目光不离开他们。让他们看看头上,他们会看到法律的利剑;让他们看看自己的良心,他们会看到自己的卑劣。让他们当心自己。"罗伯斯庇尔讲完话以后,丹东仰着头,眯起眼睛,望着天花板,一只手臂挂在椅背上,身子朝后仰,只听到他哼着:

卡代·卢塞尔发表演讲
讲话很短不能说很长。

双方经常对骂。"阴谋家!"——"杀人犯!"——"恶棍!"——"捣乱分子!"——"温和派!"他们在身边的布鲁图斯胸像前互相揭发。斥责,辱骂,挑战。彼此怒目相向,挥舞拳头,手枪隐约可见,匕首半露出鞘。讲台上战火弥漫。有些人说话时仿佛背后是断头台。人头攒动,惊恐不定,气势逼人。山岳派、吉伦特派、斐扬派、温和派、恐怖派、雅各宾派、科尔得利派,还有弑君

---

[1] 布奥纳罗蒂(1761—1837),和巴贝夫一起成为督政府时期的密谋者,《为了平等的密谋》的作者,此书对布朗基产生影响。

的十八位教士。

所有这些人宛若一缕缕青烟飘向四面八方。

11

这是随风飘荡的精灵。

但这是不可思议的风。

国民公会的一名成员，这是大海的一个波浪。即便最伟大的成员，也概莫能外。推动力来自上天。在国民公会里，一种意志就是所有人的意志，而不是个人的意志。这种意志是一种思想，不可遏制的、无可限量的思想，在九天云外的阴暗中吹拂。我们把它称为革命。当这种思想掠过时，它打倒这个人，又扶起另一个人；它把这个人像浪花一样卷走，又把那一个人在礁石上撞得粉碎。这种思想知道朝哪里去，把旋涡往前推。将革命看成是人造成的，就是把潮汐说成是浪涛造成的。

革命是未知事物的一个行动。可以根据你是向往未来还是向往过去，把它称为好事或者坏事，不过要让它属于发动革命的人。它似乎是伟大事件和伟大人物相合成的共同业绩。其实它是事件发展的结果。事件在花费，人在支付。事件在口授，人在签名。七月十四日由卡米尔·德穆兰签名，八月十日由丹东签名，九月二日由马拉签名，九月二十一日由格雷古瓦签名，一月二十一日由罗伯斯庇尔签名；但是，德穆兰、丹东、马拉、格雷古瓦、罗伯斯庇尔只是记录员。这些伟大篇章了不起的、阴沉的撰写人有一个名字，就是天主，有一副面具，就是命运。罗伯斯庇尔当然信仰天主。

革命是内在现象的一种表现形式，这种现象从各方面压迫我们，我们管它叫**必然**。

面对善行与痛苦这种神秘的复杂交织,矗立着对历史提出的**为什么**?

因为,这两个字既是一无所知者的回答,也是无所不知者的回答。

面对摧毁文明又活跃文明的大灾大难,人们想具体评论,却欲言又止。根据结果对人加以谴责或者赞扬,几乎像是根据总和去赞美或者指责数字。应该发生的事发生了,应该刮的风也刮了。房屋的宁静不受那些劲风的影响。在革命之上,存在真理与正义,有如暴风雨之上是繁星满天。

12

难以衡量的国民公会就是这样:它是同时受到各种黑暗势力攻击的、有堡垒防卫的人类军营,是受到围攻的思想大军夜晚的篝火,是在深渊的斜坡上巨大的精神宿营地。历史上没有什么能与这集团相比试,它同时是议会又是群众集会,既是教皇选举会场又是十字街头,既是古希腊时期的刑事法庭又是公共广场,既是法庭又是被告。

国民公会总是随风摇摆;但这风出自人民之口,是天主呼出的气息。

今日,在八十年的岁月流逝之后,不管是历史家还是哲学家,每当国民公会出现在他的思想面前时,他都会停下来思索。不可能不注意幽灵声势浩大的掠过。

二 幕后的马拉

正如他曾经对西蒙娜·埃弗拉尔所宣称的那样,马拉在孔雀街碰头会的翌日,来到国民公会。

国民公会里有一个马拉派的侯爵路易·德·蒙托,他后来送给国民公会

九三年

一座十进制的摆钟，顶部有一个马拉的胸像。

马拉进去时，沙博刚刚走近蒙托。

"前贵族……"他说。

蒙托抬起头。

"为什么你把我称作前贵族？"

"因为你是前贵族。"

"我是吗？"

"因为你是侯爵。"

"从来不是。"

"什么？"

"我的父亲是士兵，我的祖父是织工。"

"蒙托，你唱的哪一出？"

"我不叫蒙托。"

"那么你叫什么？"

"我叫马里蓬。"

"说实话，"沙博说，"这个我无所谓。"

他咕噜了一句：

"眼下谁都不会是侯爵了。"

马拉在左边走廊上站住，望着蒙托和沙博。

每当马拉进来，都有一阵骚动，不过离他很远。他周围的人保持沉默。马拉不去注意。他不屑理会"沼泽的青蛙聒噪"。

在下面几排座位的半明半暗中，孔佩·德·洛瓦兹、普吕奈尔、维拉尔（主教，后来是法兰西科学院院士）、布特鲁、佩蒂、普莱沙尔、博奈、蒂博多、

· 182 ·

瓦尔德吕什,互相指点着马拉。

"瞧,马拉!"

"他并没有生病?"

"生病了,因为他穿着便袍。"

"穿便袍?"

"当然是!"

"他样样敢做!"

"他竟敢这样来到国民公会!"

"有一天他戴着桂冠来,当然也能穿着便袍来!"

"一副青面獠牙。"

"他的便袍看来是新的。"

"什么料子?"

"棱纹平布。"

"有条纹的。"

"看那翻领吧。"

"是皮革的。"

"虎皮。"

"不,白鼬皮。"

"假的。"

"穿长袜呢!"

"真古怪。"

"带扣的鞋。"

"是银扣。"

"康布拉斯的木鞋商不会原谅他。"

其他几排座位上的人佯装没有看见马拉,谈别的事。桑托纳克斯走近杜索克斯。

"杜索克斯,你知道吗?"

"知道什么?"

"前贵族德·布里埃纳伯爵。"

"就是和前贵族德·维勒罗瓦公爵在一起待在力量监狱那一位。"

"是的。"

"我认识这两个人。怎么样?"

"他们丧胆销魂,看到所有监狱看守的红帽子就致意,有一天连扑克牌也不敢玩了,因为那副牌里有国王和王后。"

"怎么样呢?"

"昨天把他们送上了断头台。"[1]

"两个人?"

"两个人。"

"总之,他们在监狱里表现怎样?"

"懦夫。"

"他们在断头台上的表现呢?"

"大无畏。"

杜索克斯发出这声感叹:

"死比活着更容易。"

---

[1] 德·维勒罗瓦公爵在1794年上了断头台。

巴雷尔正在念一份报告,是关于旺代的。莫尔比昂的九百名士兵带上大炮出发了,去援助南特。勒东受到农民威胁。潘伯夫受到攻击。海上巡逻艇在曼德兰游弋,防止登陆。从安格朗德到莫尔,卢瓦尔河的整个左岸布满了保王派的炮台。三千农民占领了波尔尼克。他们高喊:"英国人万岁!"巴雷尔在看桑泰尔给国民公会的一封信,信是这样结尾的:"七千农民攻击了瓦纳。我们击退了他们,他们的四门大炮落在我们手里……"

"有多少俘虏?"一个声音打断说。

巴雷尔继续念:"信的附言:'我们没有俘虏,因为我们不再抓俘虏。'"始终一动不动的马拉并没有听,好像沉浸在严肃的思考中。

他手里拿着一张纸,在手指间搓揉;有谁能打开那张纸,就会看到这几行字是莫莫罗的笔迹,可能是对马拉提出的一个问题的回答:

"对特派员拥有绝对权力,特别对公安委员会的代表毫无办法。热尼西厄徒劳地在五月六日的会议上说:'每个特派员比国王权力还大。'这句话毫无作用。他们有生杀大权。马萨德在昂热,特吕拉尔在圣阿芒,尼翁在马尔塞将军身边,帕兰在萨布尔的部队中,米利埃在尼奥尔的部队中,权力无边。雅各宾俱乐部甚至任命了帕兰为旅长。局势消耗了一切。一个公安委员会的代表使一个总司令甘拜下风。"

马拉把纸揉成一团,放进口袋,向蒙托和沙博慢慢走去,这两个人继续聊天,没有看见他进来。

沙博说:

"马里蓬或者蒙托,听我说:我刚从公安委员会出来。"

"他们在干什么?"

"他们派一个贵族去监督一个教士。"

九三年

"啊!"

"一个像你一样的贵族……"

"我不是贵族。"蒙托说。

"监督一个教士……"

"像你一样。"

"我不是教士。"沙博说。

两人都笑了起来。

"把这件轶事说清楚一点。"蒙托又说。

"事情是这样的:一个名叫西穆尔登的教士被赋予全权,派到名叫郭文的子爵身边;这个子爵指挥海岸部队的远征纵队。问题是要阻止这个贵族弄虚作假,阻止这个教士叛变。"

"这很简单,"蒙托回答,"只消在这场冒险中让他们丢掉性命。"

"我正是为此而来。"马拉说。

他们抬起了头。

"你好,马拉,"沙博说,"你很少参加我们的会议。"

"我的医生建议我洗盆浴。"马拉回答。

"不要相信盆浴,"沙博又说,"塞内加[1]是死在盆浴里的[2]。"

马拉微笑说:

"沙博,这里没有尼禄。"

"有你啊。"一个粗鲁的声音说。

1 塞内加(公元前4—公元65),古罗马政治家、作家、哲学家。
2 塞内加是1世纪的哲学家,尼禄皇帝的家庭教师,被尼禄逼迫自杀,在盆浴里割开手腕。马拉就是在浴盆里被暗杀的。

这是丹东经过，到他的座位上去。

马拉没有回转身来。

他把头俯到蒙托和沙博的两张脸中间。

"听着，我是为了一件重要的事而来的，我们三个人中间，必须有一个人今天在国民公会提出一个法令草案。"

"我不行，"蒙托说，"没有人听我的，我是侯爵。"

"我呢，"马拉说，"没有人听我的，我是马拉。"

他们之间沉默了一会儿。

马拉有心事时向他提问不容易办到。蒙托仍然大胆提了一个问题。

"马拉，你想提出一项什么法令？"

"这项法令，要将放走被俘叛乱分子的一切军事首领处以死刑。"

沙博插了进来。

"这项法令已经存在，四月末投票通过了。"

"眼下就像不存在一样，"马拉说，"在整个旺代，到处都有人放走俘虏，窝藏俘虏也不受惩罚。"

"马拉，这是因为法令失效了。"

"沙博，必须让它重新生效。"

"毫无疑问。"

"为此，要在国民公会上大声疾呼。"

"马拉，国民公会嘛，就不必了；公安委员会已经足够。"

"如果公安委员会在旺代的所有市镇张贴这个法令，"蒙托加上说，"并且抓住两三个好典型，目的就达到了。"

"要抓大人物，"沙博接口说，"要抓将军。"

马拉喃喃地说:"确实,这就够了。"

"马拉,"沙博又说,"你要亲自对公安委员会说这件事。"

马拉盯住他,这不是令人愉快的事,即使对沙博也罢。

"沙博,"他说,"公安委员会是在罗伯斯庇尔那里;我是不会去罗伯斯庇尔那里的。"

"我呢,我去。"蒙托说。

"很好。"马拉说。

第二天,公安委员会向四面八方发出一项通令,要求在旺代的城市和乡村张贴,并严格执行此项通令,凡是与逃跑的匪盗和被俘的叛军相勾结者,一律判以死刑。

这项通令只是第一步,国民公会还要走得更远。几个月后,共和二年雾月十一日(一七九三年十一月),由于拉瓦尔城打开城门,接纳潜逃的旺代叛军,国民公会颁布法令,凡是为叛军提供庇护所的城市,一律夷为平地。

另一方面,欧洲的国王们在法国流亡者授意下,由奥尔良公爵的总管利农侯爵起草,发表了布伦瑞克宣言,宣布但凡持枪的法国人将被枪决,谁胆敢动国王头上一根头发,巴黎将被夷为平地。

这是残忍对野蛮。

第三部分
在旺代

第一章　旺　代

一　森　林

那时，在布列塔尼有七座恐怖的森林。旺代就是教士叛乱之地。这场叛乱的助手是森林。黑暗之物互相扶持。

布列塔尼的七座黑暗森林是：横亘在多尔和阿弗朗什之间的富热尔森林；绕一圈有八法里的普兰塞森林；布满沟壑和溪流的潘蓬森林，这座森林在贝尼翁那边几乎无法进入，而在保王派的小镇孔科尔奈那边却有一个方便的隐蔽处；雷恩森林，那里可以听到共和派教区的警钟，这些教区在城市附近总是很多，正是在这里，普伊泽失去了福卡尔；马什库尔森林，沙雷特就是林中的猛兽；加尔纳什森林，它是属于拉特雷穆瓦伊、郭文的罗昂家族的；布罗塞利昂德森林，它是属于仙女的。

布列塔尼有个贵族的封号是**七森林领主**，他就是德·封特奈子爵，布列塔尼亲王。

因为布列塔尼亲王是存在的，有别于法国亲王。罗昂家族是布列塔尼亲王。加尼埃·德·圣特在共和二年雪月十五日给国民公会的报告中，称塔尔蒙亲王是"这个匪徒们的卡佩,曼恩和诺曼底的君主"。

可以单独写一部一七九二年至一八〇〇年的布列塔尼森林史,它汇入了传奇般浩大的旺代战争。

历史有真实性,传奇也有真实性。传奇的真实和历史的真实有不同的性质。传奇的真实是以现实为结果的虚构。再说,历史和传奇有同一个目的,即通过暂时的人描写永恒的人。

只有以传奇补充历史,才能完整地解释旺代;必须以历史作为整体,而以传奇作为细节。

应该说,旺代值得这样做。旺代是个奇迹。

这场愚昧者的战争,这样愚蠢又这样壮阔,既可憎又美妙,既折磨法国又使法国骄傲。旺代既是创伤又是光荣。

人类社会在某些时刻有一些谜,这些谜对智者来说分解为智慧,对无知者来说分解为黑暗、暴力和野蛮。哲学家犹豫是否提出指责,考虑问题产生的混乱。这些问题掠过时总要像云彩朝下投出阴影。

想理解旺代,就要想象这场对抗:一边是法国革命,另一边是布列塔尼的农民。这些无与伦比的事件是对所有善行的巨大威胁,是文明的愤怒冲动,是进步的过分迅猛,是无节制的难以理解的改善。面对这一切,站立的是一个庄重而古怪的野蛮人,眼睛明亮,长发下垂,以牛奶和栗子为生,局限在茅屋顶下、篱笆和壕沟旁,靠钟声辨别出附近的每个村庄,喝水只是为了解渴,背上穿一件丝织阿拉伯图案的皮外衣,没有文化,衣服刺绣,就像他的克尔特人祖先脸上刺花纹一样,尊敬虐待他的主人,说的是一种没有生命力的语言,这等于让他的思想住进坟墓,用刺牛棒赶牛,磨快镰刀,为黑麦除草,做荞麦饼,他首先敬重的是犁,然后是祖母,信奉圣母和白衣女神,虔敬圣坛和矗立在荒野中高耸的神秘石头,他是平原的农夫,海岸边的渔夫,丛林中的偷猎者,爱他的国王、领主、教士和虱子;常常在空无人迹的大沙滩上好几小时沉思默想,一动不动,是大海涛声的忧郁倾听者。

试问,这两眼一抹黑的人能接受这片光芒吗?

二 人

农民有两个依靠:养活他的田野和隐藏他的树林。

布列塔尼的森林,难以想象;这是城市。没有什么比这些盘根错节的荆棘和树枝更加默然无声,更加荒僻的了;广大的灌木丛是静止和宁谧之地;没有表面看来更加死寂和更像坟墓般的孤独了;要是能猝然地、闪电般地砍倒树木,就会突然看到在暗影重重中聚集着一大群人。

一口口狭窄的圆井,外面被石头和树枝覆盖住,垂直而下,然后是水平方向,在地底成漏斗状扩展,到达几个黑暗的房间,这是康比塞斯[1]在埃及发现的,也是维斯特曼在布列塔尼发现的构造;那是在埃及的沙漠里,这是在森林里;埃及的地下室安葬死人,布列塔尼的地下室住着活人。米斯东森林最荒僻的林中空地之一的地底下全是过道和房间,一些神秘的人来来往往。这个地方叫作"大城市"。另一个林中空地,上面一样空寂,下面一样住人,叫作"王家广场"。

这种地底生活在布列塔尼自古有之。在任何时代,人总在那里逃避人。因此在树根下挖掘出爬行动物的巢穴。这在德落伊教祭司时期已经产生,有

---

[1] 康比塞斯(约公元前600—前559),波斯王西吕斯之子,征服埃及,以残忍闻名。

几个地穴像石桌坟[1]一样古老。传说中的怨死鬼和历史上的鬼怪,全都经过这阴森森的地方,特塔泰斯、恺撒、霍埃尔、内奥梅纳、英国的杰弗里、铁手套阿兰、皮埃尔·莫克莱克、法国的布洛瓦家族、英国的蒙福家族、历代国王和公爵、布列塔尼的九位男爵、"白天法庭"的法官们、和雷恩的伯爵们发生争执的南特伯爵们、匪兵、强盗、大部队、勒内二世、罗昂子爵、为国王效劳的总督们,在塞维涅夫人[2]的窗口树上吊死农民的"善良的肖纳公爵"、十五世纪领主的屠杀、十六和十七世纪的宗教战争、十八世纪三万只训练出来追逐人的狗。在这可怕的践踏下,人民打定主意消失踪影。分别是穴居人逃避克尔特人,克尔特人逃避罗马人,布列塔尼人逃避诺曼底人,胡格诺派逃避天主教徒,走私犯逃避盐税局,先是逃到森林里,继而逃到地底下。这是野兽的策略。暴政正是这样压迫民众。两千年以来,形形色色的专制主义,征服,封建制,宗教狂热,苛捐杂税,围剿这可怜的、失魂落魄的布列塔尼;这是一种残酷无情的围猎,这种方式停止了又换成另一种方式。人们就钻到地底下。

惶恐不安是一种愤怒,在心灵中蓄势待发,法兰共和国拔地而起时,森林里的地穴全准备好了。布列塔尼感到这种力量释放的推动,揭竿而起。这是奴隶们通常的误解。

三 人和森林的默契

产生悲剧的布列塔尼森林再次扮演这老角色,成了这次叛乱的帮凶和同谋,像历来那样。

---

1 石桌坟,史前遗物,以巨石为顶,远在新石器时期。
2 塞维涅夫人(1626—1696),侯爵夫人,书信家,26岁就成了寡妇,与朋友和女儿通信。

这些森林的地底下是一种珊瑚,由坑道、房间、走廊组成的难以说清的交通网,纵横交错,四通八达。每一个不见天日的房间可以容纳五六个人。在里面呼吸起来很困难。一些奇异的数字可以让人明白浩大的农民起义这个强大的组织。在伊勒-维莱纳省塔尔蒙亲王避难的佩尔特森林里,听不到呼吸声,找不到一点人迹,却有六千人和福卡尔在一起;在莫尔比昂的默拉克森林里,看不到人,里面却有八千人。佩特尔和默拉克这两个森林,还算不上布列塔尼的大森林。在森林上面走路是很可怕的。这些给人以假象的丛林,到处埋伏着战士,他们躲在一种地下迷宫里。丛林宛如巨大的阴森森的海绵,革命的巨足一踩上去,内战就溅射出来。

看不见的营队在窥伺。这些不为人知的部队在共和军的脚下蜿蜒而行,突然从地下冒出来,然后返回,无数的人蹦跳而出,又消失得无影无踪,具有分身术和隐遁术。像雪崩,然后又化为尘埃,硕大无比,又能缩小;像能战斗的巨人,又像侏儒一样消失。是有鼹鼠习性的美洲豹。

不仅有森林,还有树林。正如城市旁边有村庄,村庄旁边有灌木丛。森林之间有迷宫一样的分散四处的树林。古堡变成堡垒,村庄变成军营,农庄变成由埋伏和陷阱组成的场地,分成制租田沟渠纵横,树木包围,是共和军要陷入的罗网。

这个整体就是所谓博卡日地区。

这里有属于让·舒安家的米斯东树林,中间有个池塘;有属于泰伊费家的热纳树林;有属于古日-勒布吕昂家的拉于伊斯里树林;有属于私生子库尔蒂耶的沙尔尼树林,库尔蒂耶外号叫圣保罗使徒,黑牛兵营的首脑;有属于神秘莫测的雅克先生的布尔戈树林,他躲在絮瓦尔德伊地道里,准备执行一项神秘的计划;有沙罗树林,皮穆斯和小亲王在那里受到沙托纳夫的袭击,他们俩摸到共和军中抓了几个精兵当俘虏带回来;有厄勒兹里树林,龙格费哨所的溃逃从这里经过;有奥尔纳树林,从那里可以监视雷恩和拉瓦尔之间的大路;有格拉维尔树林,拉特雷穆瓦伊的一个亲王玩滚球赢来的;有北海岸的洛尔日树林,沙尔·德·布瓦沙尔迪在贝尔纳·德·维勒纳夫之后治理;有封特奈附近的巴尼亚尔树林,莱斯居尔在那里攻打沙尔博,后者以一比五的兵力迎战;有杜隆代树林,从前大力士阿兰和秃头查理之子埃里斯普争夺此地;有克罗格卢树林,科克罗在那里的荒地给俘虏剃头发;有十字架-战斗树林,银腿和莫里埃尔在这里互相止不住地谩骂;有索德雷树林,我们已经见过巴黎的一个营队在那里搜索。还有许多别的树林。

在好几个这些森林和树林里,不仅有以首领的地穴为中心的地下村庄,而且还有藏在树下矮茅屋组成的真正村庄。这些村庄多得有时森林里都挤满了。炊烟有时把它们泄露出来。米斯东树林的村庄中有两个闻名于世,一个是勒唐附近的洛里埃尔,一个是圣乌昂-莱图瓦那边的一群木板屋,叫作博街。

女人生活在茅屋里,男人生活在地下洞穴里。为了这场战争,他们连仙女出没的地道和克尔特人的古老坑道都用上了。要给地下的男人送饭吃。有些人被遗忘而饿死。不过,这都是一些笨蛋,不懂得打开盖子。通常,盖子用苔藓和树枝做成,做得非常巧妙,在外面的草丛里辨别不出来,在里面很容易打开和关上。这些地穴挖得很仔细,从洞里挖出的土,倒在附近的池塘里。内壁和地上铺上了蕨草和苔藓。他们把这种隐蔽地称作"包厢"。除了缺少阳光、火、面包和空气,待在里面很不错。

冒失地爬出去回到人们中间,不合时宜地走出洞穴,问题就严重了。可能来到一支正在行军部队的脚下。令人畏惧的树林啊;双重圈套的陷阱。蓝军不敢进去，白军不敢出来。

四 他们在地底下的生活

在这些兽穴里的人百无聊赖。夜里，有时他们冒着危险出来，在附近的荒地上跳舞。或者他们祈祷，消磨时间。布尔多瓦佐说："让·舒安要我们整天数念珠祈祷。"

季节到来时，几乎不可能阻止下梅恩的人去参加麦束节。有些人有自己的想法。外号"穿山甲"的德尼打扮成女人，到拉瓦尔看戏；然后返回洞里。

他们突然会去送死，离开地牢，走进坟墓。

有时他们掀开地道的盖子，倾听远方是不是在战斗；他们用耳朵跟踪战斗。共和军的枪声有规律，保王派的枪声很凌乱；这样做引导着他们。如果齐射的枪声突然停止，这就意味着保王派处于下风；如果断断续续的枪声持续下去，消失在天际，这就表明他们占据上风。白军总是追击；蓝军从来不追击，因为整个地区与他们为敌。

这些地下战士消息极其灵通。没有什么比他们的传递更加迅速，更加神秘。他们切断了所有的桥梁，拆毁了所有的大车，有办法互相传递一切消息和互相警告。森林之间、村庄之间、农庄之间、茅屋之间、树林之间，建立了情报传递站。

一个看上去蠢头蠢脑的农民走过，空心的棍棒里却装着急件。

一个名叫博埃蒂杜的原制宪会议成员，向他们提供能在布列塔尼来去无阻的通行证，这是新式的共和国护照，名字空白。这个变节者有成沓的这种通行证。无法夺取过来。普伊泽说："即使把秘密告诉四十多万人，也会严守秘密。"

· 197 ·

这个四边形地区，南面以萨布尔至图阿尔一线为界，东面以图阿尔至索缪尔一线和图埃河为界，北面以卢瓦尔河为界，西面以大洋为界，仿佛有同一个神经器官，一个地方颤动一下，能使整个地区震动。一眨眼消息就从努瓦穆蒂埃传到吕松，拉卢兵营就知道克罗瓦-莫里诺兵营所做的事，好像鸟儿也参与进来。共和三年稚月，奥什写道："人们真以为他们有电报呢。"

这是氏族在起作用，就像在苏格兰一样。每个教区都有自己的首领。这场战争，我的父亲参加过[1]，我可以说清楚。

五 他们的战争生活

许多人只有梭枪。良好的猎枪也很多。没有什么比博卡日的偷猎者和洛卢的走私犯更加灵巧的射击手了。他们是奇特的、可怕的和大胆的战斗者。挑起三十万人揭竿而起的法令，使六百个村庄敲响了警钟。大火的噼啪声同时在各处爆炸起来。普瓦图和安茹在同一天爆发叛乱。其实，在一七九二年七月八日，即八月十日之前一个月，凯尔巴德荒原上就已经传来第一声吼叫。阿兰·勒德莱今日已被遗忘，他是拉罗什雅克兰[2]和让·舒安的先驱。保王派以处死来威胁所有强壮的人跟他们走。他们征用拉车的牲口、大车和粮食。萨皮诺很快就有三千士兵，卡特利诺有一万士兵，斯托弗莱有两万士兵，沙雷特成为努瓦穆蒂埃的主宰。德·塞波子爵在上安茹发动叛乱，德·迪厄兹骑士在维莱纳河和卢瓦尔河之间，特里斯唐-莱尔米特在下梅恩，理发师加斯通在盖梅奈城，本堂神父贝尔尼埃在其余地区，纷纷发动了叛乱。一点事情就足以发

---

1 莱奥波德·雨果在旺代打过三年仗。
2 拉罗什雅克兰，路易十六的禁卫军成员，从1793年3月起是旺代起义的主要首领之一。

动一大群人。有人在一个宣过誓的本堂神父,即所谓的"宣过誓的教士"的圣体柜里放了一只大黑猫,它在做弥撒时突然跳了出来。农民们喊道:"这是魔鬼!"所有村民便起来暴动了。从神工架喷出一股烈火。为了袭击蓝军,并越过壕沟,他们有一根十五尺的长棍,叫作"费尔特",是战斗和逃跑的武器。在混战最激烈的时候,农民攻击共和军的方阵时,如果在战场上遇到十字架或者一个小教堂,所有人便跪下来,在枪林弹雨下祈祷;直到念完玫瑰经,活着的人才站起来,向敌人扑去。何等样的巨人啊!他们一面奔跑一面装子弹,这是他们的本事。人们想让他们相信什么,他们就信什么;有些教士用一根细绳勒红另一些教士的脖子,然后给他们看,并说:"这是上过断头台的人又复活了。"他们有骑士的冲动;他们敬重一个共和国的旗手费斯克,他被刀砍了还不松开旗帜。这些农民爱嘲讽,他们把结了婚的共和派教士称作"摘去教士帽变成长裤汉"。他们以害怕大炮开始;然后他们挥舞棍子扑上去,把大炮夺过来。起先他们夺取了一门漂亮的青铜炮,把它命名为"传教士";然后夺取了另一门炮,是天主教战争时期的,上面镌刻着黎世留的纹章和一幅圣母像;他们把它称作"玛丽-让娜"。他们失去了封特奈时,也失去了玛丽-让娜,在这门大炮周围倒下了六百个不发怨言的农民;随后他们重新夺取封特奈,为了重新夺回玛丽-让娜。他们在炮身上洒满了鲜花,披上百合花旗,把它运回来,让路过的妇女去吻它。但是两门大炮是少了些。斯托弗莱夺取了玛丽-让娜;卡特利诺嫉妒,从潘-昂芒日出发,进攻雅莱,夺取了第三门大炮;弗雷斯特进攻圣弗洛朗,夺取了第四门大炮。另外两个首领舒普和圣波尔,做得更出色;他们用砍倒的树干装成大炮,用人体模型装作炮手,对着这样的炮队,他们神气活现地大笑,在马雷伊击退了蓝军。后来,沙尔博击溃了拉马索尼埃尔,农民在不光彩的战场上撂下了三十二门有英国纹章的大炮。当时英国资助法国

九三年

的亲王们,一七九四年五月十日,南蒂亚写道:"我们资助阁下,因为有人对皮特[1]先生说,这是合情合理的。"梅利奈在三月三十一日的一份报告中说:"叛军高呼'英国人万岁!'"农民因抢劫而滞留。这些虔诚的人是盗贼。野蛮人有缺陷。正因此,后来,文明收容了他们。普伊泽在他的书第二卷第一百八十七页写道:"我好几次让普莱朗镇免除抢劫。"稍后第四百三十四页,他叙述自己放弃进入蒙福尔:"我绕了一个圈子,避免抢劫雅各宾党人的家。"他们掳掠了绍莱,抢劫了沙朗。他们没有攻下格朗维尔,洗劫了维勒迪厄。他们把参加蓝军的乡下人称作"雅各宾一伙",比消灭其他人更加凶狠。他们像士兵一样喜欢杀戮,像土匪一样喜欢屠杀。枪毙"笨蛋",也就是市民,是他们乐意的事;他们称作"开斋"。在封特奈,他们的一个教士,巴尔博坦本堂神父,一刀砍死一个老人。在伊勒河畔的圣日耳曼,他们的一个首领是个贵族,一枪打死镇里的检察官,拿走了死者的手表。在马什库尔,他们定量地枪杀共和军,每天三十人;这样持续了五星期;每一串三十个人,称为"念珠"。这一串人站在挖好的坑前,他们开枪射击;有些被枪杀的人有时还是活的,却立马被埋掉。我们反复见过这种做法。区长于贝尔的两只手被锯掉了。他们给蓝军俘虏戴上特制的锋利的手铐。他们吹起围猎的号角,在公共广场屠杀蓝军。沙雷特的签名是:"博爱;沙雷特骑士。"他像马拉一样,头上缠了一块手帕。他放火烧掉波尔尼克村,把居民烧死在屋子里。在当时,卡里埃是个令人发指的人物。以恐怖对付恐怖。布列塔尼的叛乱者几乎有古希腊的叛乱者的模样,穿短褂,挎长枪,打绑腿,穿像古希腊短裙的肥大裤子;小伙子活像古希腊的绿林好汉。亨利·德·拉罗什雅克兰,二十一岁,拿上一根棍子和两把手枪,参加了

---

[1] 他对法国革命持中立态度,随着法国夺取了安特卫普等地,在经济上对英国构成威胁,他采取了敌对态度。

这场战争。旺代军有一百五十四个师。他们打的是正规的围城战，将布雷须伊尔围困了三天。一万农民在耶稣受难日炮轰萨布尔城，炮弹发出一片火光。在一天之内，就摧毁了从蒙蒂涅到库尔布韦伊的十四个共和军营地。在图阿尔高高的城墙上，有人听见拉罗什雅克兰和一个小伙子这段精彩的对话："卡尔！""在这儿！""让我踩在你的肩膀上。""踩吧。""你的枪。""拿去。"于是拉罗什雅克兰跳到城里，不用云梯就攻占了杜盖斯兰[1]围攻过的那些塔楼。他们爱一颗子弹胜过爱一枚金路易。当他们看不到家乡的钟楼时，便哭泣起来。逃跑对他们来说轻而易举。头头对他们喊道："扔掉木鞋，带上枪！"缺乏弹药时，他们就数念珠祈祷，跑到共和军炮队的弹药箱里去抢；后来，德尔贝要求英国人提供弹药。敌人接近时，如果有伤员，就把伤员藏到茂盛的麦地里，或者没人动过的蕨草中。等到事情过去，再来接走他们。没有军装。他们的衣服破破烂烂。农民和贵族弄到什么破衣烂衫也就穿上。罗杰·穆利尼埃包着头巾，穿着有肋状盘花纽的短上衣，都是从"箭矢剧院"的服装仓库里弄来的。博维利埃骑士穿一件检察官长袍，呢帽上面扣一顶女帽。人人佩带肩带，系着白腰带。级别以打结来区分。斯托打红结；拉罗什雅克兰打黑结；温普芬是半个吉伦特派，再说没有离开过诺曼底，佩戴冈城卡拉博派[2]的袖章。他们的队伍里有女人，例如德·莱斯居尔夫人，后来叫德·拉罗什雅克兰夫人；德·拉卢阿里的情妇苔蕾丝·德·莫利安，她烧掉了教区头头的名单；德·拉罗什富科夫人，年轻貌美，手持军刀，在普伊-卢棱城堡的主塔楼脚下集合农民；号称亚当斯骑士的安东奈特·亚当斯，异常骁勇，被俘枪决时，出于尊重，让她站

---

1 杜盖斯兰（约 1320—1380），法国军人，以骁勇著称，抗击英军。
2 在冈城的一个民众议会，称为卡拉博派，他们所带的袖章上有一颗骷髅头和两根交叉的骨头。他们支持吉伦特派，反对山岳派。

着。这史诗般的年代是残酷无情的。都是疯狂的人。德·莱斯居尔夫人故意让自己的坐骑从失去战斗力、躺在地上的共和军身上踩过去。她说:"都是死人。"或许是受了伤。男人有时叛变,女人却从来不叛变。法兰西剧院的弗勒里小姐,从拉卢阿里投到马拉那里,但这是出自爱情。首领往往和士兵一样无知;德·萨皮诺先生写白字,他写道:"我们方免(面)减(将)要……"首领互相仇恨。沼泽地的首领喊道:"打倒高地的人!"他们的骑兵不多,很难组建。普伊泽写道:"一个人会高高兴兴地把他的两个儿子给我,如果我问他要一匹马,他就会沉下脸来。"长杆、长柄叉、长柄镰刀、新枪和旧枪、猎刀、长铁钎、包铁皮和带钉子的短而粗的木棍,这就是他们的武器;有些人胸前挂着两根死人骨头做的十字架。他们进攻时狂呼乱叫,突然从四面八方涌现,来自树林、山丘、新林子、洼路,分散开来,就是说形成月牙形,乱砍乱杀,闪电一样扑过来,然后无影无踪。他们穿过一座共和派的小镇时,砍倒"自由树"然后烧掉,围绕着火堆跳舞。他们总是在夜里行动。旺代人的规律是出其不意。他们能默默无声地走十五法里路,而且路上不踩倒一根草。夜幕降临,头头们和军事会议决定,第二天早上,他们要攻击哪里的共和军哨所,他们装好子弹,口念祈祷,脱掉他们的木鞋,长长的队列穿过树林,赤脚踩在欧石楠和苔藓上,悄无声息,不说一句话,屏住气息。犹如猫在黑暗中行走。

六 土地的灵魂传到人身上

旺代的叛乱人数不少于五十万男女和孩子。五十万战士,这是图凡·德·拉卢阿里提供的数字。

联邦派加以协助;旺代的同谋是吉伦特派。洛泽尔地区向博卡日派来三万人。八个省结成联盟,五个在布列塔尼,三个在诺曼底。埃弗勒和冈城结成友好城市,在叛军里有两个代表,一个是市长绍蒙,另一个是乡绅加当巴斯。冈城有布佐、戈尔萨斯和巴尔巴鲁。穆兰有布里索,里昂有沙桑,尼姆有拉博-圣埃蒂耶纳,布列塔尼有梅央和杜沙泰尔,所有人的嘴巴都向炉膛吹气。

有两个旺代:大旺代在森林作战,小旺代在丛林作战;沙雷特和让·舒安的细微区别就在这里。小旺代幼稚,大旺代腐朽;小旺代更好。沙雷特当上了侯爵、王军少将、圣路易十字勋章获得者;让·舒安仍然是让·舒安。沙雷特接近强盗,让·舒安接近游侠骑士。

至于蓬尚、莱斯居尔、拉罗什雅克兰这些宽宏大量的首领,他们打错了算盘。天主教大军是一种荒谬的尝试;溃败随之而至;有人设想,农民叛乱的风暴袭击巴黎,乡村的联盟围困先贤祠,犬吠般的圣歌和祈祷在《马赛曲》周围响起,穿木鞋的乌合之众能够冲垮精英的军团吧?芒勒和萨弗奈两个城市惩罚了这种疯狂。旺代军想跨过卢瓦尔河是不可能的。旺代无所不能,唯独不能越过这条河。内战绝不能征服什么。越过莱茵河使恺撒的事业更完美,提高了拿破仑的声望;越过卢瓦尔河使拉罗什雅克兰殒命。

真正的旺代叛乱是在本地区;在那里它牢不可破,人员捉拿不到。旺代人在本土是走私犯、农夫、士兵、牧牛人、偷猎者、自由射手、牧羊人、敲钟人、农民、密探、凶手、圣器管理人、林中野兽。

拉罗什雅克兰仅仅是阿喀琉斯,让·舒安则是普罗透斯[1]。

旺代叛乱失败了。另外一些叛乱,例如瑞士叛乱却成功了。瑞士那种山区叛乱和旺代那种森林叛乱区别在于,其中一种几乎总是受到环境的必然影

---

[1] 阿喀琉斯是希腊神话中不可战胜的英雄;普罗透斯是希腊神话中的海神,善变化。

响,为理想而战,另一种是为偏见而战;一种是在翱翔,另一种在爬行;一种是为人类而战,另一种是为孤独而战;一种渴望自由,另一种渴望孤立;一种捍卫公社,另一种捍卫教区。莫拉的英雄们高喊:"公社!公社!"一种和悬崖峭壁打交道,另一种和泥坑打交道;一种是生活在急流浪花中的人,另一种是生活在热病传播的死水潭中的人;一种头顶蓝天,另一种处在黑暗中。

山峰和洼地给人的教育截然不同。

高山是一座城堡,森林是一种埋伏;一种激发勇气,另一种启迪陷阱。古人把诸神供奉在山巅,而把林神放在丛林中。林神是半人半神的野蛮人。自由的地方有亚平宁山、阿尔卑斯山、比利牛斯山、奥林匹亚山。巴那斯是座山。勃朗峰是威廉·退尔[1]巨大的助手;印度的诗篇充满了神灵与黑暗的巨大搏斗,而在斗争的深处和上面,可以看到喜马拉雅山。希腊、西班牙、意大利、埃尔维西[2],都以高山为象征;西梅里[3]、日耳曼或者布列塔尼,以树林为象征。森林是蛮荒之地。

地形会让人产生很多行动。它是人的同谋,作用超出人们的想象。面对某些险峻的景色,我们会想到宽容人类,指责天地万物;我们会感到大自然暗地里的挑衅;荒漠有时对意识是有害的,特别是不开化的意识;意识可以是巨人般的,这就创造了苏格拉底和耶稣;它可以是侏儒式的,这就创造出了阿特柔斯[4]和犹大。卑劣的意识很快变成爬虫;幽暗的树林、荆棘丛、枝叶下的沼泽,是它注定的出没之地;它在那里受到邪恶信念神秘的潜移默化。视觉幻

---

1 威廉·退尔,瑞士独立中的传说英雄。
2 埃尔维西,高卢的东部,相当于现今的瑞士领土。
3 西梅里,在黑海之北。
4 阿特柔斯,希腊传说中迈锡尼的国王,作恶多端,特别是杀死了梯厄斯忒斯的两个儿子和他的兄弟。

象，无法解释的幻景，时间和地点引起的惊恐，将人置于半宗教、半兽性的恐惧中，这种恐惧通常产生迷信，而在乱世产生暴行。幻觉高举火炬，为杀戮照亮道路。强盗是头脑发昏的。神奇的大自然有双重感觉，使大智慧炫目，使粗俗的心灵失明。人无知时，荒漠出现异象时，智力的朦胧要加上孤独的幽暗；由此在人的心中出现深渊。有些岩石，有些沟壑，有些树丛，有些黄昏，穿过树木投影的荒僻栅栏，促使人做出疯狂和残酷的行动。几乎可以说，有些是作恶之地。

贝尼翁和普莱朗之间那座阴暗的小丘，曾目睹过多少惨事啊！

广阔的视野将心灵引向整体的思索，局促的视野产生局部的思索；这就使得高尚的心灵有时变得思想狭隘：让·舒安就是例证。

整体思索受到狭隘思索的憎恨，这就是进步葬身的斗争。

地方，祖国，这两个词概括了整个旺代战争；这是地方观念和全局观念之争，是农民和爱国者之争。

七　旺代断送了布列塔尼

布列塔尼历来是反叛的地区。两千年间每次它反叛都是对的，最近这次它错了。但说到底，无论反对革命还是反对君主制，无论反对特派员还是反对公爵和重臣这些统治者，无论反对用铜版印刷指券还是反对盐税，无论抗争的人物是谁，是尼古拉·拉潘、弗朗索瓦·德·拉努、普吕维奥统领、德·拉加纳什夫人，还是斯托弗莱、科克罗和勒尚德利埃·德·皮埃尔维尔，无论在德·罗昂先生领导下反对国王，还是在拉罗什雅克兰领导下拥戴国王，布列塔尼进行的都是同样的战争，即以地方精神反对中央精神。

九三年

这些古老的省份是一个池塘，里面是不流动的一潭死水；吹拂的风也不会使它恢复生机，而只是刺激它。菲尼斯泰尔，法国就是在这里结束，给予人的地盘至此终止，世代的行进也偃旗息鼓。"停下！"海洋对陆地、野蛮对文明这样喝道。每当中央，即巴黎给它推动，不管这种推动来自王权还是共和国，不管是有专制的含义还是有自由的含义，它都是新事物，布列塔尼都反对。让我们平静吧。你们要对我们干什么？沼泽地拿起了叉子，博卡日地区拿起了猎枪。我们的一切尝试，我们在立法和教育方面的倡议，我们的百科全书，我们的哲学，我们的天才，我们的光荣，都在乌鲁镇面前受挫；巴祖日的警钟威胁法国革命，法乌荒原起而反对我们群情激昂的公共广场，奥-德普雷的钟楼向卢浮宫的塔楼宣战。

可怕的听而不闻。

旺代叛乱是一场凄惨的误会。

大规模的冲突，巨人间的争斗，无法衡量的叛乱，目的只是要在历史上留下一个名字，既光辉又漆黑的名字；为了逃亡者自戕，忠于自私自利，不吝惜时间，为卑劣行径献出无边的骁勇；没有盘算，没有策略，没有战术，没有计划，没有目的，没有领袖，没有责任，显示出意志能够多么无能为力；既有骑士气概又粗野不文；荒唐到极点，筑起黑暗的防线，抵挡光明；愚昧对真理、正义、法律、理智和解脱进行既无知又壮丽的长期抵抗；八年的恐怖，十四个省遭到蹂躏，田地荒芜，庄稼毁于一旦，村庄焚烧净尽，城市化成废墟，房屋劫掠一空，妇幼惨遭杀戮，茅屋付之一炬，利剑直插心脏，文明惊悸万分，皮特先生心生希望；这场战争就是如此，是谋反者缺乏意识的尝试。

总之，旺代表明有必要从各个方向洞穿布列塔尼古老的阴霾，同时以光明的利剑戳破这荆棘丛，为进步效劳。灾难有着安排事物的沉郁方式。

第二章 三个孩子

一 PLUS QUAM CIVILIAN BELLA[1]

一七九二年夏天阴雨连绵,一七九三年夏天酷热难熬。由于内战,在布列塔尼简直找不到通行无阻的道路。但由于夏天的美景,人们还是去旅行。最好的道路是干燥的土地。

七月里一个宁谧的日子,黄昏时落日已隐没将近一小时,一个骑马的人来自阿弗朗什那边,停在克罗瓦-布朗沙尔客店前,就在蓬托尔松的入口,招牌上几年前还看得见"出售美味苹果酒"的字样。整个白天天气燠热,但风儿开始吹拂起来。

这个旅行者披一件宽大的斗篷,盖住了马的臀部。他戴一顶有三色帽徽的大帽子。在这个从篱笆后面放冷枪的地方,三色帽徽是一个靶子,因此这样打扮是需要有胆量的。斗篷在脖子处打结,两边分开,让手能自由活动,下面可以看到一条三色腰带,两支圆柄手枪从腰带露出来。一把军刀悬挂在斗篷

---

[1] 拉丁文:不仅仅是内战。摘自古罗马诗人卢卡努斯的史诗《法萨尔战役》。

外面。

听到马儿停在门口的声音，客店的门打开了，店主露面，手里提着一盏灯。这是昼夜交替的时刻，大路上是白天，店里却是黑夜。

老板看到三色帽徽。

"公民，"他说，"你在这儿住店？"

"不是。"

"那么你去哪儿？"

"去多尔。"

"这样的话，你要返回阿卓朗什，要么待在篷托尔松。"

"为什么？"

"因为多尔在打仗。"

"啊！"骑马的人说。

他又说了一句：

"给我的马喂点燕麦。"

老板拿来饲料槽，朝里倒下一袋燕麦，卸下马笼头，马打着响鼻，吃了起来。

谈话继续。

"公民，这是一匹征用的马吗？"

"不是。"

"是你自己的？"

"是的。我花钱买的。"

"你从哪儿来？"

"从巴黎来。"

"不是直接来的吧?"

"不是。"

"我想是这样,大路都截断了。不过驿车还通行。"

"只通到阿朗松。我在那里下的驿车。"

"啊!不久在法国连驿车也会没有了。再没有马了。一匹三百法郎的马卖到六百法郎,草料贵得出格。我过去是驿站站长,眼下成了小客店老板。一千三百一十三个驿站站长,有两百个辞职不干了。公民,你是按新票价旅行的吗?"

"从五月一日起。是的。"

"坐大马车每站二十苏,坐双轮轻便马车十二苏,载货马车五苏。这匹马你是在阿朗松买的吗?"

"是的。"

"今天你赶了一天路?"

"从清晨起。"

"昨天呢?"

"连前天都是这样。"

"我明白了。你是从东弗龙和莫尔坦那边来的。"

"还经过阿弗朗什。"

"公民,请相信我,休息一下吧。你大概筋疲力尽了?你的马也一样。"

"马可以累,人可不能累。"

老板的目光重新盯住旅客。这是一张庄重、沉静、严肃的脸,头发花白。

老板瞥一眼大路,空寂无人,望不到边,他说:

"你独自一人这样旅行?"

"我有护卫。"

"在哪儿?"

"是我的军刀和手枪。"

老板去打一桶水饮马。马儿喝水时,老板打量旅客,心里想:

"没关系,他的模样像教士。"

骑马的人又说:

"你说多尔在打仗?"

"是的。这会儿大概打起来了。"

"什么人在交战?"

"一个前贵族打一个前贵族。"

"你说什么来着?"

"我说,一个拥护共和国的前贵族攻打一个拥护国王的前贵族。"

"可是国王已经没有啦。"

"还有小王子。奇怪的是,这两个前贵族是亲戚。"

骑马的人仔细在听。老板继续说:

"一个年轻,另一个年老。侄孙攻打叔祖。叔祖是保王派,侄孙是爱国者。叔祖指挥白军,侄孙指挥蓝军。啊! 他们互不宽恕,够瞧的。这是一场殊死的战斗。"

"殊死的?"

"是的,公民。那么,你想看看他们怎么劈头盖脸,礼尚往来的吗? 有一张告示,那个老头儿设法到处张贴,贴在每家的房子和每棵树上,一直贴到我的门上。"

老板将他的提灯凑近贴在他的一扇门上的方纸片,由于告示的字很大,骑马的人从马上可以看到：

德·朗特纳克侯爵荣幸地通知他的侄孙郭文子爵先生，倘若侯爵先生有幸抓获子爵本人，将坚决执行枪决。

"嗨，"老板继续说，"这是回答。"

他回转身，用提灯照亮另一张告示，这张告示贴在另一扇门板上，和另一张正好相对。旅客看到：

郭文通知朗特纳克，一旦抓住他，就将他枪决。

"昨天，"老板说，"第一张布告贴在我的门上，今天早上贴上第二张。反应不用等待。"

旅客低声地，仿佛自言自语，说了几句话，老板听到了，但是不太明白：

"是的，这不仅仅是国内战争，这是家族战争。应该这样，打得好。各民族要获得伟大的更新，需要付出这个代价。"

旅客将手放到帽檐，目光盯住第二张告示，向它致意。

老板继续说：

"你瞧，公民，是这么回事。城里和大市镇的人都拥护革命，乡下人反对革命；就是说，城里人是法国人，乡下人是布列塔尼人。这是市民和农民的战争。他们说我们笨手笨脚，我们管他们叫乡巴佬。贵族和教士站在他们那边。"

"不是所有人。"骑马的人打断说。

"当然,公民,因为我们这里有一位子爵反对一位侯爵。"

他又自言自语说:

"我相信我在和一个教士说话。"

骑马的人继续说:

"两个人谁占上风?"

"迄今为止是子爵。不过有困难。老头子很厉害。他们都是本地贵族,郭文家族。这个家庭分两支:大分支的首脑叫德·朗特纳克侯爵,小分支的首脑叫郭文子爵。眼下两个分支打了起来。这样的事树木之间看不到,但在人之间是看得到的。这个德·朗特纳克侯爵在布列塔尼无所不能;对农民来说,这是一个亲王。他登陆那天,立马就聚集起八千人;在一星期内,三百个教区揭竿而起。如果他能够占据海岸的一角,英国人早就登陆了。幸亏郭文在那里,郭文是他的侄孙,事情真是巧极了。郭文是共和军的司令,把他的叔祖顶了回去。随后,命运又使朗特纳克在到达的时候屠杀了一大批俘虏,枪决了两个女人,其中一个女人有三个孩子,这三个孩子被一个巴黎营队收养。这样一来这个营队就变得非常凶猛。营队叫作红帽子营。他们的人已经所剩无几了,但剩下来的都是些锋利无比的刺刀。他们并入了郭文司令的部队,所向披靡,要为那两个女人复仇,找回三个孩子。不知道老头子怎样对待那三个孩子。那些巴黎士兵气得嗷嗷叫。试想,没有掺和这三个孩子的事,这场战争也不至于变成这样。子爵是一个善良正直的年轻人。但老头子是一个穷凶极恶的侯爵。农民把这场战争称为圣米歇尔和贝尔泽布特之战[1]。你指不定知道圣米歇尔是本地的天使吧。海湾中有一座圣米歇尔山呢。相传他打倒了恶魔,把恶魔埋

---

1 意为:大天使指挥大军荡平恶魔。

在不远的另一座山底下,叫作坟岗。"

"不错,"骑马的人喃喃地说,"贝莱尼坟,贝莱努坟,贝吕坟,贝尔坟,贝利亚尔坟、贝尔泽布特坟。"

"看来你了解情况。"

老板自言自语:

"他准定是懂得拉丁文,这是一个教士。"

然后他又说:

"公民,对农民来说,那么这是那场战争又开始了。不消说,他们认为圣米歇尔是保王派将军,而贝尔泽布特是爱国者司令;但如果有魔鬼,这却是朗特纳克,如果有天使,这是郭文。公民,你什么也不吃吗?"

"我有一壶水和一块面包。可是,你还没有告诉我多尔那边发生的事。"

"是这样的。郭文指挥海岸远征军。朗特纳克的目的是发动全面叛乱,让下诺曼底支援下布列塔尼,给皮特打开大门,以两万英国人和二十万农民去助旺代大军一臂之力。郭文中断了这个计划。他守住海岸,把朗特纳克赶到内陆,把英国人赶下海去。朗特纳克原来在这里,郭文把他赶跑了,从他手里夺回了蓬托博,把他赶出了阿弗朗什,赶出了维勒迪厄,阻止他到达富热尔森林,把他围困在里面。昨天一切还很顺利,郭文率领部队来到这里。突然,出现危险。善变的老头子向前挺进,据悉他向多尔进发。如果他夺取了多尔,在多尔设立一个炮台,因为他有大炮,这样他就在海岸边有一个据点,英国人可以登陆,一切就玩儿完了。因此,一分钟也不能拖延,郭文是个有头脑的人,爱自作主张,没有请示,也不等待,下令备鞍,拖上炮队,集合队伍,抽出军刀,就这样正向多尔进发的朗特纳克扑去。这两个布列塔尼的头领要展开厮杀了。这会是一场鏖战。眼下他们都在那里。"

"走到多尔需要多少时间?"

"有辎重的军队至少要三小时;不过他们已经在那里。"

旅客侧耳细听,说道:

"确实,我似乎听到了炮声。"

老板也在倾听。

"是的,公民。而且是枪战。好像裂帛的声音。你应该在这儿过夜。赶到那里没有什么好果子。"

"我不能止步。我应该继续赶路。"

"你错了。我不知道你办什么事,但是危险很大,除非关系到你在世上最珍惜的东西……"

"确实关系到这个。"骑马的人回答。

"……就像你的儿子那样……"

"差不离。"骑马的人说。

老板抬起头,自言自语:

"这个公民给我的印象就是个教士。"

他沉吟一下:

"总之,一个教士也有孩子的。"

"给我的马再套上笼头吧,"旅客说,"我该付多少钱?"

他付了钱。老板把饲料槽和水桶放回墙边,又回到旅客身旁。

"既然你执意要走,请听我的忠告。很明显,你要到圣马洛去。那么,不要经过多尔。有两条路,一条通过多尔,一条沿着海边走,两条路远近差不多。沿着海边走的路通过布勒埃尼的圣乔治、舍吕埃克斯和伊雷尔-勒维维埃。你把多尔甩在南边,把康卡尔甩在北边。公民,这条街的尽头,你可以看到两条路的交叉口,多尔那条路在左边,布勒埃尼的圣乔治那条路在右边。听好了,如果你走通过多尔那条路,你会遇上屠杀。因此,不要走左边那条路,走右边那条。"

"谢谢。"旅客说。

他刺了一下马。

黑暗已经降临,他消失在夜色中。

老板看不见他了。

旅客来到街道尽头两条路的交叉口时,他听到老板的声音在远处对他喊道:

"走右边那条!"

他往左边走。

二 多 尔

多尔是布列塔尼一座西班牙式的法国城市,教堂的文件集就是这样描述的;它不是一座城市,只是一条街。一条古老的哥特式大街,左右两边坐落着带柱子的房屋,排列错落不齐,在街上东突西拐,好似岬角和拐角,不过路面很宽。城市的其余部分只是一个小巷组成的网络,与这条中心大街相连,像溪水汇入河流一样。城市既没有城门也没有城墙,四面敞开,多尔山雄居其上,它无法对抗围攻;不过街道倒是能够抵挡得住。五十年前还能看到的房屋形成的岬角,街道两边柱子下面的两条回廊,使之成为几乎牢不可破的阵地。有多少座房屋,就有多少个堡垒;必须逐一夺取。古老的菜市场几乎在街道中央。

九三年

克罗瓦-布朗沙尔的客店老板说的是实话,正当他说这番话时,多尔正处于疯狂的混战中。在早晨到达的白军和傍晚到达的蓝军之间,夜战突然在城中爆发。双方力量悬殊,白军有六千人,蓝军只有一千五百人,但是顽强程度不相上下。不同寻常的是,一千五百人向六千人发动了进攻。

一边是乌合之众,另一边是正规军。一边是六千农民,皮外衣上印有耶稣圣心像,圆帽上扎着白饰带,袖章上写着基督教箴言,腰带上挂着念珠,铁叉多于军刀和没有刺刀的短枪,用绳子拖曳大炮,装备很差,纪律很差,武器很差,却很狂热。另一边一千五百名士兵,头戴缀三色帽徽的三角帽,身穿大垂尾和大翻领的制服,交叉佩挂肩带,腰佩铜柄军刀,使用插上长长刺刀的步枪,训练有素,队列整齐,听从指挥,异常勇猛,知道服从善于指挥的军官;他们也是志愿兵,但这是为祖国而战的志愿兵,衣服破烂,没有鞋穿;一边是捍卫君主制的勇不可当的农民,另一边是捍卫革命的赤脚英雄;两支部队的灵魂是其首领;保王派的首领是个老人,共和派的首领是个年轻人。一边是朗特纳克,另一边是郭文。

革命那方面有丹东、圣鞠斯特和罗伯斯庇尔这样的年轻巨人,也有奥什[1]和马尔索[2]这样理想的年轻人。郭文是后者当中的一个。

郭文三十岁,大力士脖子,预言家的严峻目光,孩子的笑容。他不抽烟,不喝酒,不骂人,打仗时带着必不可少的梳洗用具,非常注意自己的指甲、牙齿和一头棕色的秀发;行军休息时,亲自脱下布满弹孔、风尘仆仆的司令制服,在风中抖动。在混战中,他总是勇猛冲杀,却从来不受伤。他非常柔和的声音在指挥时恰好突然响亮起来。他做出表率,不论刮风、下雨还是下雪,裹

1 奥什(1768—1797),将军,曾在西部地区镇压保王派叛乱。
2 马尔索(1769—1796),将军,曾镇压过旺代叛乱。

上斗篷,迷人的脑袋枕在一块石头上,躺在地上睡觉。他的心灵英勇而纯朴。军刀在手,容貌便改变。他具有女性化的相貌,在战斗中却威风凛凛。

除此以外,他是思想家和哲学家,一个年轻的哲人;见过他的人把他看作阿尔基比亚德斯[1],听过他讲话的人把他看作苏格拉底。

在法国革命这场波澜壮阔的突变中,这个年轻人旋即成为军事首领。

由他组建的部队就像罗马军团一样,是一支人数少但很完备的军队,包括步兵和骑兵、侦察兵、工程兵、坑道兵、架桥兵;罗马军团有投石器,这支部队也有大炮。有牵引的三门大炮,让部队行动起来机动灵活,变得强有力。

朗特纳克也是一个军事首领,更加凶恶。他更加深思熟虑,同时更加大胆。年纪大的真正英雄,比年轻英雄更加冷静,因为他们已经远离晨曦;他们更加有胆量,因为他们离寿终正寝不远。他们还有什么要丧失的呢?一丁点儿东西。因此,朗特纳克的手段大胆而又灵巧。总之,在这一老一小的顽强搏斗中,几乎总是郭文占据上风。这多半是靠运气,而不是别的原因。一切幸运,甚至战争中可怕的幸运,都属于年轻人。胜利有点儿像个姑娘。

朗特纳克对郭文恨得牙痒痒的;首先因为郭文打败他,其次因为郭文是他的侄孙。他怎么想到成为雅各宾派呢?这个郭文!这个淘气鬼!还是他的继承人,因为侯爵没有孩子,侄孙差不多是孙子!

"啊!"这个近乎祖父的人说,"如果我抓住他,会当作狗一样杀死他!"

再者,共和国有理由对这个德·朗特纳克侯爵感到忐忑不安。他一旦登陆,便使人震动。他的名字在旺代的叛乱中,像一根导火索一样蔓延出去,朗特纳克马上成为叛乱中心。在一场这样性质的叛乱中,人人互相嫉妒,个人有

---

1 阿尔基比亚德斯(约公元前450—前404),将军,苏格拉底的学生,民主派首领,建立雅典的寡头政治,后被暗杀。

自己的丛林和沟壑,突现一个高瞻远瞩的人物,把平起平坐的分散头头联结起来。几乎所有森林中的头领都汇合朗特纳克,或远或近服从他。只有一个人离开了他,就是第一个和他汇合的人加瓦尔。为什么?这是因为加瓦尔曾是个心腹,知晓内战的旧体系中的一切秘密和采取的一切策略,而朗特纳克却取消和替换了。不能继承别人的心腹;拉卢阿里的鞋子不能穿在朗特纳克的脚上。加瓦尔投奔了蓬尚。

朗特纳克作为军人,属于腓特烈二世[1]一派;他熟悉把大小战役结合起来,既然不想要天主教庞大的保王军的"乌合之众",那是注定要被摧毁的;也不想要分散在丛林和矮树林中的队伍,这样的队伍能够骚扰,但不能打垮敌人。游击战解决不了问题,或者解决得很糟糕;开始时攻击一支共和军,最终却抢劫了一辆公共马车。朗特纳克对这场布列塔尼战争的理解,既不是拉罗什雅克兰的平原战,也不是旺代叛乱,不是舒安党人的叛乱;他要的是真正的战争,利用农民,战争支撑在士兵身上。战略上需要集结的队伍,而战术上需要团队。他感到这些农民军用于进攻、埋伏和突袭是不错的,能够马上集结,马上分散;但是,他感到这支队伍过于流动,掌握在手里就像水一样;他想在这场飘忽不定的分散战争中建立一个牢固的据点,想以一支正规军加强森林里的野蛮部队,这支正规军是农民作战的枢纽。思想深刻而又可怕;如果获得成功,旺代就会无法攻克了。

但是,到哪儿去找一支正规军呢?到哪儿去找士兵呢?到英国。因此,朗特纳克的固定想法是让英国人登陆。这样,党派意识屈服了;白色帽徽让他遮住了红色制服。朗特纳克只有一个想法:占领海岸的一个据点,提供给皮特。因此,看到多尔没有设防,他便扑了过去,想通过多尔山夺取多尔,并且通过

---

[1] 腓特烈二世(1712—1786),普鲁士国王(1740—1786),在反对奥地利的冲突中,军事上达到鼎盛。

多尔山夺取海岸。

地点选得很好。多尔山的大炮一边可以横扫弗雷斯诺瓦,另一边可以横扫圣布勒拉德,让康卡尔的巡洋舰队离开一段距离,从库埃斯农河口的拉兹,到圣梅洛瓦-德宗德之间的整个海滩自由开放,便于登陆。

为了让这个有决定意义的意图取得成功,朗特纳克带来了六千多人和整个炮队,这些人是他掌握的农民军中最壮实的;他的炮队有十门发射十斤重炮弹的长炮,一门可以发射八斤重炮弹的大炮和一门发射四斤重炮弹的大炮。他想在多尔山建立一座强大的炮台,根据的原则是:十门炮发射的一千发炮弹,比五门炮发射一千五百发炮弹收效更大。

成功看来如操左券。他有六千人。在阿弗朗什那边,他要防范的只有郭文和他的一千五百人,在迪南那边只有莱舍尔。不错,莱舍尔有两万五千人,不过距离他有二十法里远。因此,莱舍尔那方面朗特纳克很放心,兵力多但距离远,郭文那方面距离近但兵力少。还要加上莱舍尔是个傻瓜,后来在克罗瓦-巴塔伊荒原上,他的两万五千人被摧毁,他以自杀为失败付出代价。

因此,朗特纳克安之若素。他突然闯入多尔,毫不留情。德·朗特纳克侯爵以强硬著称,众所周知他不留情面。没有人试图抵抗。惊慌失措的居民在家里做好防御。六千旺代人像乡下人那样乱糟糟地在城里安顿下来,几乎像市集的场地,没有先行人员,没有指定的住地,随处宿营,在露天做饭,分散到教堂里,撂下枪拿起念珠。朗特纳克和几个炮兵军官匆匆去视察多尔山,让古日-布吕昂代管部队,任命他为备战官。

这个古日-布吕昂在历史上留下模糊的踪迹。他有两个绰号:由于滥杀爱国者而得名"蓝军灾星";由于他身上有难以形容的可怕的东西,得名"伊马努斯"[1]，是由"伊马尼斯"演变而来的，这是下诺曼底的一个古语，表达超人的丑恶，几乎是骇人的妖怪、魔鬼、林妖、食人妖。一份古老的手抄本写道："我目睹过伊马努斯。"博卡日的老人们今日不再知道古日-布吕昂是何许人，也不知道"蓝军灾星"是什么意思；但是他们朦胧地知道伊马努斯。伊马努斯融入了当地迷信之中，在特雷莫雷尔和普吕莫加，人们还提到伊马努斯；在这两个村庄中，古日-布吕昂留下了不祥的足迹。在旺代，其他人算是野蛮，而古日-布吕昂则是凶残。他是一个美洲部落的酋长，布满十字架和百合花的文身图案，脸上荡漾着几乎是超自然的恶毒之光，表明他的灵魂与别人的灵魂根本不同。他在战斗中穷凶极恶，随后非常残忍。他的心波谲云诡，他可以奋不顾身，又倾向于狂暴恣睢。他讲理性吗？讲是讲，不过犹如蛇一样爬行，曲里拐弯。他从英雄主义出发，到达的是屠杀。无法猜透他的决心来自哪里，这种决心由于暴戾而令人丧胆销魂。他能做出逆料不到的、令人毛骨悚然的事。他的残暴罄竹难书。

他这个丑恶的绰号伊马努斯由此而来。

德·朗特纳克侯爵信任他的残暴。

残暴，一点不错，伊马努斯残暴到家；但在战略和战术上，他并不高明，或许侯爵让他做备战官是错了。无论如何，他留下了伊马努斯负责代替他和照料一切。

古日-布吕昂好战而不是军事家，他更能扼死一个部落的人，却守不住一座城市。不过，他布置了前哨。

黑夜来临，德·朗特纳克侯爵认定了设想中的炮台位置之后，返回多尔，

---

[1] 古日是半圆凿的译音，布吕昂是鸱的译音，都是穷凶极恶的化身。

突然之间,他听到炮声。他抬眼看去,一缕红烟从大街上升起。这是突袭、侵入和进攻,城里展开搏斗。

虽然他是处变不惊的,但他却呆若木鸡了。他根本没有预料到同样的事。这会是谁呢?显然这不是郭文。郭文不会以一个人去攻打四个人。这是莱舍尔吗?那么这是怎样的急行军啊!莱舍尔不可能,郭文也不可能。

朗特纳克催促他的坐骑快跑;一路上,他遇到逃难的居民;他询问他们,他们吓得失魂落魄,喊道:"蓝军!蓝军!"他到达时,局势已一筹莫展。

下文是事情的经过。

三 小部队打大仗

上文叙述过,农民军到达多尔后,散布到城里,各行其是,正如旺代人所说,"只凭义气服从"。这样的服从造就出英雄,但不能造就士兵。他们把炮台和辎重放在古老菜市场的拱顶下,疲惫不堪,又吃又喝,一面"数念珠",凌乱地横躺在大街上,堵塞道路而不是看守道路。由于夜幕降临,大部分人枕着行囊睡着了,有些人身边还有老婆,因为农妇往往跟随着男人;在旺代,怀孕的女人充当奸细。这是七月的一个温煦夜晚,群星在深蓝而深邃的夜空中闪烁。这整个营地,更像商旅歇息,而不像部队的扎营,平静地进入了梦乡。骤然间,还没有合眼的人在黄昏的微光下,看到三门大炮在大街口瞄准了他们。

这是郭文。他偷袭了哨兵,进入城里,率部占领了街口。

一个农民站了起来,喝问:"口令!"他放了一枪,一声炮响给予还击。然后爆发一场激烈的枪战。这群乌合之众惊跳而起。可怕的打击。在星空下入睡,却在枪林弹雨下醒来。

九三年

　　一刹那可怕极了。没有什么比一群人受到迎头痛击乱作一团更加惨不忍睹的了。他们扑向自己的武器，乱叫乱跑，许多人倒下了。这些汉子无所适从，互相射击起来。有些惊慌失措的人从屋子里出来，又返回去，然后再出来，在枪战中失魂落魄地徘徊。有些家庭互相呼唤。凄惨的战争，妇女和孩子也卷进来。子弹呼啸，划破黑暗。射击从每个黑暗的角落发出。硝烟弥漫，一片混乱。运货车和大车纵横交错，乱上添乱。马匹在尥蹶子。人们踩在伤兵身上。地上发出喊叫声。有些人惊恐万状，还有些人慌慌张张。士兵和军官互相寻找。这一切当中，也有阴沉的冷漠场面。一个女人在给婴儿喂奶，背靠一堵墙坐着；她的丈夫也靠在墙上，腿断了，正流着血，平静地装子弹，随意开枪，朝前面的黑暗射击。匍匐在地的男人从车轮中间发射。不时传出狂呼乱叫。大炮声盖过一切。惨象环生。

　　就像伐树一样；所有的树倒下来，互相积压。郭文埋伏起来，弹无虚发，他的人伤亡不多。

　　农民军虽然混乱，但很顽强，终于进行抵抗；他们退到菜市场里，这是黑洞洞的大棱堡，石头柱子矗立的树林。他们在那里站稳了脚跟；凡是像树林的一切都给他们信心。伊马努斯竭尽可能代替不在的朗特纳克。他们有大炮，但令郭文大为吃惊的是，他们根本没有使用；这是因为炮兵军官都跟随侯爵去确认多尔山的地形，农民们不会操作长炮和短炮；不过他们开枪扫射向他们开炮的蓝军，用火枪来回击大炮的轰击。现在是他们有了掩蔽。他们堆积起平板马车、载重车、古老菜市场的全部木桶，临时筑起一道高高的街垒，留下一些空隙做枪眼。通过这些窟窿，他们的射击很有杀伤力。这一切形成得很迅速。在一刻钟内，菜市场就成了难以攻克的防线。

　　局势对郭文来说变得严重了。这个菜市场突然变成堡垒，这是意料不及的。农民军在里面集结,牢靠得很。郭文空袭成功,却未能击溃敌人。他跳下马来,双臂抱在胸前,一只手握着军刀站在为炮队照明的一支火炬的亮光中,凝望这一片黑暗。

在火炬亮光中,他高大的身材让街垒中的人明显可见。他成了瞄准目标,但是他不去考虑。

街垒射出的密集子弹落在深思的郭文周围。

但他有大炮对付所有这些射击。炮弹总是最后占据上风。谁有炮队谁就胜利。他的大炮打得很准,确保他的优势。

突然,从漆黑的菜市场喷射出一道火光,传来雷鸣般的巨响,一颗炮弹打穿了郭文头上的一座房子。

街垒用大炮来回应大炮了。

怎么回事?出现了新情况。现在不只是一方有大炮了。

第二颗炮弹紧接着第一颗炮弹,打穿了郭文身旁的墙壁。第三颗炮弹把他的帽子掀到了地上。

这些炮弹是从大口径大炮中射出的,射来的是十六斤重的炮弹。

"司令,敌人在瞄准你。"炮手们喊道。

他们熄灭了火炬。郭文若有所思,捡起了他的帽子。

确实有人瞄准郭文,他是朗特纳克。

侯爵刚从背后来到街垒。

伊马努斯朝他跑过来。

"大人,我们遭到袭击。"

"来者是哪一个?"

"我不知道。"

"迪南的大路是畅通无阻的吗?"

"我想是的。"

"必须开始撤退。"

"撤退开始了。许多人已经逃之夭夭。"

"不该逃跑,应该撤退。你为什么不使用大炮?"

"大家昏了头,再说炮兵军官们不在。"

"让我来。"

"大人,我尽量让辎重、妇女和一切用不上的东西撤往富热尔。那三个小俘虏怎么办?"

"啊!这三个孩子?"

"是的。"

"他们是我们的人质。把他们带到拉图尔格吧。"

说罢,侯爵走到街垒。首脑一到,一切改变了面貌。街垒不宜做炮台,只放得下两门大炮;侯爵将两门十六斤重炮弹的大炮架好,扒开两个发射孔。他俯在一门大炮上,通过发射孔,观察敌人的炮台,他看到了郭文。

"是他!"他喊道。

于是他抓起长柄圆刷和填塞杆,装好炮弹,调整准星和瞄准。

他三次瞄准郭文,都没有打中。第三炮只掀掉了他的帽子。

"真笨拙!"朗特纳克嘟囔说,"再低一点,我就打掉了他的脑袋。"

突然火炬熄灭了,他面前只是一片黑暗。

"算了。"他说。

他转向那些农民炮手,嚷道:

"开枪扫射!"

郭文那方面不敢松懈。形势变得严重，出现了战斗的新阶段，街垒在用大炮轰击他。谁知道街垒会不会从防御转入进攻呢？他眼前的敌人，除去打死的和逃跑的，至少有五千人，而他只剩下一千二百个可以支配的人。倘若敌人发现他们人数少，共和军会落入怎样的处境呢？角色会调换。进攻者会变成被攻者。街垒一旦出击，一切就可能完蛋。

怎么办？绝不可能考虑正面攻击街垒；强攻是做梦；一千二百人赶不走五千人。突袭不可能，等待结果不妙。必须做个了结。但是怎么做呢？

郭文是本地人，他熟悉这个城市；他知道，旺代人筑起工事的古老菜市场，背后是一个布满狭窄、弯曲小巷的迷宫。

他转向他的副官、勇敢的盖尚上尉，后者后来扫荡了让·舒安的出生地孔西兹森林，又在舍纳的池塘堤岸上阻挡住叛军，守住了新镇，变得赫赫有名。

"盖尚。"他说，"我把指挥权再交给你。火力尽量猛。用大炮把街垒轰开。看住所有这些人。"

"明白了。"

"把整支队伍集中起来，子弹上膛，准备好进攻。"

他在盖尚的耳畔说了几句话。

"一言为定。"

盖尚又说：

"所有鼓手都准备好了吗？"

"是的。"

"我们有九个鼓手，你留下两个，给我七个。"

七个鼓手默默地走到郭文面前排好队。

于是郭文喊道：

"红帽子营到我这儿来!"

十二个人,其中一个是中士,从队伍的主体中走出来。

"我要的是整个营。"郭文说。

"都在这儿。"中士回答。

"你们一共才十二个啊!"

"我们只剩下十二个。"

"好吧。"郭文说。

这中士就是那个善良而粗犷的士兵拉杜,他以全营的名义收养了在索德雷树林里遇到的三个孩子。

读者想必记得,在埃尔布-昂帕伊只有半个营被害,拉杜幸运地没有位列其中。

附近有一车草料。郭文指着对中士说:

"中士,叫你手下的人都搓草绳,缠在枪上,以免碰撞时发出响声。"

一分钟过去了,命令在黑暗中无声无息地执行了。

"做好了。"中士说。

"士兵们,脱下你们的鞋子。"郭文又说。

"我们没有穿鞋子。"中士说。

加上七个鼓手,一共是十九个人;郭文是第二十个。

他喊道:

"排成单行。跟我走。鼓手在我后面。红帽子营随后。中士,你指挥这个营。"

他率领队伍,在双方继续炮击时,这二十个人像影子一样溜过去,没入不见人影的小巷中。

他们沿着房屋斗折蛇行,走了一会儿。城里一片死寂,市民们龟缩在地窖里。没有一扇门没堵住,没有一扇窗没关上。处处不见一点灯光。

在这片死寂中,大街却发出激烈的枪炮声;炮战仍在继续;共和军的炮队和保王派的街垒狂热地喷射枪炮的烈焰。

郭文在黑暗中很有把握地前行;经过二十分钟曲里拐弯的行进,到达一条小巷的尽头;从那里可以回到大街,只不过他们是在菜市场的另一头。

位置转了个方向。这一边没有防御工事,街垒的建造者总是这样疏忽大意。菜市场是敞开的,可以从柱子之间进去,那里有几辆套好马的辎重车准备出发。郭文和他那十九个人面前是五千旺代人,但他们是在旺代人的背后,而不是在正面。

郭文低声对中士说话;大家解开了缠在枪上的草绳;十二个士兵在小巷的拐角后面站好,准备战斗,七个鼓手举起鼓槌等待着。

大炮的射击是间歇的。突然,在两次炮击中间,郭文举起军刀,用寂静中好似军号声一样的声音喊道:

"两百人在右边,两百人在左边,其余的人在中间!"

十二下枪声同时发出,七个鼓手敲起进攻的鼓点。

郭文发出蓝军令人惊魂的喊声:

"上刺刀!冲啊!"

效果绝妙。

所有这些农民感到被人抄了后路,以为背后又杀出一支部队。与此同时,封锁街口的盖尚所指挥的部队听到鼓声,也行动起来,敲起进攻的鼓点,冲向街垒;农民军发现腹背受敌;惊慌失措会夸大事实,一声手枪会变成大炮响,正是风声鹤唳,一只狗吠会变成一只狮子怒吼。再说,农民受惊就像茅屋着火，茅屋着火，很容易就酿成火灾。农民一受惊就会溃不成军。于是出现了难以形容的逃窜。

一会儿之后，菜市场人走空了，惊恐的农民土崩瓦解，军官们无计可施，伊马努斯打死了两三个逃跑者也是徒劳，只听到一片喊声："快逃命啊！"这支军队穿过城里的街道，有如穿过筛孔，散布到田野里，快得像风暴席卷的乌云。

有些人逃往沙托纳夫，另外一些人逃往普莱盖，还有人逃往昂特兰。

德·朗特纳克侯爵目睹了这次溃败。他亲手关上了大炮的火门，然后慢吞吞地，心都冷了，最后一个撤退，口里说着："农民一准是坚持不住的。我们需要英国人。"

四　这是第二次

郭文大获全胜。

他转身对红帽子营的战士们说：

"你们是十二个人，可是你们顶得上一千人。"

司令的一句赞赏，此时等于一枚荣誉勋章。

盖尚受郭文派遣，出城追击逃兵，抓回许多俘虏。

战士点起火炬，在全城搜索。

凡是无法逃走的都投降了。有人用火盆把大街照得明晃晃的，躺满了死尸和伤兵。一场战斗的结束总是要互相争夺的，有几伙绝望的农民在这儿那儿负隅顽抗，直到被包围，才放下武器。

郭文注意到。在溃逃的乱哄哄中有一个胆大的人，活脱像灵活而强壮的农牧神,掩护别人逃跑,自己却不逃跑。这个农民巧妙地使用手中的枪,用枪身射击,用枪托猛击,以致把枪托都砸断了;眼下他一只手握着手枪,另一只手握着军刀。谁也不敢靠近他。突然,郭文看到他跟跟跄跄,靠在大街的一根柱子上。这个人刚刚受了伤。可是他手里仍然握着他的刀和手枪。郭文将军刀夹在腋下,向他走去,说道:

"投降吧。"

那人盯住他。鲜血从他的伤口流到衣服下面,在他脚下流了一摊。

"你是我的俘虏。"郭文又说。

那人默不作声。

"什么名字?"

那人说:

"我叫阴影中起舞。"

"你是个勇士。"郭文说。

他向对方伸出手去。

那人回答:

"国王万岁!"

他使出剩下的力气,同时举起双手,向郭文的心窝开了一枪,又向他的脑袋劈了一刀。

他做得像猛虎一样迅速,可是有一个做得比他更快。这是一个骑马的人,刚刚来到一会儿,没有人注意到他。这个人看到旺代人举起军刀和手枪,便扑向他和郭文。没有这个人,郭文必死无疑。马儿挨了一枪,人挨了一刀,两者一齐倒下。这一切只来得及发出一下喊声。

旺代人也颓然倒在地上。

军刀劈在那人的脸上。他倒在地下晕过去了。马儿被打死。

郭文走近前去。

"这人是谁?"他问。

他仔细端详。受伤的人满脸是伤口流出来的血,像是戴了一副红色面具。不可能看清他的脸,只见他灰白的头发。

"这个人救了我的命,"郭文又说,"这儿有人认识他吗?"

"司令,"一个战士说,"这个人刚刚进城。我看到他到达。他是从蓬托尔松的大路过来的。"

部队的外科军医带着药箱跑过来了。受伤的人始终昏迷不醒。外科医生检查以后说:

"不过挨了一刀。并不碍事。会愈合的。一星期后就能复原。这一刀劈个正着。"

受伤的人穿一件斗篷,系一根三色腰带,佩带两把手枪、一把军刀。大家把他抬上担架,解开他的衣服。有人提来一桶清水,外科医生洗净他的伤口,他的脸开始显露出来,郭文仔细打量他。

"他身上有证件吗?"郭文问。

外科医生摸一下那人侧面的口袋,掏出一个皮夹子,递给郭文。

受伤的人受到冷水刺激,苏醒过来。他的眼皮似动非动。

郭文搜索皮夹子,在里面找到一张一折为四的纸,打开一看:

公安委员会。西穆尔登公民……

他叫了一声:

"西穆尔登!"

这叫声使受伤的人睁开了眼睛。

郭文欣喜若狂。

"西穆尔登!是你!你救了我的命,这是第二次了。"

西穆尔登望着郭文。难以名状的喜悦使他血迹斑斑的脸熠熠闪光。

郭文跪在受伤的人面前,嚷道:

"老师!"

"你的父亲。"西穆尔登说。

五 一滴冷水

他们暌违多年了,但是他们的心从来没有离开过;他们互相认了出来,仿佛是昨天才分手的。

在多尔的市政府里临时设立了一个野战医院。西穆尔登被抬到一个小房间的床上,隔壁是其他伤员的公共大厅。外科医生缝合了伤口,结束了这两个人之间的倾诉,认为应该让西穆尔登睡觉。再说郭文也因为获胜,要忙于料理各种职责和烦心事。西穆尔登独自留下;但他睡不着;他既因受伤而发烧,也因快乐而兴奋。

他不能入寐,但他似乎也不是醒着。这可能吗?他的梦想实现了。西穆尔登不相信能抽到满五[1],他却抽到了。他又找到了郭文。离开时郭文还是个孩子,重逢时却是个男子汉了;他看到郭文魁梧、威风、勇猛,打了胜仗,为人

---

[1] 赌博时,抽出的五个编号正巧摆在赌盘的同一行上。

九三年

民打了胜仗。郭文在旺代是革命的中流砥柱,而他,西穆尔登为共和国造就了这根柱石。这个胜利者是他的学生。这个年轻人也许会供奉在共和国的先贤祠,他看到这张脸上光华四射的,正是他西穆尔登的思想;他的弟子,他的精神之子,眼下已是英雄,不久就会彪炳史册;西穆尔登觉得,他看到自己的灵魂变成了精灵。他刚刚亲眼看到,郭文是怎样打仗的,就像客戎[1]看见了阿喀琉斯战斗一样。教士和马人之间有神秘关系,因为教士只有一半人身。

这件事的种种巧合,加上受伤不能成眠,使西穆尔登充满了一种神秘的陶醉。一个年轻人的命运冉冉升起,光彩夺目,尤其使他深深喜悦的是,他能充分控制这个人的命运;再取得一次他刚目睹过的胜利,他只消说一句话,共和国就会把一支大军交给郭文。没有什么比吃惊地看到一切成功更令人目眩神迷的了。当时,人人都有自己的军事梦;人人都想当将军;丹东想造就韦斯泰尔曼,马拉想造就罗西尼奥尔,埃贝尔想造就龙散,罗伯斯庇尔想让所有这些人都归于失败。西穆尔登心想:"为什么不造就郭文呢?"他想这样。他面前有无限的可能性;他从一个假设过渡到另一个假设;所有的障碍都烟消云散了;谁一旦将脚踏上这个阶梯,就停止不下来,这是无止境的攀登,从普通人出发,到达时就是颗星星。一个大将军只是一个军队首脑;一个大统领同时是一个思想的统帅;西穆尔登梦想郭文成为伟大统帅。梦想发展很快,他似乎看到郭文在海洋上驱逐英国人;在莱茵河上惩罚北方的国王们;在比利牛斯山驱逐西班牙人;在阿尔卑斯山示意罗马人起立。在西穆尔登身上有两类人,一是温和的人,一是阴郁的人;两者都得到满足;因为他的理想是做冷酷无情的人,他看到郭文很出色,便认为他很厉害。西穆尔登必须在建设之前先毁灭一切,

---

[1] 客戎,马人之一,公正、博学、多智,阿喀琉斯的老师。

因此他想,眼下不是儿女情长的时候。郭文按当时的话来说将会"居高临下"。西穆尔登设想郭文将踩碎黑暗,身披光辉的盔甲,额角上闪耀着流星的光辉,张开正义、理性和进步的理想巨翅,手里握剑;他是天使,不过是毁灭天使。

这种梦想几乎是一种迷醉,达到最强烈的程度。通过半掩的门,他听到房间隔壁,野战医院的大厅里说话的声音。他听出是郭文在说话;这个声音,尽管多年相隔,始终在他的耳朵里,孩子的声音变成大人的声音。他在谛听。有一阵脚步声,几个士兵在说话:

"司令,这个人就是朝你开枪那个家伙。他趁人没看到他,爬进了一个地窖。我们找到了他。他就在这儿。"

于是西穆尔登听到了郭文和这个人的对话:

"你受伤了?"

"我身体相当不错,能承受枪决。"

"把这个人抬到一张床上,给他包扎和照料,把他的伤治好。"

"我情愿死。"

"你会活下去。你想以国王的名义杀死我,我则以共和国的名义宽恕你。"

一道阴影掠过西穆尔登的额角。他仿佛突然惊醒了,带着一种沉郁的沮丧喃喃地说:

"他果真是个宽大为怀的人。"

六 胸部痊愈,心在流血

刀伤很快痊愈;但在某个地方,有个人比西穆尔登伤得更重。就是那个被枪决的女人,乞丐泰尔马什在埃尔布-昂帕伊田庄的血泊中把她救出来。

米雪尔·弗莱沙尔的伤势，比泰尔马什以为的更加危险。她胸部上方的窟窿，和肩胛骨上的窟窿相连；一颗子弹打碎了她的锁骨，同时另一颗子弹打穿了她的肩膀；不过，由于肺部没有触及，她能康复。泰尔马什按农民的说法，是个"炼金术士"，意思是说懂点医术，有点算外科医生和懂点巫术。他在他那个兽穴里简陋的海藻床上照料受伤的女人，用的是神秘的所谓"草药"，靠了他，她起死回生了。

锁骨接上了，胸部和肩膀的窟窿愈合了；几个星期以后，受伤的女人转入康复期。

一天早上，她在泰尔马什的搀扶下，走出了洞口，坐到树下晒太阳。泰尔马什对她知之不多，胸部的伤要求少说话，在治愈之前半死不活的状态中，她几乎说不出几句话。她想说话时，泰尔马什便让她沉默；但是她执着地想着心事，泰尔马什在她的眼里观察到时隐时现的沉痛悲哀。这天早上，她身体不错，几乎可以独自走路；救死扶伤是一种慈父心肠，泰尔马什喜悦地望着她。这个慈善的老人露出微笑，对她说：

"那么，咱们挺过来啦，伤口痊愈啦。"

"除了心里的伤痛。"她说。

接着她又说：

"那么你压根不知道他们在哪儿？"

"谁呀？"泰尔马什问。

"我的孩子们。"

"那么"这两个字表达了一大堆想法；它意味着："既然你不向我提起他们，既然你在我身边那么多天却从不开口提起，既然每当我想打破沉默时你就让我住口，既然你好像怕我说话，那么你准定是没有什么要告诉我了。"她常常在发烧时,在迷糊状态中,在说胡话时,呼叫她的孩子们,因为说胡话也在发表见解,她看得很清楚,老人不回应她的话。

这是因为,泰尔马什不知道怎么对她说好。对一个母亲谈她失去的孩子不是易事。再说,他知道什么呢?一无所知。他知道,一个母亲遭到枪杀,这个母亲被他在地上发现了,这近乎是一具尸体,这具尸体有三个孩子,德·朗特纳克侯爵枪杀了这个母亲之后,把三个孩子带走了。所有的情况到此为止。这三个孩子下落如何?他们甚至还活着吗?他打听过,知道其中有两个是男孩,一个是刚断奶的女孩。没有更多的情况。关于这不幸的一群孩子,他向自己提出一连串的问题,可是无法回答。他询问过的当地人,只限于摇摇头。德·朗特纳克先生是一个谁都不愿谈起的人。

谁都不愿谈起朗特纳克,谁都不愿和泰尔马什说话。农民们对这两个人疑虑重重。他们不喜欢泰尔马什。凯门鳄泰尔马什是一个令人不安的人物。他为什么总是仰望天空?漫长的几小时一动不动,他在干什么,想什么?他当然是个怪人。在这个战乱频仍、战火连天的地方,所有人只有一件事,就是劫掠,只有一件工作,就是屠杀,看谁能烧掉一座房子,扼杀一个家庭,屠杀一个哨所,劫掠一个村庄,大家只想布下陷阱,设下圈套,互相厮杀,而这个孤独的人,陶醉在大自然中,仿佛沉浸在万物的无比宁静中,采集草木,只关心花鸟和星辰,显而易见是个危险人物。他明显地失去了理智;绝不躲在树丛后面袭击别人,不向任何人开枪。因此,他周遭的人都有几分畏惧。

"这个人是疯子。"农民们说。

泰尔马什不只是一个孤独的人,他是一个人人逃避的人。

人们绝不向他提问题,也几乎不回答他。因此他无法打听他想打听的事。战争扩大到其他地方,人们到更远的地方打仗,德·朗特纳克从视野中消失,在泰尔马什的精神状态中,战争不触及他,他是不会注意战争的。

听到"我的孩子们"这几个字以后,泰尔马什不再微笑了,那个母亲开始想起事情来。在她的心里发生了什么事?她仿佛待在深渊中。她突然看着泰尔马什,用几乎愤怒的声调重新嚷道:

"我的孩子们!"

泰尔马什像个有罪的人耷拉着头。

他想起那个德·朗特纳克侯爵,当然侯爵不会想到他,甚至可能不知道他存在。他意识到这一点,心想:"一个领主,危难时认你,过后就不认你了。"

他纳闷:"那么,我为什么救了这个领主呢?"

他回答自己:"因为他是个人。"

他至此思考了一会儿,又接着想:"我拿得准吗?"

他重复这句心酸的话:"早知如此就好了!"

这件事使他很沮丧,因为他在自己的行为中看到一种谜。他痛苦地思考着。因而善行也可能是坏事。救了狼是杀害羔羊。医好兀鹰的翅膀,要为它的利爪承担责任。

他觉得自己确实有罪。这个母亲不自觉的生气是有道理的。

不过,他救了这个母亲,使他对救了这个侯爵感到聊以自慰。

可是孩子们呢?

母亲也在思索。两个人的想法并排而行,没有互相说出来,也许在默想的黑暗中没有相遇。

她的眼底黑沉沉的,目光重新盯住泰尔马什。

"但事情不能这样过去。"她说。

"嘘!"泰尔马什将一只手指按在嘴唇上。

她继续说：

"你不该救我，我怨你，我宁愿死了，因为我肯定那样我就能看见他们。我会知道他们在哪儿。他们看不见我，但我在他们身边。一个死人应该能够保护人。"

他抓起她的手臂，摸她的脉搏。

"少安毋躁，你又发烧了。"

她几乎生硬地问她：

"我什么时候可以离开？"

"离开？"

"是的。离开。"

"如果你不理智，永远也走不了。如果你理智，明天就可以走。"

"什么叫理智？"

"相信天主。"

"天主！他把我的孩子们弄到哪儿去了？"

她仿佛精神失常了。她的声音变得很柔和。

"你明白，"她对他说，"我不能这样待下去。你不曾有过孩子，我呢，我有。这就是区别。对一件事你不知道怎么回事，你是无法判断的。你不曾有过孩子，不是吗？"

"是的。"泰尔马什回答。

"我呢，我只有孩子。没有孩子的话，我还能活吗？但愿有人给我解释，为什么我见不到我的孩子们了。我感到发生了什么事，因为我不明白。他们杀死了我的丈夫，枪决我，但说到底我不明白。"

"得了，"泰尔马什说，"你又要发烧了。别再说话了。"

她注视他，默不作声。

从这一天起，她不再说话。

她变得比泰尔马什所希望的更听话。她一连几小时蹲在老树下发呆，沉思默想，一声不吭。对于那些经历过深创巨痛的普通心灵来说，沉默提供了难以言说的掩蔽所。她好像放弃了弄明白。到了一定程度，绝望者对绝望也就不穷根究底了。

泰尔马什激动地观察她。面对这样的痛苦，这个老人像女人一样思忖："噢，是的，她的嘴巴不说话，但是她的眼睛说话，我看得很清楚，她有一个固定的念头。她曾经是母亲，眼下不是了！她曾经哺育过，眼下不再哺育了！她不能逆来顺受。她惦记着不久前喂奶的那个小不点。她想念那个孩子，想念她，想念她。说实话，感到一张红艳艳的小嘴吮吸你肉体中的灵魂，用你的生命塑造她的生命，那是多么惬意啊！"

他也钳口禁语，明白面对如此的沮丧，言语是无能为力的。抱住一个执着念头的沉默不语是可怕的。怎么让一个抱住执着念头的母亲听从理智呢？母性是不可缓解的，无法与之争论。母亲之所以变得崇高，那是因为她是一种动物。母性的本能是神圣的动物性。母亲不再是女人，她是雌性动物。

孩子是幼崽。

因此，母亲身上有着低于理智和高于理智的东西。母亲有敏锐的嗅觉。她身上具有巨大而隐秘的创造意志，这意志引导她。既盲目又充满睿智。

泰尔马什如今想让这个不幸的女人说话；他做不到。有一次，他对她说：

"可惜我老了，走不动长路了。只走一段路，我很快就筋疲力尽。走上一刻钟，就迈不开腿，不得不停下来；要不然我可以陪你走。其实，我走不动指不定是好事。我能帮你，反而会有危险；这里的人能容忍我，但蓝军要怀疑我是农民,而农民怀疑我是巫师。"

他等待她回答。她连眼睛也不抬。

执着的念头要么导致疯狂,要么导致英雄行为。可是,一个可怜的农妇能做出什么英雄行为呢?什么也做不出来。她可以做母亲,如此而已。每天,她都更深地沉浸于遐想中。泰尔马什在观察她。

他设法让她有事做;他给她拿来了针线和一枚顶针;说实在的,使可怜的凯门鳄高兴的是,她开始做针黹;她在想心事,但她在干活,这是身体复原的征兆;力气逐渐返回;她在缝补内衣、外衣和鞋子;不过她眼睛无神。她一边缝补,一边小声哼起一些难懂的歌曲。她念叨一些名字,可能是孩子的名字,声音不够清晰,泰尔马什听不明白。她不时停下来,倾听鸟鸣,仿佛鸟儿要传达给她信息。她观察天气。她的嘴唇在翕动,低声自言自语。她做了一个口袋,装上栗子。一天早上,泰尔马什看到她往前走,眼睛随意探看森林深处。

"你要去哪儿?"他问她。

她回答:

"我去寻找他们。"

他没有设法留住她。

七 真理的两极

在几个星期的内战拉锯战之后,富热尔地区只流传着两个敌对的人的轶事,但他们做的是同一件事,就是说为伟大的革命战争并肩战斗。

野蛮的旺代决斗在继续,但是旺代人失去地盘。特别在伊勒-埃维莱纳,由于年轻的司令在多尔以勇对勇,用一千五百个爱国者迎头痛击六千保王派,叛乱即使没有扑灭,至少大为减弱,大受限制。好几次成功的打击随之而来,一次又一次胜利导致产生新局势。

战局已经改观,可是突然出现了一种古怪的复杂情况。

在旺代的整个地区,共和军占据上风,这是毫无疑问的;不过是哪一派共和势力呢? 在初步显现的胜局中,出现了两种形式的共和势力,即恐怖的共和势力和宽容的共和势力。前者主张以严酷制胜,后者主张以温和制胜。哪一种占优势呢? 这两种形式,一种调和,一种无情,由两个人代表,各有影响和权威,一个是军事指挥官,另一个是特派员;这两个人中哪一个会占上风呢? 他们之中的特派员有令人生畏的后盾,他到达时,带着巴黎公社给桑泰尔各营咄咄逼人的命令:"决不宽恕,毫不容情!"为了让一切服从他的权威,国民公会的法令指定:"凡是放走被俘叛军首领,任其逃走者,处以死刑。"公安委员会授予他全权,还有罗伯斯庇尔、丹东、马拉签署的必须服从他的命令。另一个是军人,他只有一种力量,就是怜悯。

他的臂膀只是用来打击敌人的,而他的心却宽恕敌人。作为胜利者,他自认为有权饶恕战败者。

由此,这两个人之间出现了潜在而深入的冲突。他们两个人处在不同的云层上,两个人都打击叛乱,各人掌握自己的霹雳,一个是胜利,另一个是恐怖。

在整个博卡日地区,人们谈论的尽是他们;从四面八方投向他们的目光,尤显不安的是,这两个人见解这样势不两立,同时又紧密团结。两个对手是两个朋友。从来没有更高尚和更深厚的友情联结这两颗心;凶狠者救过仁慈者的命,他脸上留着伤疤。这两个人一个是死亡的化身,另一个是生命的化身;一个遵循恐怖原则,另一个遵循和平原则,而他们互相热爱。不可思议的现象。请设想仁慈的俄瑞斯忒斯和严酷的皮拉得斯。[1] 请设想奥尔缪斯的兄弟阿里马纳吧。[2]

需要补充的是,两人之中被人称为"凶狠"的那个,同时是最有博爱精神的人;他包扎伤员,照顾病人,日夜在临时和正式医院度过;同情赤脚的孩子,自己一无所有,把一切都给了穷人。哪里打仗,就到哪里,身先士卒,冲到战斗最激烈的地方,他身上带着武器,因为他腰间挂着军刀和两把手枪,而又没有武器,因为从来没有人看见他拔出军刀,摸过手枪。面对打击,他不还手。人们说他当过教士。

这两个人,一个是郭文,另一个是西穆尔登。

两人之间存在友谊,但各自奉行的原则却存在仇恨;这好比一颗心被切成两半,共同分享;郭文确实接受了西穆尔登的一半心灵,不过是温和的一半。郭文似乎有白色部分,而西穆尔登保留的可以说是黑色的部分。这样,亲密中有不和。这场默默无声的战争不能不爆发。一天早上,战斗打响了。

西穆尔登对郭文说:

"眼下局势如何?"

郭文回答:

"你和我了解得一样清楚。我把朗特纳克那一伙打得四分五散。只有几个人和他在一起。眼下他退到富热尔森林。再过一星期,他就被包围。"

"再过半个月呢?"

"他就要被抓住。"

---

[1] 希腊神话中的两个英雄,前者是阿伽门农的儿子,后者是阿伽门农的外甥,他们是好友。后者陪伴前者去为阿伽门农复仇。

[2] 二人均为拜火教崇奉的神祇。一为善神,一为恶神,二者的对立不可调和。

九三年

"然后呢?"

"你看过我的告示吗?"

"看过。怎么样?"

"他将被枪决。"

"还是宽宏大量。他应该上断头台。"

"我呀,"郭文说,"我主张按军法处决。"

"而我呢,"西穆尔登反驳说,"我主张按革命的原则处决他。"

他直视郭文,说道:

"为什么你放走圣马克-勒布朗修道院那些修女?"

"我不向女人宣战。"郭文回答。

"这些女人仇恨人民。就仇恨而言,一个女人抵得上十个男人。为什么你不把在卢维涅抓到的那批老教士送到革命法庭上去呢?"

"我不对老人宣战。"

"一个老教士比一个年轻教士更坏。白发人宣扬叛乱就更加危险。人们相信有皱纹的人。不要假怜悯,郭文,弑君者是解放者。要死盯住神庙塔楼。"

"神庙塔楼!我会把王太子从那里放出来。我不对孩子宣战。"

西穆尔登的眼神变得严厉了。

"郭文,须知,如果这女人叫玛丽-安东奈特,就必须对女人宣战,如果这老人叫庇护六世,就要对老人宣战,如果这孩子叫路易·卡佩[1],就要对孩子宣战。"

"老师,我不是一个政治家。"

---

1 即王太子,被关在神庙。

"尽量不要做一个危险人物。在攻打科塞哨所时,叛乱分子让·特勒通走投无路,要完蛋了,挥舞军刀,独自扑向你的部队,为什么你高喊'队伍闪开。让他过去'?"

"因为不能让一千五百人去杀一个人。"

"在阿斯蒂耶的卡耶特里,你看到旺代人约瑟夫·贝齐埃受了伤,在地上爬行,你的士兵要杀死他,为什么你高喊'继续向前,我来对付他!'却朝天放了一枪?"

"因为不能杀死一个倒在地上的人。"

"你错了。这两个人如今成了叛军头子;约瑟夫·贝齐埃就是'小胡子',让·特勒通,就是'银腿'。你救了这两个人,就是给了共和国两个敌人。"

"我当然想为共和国争取一些朋友,而不是给它树敌。"

"在朗德昂打了胜仗以后,为什么你不下令枪决三百名农民俘虏?"

"因为蓬尚宽大过共和军俘虏,我希望大家说共和军也宽大保王派俘虏。"

"那么,如果你抓住了朗特纳克,你会宽大吗?"

"不会。"

"为什么?既然你宽大过三百名农民?"

"农民是无知的;朗特纳克知道自己所做的事。"

"但朗特纳克是你的亲戚啊。"

"法兰西才是我最亲的。"

"朗特纳克是一个老人啊。"

"朗特纳克是一个外人。朗特纳克没有年龄。朗特纳克把英国人叫来。朗特纳克就是入侵。朗特纳克是祖国的敌人。他和我之间的决战,只能是他死或者我死。"

九三年

"郭文,记住你这句话。"

"绝不食言。"

一阵沉默,两人对视。

郭文又说:

"眼前的九三年将是血腥的年头。"

"当心,"西穆尔登大声说,"可怕的责任是明摆着的。不要指责绝不该指责的人或事。从什么时候起,疾病成了医生的过失?是的,这个不寻常年头的特点,就是无情。为什么?因为这是伟大的革命年代。眼下这一年象征革命。革命有一个敌人,就是旧世界,革命对旧世界是无情的,就像外科医生有一个敌人,就是痈疽,他对痈疽是无情的。革命在国王身上铲除君主制,在贵族身上铲除贵族阶级,在军人身上铲除专制主义,在教士身上铲除迷信,在法官身上铲除野蛮,总之,在暴君身上铲除暴政。手术是令人恐惧的,革命稳稳当当地做这个手术。至于牺牲多少健康的肌肉,你去问博尔哈夫[1]是怎么理解的吧。切除肿瘤哪能不流血?扑灭火灾只要求救出着火的那部分吗?这些可怕的必要条件是成功的保证。一个外科医生就像一个屠夫,一个治病的医生可能像个刽子手。革命就要忠诚于有牺牲危险的事业。它断肢截体,但它拯救人。什么!你要求它赦免病毒!你要求它宽大害人虫!它不会听你的。它抓住过去,会结果它。它在文明身上切开一个很深的口子,从中产生人类的健康。你痛苦吗?无疑痛苦。这要持续多久?手术所需要的时间。然后你就能活下去。革命给世界开刀,所以就有九三年这场大出血。"

"外科医生是平和的,"郭文说,"而我看到的人都很暴烈。"

---

[1] 博尔哈夫(1668—1738),荷兰医生、化学家。

"革命，"西穆尔登反驳说，"需要粗暴的工人来帮助它。它推开颤抖的手，只信赖无情无义的人。丹东是可怕的，罗伯斯庇尔是不会变更的，圣鞠斯特是不肯让步的，马拉是铁面无情的。郭文，要当心。这些名字是必不可少的。对我们来说，它们抵得上几支大军。它们使欧洲颤抖。"

"或许也使将来颤抖。"郭文说。

他止住了，又继续说：

"其实，老师，你错了，我不指责任何人。据我看来，真正的革命观点是不讲负责任的。没有人是无辜的，没有人是有罪的。路易十六是一只被扔进狮群里的绵羊。它想逃跑，他想活命，它企图自卫；如果可能的话，它会咬。但并非想成为狮子就是狮子了。绵羊朦胧的愿望被看成罪行。这只愤怒的绵羊露出了牙齿。'变节分子！'狮子一齐说。它们把它吃掉了。然后他们互相残杀。"

"绵羊是动物。"

"狮子是什么呢？"

这句反问使西穆尔登陷入沉思。他抬起头说："这些狮子是意识。这些狮子是观念。这些狮子是原则。"

"它们制造恐怖。"

"有朝一日，革命将证明恐怖是必要的。"

"只怕恐怖招来对革命的中伤。"

郭文又说：

"自由，平等，博爱，这些是和平与和谐的信条。为什么要给它们恐怖的面目呢？我们要的是什么？给各国人民普世的共和国。那么，不应该使他们害怕。恐吓有什么用呢？人民和鸟儿一样，不会被稻草人吸引。不需要为了做好事而做坏事。推翻王位不是为了竖起断头台。处死国王们,给各民族生路。掀翻王冠,留下脑袋。革命是和谐,而不是恐怖。温和的思想很难为无情的人所接受。对我来说,赦免是人类语言中最美好的字眼。我只在自己有危险时才愿意流血。再说,我只知打仗,只不过是一个士兵。如果不能宽恕,那么就不值得取胜。但愿在战斗中我们是敌人之敌,而在胜利后是他们的兄弟。"

"当心,"西穆尔登第三次这样说,"郭文,对我而言,你胜过我的儿子,当心!"

他沉思着又说:

"在我们这个时代,怜悯可能成为背叛的一种方式。"

听到这两个人交谈,真会以为听到剑和斧头的对话呢。

八 DOLOROSA[1]

母亲在寻找她的孩子们。

她在往前走。她是怎样生活的?说不清楚。她自己也不知道。她日日夜夜地走;她乞讨,吃野草,席地而睡,露宿在荆棘丛中和星空下,有时还冒着风风雨雨。

她从村庄到村庄,从田庄到田庄流浪,到处打听。她停在人家门口,穿着破衣烂衫。有时人家接待她,有时人家撵走她。她进不了农家时,就走进树林里。

---

1 拉丁文:痛苦的。摘自圣歌《痛苦的母亲站在(十字架前)》。

她不熟悉当地，一无所知，除了西斯夸尼亚和阿泽教区。她没有确定的路线，常走回头路，再走已走过的路，白费力气。她有时走的是铺石路，有时按车辙走，有时沿着林间小路走。这样漫无目的的漂泊生活，使得她的破烂衣服更是雪上加霜。她先是走路穿着鞋子，随后赤脚，再随后脚上血迹斑斑。

她穿过火线，穿过枪林弹雨，什么也没听见，什么也没看见，什么也不回避，寻找着孩子。所有人都参加了叛乱，再也没有警察，再也没有镇长，再也没有政府机关。她只有和过路人打交道。

她和他们说话，问道：

"您在什么地方见过三个小孩吗？"

路人抬起头来。

"两个男孩和一个女孩。"她说。

她继续说：

"勒内-让，胖子阿兰，乔热特，您见过他们吗？"

她继续说：

"老大四岁半，小女孩二十个月。"

她补充说：

"您知道他们在哪儿吗？有人从我身边抢走了他们。"

路人望着她，如此而已。

看到别人不理解她，她说：

"因为他们是我的孩子。所以我打听。"

路人走他们的路。于是她止住了，不再说什么，用指甲抓自己的胸口。

但有一天一个农民听她说话，思索起来。

"等一下，"他说，"三个孩子？"

"是的。"

"两个男孩?"

"和一个女孩。"

"你找的就是他们?"

"是的。"

"我听说一个老爷夺走了三个小孩,把他们带在身边。"

"这个人在哪儿?"她嚷道,"他们在哪儿?"

农民回答:

"你到拉图尔格去吧。"

"我在那儿能找到我的孩子们吗?"

"没准儿找得到。"

"您是说?……"

"拉图尔格。"

"拉图尔格是什么?"

"是一个地方。"

"是一个村庄吗? 一个城堡? 一个田庄?"

"我从来没去过那儿。"

"很远吗?"

"不近。"

"在哪边?"

"在富热尔那边。"

"怎么去呢?"

"你眼下是在旺托尔特,"农民说,"你绕开左边的埃尔奈和右边的科克塞尔,经过洛尔尚,再穿过勒鲁。"

农民抬起手朝向西面。

"一直向着太阳西沉的方向往前走。"

农民的手还没放下,她已经上路了。

农民朝她喊:

"但要当心。那儿在打仗呢。"

她根本没有回身答话,继续往前走。

九　外省的一座巴士底城堡

1　拉图尔格

四十年前,旅行者从莱涅莱进入富热尔森林,再从帕里尼那边出来,在这座深邃的森林边沿,会看到一片阴森的景象。在丛林口上,拉图尔格会猝然呈现在他眼前。

不是生机盎然的拉图尔格,而是死气沉沉的拉图尔格。断垣残壁、百业凋零、伤痕累累、东歪西倒的拉图尔格。建筑的废墟就像人的幽灵。再也找不到比拉图尔格更凄惨的景象了。映入眼帘的是一座耸立的圆塔,独自在森林的一角,仿佛一个歹徒。这座塔楼直立在陡峭的悬崖顶上,多么规则而坚固,在这庞然大物中,强大的观念切实掺杂了衰败的观念,几乎具有罗马建筑的外观。它甚至是有一点罗马风格,因为它就是一座罗马建筑;在九世纪开始兴建,完成于第三次十字军东征之后的十二世纪。门窗洞的护耳形突出拱石墩,说明它的年龄。走近它,爬上陡坡,就会看到一个缺口,胆敢走进去,却是空空如也。这仿佛是竖立在地上的石头喇叭的内部。从上到下，没有任何隔层；没有屋顶，没有天花板，没有地板，只见坍塌的拱顶和烟囱、不同高度的小炮炮眼、表明不同楼层的花岗岩梁托和几根横梁，梁木上布满夜鸟的粪便，巨大的墙垣，底部有十五尺厚，顶部有十二尺厚，这里和那里都是裂缝和旧门洞，由此可以看到墙壁黑暗的内部里面的楼梯。路人晚上进去可以听到灰林鸮、夜鹰、涉禽、鸺鹠的鸣声，看见脚下是荆棘、石块、爬虫，头顶上透过塔顶像大井口的圆形黑洞，看得见繁星满天。

按照当地传统，这座塔楼上面几层设有暗门，如同犹太国[1]诸王陵墓的门，一块在轴上旋转的大石头，使得门可开可关，消失在墙壁之中；是十字军东征后带回这种建筑样式和尖形穹隆的。这些门关上以后，就再也无法找到了，它们和墙上的其他石头浑然一体。今天在吕底亚[2]神秘的城邦，还可以看到这种门，是提比略[3]时期十二座城市在地震后幸存下来的。

2 缺　口

进入废墟的缺口是炸开的，熟悉埃拉、萨尔迪和帕冈[4]的行家，能看出这炸药埋得很巧妙。火药坑构成教士帽形状，用量恰好能把主塔楼炸开一个缺口。它至少要容纳两百公斤炸药。通过一条弯曲坑道到达火药坑，要胜过笔直的坑道；炸药产生的爆破在炸裂的石头中，露出引信管，直径足有鸡蛋那样大小。爆破在墙上炸出一个深深的裂口，围攻者大概可由此进入。这个塔楼显然在不同的时代经受住正规的真正围攻；墙上布满了弹孔；这些弹孔不是同一

1　在所罗门死后由巴勒斯坦南部的部落建立的王国。
2　吕底亚，小亚细亚的古城。
3　提比略（公元前42—公元37），古罗马皇帝（14—37），他的统治末期实行恐惧政策。
4　均为军事工程师。

时代的；每种弹丸在墙上都留下特有的痕迹；全都在主塔楼上留下累累弹痕，从十四世纪的石炮弹到十八世纪的铁炮弹。

缺口进入的应该是底层。缺口正对面的塔楼墙上，是地下室的入口；地下室开凿在岩石中，顺着塔基一直延伸到底层的大厅下面。

这个地下室有四分之三堵满了，一八五五年，被贝尔奈的考古学家奥古斯特·勒普雷沃先生细心清理出来。

3 地 牢

这个地下室是地牢。凡是塔楼都有地牢。这个地下室和同时代的许多地下刑讯室一样有两层。由小门进去的第一层是一个相当宽敞的拱顶房间，和底层大厅处于同一平面。在这个房间的墙壁上，可以看到有两条平行的垂直沟，经过穹顶，延伸到另一面墙上；穹顶的沟痕更深，使人以为是两条车轮痕迹。这确实是两条车轮痕迹。是两个轮子碾压出来的。从前，封建时代，分尸刑就是在这里进行的，所用的方法不像四马分尸那样声音嘈杂。两只轮子非常厚实和粗大，碰到墙壁和穹顶。受刑者的一只手臂和一条腿分别绑在一只轮子上，然后朝相反方向滚动两只轮子，将人撕裂。这需要使劲，轮子接触的石头就压出了两道沟槽。今天在维昂当还可以看到这类房间。

这个房间下面还有另外一个房间。这是真正的地牢。不是从一扇门进去的，而是从一个洞口进去；受刑者赤身露体，用一根绳子从两腋下面缚住，通过气窗，吊到下面的房间；气窗设在上层房间的石板中间。如果他顽强地活下来，就从这个洞口扔给他食物。今日在布荣还可以看到这种洞口。

风从这个洞口吹进来。下层房间挖在底层下面，与其说是一个房间，还不如说是一口井。它通到水面，冷风充满房间。这风使底层的囚徒冻死，却使上层的囚徒活下去。它使得在牢里可以呼吸。上层的囚徒在穹顶下摸索，只能从这洞口获得空气。再说，进来的人或者掉进去的人再也出不来。在黑暗中囚徒要小心提防。一脚踩空，上层的囚徒就会变成下层的囚徒。这是生命攸关的事。倘若他想活命，这洞口就是危险；倘若他活腻了，这洞口就是他寻死的办法。上层是地牢，下层是坟墓。这种重叠和当时的社会何其相似。

这就是我们的祖先称为"地沟底"的东西。这种东西已然消失，对我们来说，这名字不再有意义。由于革命，我们听到这几个字漠然置之。

从塔楼外面，从唯一入口的缺口之上，四十年前，可以看到一个比其他枪眼更大的枪眼，挂着散开和毁坏的铁栅栏。

4　桥头堡

在缺口相反一侧，与塔楼相连的是一座三孔石桥，桥拱损坏不大。桥头有一座建筑，只剩下断垣残壁，明显可见是经历了大火，只有焦黑的屋架，就像骨架一样，能透过阳光。矗立在塔楼旁边，好似幽灵旁边的骨架一样。

这个废墟今日已经完全拆除，荡然无存。多少世纪和多少国王建造的东西，一个农民只消一天就拆空了。

拉图尔格是农民对郭文塔楼的简称，如同拉茹佩尔意味着拉茹佩利埃尔，叛军驼背首领的名字潘松勒托尔，意味着罗锅潘松。

拉图尔格四十年前是个废墟，如今成了一个幽灵，在一七九三年是一座堡垒。它是郭文家族的旧城堡，镇守着富热尔森林的入口；这座森林眼下仅仅是一座树林了。

这座城堡建筑在大块的板岩之上，这种板岩在梅央纳和迪南之间多的是，到处散布在丛林和灌木丛之中,仿佛是巨人们互相扔向脑袋的石块。

塔楼是整座堡垒;塔楼下面是岩石,岩石脚下是一条溪水,一月份变成急流,六月份则干涸见底。

这座堡垒在这一点上虽然简陋,在中世纪却几乎固若金汤。那座桥削弱了它。哥特时期,郭文家族建造它时是没有桥的。进堡垒通过那种摇摇晃晃的吊桥,一斧头就能够把桥索砍断。郭文家族受封为子爵时,喜欢吊桥,以此为满足;但当他们被封为侯爵,离开岩洞到宫廷去时,他们在急流上建造了三孔石桥,既能来到平原那边,又能接近国王那边。十七世纪的侯爵和十八世纪的侯爵夫人不再坚持牢不可破,模仿凡尔赛代替了延续祖先的遗风。

在西边,塔楼对面,有一片相当高的高台,一直通到平原;高台几乎接触到塔楼,只隔开一条深沟,流淌着的溪流是库埃斯农河的支流。连接堡垒和高台的这座桥,高耸于桥墩之上;桥墩上,像在什农索一样,造了一座芒萨尔[1]风格的建筑,比塔楼更加适于居住。但当时的风俗还很粗陋;领主保持住在和地牢一样的主塔房间的习惯。至于桥上的建筑,是一种小城堡,开辟一条长廊作为入口,称为守卫室,这是一种中二楼,上面放置一个图书室,图书室上面是一个谷仓。长形窗户镶嵌波希米亚的小块玻璃,窗户之间是壁柱,墙上有圆雕饰;建筑一共三层,底层放槊矛和火枪,中层放书;上层放一袋袋燕麦;这一切既粗俗又高贵。

旁边的塔楼外貌显得凶狠。

它阴森森地高耸其上,俯视这座雅致的建筑。从它的平台可以摧毁石桥。

两座建筑,一座峭拔,一座精致,互相冲突超过互相依傍。两种风格毫不

---

[1] 芒萨尔(1646—1708),法国建筑师,风格宽敞、对称。

协调；虽然两个半圆形似乎相同，但是罗曼式半圆拱和古典式半圆拱没有任何相似之处。这座与森林相配的塔楼，以及与凡尔赛宫相配的石桥，真是古怪的相互为邻。不妨设想阿兰·巴布托特挽着路易十四的手臂。整体令人可怕。两种威严混在一起，显出一种难以形容的凶恶。

值得强调的是，从军事上讲，这座桥几乎断送了塔楼。它使塔楼美观，却解除了塔楼的武装；塔楼获得了装饰，却失去了力量。石桥使塔楼和高台处于同一平面。从森林那边，塔楼始终是无法攻击的，如今从平原那边却易受攻击。过去它控制着高台，如今高台控制着它。驻扎在那里的敌人，很快就能控制石桥。图书室和谷仓有利于进攻者，而不利于堡垒。图书室和谷仓就像书和麦秸一样易燃。对于一个用火攻的进攻者来说，烧掉荷马的作品或者烧掉一捆麦秸，只要烧着了，这是一回事。法国人烧掉了海德堡图书馆，向德国人证明了这一点；德国人烧掉了斯特拉斯堡图书馆[1]，也向法国人证明了这一点。因此，这座石桥，加于拉图尔格，在战略上是个错误；但在十七世纪，在柯尔贝和卢伏瓦时期[2]，郭文家族的亲王们，就像罗昂家族和拉特雷穆瓦伊家族的亲王们，认为自己今后不会受到攻击。不过，建桥者采取了一些小心措施。第一，他们预见到火灾，在面向下游一侧的窗户下面，他们在铁钩上横挂了一架结实的救生梯，五十年前还看得见；梯子的长度等于桥的下面两层那么高，超过了普通的三层楼房的高度；第二，他们预见到攻击，桥和塔楼之间用一扇沉重低矮的铁门隔开，门是拱形的，用一把大钥匙封闭，钥匙放在只有主人知道的秘密地方；门一关上，能顶得住羊角锤撞击，几乎能够顶住炮弹。

---

1 这里指1870年普鲁士人的围城。
2 柯尔贝（1619—1683），法国政治家，掌握财政，后期影响不及卢伏瓦（1639—1691），侯爵，政治家，得到路易十四信任，掌握军权。

必须通过桥才能到达这扇门，必须通过这扇门才能进入塔楼。没有别的入口。

5 铁 门

桥头堡的第三层由于桥墩而高高耸立，和塔楼的第三层相通；为了更加安全起见，铁门就安置在这个高度。

铁门在桥那边，开向图书室，在塔楼那边，开向中间有立柱的拱顶大厅。上文说过，这个大厅在主塔的第三层，像塔楼一样是圆形的；长长的枪眼面向田野，照亮大厅。墙壁粗糙，是光秃秃的，没有什么遮住石块，而且砌得十分对称。通过一道设在墙壁里面的螺旋楼梯通到大厅，墙壁达到十五尺厚，这是很普通的事。在中世纪，是一条街又一条街攻占一座城市，一所房子又一所房子攻占一条街，一个房间又一个房间攻占一所房子的。拉图尔格从这个角度看，布局非常巧妙，很不好对付，很难攻破。从一层到另一层，要通过一道很难走的螺旋楼梯；门都是歪的，不到一个人高，必须低头才能通过；但低着头进去，就要被当头一棒。防守者在每扇门后等着进攻者。

在带柱子的圆形厅下面，有两个一样的房间，就是第二层和底层，上面有三个房间；在层叠的六个房间上面，塔楼被一个石头盖子封住；盖子是平台，通过一个狭窄的岗亭才能到达平台。

不得不把十五尺厚的墙壁凿穿，才能安装铁门，铁门固定在墙壁中间，嵌在一条拱形长廊中；因此门关上以后，无论塔楼那边还是桥那边，门廊都有六七尺深；门打开以后，这两个门廊合在一起，形成一个拱形入口。

在门这边的门廊下，厚墙中开了一个圣吉尔式的矮门，通到图书室下面第二层的走廊；这是进攻者的一个难关。桥头堡靠高台那边的顶端是一堵陡峭的墙，桥到那里便中断。一座吊桥靠着一扇矮门和高台相通；这吊桥由于高台地势高，放下后总是倾斜的，通到那个警卫室的长走廊。一旦控制了这道走廊，进攻者要到达铁门，不得不奋力夺取通到第三层的圣吉尔式螺旋楼梯。

6 图书室

至于图书室，这是一个长方形大厅，长和宽与桥一样，只有一扇门，就是铁门。有一扇自动关闭的假门，蒙上绿毯，只消一推就开，在里面遮蔽住塔楼入口的拱形曲线。图书室的墙壁从高到低，从地板到天花板，排满玻璃橱，是十七世纪细木工的高雅趣味。六扇大窗，每边三扇，每个桥拱上边有一扇，照亮了这个图书室。通过这些窗户，从外面和高台上，看得见里面。在两扇窗户之间，在六个雕花橡木底座上，耸立着六座大理石胸像：拜占庭的赫莫拉乌斯[1]、诺克拉提斯的语法学家阿泰奈[2]、絮伊达斯[3]、卡佐蓬[4]、法国国王克洛维斯[5]及其掌玺大臣阿纳沙吕斯，其实后者是个不称职的掌玺大臣，就像克洛维斯是个不称职的国王一样。

这个图书室里都是一般的书。有一本很有名，是四开本古书，带有版画，粗体字印的书名是《圣巴托罗缪》，副标题是"圣巴托罗缪阐释的福音书"，前面附有基督教哲学家庞特努斯的一篇论文，论述这部福音书是不是伪经，圣巴托罗缪和拿但业[6]是否同一人。这本书被看作孤本，放在图书室中央的一张斜

---

[1] 赫莫拉乌斯，6世纪的希腊词典学家。
[2] 阿泰奈，2—3世纪希腊修辞学教师、语法家。
[3] 絮伊达斯，10世纪末拜占庭词典学家，或者是11世纪的无名作家。
[4] 卡佐蓬（1559—1614），法国古希腊语学者。
[5] 克洛维斯，法兰克人诸王，不知是指哪一位。
[6] 拿但业，耶稣门徒之一。

面阅书桌上。上一世纪,人们出于好奇前来参观。

7 谷　仓

至于谷仓,像图书室一样,有桥的长条形,只不过是在屋顶的梁架下,构成一个大厅,堆满麦秸和干草,有六扇天窗采光。没有任何装饰,除了雕刻在门上的圣巴纳贝像和下面的一行拉丁字:

Barnabus sanctus falcem jubet ire per herbam.[1]

又高又宽的塔楼就是这样,它有六层,这里那里洞穿一些枪眼,进口和唯一的出口是一扇铁门,通向桥头堡,由一座吊桥封闭住;塔楼后面是森林;塔楼前面是长着欧石楠的高台,高台高过石桥,但比塔楼低;桥下,在塔楼和高台之间,是一条狭窄的充满灌木的深沟,冬天是急流,春天是小溪,夏天是石子沟,这就是叫作拉图尔格的郭文塔楼。

十　人　质

七月过去,八月来到,一阵英勇而暴烈的气息掠过法兰西,两个幽灵刚刚穿过地平线,一个是马拉,腹部插着一把匕首,一个是没有了脑袋的沙尔洛特·科尔戴。[2] 一切变得恐怖至极。旺代军在大战略上受到挫败,躲到小战略中,上文说过,更加可怕;这场战争如今是广泛的战斗,分散到各个树林里;

---

[1] 拉丁文:圣巴尔纳贝让镰刀穿过草丛。
[2] 马拉是在1793年6月13日被沙尔洛特·科尔戴暗杀的,她在7月17日上了断头台。

九三年

那支天主教保王派大军的灾难开始了。一纸法令将梅央斯那支部队派到旺代；八千旺代人在昂塞尼丧命；旺代人从南特被驱逐出去，在蒙泰居被打跑，在图阿尔、努瓦穆蒂埃、绍莱、莫尔塔涅、索缪尔连吃败仗；他们撤出了帕尔特奈，放弃了克利松，在沙蒂荣逃之夭夭，在圣伊莱尔丢掉一面军旗，在波尔尼克、萨布尔、封特奈、杜埃、水城堡、蓬德塞被击溃；他们在吕松失利，退到沙泰格雷，在荣河畔的罗什溃逃；但一方面，他们威胁拉罗歇尔，另一方面，根西岛水域有一支英国舰队在克雷克将军的指挥下，并有法国海军最优秀的军官加入，装载着好几团英军，只等着德·朗特纳克侯爵发出信号，便登陆上岸。英国人登陆可能重新让保王派叛乱获得胜利。再说皮特是个国家的罪人；在政治中包藏叛逆，正如在武器中藏有匕首；皮特用匕首刺杀我们的国家，也背叛自己的国家。他使祖国蒙受耻辱就是背叛自己的国家；英国在他的统治和领导下，正在进行一场背信弃义的战争。它派遣间谍，走私货物，大肆欺骗。进行偷猎，歪曲伪造，无恶不作；等而下之做出细小的仇恨行为。它操纵囤积油脂，每斤价格涨到五法郎。有人在里尔从一个英国人身上搜出一封信，是皮特派到旺代的间谍普利让写的，可以看到这几行字："我请你不要吝惜钱。我们希望暗杀活动谨慎地进行，乔装的教士和女人是最适合于这种活动的人选。请汇六万镑到鲁昂，汇五万镑到冈城。"巴雷尔八月一日在国民公会宣读了这封信。对于这种背信弃义的行径，帕兰用野蛮手段予以还击，卡里埃后来以残酷手段给予回击。梅斯和南方的共和军要求前去荡平叛乱分子。一道法令宣布成立二十四个工兵连，到博卡日焚烧树篱和栅栏。危机前所未有。战争在这个点上刚停止，在另一个点上又再开始。"毫不宽恕！不留俘虏！"这是双方的喊声。历史蒙上了可怕的阴影。

当年八月，拉图尔格被包围了。

一天傍晚，正当繁星升起，在炎热的黄昏的寂静中，森林里没有一片树叶摇曳，平原上没有一棵草颤动，在入夜的静悄悄中，传来喇叭声，是从塔楼的高处发出的。

从下边响起军号声，给以回应。

塔楼顶上是一个有武装的人，下面的暗处是驻扎的军队。

黑暗中，在郭文塔楼的周围，朦胧地分辨出黑黢黢的人头攒动，这是一支露营的军队。几堆篝火开始在树林底下和高台的欧石楠丛中点燃，这儿那儿发出光点，刺破黑暗，仿佛大地和天空同时点缀着星星。战争之星多么阴森恐怖啊！高台那边的露营一直延伸到平原，在森林那边一直深入到荆棘丛。拉图尔格被围困了。

进攻者的露营分布很广，表明人数众多。

驻扎的队伍紧紧围住堡垒，从塔楼直到巉岩，从石桥直到沟壑。

传来第二下喇叭声，紧随着军号声。

喇叭声在询问，军号声在回应。

喇叭声是塔楼在问军营："可以和你们谈话吗？"军号声是军营在回答："可以。"

当时，国民公会认为旺代人不算交战的一方，因此下令禁止和这些"匪徒"谈判。双方只能以别的办法来代替联络方法：人权法允许在一般战争中使用，而禁止在内战中使用。因此，在这种场合，农民的喇叭和军号之间建立了默契。第一声喇叭只是表示要交谈，第二声喇叭提出问题："你们愿意听我们讲话吗？"对于第二声喇叭，如果军号沉默，就表示拒绝；如果军号声回答，就表示同意。这就意味着休战片刻。

军号回答了第二声喇叭，塔楼顶上的人说话了，只听见他说：

九三年

"你们听我说,我是古日-布吕昂,绰号蓝军灾星,因为我歼灭了很多你们的人,绰号又叫伊马努斯,因为我还要杀死你们更多的人。在进攻格朗维尔的战斗中,我握住枪管的一只手指被你们一刀砍掉了,而且你们把我的父母和十八岁的妹妹雅克琳娜在拉瓦尔送上了断头台。我就是这样一个人。

"我对你们说话,是代表郭文·德·朗特纳克侯爵老爷、封特奈子爵、布列塔尼亲王、七森林的领主,我的主人。

"首先你们要知道,侯爵老爷蛰居在你们围困的塔楼之前,已经把战争托付给他手下的六个首领了;他指派德利埃尔负责布列斯特大路和昂特雷大路之间的地区,指派特勒通负责拉罗埃和拉瓦尔之间的地区,指派雅盖即泰伊费负责上曼恩的边沿,指派戈利埃即大皮埃尔负责贡蒂埃城堡,指派勒孔特负责克拉翁,把富热尔交给杜布瓦-基先生,把整个马耶纳交给德·罗尚博先生;因此,你们即使攻下这个堡垒,战争也没有结束,甚至即使侯爵老爷死了,天主和国王的旺代也不会死去。

"你们知道,我说这些话,是要警告你们。侯爵老爷在这里,在我身边。他的话借我的嘴说出来。围攻我们的人,别说话。

"下面你们听到的话尤其重要:

"不要忘记,你们对我们发动的战争绝不是公正的。我们居住在自己的家乡,我们正儿八经地战斗,我们朴实而纯洁,接受天主的旨意,像朝露下的青草。攻击我们的是共和国,扰乱我们的乡村,烧毁我们的房子和庄稼,扫射我们的田庄,我们的妇女和孩子不得不赤脚逃到树林里,而冬天的鸟儿还要唱歌呢。

"你们在这儿听我说话,你们在森林里围歼我们,你们把我们围困在这座塔楼里;你们杀死或者驱散和我们汇合的人;你们有大炮,你们汇集了莫尔坦、巴朗通、泰约尔、朗迪维、埃弗朗、坦特尼克以及维特雷兵营和哨所的兵力,共有四千五百人进攻我们,我们只有十九人进行自卫。

"我们不缺粮食和弹药。

"你们成功地进行了一次爆破,炸掉了一块我们的岩石和墙壁。

"这样,在塔楼的脚下炸开一个洞,这个洞是一个缺口,你们可以通过缺口进来,虽然缺口不是露天的,而且塔楼始终牢固,安如磐石,在缺口上面拱立着。

"眼下你们在准备进攻。

"我们呢,首先是侯爵老爷,他是布列塔尼亲王、圣玛丽·德·朗特纳克修道院的在俗院长,这个修道院里,每天有一场弥撒,是王后让娜,然后是塔楼的其他保卫者设立的;其中有图尔莫神父先生,他在战场上的绰号是坦荡的心,还有我的哥儿们绿营队长吉努瓦佐、我的哥儿们燕麦营队长冬之曲、我的哥儿们蚂蚁营队长风笛,还有我,农民,生在莫里昂德尔河流过的达翁镇。我们所有人,我们有一件事要对你们讲。

"这座塔楼下面的人,你们听着:

"我们手里有三个俘虏,是三个孩子。这些孩子由你们的一个营收养,属于你们的人。我们愿意交还给你们。

"只有一个条件。

"就是放我们出去。

"如果你们拒绝,听着,你们只能用两种方式攻击我们:通过森林那边的缺口;或者通过高台的桥。桥上的建筑有三层,在下面那一层,是我,伊马努斯,对你们说话的我,我已叫人放上了六大桶柏油和一百捆干柴;上面一层有干草;中间一层有书籍和纸张;由桥通到塔楼那扇铁门是关闭的,钥匙放在老爷身上；我呢，我在门下挖了一个洞，通过这个洞伸出一根硫黄导火线，一端通到其中一桶柏油里面，另一端在塔楼内我伸手可及的地方；我随时可以点燃导火线。如果你们拒绝放我们出去，那三个孩子便放到桥的第二层，就是放在插上硫黄导火线的柏油那一层和堆干草那一层之间，铁门就对他们重新关上。如果你们通过桥进攻，让建筑起火的将是你们；如果你们通过缺口进攻，让建筑起火的将是我们；如果你们同时通过缺口和桥进攻，那就是你们和我们一起放火；无论哪种情况，三个孩子都会没命。

"现在，你们决定接受还是拒绝吧。

"如果你们接受，我们就出去。

"如果你们拒绝，三个孩子就得死。

"我说完了。"

塔楼顶上说话的人住了口。

下面有个声音喊道：

"我们拒绝。"

这个声音短促而严厉。另一个声音没有那么严厉，但是坚定，补充说：

"我们给你们二十四小时考虑是不是投降。"

一阵沉默，同一个声音继续说：

"明天，在同一时刻，如果你们不投降，我们就发动进攻。"

第一个声音又说：

"那时绝不饶恕。"

另一个声音从塔楼顶上回答这个恶狠狠的声音。只见一个高大的身影俯在两个雉堞之间，借着星光，可以认出德·朗特纳克侯爵可怕的脸，他的目光落在下面的黑暗中，似乎在寻找一个人，他喊道：

"嗨，是你啊，教士！"

"是的，是我，你这卖国贼！"下面粗鲁的声音回答。

十一 像古代一样可怕

冷酷无情的声音确实是西穆尔登的；稍微年轻和不那么严厉的声音是郭文的。

德·朗特纳克侯爵认出了西穆尔登神父，没有搞错。

短短几个星期内，在这个内战搞得腥风血雨的地方，众所周知，西穆尔登变得有名了；没有人的名声比他的更加令人胆寒；人们说，巴黎有马拉，里昂有利埃，旺代有西穆尔登。人们过去对西穆尔登神父的所有尊敬一扫而空；这起到教士的旧衣翻了个面的效果。西穆尔登令人恐惧。冷酷无情的人是不幸的人；谁见过他们的行为，都谴责他们，谁能见到他们的良心，也许都会宽恕他们。一个利库尔戈斯[1]那样的人，没有得到解释，似乎是个提比略。无论如何，德·朗特纳克侯爵和西穆尔登神父这两个人，在仇恨的天平上是铢两悉称；保王派对西穆尔登的詈骂和共和派对朗特纳克的诅咒难分轩轾。这两个人对相反阵营来说都是恶魔；以致产生了这种怪事：马恩的普里厄尔在格朗维尔悬赏朗特纳克的首级，而沙雷特在努瓦穆蒂埃悬赏西穆尔登的首级。

侯爵和教士这两个人，可以说在某种程度上是同一个人。内战的青铜面具有两个侧面，一个朝向过去，另一个朝向未来，但两个同样可悲。朗特纳克是第一个侧面，西穆尔登是第二个侧面；只不过朗特纳克辛辣的笑蒙上了阴影

---

[1] 利库尔戈斯（公元前9世纪），斯巴达的神秘立法家，四处寻找他立法的典型。

九三年

和夜色,而在西穆尔登注定不幸的额角上却有着黎明的闪光。

被围困的拉图尔格获得了暂息。

上文说过,由于郭文的干预,双方同意二十四小时休战。

再说,伊马努斯的情报很准确,由于西穆尔登的征调,郭文眼下指挥四千五百人,既有国民自卫军,也有前线部队,他以这些兵力将朗特纳克围困在拉图尔格。他有十二门大炮对准堡垒,六门大炮在塔楼一边森林的边沿,炮队隐蔽在地下;另外六门大炮在桥一边的高台上,居高临下。他成功地使用了炸药,在塔楼脚下,缺口被打开了。因此,二十四小时休战一结束,战斗将在下列条件下进行:

高台上和森林里有四千五百人。

在塔楼里有十九个人。

这十九个被围困者的名字,通过历史,可以在通缉令的布告里重新找到。我们说不定会遇到他们。

这四千五百人几乎是一支大军,为了指挥他们,西穆尔登本来希望让郭文担任副将。郭文拒绝了,说道:"等俘虏了朗特纳克,我们再说吧。我还没有什么战功呢。"

再说,军阶平常却指挥大部队,这在共和军中是常见的。拿破仑在后来同时是炮兵少校兼意大利方面军的总司令。

郭文塔楼有着不同寻常的命运:一个郭文攻击它,另一个郭文保卫它。因此,攻击方面有所保留,而保卫方面是全力以赴,因为德·朗特纳克先生是个不惜一切的人,况且他特别在凡尔赛住过,对拉图尔格没有丝毫迷恋,几乎不熟悉。他没地方藏身,躲到这里面来,如此而已;他会毫不犹豫拆毁塔楼。而郭文更加看重塔楼。

· 264 ·

堡垒的弱点是石桥；图书室在桥上，里面有家族的卷宗；要是在这里发动进攻，桥上起火不可避免；在郭文看来，烧毁卷宗等于攻击他的先辈。拉图尔格是郭文家族的城堡；家族在布列塔尼的所有领地，都是在这座塔楼的带动下运转的，正如法兰西的所有领地都是在卢浮宫的塔楼带动下运转的；郭文家族的回忆都在这里；他本人就生于此；这可敬的墙壁保护过童年的他，而人生的曲折命运却使成人的他去攻击它。莫非他对这座住宅大逆不道，直至把它化为灰烬吗？没准他郭文自己的摇篮就放在图书室上面谷仓的一个角落里呢。有些事想起来令人激动。郭文面对家族的祖居情不自禁。因此放弃进攻石桥，只限于切断一切出路，或者使一切逃跑都不可能，以炮队严密封锁石桥，选择从相反一边进行攻击。因此他在塔楼脚下准备炸药和爆破。

西穆尔登任由郭文行动；他心里在自责；因为他粗暴的性格，面对所有这些古老的哥特式建筑就皱眉蹙额，他对建筑物和人一样，不想有宽容。珍惜一座城堡，就是宽容的开始。而宽容正是郭文的弱点。要知道，西穆尔登在监督郭文，要阻止郭文在这个斜坡上滑下去，在他看来滑下去是要命的。可是他本人，有一点气恼地承认，再见到拉图尔格，也有一点暗地里的心悸；面对图书室那间他用功的大厅，里面有他让郭文最初阅读的书籍，他感到情绪激动；他曾经是邻村帕里涅的本堂神父；他，西穆尔登，他曾住在桥头堡的顶楼里；正是在图书室，他把学拼读字母的小郭文抱在膝头上；正是在这古老的四壁之中，他看到他心爱的学生、他的心灵之子长大成人，思想成熟。这个图书室，这个桥头堡，这些充满他对孩子祝福的墙壁，他就要炸毁和焚烧掉吗？他要免除这些毁于一旦。他不是没有感到愧疚。

他让郭文从相反的一边发动进攻。拉图尔格有粗蛮的一边，就是塔楼，也有文明的一边，就是图书室。西穆尔登允许郭文在粗蛮的一边打开缺口。

再者,这座古宅受到一个郭文的进攻,受到另一个郭文的保卫,在法国革命的高潮中,又回到封建时期的习俗中。亲族之间的战争,充满了中世纪的整个历史;厄忒俄克勒斯和波吕尼刻斯[1]既是哥特人,也是希腊人,哈姆雷特在埃尔塞奈所做的事,就是俄瑞斯忒斯在阿尔戈斯所做的事[2]。

十二 准备营救

整夜双方都在准备。

刚才那场凶巴巴的谈判一结束,郭文首先想到要做的事,就是把他的副手叫来。

应该认识一下盖尚,他是一个二流人物,正直,平庸,当士兵比当首领更强,绝顶聪明,履行职责不需要理解,从来不心软,不接受腐蚀,不管是败坏良心的贪财,还是有损正义的怜悯。人在灵魂和良心上有两个遮光罩,就是纪律和命令,就像一匹马的双眼上有眼罩一样,在眼罩留出的空隙内往前走。他勇往直前,但他的道路是狭窄的。

再说,他是一个可靠的人;指挥一丝不苟,服从不折不扣。

郭文对盖尚说话迅速。

"盖尚,一架梯子。"

"司令,我们没有梯子。"

"必须弄一架。"

"用云梯进攻吗?"

---

1 两人均是希腊神话中俄狄浦斯之子,因抢夺忒拜王位而兵戎相见。
2 前者为报父仇而杀死叔父,后者为报父仇而杀死母亲。

"不是。为了营救。"

盖尚考虑一下，回答：

"我明白了。不过，要做你所想的事，梯子需要很高。"

"至少三层楼那么高。"

"是的，司令，高度差不多。"

"必须超过这个高度，因为成功要十拿九稳。"

"当然。"

"你怎么搞的，连梯子也没有？"

"司令，你认为从高台进攻拉图尔格不合适，只封锁了那一边；你想从塔楼那边而不是从桥那边进攻，我们只顾爆破，没有准备云梯攀登。因此我们没有梯子。"

"立马叫人造一架。"

"一架三层楼高的梯子临时造不出来。"

"叫人用几架短梯连接起来啊。"

"得有短梯啊。"

"那就找呗。"

"找不到的。农民到处毁掉梯子，同样，他们拆毁大车，切断桥梁。"

"不错，他们企图使共和国瘫痪。"

"他们企图让我们既不能运输，过不了河，也不能攀登高墙。"

"但我需要一架梯子。"

"我想起来了，司令，在富热尔附近的雅弗内，有一家很大的木工场。那里可能找到一架梯子。"

"一分钟也不要耽搁。"

"你什么时候要梯子?"

"最晚明天同样时刻。"

"我这就专门派人火速到那里。他带上征用令,在雅弗内有一个骑兵站,会提供护送。明天落日之前梯子就可以送到这里。"

"很好,这就行了,"郭文说,"快去办吧。"

十分钟后,盖尚回来,对郭文说:

"司令,已专门派人到雅弗内去了。"

郭文登上高台,长久地凝望横跨深沟的桥头堡。桥头堡的山墙没有别的门窗,只有被拉起的吊桥封住的矮门,面对陡峭的深沟。从高台到达桥墩,必须沿着陡坡从一丛丛荆棘爬下来,这不是不可能的。但是,一旦来到深沟,进攻者就会暴露在从三层楼房如雨般洒落的所有枪弹之下。郭文终于确信,处在眼下围攻的情势中,真正的攻击只能从塔楼的缺口发起。

他采取了一切措施,以防任何敌人逃跑;他完成了对拉图尔格的紧密封锁;他使各营像网眼一样收紧了,什么东西都穿不过去。郭文和西穆尔登分担对堡垒的包围;郭文把森林那边留给自己,把高台那边交给西穆尔登。两人商定,当郭文在西穆尔登的协助下从缺口发起进攻时,西穆尔登把高处的炮台的所有导火索点着,观察着石桥和深沟。

十三 侯爵所做的事

外面样样在准备进攻时,里面样样在准备抵抗。

一个塔楼叫作一只木桶,确实有相似之处,有时一座塔楼被火药炸了一下,就像一只木桶被锥子凿了一下,墙壁洞穿,正如木桶穿了一个孔。拉图尔格发生的情况就是这样。

两三百公斤的火药强有力的一锥,洞穿了厚厚的墙壁。这个口子从塔楼脚下开始,穿过墙壁最厚的部分,形成不规则的拱廊,直达堡垒底层。进攻者为了使这个口子能够用于攻击,从外面用炮轰,把它扩大和加工。

这个缺口通进去的底层,是一个光秃秃的圆形大厅,中央的柱子托着拱顶石。这个大厅是主塔里最大的一间,直径不少于四十尺。塔楼的每一层都有这样一间大厅,不过没有那么宽敞,四周是一些带枪眼的小房间。底层大厅没有枪眼,没有气窗,没有天窗;恰如坟墓一样没有光线和空气。

地牢的门用铁制多于用木制,就在底层大厅里。这个大厅的另一扇门开向一道通到上层各个房间的楼梯。所有的楼梯都设在厚墙中。

进攻者正是通过形成的缺口,才有机会进入这个低矮的大厅。夺取了这个大厅以后,剩下的就是要夺取塔楼了。

在这间低矮的大厅里很难呼吸。没有人在里面待上二十四小时而不窒息的。如今,由于有缺口,就可以无虞了。

因此,进攻者没有封上缺口。

再说,何必封上呢?大炮会把它再轰开的。

他们在墙上钉了一个铁的火把架,插上一支火把,照亮底层。

眼下怎么防守呢?

把口子堵上很容易,但无济于事。不如修退守工事。退守工事就是有凹角的障碍,一种人字形路障,能让人向进攻者集中火力,外面让缺口敞开,出口在里面。材料并不缺乏,他们建成了一个退守工事,留了一些缝隙,让枪口能伸进去。退守工事的角支撑在中央的柱子上;两翼触到两侧的墙。筑成以后,又在适当的地方埋上地雷。

侯爵指挥做这一切。他是鼓动者、指挥者、导向者和主子,一个厉害的人物。

朗特纳克属于十八世纪的军人类型,八十高龄还能救援一座座城池。他酷似那个德·阿尔贝伯爵,伯爵快一百岁时把波兰王驱逐出里加。

"朋友们,拿出勇气来,"侯爵说,"在本世纪初,一七一三年,查理十二[1]在邦德时,被困在一所房子里,带领三百瑞典人抵抗两千土耳其人。"

他们把下面两层楼堵起障碍,加固房间,在放床凹室筑起雉堞,用木槌将一根根小木梁敲进门里,像扶垛一样顶住门;不过要将通往各层的螺旋形楼梯保持畅通;为防备进攻者而把它堵死,等于把防守者也堵住了。要塞防守总是有这样的弱点。

侯爵不知疲倦,像一个年轻人那样强壮,扛木梁,搬石头,以身作则,亲自动手,指挥,帮忙,亲如兄弟,和这群凶狠的人说笑,但总是领主老爷,高傲,亲切,优雅,穷凶极恶。

别想顶撞他。他说:"如果你们有一半人反叛,我会将另一半人通通杀死。我会带领剩下的人守住这个地方。"这种话使得人崇拜首领。

十四 伊马努斯所做的事

正当侯爵忙于安排缺口和塔楼防御的事务时,伊马努斯也在石桥忙碌。围困一开始,侯爵就下令把第三层楼横挂在窗户之外下边的救生梯取下来,由伊马努斯放在图书室里面。郭文想替补的大概就是这架梯子。中二层,也就

---

[1] 查理十二(1682—1718),瑞典国王,15岁时继承王位,不久就显示出统治和军事才能,往往以少胜多,但在进攻俄国时遭到挫折,终因长久征战,兵力不济而战死。

是守卫室的窗户,有固定在石头里面的三重铁护栏,从那里不能进出。

图书室的窗户没有栏杆,但是窗户很高。

伊马努斯带上三个人,他们像他一样无所不干,也无所顾忌。他们是绰号"金枝"的乌瓦斯纳和"木矛"两兄弟。伊马努斯提着一盏不发出毕剥响声的灯,打开铁门,仔细检查桥头堡的三层楼。金枝乌瓦斯纳由于有个兄弟被共和军杀死,像伊马努斯一样残酷无情。

伊马努斯检查上面堆满干草和麦秸的一层和下面一层,叫人把几个火盆端到里面,再加上几桶柏油;他叫人将几捆欧石楠靠在柏油桶上,再检查硫黄导火线是否完好无损,导火线的一端在桥上,另一端在塔楼里。他在柏油桶和柴捆下面的地板上泼了一摊柏油,把硫黄导火线浸在里面。然后,叫人把勒内-让、胖子阿兰和乔热特熟睡的三个摇篮,搬到放柏油的一层和放麦秸的一层之间图书室的大厅里。摇篮被轻手轻脚地搬来,生怕惊醒孩子们。

这是乡下简陋的小摇篮,一种低矮的放在地上的柳条筐,能让孩子不要人扶,独自从里面出来。伊马努斯让人在每个摇篮旁边放上一碗汤和一只木匙。从钩子上取下来的那架救生梯,放在木板上,靠着墙;伊马努斯叫人把三只摇篮一个挨一个放在梯子对面的墙边。然后,他认为气流可能有用,将图书室的六扇窗敞开。这是个蓝色、温暖的夏夜。

他派木矛两兄弟去打开下层和上层的窗户;他发现建筑的东侧有一株干枯的老常春藤,火绒的颜色,从上到下覆盖住面向桥的一侧,环绕三层楼房的窗户。他想,这株常春藤不会有什么妨害。伊马努斯到各处最后看了一下;然后,这四个人离开桥头堡,返回主塔。伊马努斯重又关上沉重的铁门,上了两道锁,仔细察看可怕的大锁,满意地点了一下头,观察从他亲自凿出的洞里穿过去的硫黄导火线,今后这是塔楼和桥之间唯一的通道。这根导火线从圆形大厅里拉出来，经过铁门底下，伸进圆拱下面，下到桥头堡底层的楼梯，沿着螺旋楼梯往上爬，从中二楼走廊的地板爬过去，直到那堆干柴下的一摊柏油之中。伊马努斯盘算过，大约需要一刻钟才能让塔楼里点燃的导火线使图书室里那摊柏油着火。所有这些安排做完后，所有这些检查完成后，他把钥匙交还德·朗特纳克侯爵，侯爵把钥匙放进口袋里。

重要的是监视进攻者的所有活动。伊马努斯腰带上挂着牛倌的喇叭，来到塔楼顶上平台的岗亭里值勤。他在观察，一只眼睛盯住森林那边，一只眼睛盯住高台，在他身边岗亭的窗台上有一壶火药和满满一口袋子弹，还有他撕开的旧报纸，他做成火药筒。

旭日东升时，照亮了森林里的八营士兵，他们腰挎军刀，背着弹盒，上好刺刀，准备进攻；高台上是一排大炮、弹药车、弹药筒和子弹箱；堡垒中，十九个人在给喇叭口火枪、滑膛枪、手枪和短铳上子弹。在三个摇篮里，是三个熟睡的孩子。

第三章 圣巴托罗缪惨案

一

孩子们醒过来了。

最先醒的是小女孩。

孩子苏醒，宛若鲜花开放；仿佛有一股芬芳从清新的心灵中散发出来。

乔热特才二十个月，三个中最晚出生的一个，五月份还在吃奶，抬起她的小脑袋，坐了起来，望着自己的脚，牙牙学语。

一抹朝阳照在她的摇篮上；很难说最呈现玫瑰色的是乔热特的脚丫子还是晨曦。

另外两个孩子还在熟睡；男孩子睡得更死；乔热特快活而平静，咿呀嚷着。

勒内-让是棕发，胖子阿兰是栗色头发，乔热特是金发。这些头发差异在童年时和年龄相适应，随后可能改变。勒内-让模样像小大力士；他趴着睡觉。两只拳头放在眼睛上。胖子阿兰两条腿伸到小床外面。

三个孩子穿着破衣烂衫；红帽子营给他们穿的衣服，已经碎成一片片；他们身上甚至没有一件衬衣；两个男孩子几乎是赤裸的。乔热特裹了一块破布，是条旧裙子，算不上婴儿长袖衫。谁在照料这些孩子？说不清楚。没有母亲。这些粗野的农民大兵，同自身一起拖着他们经过一座森林又一座森林，给他们喝自己的一份汤，如此而已。孩子们勉强活了下来。所有人都是他们的主人，没有一个是他们的父亲。但孩子们的褴褛衣衫洒满阳光，他们非常可爱。

乔热特咿呀嚷着。

孩子咿呀学语，有如鸟儿鸣啭。这是同一首赞歌，含糊不清，结结巴巴，含义深刻。孩子比鸟儿多出一点，就是要面对人生阴郁的命运。因此，成人听到孩子唱歌心生的忧郁，和孩子唱歌的快乐掺杂在一起。在人世间能听到的最崇高的赞歌，就是在孩子嘴上人类心灵的咕哝。这模糊的絮语，表达的只是一种本能流露的思想，包含着对永恒正义说不清的下意识召唤；也许这是对跨入人生门槛之前的一种抗争。这种抗争是卑微的，却令人动情；这种无知对着无限微笑，却在这弱小而赤手空拳的小生命未来的命运中危及天地万物。如果不幸来临，那将是背信弃义。

孩子的咿咿呀呀既大于也小于话语；这不是音符，这是一首歌；这不是音节，这是一种语言；这嘟嘟囔囔起始在天上，终结不在地上；它出生之前就存在了，它继续下去，延绵不断，包括了孩子是天使时所说的话和他成年后所说的话；摇篮有昨天，正如坟墓有明天一样；这明天和这昨天，它们的双重未知混合在这含糊的咿呀声中；没有任何东西像这玫瑰色心灵中的巨大阴影一样，证明天主、永恒、责任、命运的二重性。

乔热特的呢喃没有使她忧愁，因为她整个漂亮的脸蛋笑吟吟的。她的嘴在微笑，她的眼睛在微笑，她脸颊的酒窝在微笑。从这微笑中荡漾出对早晨的神秘接受。心灵在光芒中获得信心。天空蔚蓝，风和日丽。这脆弱的生灵一无所知，什么也不了解，什么也不明白，疲软地沉浸在不思不想的幻梦里，感到自己安全地待在大自然里，在这些朴实的树木中，在这真诚的绿荫中，在这纯洁而平静的田野中,在鸟巢、泉水、飞虫、树叶发出的喁喁细语中,在这一切之上,阳光浩瀚的无邪辉耀灿烂。

在乔热特之后,四岁的大孩子勒内-让醒过来了。他站了起来,雄赳赳地跨过摇篮,看见那盆汤,觉得很普通,坐在地上,喝了起来。

乔热特的咿呀声并没有弄醒胖子阿兰,但听到匙子碰撞汤盆的声音,他惊跳一下,翻过身来,睁开眼睛。胖子阿兰三岁,看见自己那盆汤,他只消伸出手去,就端了起来,没有跨出小床,将汤盆放在膝头上,手里拿着匙子,像勒内-让一样开始吃起来。

乔热特没有听见他们喝汤,她的声音的起伏仿佛在随着梦幻摇荡。她张开的大眼睛望着头上,目光是圣洁的;一个孩子头上不论是天花板还是拱顶,反映在他眼睛里的,却是天空。

勒内-让喝完以后,他用匙子去刮盆底,叹了口气,庄重地说:
"我喝完汤了。"

这句话使乔热特从梦幻中回过神来。

"噗噗。"她说。

她看到勒内-让已经喝完,胖子阿兰正在喝,便拿起身边的汤勺喝起来,汤勺更多时候是放到耳朵边,而不是嘴里。

她不时放弃文明方式,用手抓着吃。

胖子阿兰像他的哥哥,刮完盆底后,赶上哥哥,在他后面跑起来。

二

突然,外边塔楼下面森林那个方向,传来军号声,一种高昂而严厉的军乐。从塔楼顶上,一声喇叭回应这军号声。

这回,是军号在召唤,喇叭在回应。

第二下军号声之后,紧接着是第二声喇叭。

随后,从森林边缘升起一个遥远而确切的声音,清晰地喊道:

"匪徒们!这是限令。如果在落日时还不缴械投降,我们就发动进攻。"

一个声音像雷鸣一样,从塔楼顶上的平台上回答:

"进攻吧。"

下面的声音又喊道:

"进攻前半小时,将放一炮,作为最后警告。"

塔顶上的声音又喊道:

"进攻吧。"

这些声音没有传到孩子们那里,但是军号声和喇叭声传得更高、更远,乔热特听到第一下军号声时抬起了脖子,不再喝汤;听到喇叭声时,她把匙子放到盆里;听到第二下军号声,她举起右手的小食指,轮流地放下又抬起,表示军乐的节奏,第二下喇叭声又延续这节奏;喇叭声和军号声停止时,她的手指举在空中,她若有所思,低声说:"音一。"

可以猜想,她是想说"音乐"。

两个哥哥,勒内-让和胖子阿兰,没有注意到喇叭声和军号声。他们被别的东西吸引了:一只鼠妇正在穿过图书室。胖子阿兰发现了,喊道:

"一只虫子。"

勒内-让跑过来。

胖子阿兰又说:

"它扎人。"

"别伤害它。"勒内-让说。

在旺代

两个人观察起这爬过去的虫子。

乔热特喝完了汤,她用目光寻找两个哥哥。勒内-让和胖子阿兰蹲在窗前,庄重地观察鼠妇;他们额头对额头,头发掺和在一起,屏住呼吸,惊讶不已,端详小虫子,小虫停下来,一动不动,对受到如此赞赏不太满意。

乔热特看到两个哥哥在观赏,想知道是怎么回事。走到他们那里并不容易,但她还是勉为其难;这段路困难重重;地上有东西,打翻的凳子,一堆堆文件,拆开的空包装箱,大箱子,一堆堆其他东西,就像一大群礁石,需要绕过去;乔热特冒险深入。她先是从摇篮里出来,这是头一件工作;随后她走进礁石群,在海峡里绕行,推开一张凳,在两只箱子之间爬行,翻过一捆文件,从一边爬上去,从另一边滚下来,逐渐露出她可怜的小光身子,这样来到一个水手称为公海的地域,就是说一片相当宽大的地板,再也没有障碍,再也没有危险;于是她冲向前,越过这块地方,相当于大厅整个直径,她像猫一样快地爬起来,到达窗户旁边;那里有一个可怕的障碍,沿墙躺着那架大梯子,有点越过窗角;这在乔热特和她的两个哥哥之间形成一个要穿越的岬角。她站住了,思索一下;她内心嘀咕一阵以后,打定了主意;她用粉红的手指抓住一根梯子的横档;梯子是侧着横放的,横档是竖的而不是水平的;她试图站起来,却摔倒了,她重新试了两次,都失败了,第三次成功了;于是,她笔直站住,依次扶着每根梯级,沿着梯子走起来;走到尽头,缺少支撑点,踉跄一下,但用小手抓住巨大的立柱顶端,挺直身子,绕过岬角,望着勒内-让和胖子阿兰,笑了。

三

这时,勒内-让对自己观察鼠妇的结果感到满意,抬起头来说:

"是只雌的。"

乔热特的笑使勒内-让也笑了,勒内-让的笑使胖子阿兰也笑了。

乔热特和两个哥哥汇合了,形成了一个小圈子,坐在地上。

鼠妇消失不见了。

它趁乔热特笑的时候,钻进地板的一个窟窿里。

别的事紧接着鼠妇之后。

先是燕子掠过。

它们的巢可能在屋檐下,靠近窗户飞过,对孩子们有点担心,在空中绕出大圈子发出春天的啁啾。这使得三个孩子抬起头来,鼠妇被置之脑后。

乔热特伸出一只手指,叫道:

"蛋蛋!"

勒内-让训斥她说:

"小姐,不是蛋蛋,是鸟儿。"

"鸟喔。"乔热特模仿说。

三个孩子都望着燕子。

随后一只蜜蜂飞了进来。

没有什么比蜜蜂更像心灵了。它从一朵花飞到另一朵花,就像心灵从一颗星飞到另一颗星。它带回来蜜,就像心灵带回来光。

这只蜜蜂嗡嗡地飞进来,声音很大,她似乎在说:我来了,我刚看到玫瑰,眼下我来看孩子们。这儿发生了什么事?

一只蜜蜂,这是一个主妇,一面唱歌一面责备。

只要蜜蜂在那里,三个孩子的目光就不离开它。

蜜蜂勘察了整个图书室,搜索各个角落,像在自己家里一样飞翔,在蜂房里进出，轻快而悦耳地在书柜之间游荡，透过玻璃望着书名，仿佛它是一个精灵。

参观完了，它飞走了。

"它回自己家里。"勒内-让说。

"这是一只虫子。"胖子阿兰说。

"不，"勒内-让又说，"这是一只飞虫。"

"飞松。"乔热特模仿说。

这时，胖子阿兰刚在地上捡到一根细绳，绳子末端有一个结。他用拇指和食指捏住绳子的另一端，把绳子甩得像风车一样旋转起来，聚精会神地看着绳子飞旋。

至于乔热特，又变成四脚动物，重新在地板上随意爬来爬去，发现了一张古老的绣绒圈椅，被虫蛀了洞，好几个地方露出了马鬃。她在这把圈椅前面停下，把窟窿抠大，集中心思抽出马鬃。

突然间，她举起一只手指，意思是说："听啊。"

两兄弟转过头来。

外面传来远处朦胧的嘈杂声；大概是进攻一方在森林里进行战略部署；战马嘶鸣，战鼓咚咚，车声辚辚，铁链碰撞，军号呼应，噪声混杂，变成一种和谐；孩子们着迷地倾听。

"这是'我主'发出的声音。"勒内-让说。

四

嘈杂声停息了。

勒内-让在沉思。

九三年

在这些小脑袋里,思想是怎样形成又怎样消失的呢?这些仍然如此朦胧和如此短暂的记忆是怎样神秘地运作的呢?在这个温柔的思索头脑里,混杂了天主、祈祷、双手合十、过去不曾有过如今不再有的温柔微笑混在一起,勒内-让小声说:"妈妈。"

"妈妈。"胖子阿兰说。

"默妈。"乔热特模仿说。

勒内-让开始又蹦又跳。

看到他这样,胖子阿兰也跳了起来。

胖子阿兰跟着做勒内-阿兰的所有动作和所有手势,乔热特做得少。三岁可以模仿四岁;不到二十个月,会保持自己的独立。

乔热特坐在那里,不时说一句话,她说不出句子来。

她是一个思想者,她说的是格言,用单音节说话。

但过了一会儿,榜样吸引了她,她终于尽量学两个哥哥,三双小小的赤脚在古老而光滑的橡木地板的尘埃中,开始手舞足蹈,跑来跑去,跌跌撞撞,受到大理石胸像的严肃目光注视;乔热特不时向旁边不安地看一眼,喃喃地说:"莫莫姆!"

在乔热特的语言中,"莫莫姆",就是一切像人而又不是人的东西。在孩子看来,人和幽灵是混在一起的。

乔热特走不稳,摇摇晃晃,跟着她的两个哥哥,但是更愿意用四肢爬。

突然,勒内-让走近一个窗口,抬起头来,又低下头,跑到窗户旁边的墙角后面躲起来。他刚看到一个人在看他。这是高台营地的一个蓝军士兵,他利用休战,也许有点违反休战协议,大胆走到山坡的陡坡边上,从那里可以看到图书室内部。看到勒内-让藏起来,胖子阿兰也藏起来;他蹲在勒内-让旁边,乔热特也过来躲在他们后面,他们在那里静静地待着,纹丝不动,乔热特用手捂住嘴。过了一会儿,勒内-让大胆伸出头去;那个士兵还在那里。勒内-让赶紧把头缩回来;三个小孩连大气也不敢出了。这样过了很久。末了,这样害怕令乔热特不耐烦了,她胆子大,探头去看。士兵走掉了。他们重新跑呀,玩呀。

胖子阿兰虽然模仿和欣赏勒内-让,但他有一个特长,就是善于发现。他的哥哥和妹妹突然看到他拉着一辆不知从哪里发现的四轮小车,转来转去。

这辆玩具车遗忘在尘埃里已有多年了,和天才的著述和圣人的胸像为伍。说不定这是郭文孩童时的一件玩具。

胖子阿兰把他的细绳当作一根鞭子,挥舞得发出声音;他很得意。发明家就是这样。发现不了美洲,就发现一辆小车,莫不如此。

不过要分享。勒内-让想驾车,乔热特想坐车。

她竭力坐上去。勒内-让当马。

胖子阿兰是车夫,但车夫不会赶车,马教他怎么赶车。

勒内-让对胖子阿兰喊道:

"你说:'吁!'"

"吁!"胖子阿兰重复说。

小车翻倒了。乔热特滚了下来。三个小天使叫了起来。乔热特在喊叫。

然后她隐约想哭。

"小姐,"勒内-让说,"你已经够大了。"

"我长大了。"乔热特说。

自己长大了使她对跌倒感到安慰。

窗户下面的窗台很宽;长满欧石楠的高台上有尘土飘过来,积聚在上面;

雨水又使灰尘变成泥土；风带来一些种子，一株树莓利用这点泥土长了出来。这种树莓称作"狐椹"，是多年生植物。眼下是8月，树莓上结满了果实，一根树枝从窗户伸进来，几乎垂到地上。

胖子阿兰发现了细绳和小车以后，发现了这株树莓。他走过去。

他摘下一颗莓子，吃了起来。

"我饿。"勒内-让说。

乔热特并用手和膝盖，爬了过来。

他们三个把树枝上的莓子一扫而空，统统吃了，心满意足，果汁弄得满脸都是，脸上红艳艳的，这三个小天使终于变成了小农牧神，这会使但丁反感，但会使维吉尔着迷。他们发出哈哈大笑。

树莓不时刺戳他们的手指，有所得必有所失。

乔热特向勒内-让伸出她的手指，一小滴血像珠子一样冒了出来；她指着树莓说：

"刺。"

胖子阿兰也被刺了一下，疑惑地望着树莓说：

"这是虫子。"

"不是，"勒内-让回答，"是根棍子。"

"棍子真坏。"胖子阿兰又说。

乔热特这回又想哭，可是她笑了起来。

五

但勒内-让或许嫉妒他的弟弟胖子阿兰的几次发现，想出了一个大计划。

刚才他摘树莓，刺伤手指时，眼睛常常转到图书室中央孤零零的单腿斜面书桌。著名的《圣巴托罗缪》就摆放着这书桌上面。

这确实是一本精美的、值得保留的四开本大书。这部《圣巴托罗缪》是在科隆出版的，由一六八二年的《圣经》著名出版商布勒乌弗、拉丁文叫塞西乌斯发表的。它用盒式印刷机印刷，用牛筋装订，不用荷兰纸而是用精美的阿拉伯纸印刷，伊德里西[1]非常欣赏；这种纸半丝半棉，永远洁白，金色的皮封面，银搭扣，羊皮纸衬页，巴黎的羊皮纸商发誓说只能在圣马图兰大厅才买得到，"别处绝对买不到"。书中有许多木版画、铜版画和许多国家的地图；扉页上有印刷商、纸商和书商对一六三五年敕令的抗议；该敕令规定对"皮革、啤酒、叉蹄动物、海鱼和纸张"征税；里封背面印有给格里弗[2]家族的献词；格里弗家族在里昂就像埃尔泽维尔[3]在阿姆斯特丹一样。因此，这本书闻名遐迩，几乎和莫斯科的《阿波斯托尔》一样是稀世珍宝。

这本书很美观；因此勒内-让总是看它，也许看得太多。这本书正好摊开在一大幅版画上，表现的是圣巴托罗缪，他手臂上搭着他的皮肤。这幅版画从下面看得见。所有的莓子吃完以后，勒内-让以可怕的热爱目光盯住它，乔热特按哥哥的目光看过去，看到了版画，她说："画儿。"

这个词似乎让勒内-让下了决心，于是，令胖子阿兰大为吃惊的是，他做了一件异乎寻常的事。

在图书室的角落里有一张橡木大椅子；勒内-让朝这张椅子走过去，抓住

---

1 伊德里西（约 1100—1166），阿拉伯地理学家，在北非、小亚细亚、西班牙和法国旅行过，曾用银制作地球仪。
2 格里弗，16 世纪里昂著名的印刷商家族。
3 埃尔泽维尔，16、17 世纪荷兰著名的印刷及出版商家族。

它,独自拖到书桌前。椅子一触到书桌,他便爬上去双手按在书上。

爬得这么高,他感到需要做得了不起;从上面的一角捏住这张"画",小心撕了下来。这幅圣巴托罗缪版画是斜着撕下来的,但这不是勒内-让的过错;他把这部古代伪福音书作者的左半身、一只眼睛和一点光环,留在书里,而把圣徒的另外一半和全部皮肤给了乔热特。乔热特接过圣徒说:

"莫莫姆。"

"还有我呢!"胖子阿兰嚷道。

撕下第一页,就像流了第一滴血。这就决定了大屠杀。

勒内-让翻过一页;圣徒后面是评注者庞特努斯;勒内-让撕下庞特努斯,给了胖子阿兰。

但乔热特把一大张撕成了两小张,又把两小张撕成了四张,以致历史可以说,圣巴托罗缪在亚美尼亚被剥了皮以后,又在布列塔尼遭到肢解。

六

肢解完成以后,乔热特向勒内-让伸出手说:"还要。"

圣徒和评注者之后,是注释者面目可憎的肖像。最早的一张是加旺图斯;勒内-让撕了下来,将加旺图斯交到乔热特手里。

圣巴托罗缪的所有注释者依次过去。

给予有一种优越感。勒内-让什么也没给自己留下。胖子阿兰和乔热特望着他,这对他足够了;他满足于观众的赞赏。

勒内-让取之不尽,又慷慨大方,把法布里西奥给了胖子阿兰,又把斯蒂尔丁神父给了乔热特,把阿尔封斯·托斯塔给了胖子阿兰,又把《科尔纳琉斯制服拉皮德》给了乔热特；胖子阿兰得到亨利·阿蒙，乔热特得到罗贝尔蒂神父，加上神父一六一九年出生的杜埃城的一幅风景画。胖子阿兰得到纸商们的抗议书，乔热特得到给格里弗家族的献词。还有一些地图。勒内-让也分发了。他把埃塞俄比亚给了胖子阿兰，把利卡奥尼[1]给了乔热特。做完以后，他把书扔到地下。

这一刻令人震惊。胖子阿兰和乔热特带着入迷和恐惧的心情，望着勒内-阿兰皱起眉头，挺直小腿，捏紧拳头，将大部头的四开本从斜面书桌上推下来。赫赫有名的古书失去常态，真是惨不忍睹。厚重的书跌落下来，悬挂片刻，迟疑一下，摇来摆去，然后坍塌，散开来，压皱了，撕碎了，书壳脱落，搭扣脱离，可怜见地平躺在地上，幸亏没有砸着孩子们。

他们根本没有被砸到，看得眼花缭乱。并非所有的征服者都得到这样好的结局。

像所有的荣耀一样，书落下产生了一声巨响，扬起一片灰尘。

勒内-让把书推到地上以后，从椅子上下来。

出现一阵沉默和恐惧，胜利也产生恐惧。三个孩子手拉手，站开一段距离，望着这本支离破碎的大书。

但深思了一下之后，胖子阿兰坚毅地走过去，踢了书一脚。

事情结束了，但毁灭的欲望还存在。勒内-让踢了一脚，乔热特踢了一脚，这使她跌倒在地，不过坐在那里；她利用这个机会，向圣巴托罗缪扑了过去；书的所有威信消失得一干二净；勒内-让冲过去，胖子阿兰也赶过去，他们兴高采烈，头脑发狂，得意扬扬，严厉无情，撕着版画，破坏书页，扯掉书签带，

---

[1] 利卡奥尼，小亚细亚古代地域。

抠破书壳，揭掉烫金的皮面，拔下银角钉子，撕碎羊皮纸，撕烂文本，手、脚、指甲、牙齿一齐用上，脸上红通通，笑口盈盈，凶相毕露，三个凶狠的天使扑向毫无防卫的福音书作者。

他们消灭了亚美尼亚、犹太、贝内旺，那是兴许和巴托罗缪是同一人的圣徒纳塔纳埃尔遗骨的所在地，消灭了宣布巴托罗缪-纳塔纳埃尔福音书为伪经的教皇热拉兹、所有的画像、所有的地图。他们专心致志地对这本古书进行无情的处决，一只老鼠经过都没有引起他们注意。

这是一场毁灭。

把历史、传说、科学、真假奇迹、教堂拉丁文、迷信、狂热、神秘事物撕成碎片，把整个宗教自上到下撕毁，对三个巨人，甚至对三个孩子，这都算是一项工作[1]；时间在这件活儿中流逝了，他们大功告成；《圣巴托罗缪》荡然无存。

事情完结，最后一页被扯了下来，最后一幅版画被扔在地上，整本书只剩下零落的书壳、撕成碎片的文字和图画，勒内-让站起身来，望着遍地一片狼藉的书页，拍起手来。

胖子阿兰也拍起巴掌。

乔热特从地上捡起其中一张纸，站起来，靠在到她下巴的窗户，越过窗，把大张的纸撕成小碎片。

看到她这样做，勒内-让和胖子阿兰也照样做。他们把纸片捡起来撕碎，再捡起来撕碎，像乔热特一样越过窗口，一页又一页，被这些狂热的小手撕碎，几乎整个古书在风中飞舞。乔热特若有所思，望着这无数的白色小纸片随风飘散，说道：

---

[1] 对这本书的破坏象征对旧制度的教条的拒绝，也有点指旺代叛乱者烧毁图书室的反文化行为。

"蝴蝶。"

屠杀以碎片在蓝天中消失而结束。

七

圣巴托罗缪在公元五十九年第一次殉难,这是他第二次被处死。

黄昏来临,天气更加炎热,空气令人想睡觉,乔热特的眼睛变得朦胧起来,勒内-让走到他的摇篮旁边,将用作褥子的草袋子拽出来,拖到窗口,躺在上面说:"咱们睡觉吧。"胖子阿兰把脑袋搁在勒内-让身上,乔热特把脑袋搁在胖子阿兰身上。三个肇事者睡着了。

暖风从打开的窗户吹进来;从山沟和小丘吹过来的野花香,混杂着黄昏的气息,在房间里徘徊;空气中一片宁静、祥和;一切闪闪发光,一切平静,一切热爱一切;阳光给予万物这种爱抚,也就是光芒;人的每个毛孔都感觉到从事物的巨大温馨中散发出来的和谐;无限中有着母爱;万物是一个盛放的奇迹,以仁爱弥补它的巨大,似乎能感觉到一个看不见的人采取神秘的小心翼翼,在可怕的冲突中保护弱者,反对强者;同时,这又是很美好的;光辉灿烂与宽厚相匹配。景物难以形容的迷迷糊糊,具有光和影在草地上和河流上产生的美妙波纹;烟雾升向云层,宛如梦幻升向幻觉;飞鸟在拉图尔格上空盘旋;燕子通过窗口往里张望,仿佛要来看看孩子们睡得可好。他们和美地挤作一团,一动不动,身体半裸,像小爱神的姿态。他们可爱而纯洁,三个人加起来不到九岁,做梦来到天堂,梦幻反映在他们的嘴唇隐约的笑容中。天主也许在他们的耳畔说话,他们是人类的所有语言称为弱者和受祝福的人,天真无邪,值得怜爱;一切静悄悄的,仿佛他们柔弱的胸膛发出的呼吸和宇宙有关,天地万物都在倾听，树叶没有发出沙沙声，青草没有瑟瑟抖动；似乎浩瀚的满天繁星屏住了呼吸，绝不扰乱这三个沉睡的小天使，没有什么比大自然对幼小心灵的无限敬重更为崇高了。

太阳快要沉落，几乎触及地平线。突然，在这深沉的宁静中，从森林发出一道闪光。有人放了一炮。回声使炮声发出隆隆响。从山冈到山冈延续的轰隆声震天动地，吵醒了乔热特。

她抬起一点脑袋，竖起小手指，倾听后说：

"嘭！"

响声停止，一切复归寂静，乔热特又把头搁在胖子阿兰身上，重新睡着。

第四章　母　亲

一　死神经过

这天黄昏，上文说过的那个几乎在随意赶路的母亲，走了一整天。其实她天天如此，往前走去，从不停歇；她疲惫不堪时随便在一个角落里睡觉，这算不上休息，正如她像鸟儿一样啄食，这儿那儿吃点，算不上正餐。她吃和睡仅仅是所必需的，为了不致倒毙。

头天晚上，她在一个废弃的谷仓里度过；内战产生出这种破屋。她在一片荒凉的田野里找到四堵墙，一扇打开的门，残留的屋顶下有一点干草，她就躺在这干草和这屋顶下，透过干草感到老鼠在乱窜，越过屋顶看到繁星升起。她睡了几个钟头；然后在夜里醒了过来，重新上路，为了趁在白天最炎热之前尽可能多赶路。对夏天徒步赶路的人来说，午夜比中午松快。

她尽量按照旺托尔特那个农民给她指出的简捷路线走；她尽可能往落日方向走。有谁在她身边，会听到她不停地小声说："拉图尔格。"除了三个孩子的名字，她就只知道这个词。

她一面走路一面在想。她想自己经历的遭遇，想自己忍受的所有苦难，想

九三年

自己所承受的一切、想遇到的事、侮辱、要接受的条件、别人提出而只得屈从的交易，有时为了一个栖身处，有时为了一块面包，有时仅仅为了问路。一个身世可怜的女人比一个身世可怜的男人更加不幸，因为她是寻欢作乐的工具。可怕的长途跋涉！但只要能找回她的孩子们，一切对她都无所谓。

这天她首先遇到的是大路旁的一个村庄。天刚蒙蒙亮，一切还沉浸在黑夜的阴暗中，不过，在村庄的大街上，有几扇门已经虚掩着，有些好奇的人从窗口探出头来。村民们像被骚扰的蜂巢躁动不安。因为他们听见了车轮声和铁器碰撞声。

在教堂前面的广场上，一群人举目远眺，惊愕地看着一辆车正从山丘顶上朝村庄下来。这是一辆四轮车，由套上铁链的五匹马牵引。车上可以辨清一堆东西，酷似一堆长梁，中间有不知什么形状的东西，覆盖一块大苫布，像是裹尸布。十个骑马的人走在车子前面，另外十个走在车子后面。这些人头戴三角帽，肩膀之上竖起一样尖东西，好像是出鞘的军刀。这整队人慢慢行进，在天际显出黑乎乎的剪影。马车好像是黑色的，马是黑色的，骑马的人是黑色的。后面，晨曦露出了灰白色。

一行人进了村庄，朝广场上走来。

在马车下山的时候，天亮了一点儿，可以清晰地看到这个行列，就像影子在行进，因为一句话也没有传出来。

骑马的人是近卫骑兵[1]。他们的军刀确实出鞘。苫布是黑色的。

流浪的可怜母亲也进了村庄，正当这辆马车和近卫骑兵来到广场时，她走近了那群农民。人群中有一问一答的低语声。

1　由制宪议会设立的部队。

"这是什么?"

"来的是断头台。"

"从哪儿来的?"

"从富热尔。"

"到哪儿去?"

"我不知道。听说要到帕里涅那边的一个城堡。"

"到帕里涅!"

"管它到哪儿去,只要不在这儿停下就好!"

这辆大车,它蒙上裹尸布的装载,这些马,这些近卫骑兵,铁链的碰撞声,这些人的默然无语,黎明时刻,这一切恰如幽灵一般。

这群人穿过广场,走出村子;村庄处在上坡和下坡之间的底部;一刻钟后,怔怔地待在那里的农民,看到这支阴森森的行列重新出现在西边的山冈顶上。车辙晃动着巨大的车轮,铁链在晨风中叮当作响,军刀闪烁寒光;旭日东升,道路拐弯,一切消失了。

正是这时,图书室的大厅中,乔热特在两个仍在酣睡的哥哥身边醒过来,对自己的粉红色小脚道早安呢。

二 死神说话

这个母亲望着这黑乎乎的东西过去,但不明白,也不想明白,因为她眼前有另一个幻象,就是她消失在黑暗中的三个孩子。

在行列刚刚穿过去以后不久,她也从村庄里出来,走的是同一条路,在近卫骑兵的第二小队后面隔开一点距离。突然,"断头台"这个词回到她脑子上来；她想："断头台。"这个粗俗的女人米雪尔·弗莱沙尔不知道这是什么东西。但是本能在提醒她。她莫名其妙地哆嗦一下，觉得跟在这东西后面实在吓人，便朝左拐，离开大路，楚入树林，就是富热尔森林。

她走了一会儿以后，看到一座钟楼和一些屋顶，这是森林边缘的村庄之一。她朝那边走去，她肚子饿了。

这是共和军建立了兵站的村庄之一。

她一直走到村公所的广场上。

在这个村子里，也有惊慌不安。村公所门口的一级台阶前面，聚集了一群人。台阶上可以看到一个士兵护送的人，手里拿着一张打开的大布告。这个人右边是一个鼓手，左边是一个贴布告的人，提着一罐糨糊和一个刷子。

村长站在大门上方的阳台上，三色绶带挎在农民服装上。

拿告示的人是一个宣读告示的差役。

他挎着巡回肩带，下面悬挂一个包，这表明他要到一个个村庄去，在整个地区宣读告示。

正当米雪尔·弗莱沙尔走近时，他刚刚展开告示，开始宣读。他扯开嗓门喊道：

"法兰西共和国。统一和不可分割。"

鼓咚咚地敲响。人群里一阵骚动。有些人脱下了无边软帽；另外一些人把帽子戴得更紧一些。当时，在这个地区，几乎可以从帽子辨别出政治观点：戴帽子的是保王派，戴无边软帽的是共和派。窃窃私语声停止了，人们在倾听，差役在喊道：

"……根据我们接到的命令和公安委员会授予我们的权力……"

响起第二阵鼓声。差役继续喊：

"……为了执行国民公会颁布的法令,亦即宣布手执武器的叛乱分子为非法,凡是窝藏和帮助他们逃跑的人均处以极刑……"

一个农民低声问旁边的人:

"什么是极刑?"

旁边的人回答:

"我不知道。"

差役晃动布告:

"……根据四月三十日颁布的法令第十七条款,给予特派员及其代理人全权惩处叛乱分子。"

"兹宣布以下人犯为非法……"

他停顿一下,接着说:

"……下列点到姓名和绰号的人犯是……"

全场的人都侧耳倾听。

差役的喊声震耳欲聋。他念道:

"……朗特纳克,匪徒。"

"这是老爷。"一个农民低声说。

人群中传出窃窃私语声:

"这是老爷。"

差役继续说:

"……朗特纳克,前侯爵,匪徒。伊马努斯,匪徒……"

两个农民互相斜视。

"这是古日-布吕昂。"

"是的,就是蓝军灾星。"

差役继续念名单：

"……大直肠子，匪徒……"

人群喃喃地说：

"是个教士。"

"是的，图尔莫神父先生。"

"不错，在沙佩尔树林那边什么地方的本堂神父。"

"而且是匪徒，"一个戴无边软帽的人说。

差役念道：

"……博瓦努沃，匪徒。——木矛两兄弟。——乌扎尔，匪徒……"

"这是德·盖朗先生。"一个农民说。

"帕尼埃，匪徒……"

"这是塞费尔先生。"

"……清算者，匪徒……"

"这是雅穆瓦先生。"

差役继续念，不理这些议论。

"……吉努瓦佐，匪徒。——沙特奈，绰号罗比，匪徒……"

一个农民低声说：

"吉努瓦佐和金发是同一个人，沙特奈是圣图昂人。"

"……乌瓦斯纳，匪徒。"差役又说。

人群中有人说：

"他是吕耶人。"

"是的，这是金枝。"

"他的兄弟在进攻蓬托尔松时被打死。"

"是的，就是乌瓦斯纳-马洛尼埃尔。"

"一个十九岁的帅哥。"

"注意，"差役说，"名单到最后了：

……美丽葡萄园，匪徒。——风笛，匪徒。——刀劈一切，匪徒。——一丝爱情，匪徒……"

一个小伙子推了一下一个姑娘的手肘，姑娘露出微笑。

差役继续说：

"……冬之曲，匪徒。——猫儿，匪徒……"

一个农民说：

"这是穆拉尔。"

"……塔布兹，匪徒……"

一个农民说：

"就是戈弗尔。"

"他们是两兄弟，戈弗尔兄弟。"一个女人补充说。

"都是好人。"一个小伙子在咕哝。

差役摇了摇布告，鼓手敲鼓。

差役又念下去：

"……上述所有人，不论在何处被抓住，验明身份后，立即处死。"

出现一阵骚动。

差役继续念：

"……但凡穷苦和帮助他们逃跑者，提交军事法庭，判处死刑。签字……"

人群鸦雀无声。

"……签名：公安委员会特派员西穆尔登。"

"一个教士。"

"帕里涅以前的本堂神父。"另一个人说。

一个有产者加上说:

"图尔莫和西穆尔登。一个白教士,一个蓝教士。"

"两个都是黑的。"另一个有产者说。站在阳台上的村长脱帽高呼:

"共和国万岁!"

一阵鼓声宣布差役还没有宣布完。差役果然做了个手势说:

"注意,政府的布告还有最后四行,是由北海岸远征军指挥官郭文签署的。"

"听着!"人群的声音喊道。

差役念道:

"……违反下述命令者处死……"

所有人默不作声。

"……为了执行上述命令,严禁对此刻困守于拉图尔格的十九名叛乱分子施以援手。"

"什么?"一个声音说。

这是一个女人的声音,是那个母亲的声音。

三 农民议论纷纷

米雪尔·弗莱沙尔混杂在人群中。她什么也没听见,但无心去听的东西反而听见了。她听见了拉图尔格这个词。她抬起了头。

"什么?"她再说一遍,"拉图尔格?"

大家看着她。她神情恍惚,穿着破衣烂衫。有些人悄悄说:"她像个女匪。"

一个拎了一篮子荞麦饼的农妇走近来,对她低声说:

"别做声。"

米雪尔·弗莱沙尔吃惊地打量这个女人。她重新弄不明白。拉图尔格这个地名像闪电一样掠过,四下里又一片漆黑。难道她没有权利问一下吗?大家怎么这样看着她?

鼓手打了最后一阵鼓,贴布告的人已把布告贴好了,村长回到村公所,差役已到别的村子去,人群作鸟兽散。

布告前面还有一些人。米雪尔·弗莱沙尔向这群人走去。

他们在议论那些非法者的名字。

人群里面有农民和有产者,就是说保王派和共和派。

一个农民说:

"没关系,反正他们不抓所有人。十九个人,仅仅十九个。他们不抓普里乌,他们不抓邦雅曼·穆兰,他们不抓昂杜伊教区的古皮尔。"

"也不抓蒙让的洛里厄尔,"另一个农民说。

其他人插上来:

"也不抓布里斯·德尼。"

"也不抓弗朗索瓦·迪杜埃。"

"对,拉瓦尔的迪杜埃。"

"也不抓洛奈-维利埃的于埃。"

"也不抓格雷吉斯。"

"也不抓皮隆。"

"也不抓菲约尔。"

"也不抓梅尼桑。"

"也不抓盖阿雷。"

"也不抓洛日雷三兄弟。"

"也不抓勒尚德利埃·德·皮埃尔维尔先生。"

"一群傻瓜!"一个白发而严厉的老人说,"如果他们抓住了朗特纳克,不就什么都掌握了。"

"他们还没有抓住他。"年轻人当中的一个小声说。

老人反驳:

"抓住朗特纳克,就抓住了灵魂。朗特纳克死了,旺代也就死路一条。"

"这个朗特纳克是何许人?"一个有产者问。

一个有产者回答:

"是个前贵族。"

另一个有产者说:

"枪杀妇女的人中有他。"

米雪尔·弗莱沙尔听到了,说道:

"不假。"

大家回过头来。

她又说:

"因为他枪毙过我。"

这句话很古怪,产生的效果等于一个活人说自己死了。大家开始斜睨着打量她。

她看上去确实令人狐疑,她对什么都胆战心惊,张皇失措,瑟瑟发抖,像野兽一样惶恐不安,这样畏葸不前,以致令人心存疑虑。在女人的绝望中,有一种难以形容的可怕怯懦。简直像一个人处在命运的绝路上。但是农民看事情大而化之。其中一个说："她指不定是个女奸细。"

"住口，走开。"已经对她说过话的好心女人低声说。

米雪尔·弗莱沙尔回答：

"我不做坏事。我在找我的孩子们。"

好心女人看一眼那些盯住米雪尔·弗莱沙尔的人，用手抹一下额头，眨眨眼睛说：

"这是一个单纯的女人。"

然后把她拉到一边，给她一块荞麦饼。

米雪尔·弗莱沙尔也不感谢，贪婪地啃了起来。

"是的，"农民们说，"她吃起来像牲口，这是一个单纯的女人。"

剩下的人散开了，一个接一个走掉。

米雪尔·弗莱沙尔吃完了饼，对农妇说：

"很好吃，我吃完了。现在，怎么去拉图尔格？"

"瞧她又发傻劲了！"农妇大声说。

"我必须去拉图尔格。请告诉我去拉图格的路。"

"绝对不能说！"农妇说，"让你去送死吗？再说，我不知道。啊，难道你果真疯了不成？可怜的女人，听着，你看来疲倦了。你想在我家里休息一下吗？"

"我不休息。"母亲说。

"她的脚全磨破了。"农妇咕哝说。

米雪尔·弗莱沙尔又说：

"我跟你说，他们偷了我的几个孩子，一个小姑娘和两个男孩子。我是从森林的洞穴里来的。你可以向凯门鳄泰尔马什打听我。也可以问我在那边的田野里遇到的人。是凯门鳄治好我的。看来我身上有什么地方骨折了。这些都是发生过的事。还有中士拉杜,可以向他打听。他会说的。他在一个树林里遇到了我们。三个。我对你说三个孩子。大的叫勒内-让。我可以证明这一切。另一个叫胖子阿兰,还有一个叫乔热特。我的丈夫死了。他们杀死了他。他是西斯库瓦尼亚的佃农。你看来是个善良的女人。把我要走的路告诉我吧。我不是一个疯女人。我是一个母亲。我失去了我的孩子。我在寻找他们。就是这样。我不太清楚我打哪儿来。昨夜我睡在一间谷仓的草堆上。拉图尔格,这是我要去的地方。我不是一个小偷。你很清楚我说的是真话。应该帮我找回我的孩子们。我不是本地人。我被枪毙过,但不知道是在什么地方。"

农妇摇摇头说:

"听着,过路人,在革命时期不要说古里古怪的话。人家会把你抓起来的。"

"可是拉图尔格呢!"母亲嚷道,"太太,看在圣婴耶稣和天上圣母的份上,我恳求你,太太,我哀求你,行行好,请告诉我,从哪儿去拉图尔格!"

农妇发火了。

"我不知道!我知道也不会说!那是坏地方,去不得。"

"但我要去那儿。"母亲说。

她重又上路。农妇望着她离去,喃喃地说:

"她必须吃点东西。"

她追上米雪尔·弗莱沙尔,把一块黑麦饼塞到她手里。

"这是给你当晚餐的。"

米雪尔·弗莱沙尔拿了荞麦饼,没有回答,也不回头,继续走路。

她走出村子。在到达最后几间房子时,遇到三个小孩经过,衣衫褴褛,打着赤脚。她走近他们说：

"他们是两个女孩和一个男孩。"

看到他们盯住她的荞麦饼，她便给了他们。

孩子们拿了荞麦饼，有些害怕。

她走进了森林。

四　误　会

就在这天曙光出现之前，森林里黑得什么都看不清，在雅弗奈到莱库斯这段路上，发生了这件事：

博卡日地区都是洼路，其中，从雅弗奈通过莱库斯到帕里涅的大路，夹在陡壁之间，而且蜿蜒曲折。这与其说是一条路，不如说是一条沟。这条路从维特雷开始，曾经有幸颠簸过塞维涅夫人的华丽马车。路在左右两边好像都被篱笆夹住。没有比打埋伏更好的地方了。

这天早上，在米雪尔·弗莱沙尔到达森林另一头的第一个村庄之前一小时，她看见由近卫骑兵护卫的那辆马车像幽灵般出现。在雅弗奈大路穿过库埃斯农河的桥边那片丛林中，有一些乱糟糟隐藏起来的人。树枝挡住了一切。这些人是农民，穿着"格里戈"，那是六世纪的布列塔尼诸王和十八世纪的农民的宽袖皮外套。这些人有武器。有些人拿着枪，另外一些人拿着斧头，有斧头的人刚刚在一片林中空地中准备了一堆干柴和圆木头，只等着点火。有枪的人聚集在路的两边，严阵以待。透过树叶往里瞧的人，会看到人人手指都放在扳机上，枪管架在枝杈露出的缝隙中。这些人在埋伏。所有的枪都对准大路，朝阳使大路泛白。

在曙光中有人低声交谈。

"你对此有把握吗?"

"当然,据说如此。"

"会从这儿经过?"

"据说就在这一带。"

"别让它溜了。"

"必须烧掉它。"

"我们为此来了三个村的人。"

"好啊,但护卫队呢?"

"干掉护卫队。"

"可是,它会从这条路上经过吗?"

"据说是。"

"它是从维特雷过来的吗?"

"为什么不是呢?"

"但是有人说它来自富热尔。"

"管它来自富热尔还是维特雷,它来自魔鬼那里。"

"是的。"

"应该把它送回到魔鬼那里。"

"是的。"

"那么它是要去帕里涅?"

"看来是。"

"它去不了。"

"去不了。"

"去不了,去不了,去不了。"

"注意。"

确实,不说话是稳妥的,因为天开始透出亮光。

突然,埋伏的人屏住了呼吸;传来车的辚辚声和马蹄声。他们透过树枝望去,在洼路上朦胧地分辨出一辆长马车、骑马的护卫队,车上有什么东西;这正朝他们而来。

"它来了!"首领模样的人说。

"是的,"其中一个监视的人说,"还有护卫队。"

"护卫队有多少人?"

"十二个。"

"说是有二十人。"

"不管十二个还是二十个,统统杀掉。"

"等他们走到射程之内。"

过了一会儿,在道路的一个拐角,马车和护卫队出现了。

"国王万岁!"农民的首领喊道。

近百发子弹同时发出。

待硝烟散去时,护卫队也消失了。七个骑兵倒下,五个逃跑了。农民们向马车跑去。

"嗨,"首领嚷道,"不是断头机,是一架梯子。"

马车全部的装载确实是一架长梯子。

两匹马倒下了,受了伤;车夫被打死了,不过不是特意把他打死的。

"都一样,"首领说,"护送一架梯子值得怀疑。这是从帕里涅那边来的。准定是要攀登拉图尔格。"

"烧掉梯子。"农民们喊道。

他们烧掉了梯子。

至于他们等待的那辆像送葬的马车,走的是另一条路,已经离开有两法里远,进了米雪尔·弗莱沙尔在旭日升起时看见它经过的那个村子。

五 VOX IN DESERTO[1]

米雪尔·弗莱沙尔把麦饼给了那三个孩子以后,离开他们,开始穿越森林随意乱走。

既然别人不肯给她指路,她只得独自找到路。她不时坐下又站起来,随后又坐下。她先是肌肉疲惫不堪,然后疲劳转到骨头里;奴隶般疲累。她确实是奴隶。她丢失的孩子们的奴隶。必须再找到他们;流逝的每分钟都可能失去他们;负有这种责任的人就不再有权利;歇口气对她来说是不许可的。可是她已经非常累了。筋疲力尽到这种地步,再走一步都成问题。她能再迈一步吗?她从早晨走到现在;她不再遇到村庄,甚至没有遇到房子。她先是走该走的小路,然后是不该走的小路,末了迷失在相同的枝叶中。她走近目标了吗?她快到苦难的尽头了吗?她正经历着苦难的历程,她感到最后一站路的折磨。她快要倒毙在路上吗?有时,往前走她觉得不可能了,太阳西斜,森林变得幽暗,小径消失在草丛中,她不知道怎么办。她只能依靠天主。她开始呼喊,没有人回应。

她环顾四周,在树枝之间看见一道栅栏,她朝这边走去,冷不防走出了

---

1 拉丁文:旷野的声音,出自《圣经·新约》,施洗约翰的话。

树林。

她面前是一条堑壕似的狭窄峡谷,在谷底的石头中间流淌着一条清澈的溪水。这时她发现自己渴得厉害。她走到水边,跪下来喝水。

她趁跪下,祈祷起来。

随后她站起来,辨别方向。

她跨过小溪。

小峡谷之外,延伸着一望无际的宽广高台,上面覆盖着低矮的灌木;从小溪开始,高台成斜坡上升,挡住了整个视野。森林是一片孤独,高台是一片旷野。森林中,每个树丛后面都可能遇到一个人;在高台上目光所能看到的地方,一无所见。几只鸟像是要逃走,在欧石楠丛中飞翔。

母亲面对这片无边的荒野,感到膝盖发软,仿佛失去了理智,失魂落魄,向孤寂中发出这古怪的喊声:"这儿有人吗?"

她等待回答。

有人回答。

一个深沉而轰响的声音爆发出来,这声音来自天际深处,回声此起彼伏,就像一下雷鸣,要不就是一下炮声;似乎这声音在回答母亲的问题,告诉她:"这儿有人。"

然后复归寂静。

母亲兴奋地挺起身来;这儿有人。她觉得眼下她有人可以说话了;她刚喝过水,也祈祷过;她恢复了力气;她开始朝遥远的巨大声音传来的方向爬上高台。

突然,她看到远处的天际出现一座高塔楼。这座塔楼孤零零地矗立在这旷野中;一抹夕阳染红了它。它在一法里以外的地方。在这座塔楼后面,一大片弥漫的绿色消失在烟雾中,那就是富热尔森林。

她觉得这座塔楼就出现在似乎回答她的隆隆声传来的天际那边。难道是这座塔楼发出这声音吗?

米雪尔·弗莱沙尔来到高台顶上;她面前是一马平川。

她朝塔楼走去。

六　形　势

确定的时刻已到。

毫不宽容者揪住了残酷无情者。

西穆尔登控制了朗特纳克。

那个老保王党叛乱分子被困在巢穴里;显然他无法逃脱;西穆尔登想就地处死侯爵,在他的家里,在他的领地上,可以说在他的房子里,让这座封建邸宅看见这个封建领主的脑袋落地,让这个范例永留青史。

因此,他派人到富热尔去寻找断头机。刚才已看到正在路上运来。

杀死朗特纳克,就是灭掉旺代;灭掉旺代,就是拯救法兰西。西穆尔登毫不迟疑。这个人在完成残酷的职责时很自然。

侯爵看来走投无路;西穆尔登对此是放心的,但他担心另一方面。战斗准定很残酷;郭文指挥战斗,而且也许想冲锋陷阵。在这个年轻指挥官身上有士兵的素质;他是乐于拼搏的人;但愿他别丢了性命。郭文,他的孩子!他在人间唯一珍爱的人!郭文至今是幸运的,但是幸运之神厌倦了。西穆尔登战栗了。他的命运有这点奇特:他处在两个郭文中间,他想让其中一个死去,而让另一个活命。

那一炮不仅惊醒了摇篮中的乔热特,召唤了孑然一身的母亲。要么是偶然，要么是炮手有意，那颗本来是发出警告的炮弹，打中了塔楼二层的大枪眼，打坏并扯掉遮住枪眼的一半铁栅架。被围困者来不及修理损坏的地方。

他们是在吹嘘，他们弹药很少。要强调的是，他们的处境比围攻者想象的更困难。如果他们有足够的弹药，他们会炸掉拉图尔格，让自己和敌人同归于尽；这是他们的幻想；但他们的储备已经用尽。每个人只有三十发子弹。他们有很多长枪、短统枪和手枪，子弹却很少。他们把所有枪都装上子弹，以便能连续发射；可是这火力能持续多少时间呢？必须同时维持火力，又节省子弹。困难就在这里。幸亏——不祥的幸亏——战斗主要是一场肉搏战，军刀对匕首的白刃战。更多是互相搏斗，而不是互相射击。将是互相用斧头砍杀，这是他们的期望所在。

塔楼内部似乎难以攻克。退守处设在缺口通向的那间低矮大厅里，这个障碍是朗特纳克巧妙地建造的，堵住了入口。退守工事后面，一张长桌堆满了子弹上膛的武器：喇叭口火枪、马枪、短筒火枪，还有军刀、斧头和匕首。由于不能利用连通低矮大厅的地牢来炸毁塔楼，侯爵叫人关上地下室的门。在低矮大厅上面，是第二层的圆形房间，只有非常狭窄的圣吉尔式螺旋楼梯通到这个房间里；这间房间像低矮大厅一样，有一张桌子堆满了装好弹药的武器，只要伸手就可以拿到；房间被大枪眼照明，一颗炮弹刚刚炸坏了枪眼的栅栏；这个房间上面，螺旋形楼梯通到第三层的圆形房间，那里的铁门开向桥头堡。这个第三层的房间不明确地称作铁门房间或者镜子房间，因为里面有许多小镜子，用生锈的旧钉子直接挂在光秃秃的石头上，不啻掺杂不文明的古怪讲究。再上面的房间就不能有效地防守；这个镜子房间被要塞的立法者马纳松-马莱称作"被围困者投降的最后据点"。上文说过，问题是要阻止围攻者来到这里。

· 307 ·

第三层的这个圆形房间,由几个枪眼照明;但里面燃烧着一支火把。这支火把插在一个低矮大厅的火把架一样的铁架上,是伊马努斯点燃的,他把硫黄导火线的一端放在火把旁边。多么险恶的用心!

在低矮大厅尽头,一条长搁凳上摆着食物,就像荷马描写的洞穴里一样;大盆的米饭、称为"菲尔"的黑麦糊,称为"戈德尼韦尔"的小牛肉糜,一盆盆称为"乌伊什波特"的面饼、煮水果、果酱,一罐罐苹果酒。吃喝自便。

炮声使他们停止吃喝。他们只有半小时可以利用。

伊马努斯在塔楼顶上监视围攻者的来犯。朗特纳克下令不要射击,让他们接近。他说:"他们有四千五百人。在外面杀死他们没有用。要在里面杀死他们。在里面,是势均力敌。"

他笑着加上说:"平等,博爱嘛。"

大家确定,敌人开始进攻时,伊马努斯吹响喇叭提醒。

大家默默地守在退守工事后面,或者在楼梯上,一只手拿着枪,另一只手拿着念珠。

形势很明朗,是这样:

对围攻者来说,要越过缺口,强攻障碍,激烈战斗一个接一个,夺取三层楼面的大厅,在枪林弹雨下一级级强占两座螺旋梯;对被围困者来说,死路一条。

七 准备进攻

郭文那方面在准备进攻。他对西穆尔登做了最后指示,大家记得,是不参加进攻,守住高台,而盖尚应带领主力待在森林的营地里进行观察。一致商定,无论森林的洼地炮队,还是高台上的炮队都不开炮,除非敌人冲出来或者企图逃跑。郭文把指挥进攻缺口的队伍留给自己。西穆尔登不安的正是这里。

太阳刚刚沉落。

平坦原野上的一座塔楼和大海上的一艘船相似。它应该受到同样方式的攻击。这与其说是接近而不是攻击。不开炮,不做任何无益的事。炮轰十五尺厚的城墙有什么用呢?船舷上炸开了一个洞,一些人强攻,另一些人阻挡,用的是斧头、刀子、手枪、拳头和牙齿。厮杀就是如此。

郭文感到,夺取拉图尔格没有别的方法。杀得两眼发红,没有什么更加惨烈的了。他儿时在塔楼待过,了解塔楼内部的可怕。

他陷入深深的沉思。

但在离他几步路的地方,他的副官盖尚手里拿着望远镜,观察着帕里涅那边的地平线。蓦地,盖尚嚷道:

"啊!终于来了!"

这声感叹使郭文从沉思中回过神来。

"怎么啦,盖尚?"

"司令,梯子来了。"

"救生梯子?"

"是的。"

"怎么?我们还没有梯子?"

"没有,司令。我感到不安。我特意派到雅弗奈的人回来了。"

"我知道。"

"他说是在雅弗奈的木工场找到了大小适合的梯子,他征用了,让人装上一辆马车,他调来了十二个骑兵,看到马车、护卫队和梯子向帕里涅出发之

· 309 ·

后,他快马加鞭赶回来。"

"还向我们做了汇报。他加上说,马车套好了马,大约在凌晨两点钟出发,在日落之前会到这里。我知道这一切。那么怎样呢?"

"怎样吗,司令,太阳刚刚落下去,装载梯子的马车还没有到达。"

"怎么可能呢?可是我们必须进攻了。确定的时间到了。如果我们延迟,被围困者会以为我们后退了。"

"司令,我们可以进攻。"

"当然。"

"但是我们没有梯子。"

"我们有梯子。"

"怎么?"

"我刚才说:'啊!终于来了!'就是这个意思。马车没有来;我拿了望远镜,观察从帕里涅到拉图尔格的大路,司令,我很高兴。马车和护卫队在那边呢,正在下坡。你可以看得见。"

郭文拿起望远镜观察。

"确实来了。光线暗了,看不清楚。但能看到护卫队,一点不错。只不过,我觉得护卫队比你说的人数更多,盖尚。"

"我觉得也是。"

"他们离我们约有四分之一法里。"

"司令,再过一刻钟救生梯就到啦。"

"可以进攻了。"

来到的确实是辆马车,但不是他们所期盼的那辆。

郭文回过身来,看到中士拉杜站在他身后,两眼低垂,正在行军礼。

"有什么事,拉杜中士?"

"司令,我们红帽子营的士兵,我们请求您优先照顾。"

"优先照顾什么?"

"让我们去拼命。"

"啊!"郭文说。

"你肯照顾吗?"

"但是……要看情况。"郭文说。

"是这样的,司令。自从多尔那一仗以来,您一直照顾我们。我们还是十二个人。"

"怎么样?"

"这让我们感到屈辱。"

"你们是后备队。"

"我们更愿意是先锋队。"

"可是我需要你们在战斗的最后决定胜负。我要留下你们。"

"太过分了。"

"没关系。你们在队伍里。你们在前进。"

"是走在后面。走在前面是巴黎人的权利。"

"我会考虑的,拉杜中士。"

"今天就考虑吧,司令。这次是机会。马上有一场你死我活的搏斗,打得难分难解。谁的手指碰到拉图尔格,就会烫伤。我们要求优先参战。"

中士住了口,捻了捻髭须,用变样的声音说:

"再说,司令,在这个塔楼里有我们的娃娃。那里面有我们的孩子,红帽营的孩子,我们的三个孩子。那个舔屁股的傻瓜,那个蓝军灾星,那个伊马努斯,那个古日-布吕昂,那个古日-格吕昂,那个富日-无赖,那个天杀的恶魔,他狰狞的面目正威胁着我们的孩子。我们的孩子,我们的娃娃,司令。即使天崩地裂,我们也不愿意他们遭到不幸。长官,你听见我的话吗?我们不愿意这样。刚才我利用休战的机会,登上了高台,我从一扇窗户里看到了他们,是的,他们确实在那里,可以从深沟边上看到他们,我看到了他们,我让他们这几个可爱的孩子害怕了。司令,谁弄掉这几个小天使的一根头发,我发最神圣的誓,我,拉杜中士,他就是天父,我也要训斥。营里的士兵都说,我们期望几个娃娃获救,否则全部战死。这是我们的权利,狗日的!是的,全部战死。现在,致以崇高的敬礼。"

郭文向拉杜伸出手说:

"你们是勇士。你们就参加突击队吧。我把你们分成两组,六个人是前锋,带领大家向前冲;六个人是后卫,不让有人后退。"

"始终是我指挥这十二个人吗?"

"当然。"

"那么,司令,谢谢。因为我在前锋里面。"

拉杜又敬了个军礼,回到队伍里。

郭文掏出怀表,在盖尚的耳边说了几句话,突击队开始组成。

八 喊话和怒吼

西穆尔登还没有来到高台的岗位上,仍然站郭文旁边,他走近号手说:

"向喇叭发信号。"

军号和喇叭在互相回应。

"怎么回事?"郭文问盖尚,"西穆尔登想干什么?"

西穆尔登向塔楼走去,手里挥动一条白手帕。

他提高声音:

"塔楼里的人,你们认识我吗?"

一个声音,伊马努斯的声音,在塔楼高处回答:

"认识。"

于是两个声音一问一答,只听到这段对话:

"我是共和国的特派员。"

"你是帕里涅以前的本堂神父。"

"我是公安委员会的代表。"

"你是个教士。"

"我代表法律。"

"你是个叛徒。"

"我是革命的使者。"

"你是个背教者。"

"我是西穆尔登。"

"你是魔鬼。"

"你们认识我吗?"

"我们憎恨你。"

"你们会很高兴逮住我吧?"

"我们这儿十八个人都愿意拿我们的脑袋去换你的脑袋。"

"那么,我来投到你们手里。"

塔楼上面传来狂野的哈哈大笑和这个喊声:

"来吧!"

营盘里是静悄悄的等待。

西穆尔登又说:

"有一个条件。"

"什么条件?"

"听着。"

"说吧。"

"你们恨我吗?"

"是的。"

"我呢,我爱你们。我是你们的兄弟。"

塔楼顶上的声音回答:

"是的,该隐。"

西穆尔登用一种变样的特别语调,既高傲又温和地说:

"谩骂吧,但是听着。我来这里是谈判的。是的,你们是我的兄弟。你们是误入歧途的可怜人。我是你们的朋友。我是智慧,我对无知说话。智慧总是包含友爱。况且,难道我们不是都有同一个母亲祖国吗?那么,请听我说。你们以后会明白,或者你们的孩子会明白,或者你们孩子的孩子会明白,此刻所发生的事就是实现上天的旨意,革命中无处不在的是天主。在等待所有人的良心,包括你们的良心觉悟,所有人的狂热,甚至我们的狂热烟消云散的时候,在等待光明普照的时候,难道没有人怜悯你们的愚昧无知吗?我投到你们手里,我把自己的脑袋献给你们;我做得更进一步,我向你们伸出手。我请你们牺牲我来拯救你们。我有绝对的权力,我说的话我能做到。现在是至高无上的时刻,我做最后一次努力。是的,对你们说话的人是一个公民,在这个公民身上,不错,有一个教士。公民和你们打仗,而教士恳求你们。听我说。你们当中有许多人有妻子和孩子。我捍卫你们的妻子和孩子。我捍卫他们,反对你们的行为。啊,我的兄弟们……"

"滚开,布什么道!"伊马努斯冷嘲热讽地说。

西穆尔登继续说:

"我的兄弟们,不要让可恶的时刻到来。在这里马上就要互相残杀。我们当中站在你们面前的许多人,将会看不到明天的日出;是的,我们当中许多人会死去,而你们,你们所有人,你们都会丧命。为什么要白白地流这么多血呢?只杀两个人就够了,为什么要杀死那么多人呢?"

"两个人?"伊马努斯说。

"是的。两个人。"

"谁呢?"

"朗特纳克和我。"

西穆尔登提高声音:

"这两个人是多余的,对我们来说朗特纳克是多余的,对你们来说我是多余。这就是我向你们提的建议,你们所有人的性命都可以得救。把朗特纳克给我们,把我抓走。朗特纳克将上断头台,你们可以随便处置我。"

"教士,"伊马努斯吼叫起来,"如果我们抓住了你,我们要用小火烤死你。"

"我同意。"西穆尔登说。

他接着说:

"你们,这些在塔楼里注定要死的人,一小时后你们可以活着,获得自由。我是来拯救你们的。你们接受吗?"

伊马努斯火冒三丈。

"你不仅是恶棍,还是疯子。喂,为什么你来给我们捣乱?是谁请你来对我们说这一通话?我们,把老爷交出去!你想干什么?"

"要他的脑袋。而我向你们献出……"

"你的皮囊。因为我们要像对狗一样剥你的皮,西穆尔登本堂神父。不,你的皮抵不上他的脑袋。滚吧。"

"惨剧就要发生了。最后一次,考虑一下吧。"

当塔楼内外的人听到这番唇枪舌剑的话时,黑夜降临了。德·朗特纳克侯爵一言不发,让人去说。头头们都有这种险恶的私心。这也是掌职责者的权利之一。

伊马努斯的声音越过西穆尔登,喊道:

"围攻我们的人,我们已向你们提出了我们的建议,建议很明确,我们没有任何要改变的。你们接受吧,否则就大难临头!你们同意吗?我们会将这儿的三个孩子还给你们,你们让我们自由出去,所有人保全生命。"

"所有人,可以,"西穆尔登回答,"除了一个人。"

"哪一个?"

"朗特纳克。"

"是老爷!把老爷交出去!绝不!"

"我们就要朗特纳克。"

"绝不。"

"我们只能以这个条件谈判。"

"那么,开始进攻吧。"

一片沉寂。

伊马努斯用喇叭吹响信号之后,走下塔楼;侯爵手里握着剑,十九个被围困者默默地聚集在低矮的大厅里退守工事后面,跪在地上;他们听到进攻部队在黑暗中朝塔楼行进的有节奏的脚步声;这声音走近了;突然他们感到就在旁边的缺口。于是所有跪着的人,通过退守工事的缝隙,抬起长枪和喇叭口短铳。其中一个"大直肠子",也就是图尔莫神父,站了起来,右手握出出鞘的军刀,左手拿着十字架,庄重地说:

"以圣父、圣子和圣灵的名义!"

所有人同时开枪,战斗打响了。

九 提坦诸神[1]对抗巨人们

果然是一场刿目怵心的战斗。

这场肉搏超过了人们能够想象的一切。

要看到同样的场面,必须上溯到埃斯库罗斯[2]描绘的巨大决斗,或者古代的封建大屠杀;上溯到延续至十七世纪的"短兵相接战斗",通过伪装的吊绳攻入要塞的惨烈进攻。阿朗特若的老中士讲述:"炸药一爆炸,围攻者带上铺满白铁片的木板,以圆盾和弹盾武装起来,身上挂着许多手榴弹,迫使防守的人放弃堑壕和防守工事,占为己有,有力地赶走被围攻者。"

进攻的地点令人胆寒;那个缺口,用行家的话来说,称为"没有穹顶的缺口",可以记得,就是说,穿透墙壁的一道裂缝,而不是露天的喇叭样裂口。炸

---

1 提坦诸神,天神和地神的子女总称,六男六女。
2 埃斯库罗斯(约前525—前456),希腊悲剧家,著有《被缚的普罗米修斯》《阿伽门农》等。

药像钻孔器一样起作用。爆破力是这样强烈，由于爆炸，塔楼在炮眼上方裂开四十多尺的大口子，但这不过是一道裂缝而已，在低矮大厅造成缺口和入口这道可以利用的裂缝，好像是用长矛刺穿的，而不是用斧头劈开的。

这是在塔楼腰部刺了一刀，长而深的裂口宛若一口横躺在地的井，一条曲折上升的走廊，仿佛一条穿过十五尺厚墙的肠子，一个形状七歪八扭的圆筒，处处是障碍物、陷阱、爆炸物，在里面，头会碰到花岗岩，脚会碰到砾石碎片，眼前一片漆黑。

进攻者面前是一个黑漆漆的门洞，深渊似的大口，上下两颗是裂开墙壁的尖石；鲨鱼的嘴也没有这个可怕的裂口那么多的牙齿。必须从这个洞口进出。

里面爆发出子弹扫射，外面矗立着防守工事。外面就是说在底层的大厅中。

只有工兵在坑道里挖掘对抗地道，起掉地雷而相遇，还有战舰在海战中接近，在舱里用斧头砍杀，才能是这样激烈。在一条坑道里厮杀，这是最触目惊心的恐怖。抬头见顶，互相砍杀，是何等惊心动魄。第一批进攻者冲进来时，整个退守工事火光闪闪，仿佛地底下响起了炸雷。进攻的沉雷回应防守的沉雷。枪击声你来我往；响起郭文的喊声："冲啊！"然后是朗特纳克的喊声："顶住敌人！"然后是伊马努斯的喊声："冲我来吧，狗娘养的！"然后是乒乒乓乓，军刀相击，子弹互射，可怕的射击消灭一切。挂在墙上的火把朦胧地照亮这整个恐怖场面。无法辨别任何东西；眼前是一片闪出红光的黑暗；谁进来就顿时变得又聋又瞎，耳朵被声音震聋，眼睛被硝烟熏瞎。失去战斗力的人躺在碎石之中。战斗者踩在尸体上，践踏伤口，踩断断肢，从中发出嚎叫声，垂死的人咬住别人的脚；有时一片岑寂，比喧嚣更加可怕。互相揪打，只听到嘴里呼出的粗气，然后是撕咬声、嘶哑的喘气声、咒骂声，随后又开始雷鸣般的声音。

鲜血从塔楼的缺口流出来，在黑暗中扩展开去。这摊暗黑的血在草丛中冒出热气。

仿佛是塔楼本身在流血，这个巨人受了伤。

奇怪的是，外边几乎听不到声音。夜晚黑沉沉，平原上和森林中，受攻击的堡垒周围是一片死寂的宁静。里面是地狱，外面是坟墓。人们的厮杀声在黑暗中消失了，火枪声、喊叫声、怒吼声，这一片嘈杂声消失在大片的墙壁和拱顶下，声音缺少空气传播，屠杀遭到窒息。在塔楼外，几乎听不到声音。这时，那几个孩子正沉睡着。

战斗更加激烈。防守工事岿然不动。没有什么比人字形凹角的防御工事更难攻下的了。被围攻者虽然人数占劣势，但在阵地上占优势。进攻部队失去了很多人，在塔楼脚下排成长队，慢慢地深入到缺口里面，就像一条钻进洞里的蛇一样，越来越缩短。

郭文不免有年轻将领的冒失，混战最激烈的时候，他在低矮的大厅里，子弹在他周围飞舞。要补充的是，他从来没有受过伤，十分自信。

他转身下命令时，火枪的闪光照亮了他身边的一张脸。

"西穆尔登！"他嚷道，"您来这里干什么？"

确实是西穆尔登。西穆尔登回答：

"我来待在您身边。"

"可是您会被打死的！"

"那么您呢，您在这里干什么？"

"这里需要我，不需要您。"

"既然您在这里，我也必须在这里。"

"不需要，老师。"

"需要，孩子。"

西穆尔登仍然待在郭文身边。

低矮大厅的地上，死尸一堆堆。

虽然防守工事没有被攻破，人数占优显然最后要取胜。进攻者暴露在外，防守者是隐蔽的；十个进攻者倒下，才击倒一个防守者，但是进攻者在更新，不断扩大，而防守者在缩小。

十九个被围攻者待在防守工事后面，攻击点就在那里。他们有死有伤，最多只有十五个人还在战斗。最凶狠之一的冬之曲伤残得厉害。这是一个矮壮、鬈发的布列塔尼人，五短身材，非常活跃。他的一只眼睛打瞎了，下颌被打碎。他还能行走。他拖着脚步走上螺旋形楼梯，走到第二层房间的大厅里，希望能在那里祈祷和死去。

他靠在枪眼旁边的墙上，想透透气。

下面，在防守工事前，缺口的战斗越来越激烈。在两阵齐射的间歇中，西穆尔登提高声音喊道：

"被围困在里面的人！为什么还要继续流血呢？你们被困住了。投降吧。试想，我们是四千五百人对付你们十九个人，就是说两百多人对付一个人。投降吧。"

"别让他花言巧语。"德·朗特纳克侯爵回答。

一二十颗子弹回击西穆尔登。

防守工事没有升到拱顶；这使被围困者能从上面射击，但是也让进攻者能爬上去。

"向防守工事进攻！"郭文喊道，"谁有胆量爬上防守工事？"

"我！"拉杜中士说。

十　拉　杜

这时，进攻者吃了一惊。拉杜率领突击队从缺口进来，他是第六个队员；在巴黎营的六个人中，四个已经倒下。在他喊出"我！"这一声时，大家看到他不是前进，而是后退，低头弯腰，几乎从战士们的胯下爬过去，返回缺口出去了。他是临阵逃脱？这样的人会逃脱？这样做是什么意思？

到了缺口外面，拉杜仍然被硝烟熏得看不清东西，揉着眼睛，仿佛摆脱恐惧和黑夜，借着星光，观察塔楼的墙壁。他满意地点一下头，意思是说："我没有搞错。"

拉杜早就注意到，爆炸形成的深裂缝升到缺口之上，直到第二层的枪眼，一颗炮弹已经把枪眼铁栅击中、打散了铁栅。半脱落的铁栅悬挂着，一个人可以从枪眼钻进去。

一个人可以钻进去，但是一个人可以爬上去吗？通过裂缝，是的，但要是猫才行。

拉杜正是这样。他是品达罗斯[1]所说的那类"灵活的竞技者"。一个人可以是老兵，又是年轻人；拉杜曾当过法国近卫军，不到四十岁。他是一个灵巧的大力士。

拉杜把他的短筒火枪放在地上，摘下挂枪的皮带，脱下制服和外衣，只保留两把手枪，插在皮腰带上，他咬住出鞘的军刀。两把手枪的柄在腰带上露出来。

---

[1] 品达罗斯（公元前518—前438），古希腊抒情诗人，歌颂战胜者。

这样去掉了没用的东西,在黑暗中所有还没进入缺口的进攻士兵的注视下,拉杜开始攀登墙壁裂缝的石头,就像爬楼梯一样。他没有穿鞋更为方便;赤脚爬更有利;他用脚趾勾住石头窟窿,用两手提升,用膝盖顶住。攀登十分困难。仿佛是沿着锯齿往上爬。他想:"幸亏在第二层的房间里没有人,因为有人就不会让我这样攀登。"

他这样爬的高度不下四十尺。随着他攀登,手枪突出的圆头柄有点碍事,裂缝越来越窄,攀登越来越难。跌下去的危险随着陡壁的高度上升而增加。

他终于到了枪眼的边缘;他推开扭曲、脱落的铁栅,有足够宽的地方钻进去,他使劲一提,用一只膝盖顶住挑檐的边沿,一只手抓住右边的一段铁条,另一只手抓住左边的一段铁条,上半身就升到枪眼口上,嘴里叼着军刀,依靠双手悬在深渊之上。

他只要一跨腿,便能跳到二层的大厅里。

但枪眼里出现了一张面孔。

拉杜突然看到面前的黑暗中有令人毛骨悚然的一副面孔:一只打瞎的眼睛,一个打碎的下颌,一副血淋淋的面具。

这面具用仅有的一只眼睛盯住他。

这面具有两只手;这两只手从黑暗中伸出来,挨近拉杜;一只手猛然一拔,夺走了他腰带上的两把手枪,另一只手夺走了他用牙齿咬住的军刀。

拉杜被解除了武装。他的膝盖在挑檐的斜面下滑。他的双手攥住了铁栅的铁条,铁条几乎承受不了身子的重量,而他身后是四十尺的深渊。

这副面具和这双手,就是冬之曲。

冬之曲被下面升上来的硝烟熏得透不过气来,终于来到了枪眼口,外面的空气激活了他,夜间的凉爽使他的血液止住,不往外流了,他恢复了一点力气;蓦然,他看见枪眼外面出现了拉杜的身躯;这时,拉杜双手抓住铁条,要么让自己摔下去,要么让人家解除武装,冬之曲面目吓人,却很平静,夺走了他腰带上的两把手枪和咬住的军刀。

一场闻所未闻的决斗开始了。这是一个手无寸铁的人和一个受伤的人之间的决斗。

显而易见,胜利者是那个垂死的人。一颗子弹足以使拉杜落入脚下张开口子的深渊。

对拉杜来说,幸运的是冬之曲的两把手枪握在一只手中,无法开枪,不得不使用军刀。他向拉杜的肩膀刺了一刀。这一刀刺伤了拉杜,却救了他。

拉杜没有武器,却有的是力气,那一刀并没有伤到骨头,他不顾伤痛,向前一跃,松开铁栅跳进了枪眼里。

他和冬之曲面面相对,冬之曲把军刀甩在身后,双手握住两把手枪。

冬之曲跪着挺起身子,几乎贴身瞄准拉杜,但他无力的手在哆嗦,他不能马上开枪。

拉杜利用这一停歇,哈哈大笑。

"喂,"他嚷道,"丑八怪!你以为你焖牛肉的脸能吓倒我吗?真见鬼,你这张小脸毁成啥玩意儿了!"

冬之曲瞄准他。

拉杜继续说:

"不是我瞎说,你的脸被枪打烂了真好看。可怜的小子,柏洛娜[1]毁了你的容貌。来,来,开火吧,打一枪,我的老实头。"

---

1 柏洛娜:罗马战神之妻。

枪响了。子弹擦着拉杜的头飞过去,把他的耳朵打掉一半。冬之曲抬起握着第二把手枪的手臂,但是拉杜没让他来得及瞄准。

"少一只耳朵我也够了,"他大声说,"你伤了我两次。轮到我给你好看的!"

他扑向冬之曲,将冬之曲的手臂向上一推,子弹就不知打到什么地方去了。他抓住冬之曲,拧冬之曲散开的下颔。

冬之曲吼叫了一声,昏了过去。

拉杜跨过他的身体,把他留在枪眼边。

"既然我已让你知道我的最后通牒,"他说,"那就不再动弹。待在那里,可恶的家伙,乖乖地躺在地上吧。你明白,眼下我可不高兴干掉你。舒服地趴在地上吧,只配啃我鞋子的同乡。翘辫子吧,反正总是这样。待会儿你就会知道,你的本堂神父对你说的都是蠢话。滚到神秘世界里去吧,乡巴佬。"

他跳进二层的大厅里。

"几乎什么也看不见。"他喃喃地说。

冬之曲痉挛地抽搐,在垂死中喊叫。拉杜回过身来。

"别吱声!闭嘴才让我乐意,没知觉的公民。我不再管你的事了。我不在乎结果你。让我太平吧。"

他不安地用手挠着头,一面打量冬之曲。

"啊,我该怎么办?一切很顺利,但是眼下我没有武器了。本来我有两枪可以放。你都给我浪费了,畜生!还有这烟把我眼睛熏得真难受!"

他碰了一下那只被撕破的耳朵,叫了一声:

"哎哟!"

他又说:

"你没收了我的一只耳朵,太操之过急了。说白了,我宁愿少只耳朵,也不愿少别的。耳朵只不过是装饰。你也刺伤了我的肩膀,不过这没什么。咽气吧,乡巴佬,我宽恕你。"

他在谛听。楼下大厅的嘈杂声骇人。战斗空前激烈。

"楼下还顺利。不管怎样,他们在喊国王万岁,死也像个贵族。"

他的脚碰到了地上的军刀。他捡了起来,对不再动弹、也许已经死了的冬之曲说:

"你看,木头人,我要做的事,有没有军刀都一样。出于友情,我捡了起来。但是我需要我的两把手枪。见鬼去吧,野蛮人!啊,我该做什么?我在这里毫无用处。"

他在厅里往前走,想看一看,辨别方向。突然,在半明半暗中,在中间柱子后面,他看到一张桌子,桌上有样东西隐约闪光。他摸了摸。这是喇叭口火枪、手枪、马枪,一排武器,罗列得整整齐齐,似乎只等待人的手去抓住它们;这是被围困者为进攻的第二阶段准备的战斗储备:一整个军火库。

"冷餐会啊!"拉杜喊道。

他眼花缭乱地扑了上去。

这时他变得咄咄逼人。

通向上下几层的楼梯门就在放满武器的桌子旁边,可以看得见是完全敞开的。拉杜丢掉军刀,双手拿了两把双响的手枪,随意向门下的螺旋楼梯开枪,然后抓起一把喇叭口短铳,放了一枪,又然后拿起一支装满大粒霰弹的喇叭口火枪,放了一枪,这一枪吐出十五粒霰弹,像一阵排枪。这时,拉杜喘了口气,在楼梯中用雷鸣的声音喊道:"巴黎万岁!"

他抓起一支比第一支更粗的喇叭口火枪,对准圣吉尔式螺旋楼梯呈弯曲状的穹顶,等待着。

低矮大厅的惶然无措难以描绘。这意料不及的惊吓瓦解了抵抗。拉杜三次放枪有两次命中,一枪打死了木矛两兄弟中的老大,另一枪打死了乌扎尔,也就是德·凯朗先生。

"他们在上面!"侯爵喊道。

这喊声决定了放弃防守工事,他们比惊弓之鸟逃得还快,争先恐后往楼梯冲去。侯爵协助逃跑。

"快点跑,"他说,"大胆地逃。大家都跑到第三层!我们在那里重新战斗。"

他最后一个离开防守工事。

这种骁勇救了他。

拉杜埋伏在楼梯第二层的顶上,手指抠住火枪扳机,等待着溃逃的敌人。最先出现在螺旋楼梯拐弯处的敌人,迎面遭到痛击,倒下毙命。要是侯爵在他们之中,也就送命了。在拉杜及时抓起另一支枪之前,其他人冲了上去,侯爵跟在他们后面,比他们慢一点。他们以为第二层的房间有许多进攻者,不在那里停留,跑到第三层的大厅,也就是镜子房间。铁门就在那里,硫黄导火线就在那里,不是投降就是死亡也就在那里。

郭文也和他们一样,对楼梯上的枪声感到吃惊,无法解释援军来自哪里,也不寻求明白,便利用这个机会,和士兵一起越过防守工事,把敌人逼到第二层。

他在那里看到了拉杜。

拉杜先敬了个军礼,说道:

"等一下,司令。这是我干的。我想起了多尔一仗。我学您的样。我从后面包抄敌人。"

"好学生。"郭文微笑着说。

在黑暗里待了一会儿,眼睛终于像夜鸟一样适应了暗影憧憧;郭文发现拉杜浑身是血。

"你可是受伤了,兄弟!"

"不要在意,司令。多一只或少一只耳朵,有什么要紧?我还挨了一刀,我不在乎。打碎一块玻璃,总是会划破点皮。再说我只流了点血。"

他们在拉杜占领的第二层稍作停留。有人拿来一盏提灯。西穆尔登同郭文汇合。他们商量一下。确实有必要思考。进攻者不了解被围困者的秘密,不知道他们弹药匮乏,不知道防守者火药不多了;第三层是最后的防守据点;进攻者以为楼梯上装有地雷。

可以肯定的是,敌人无法逃跑。没死的敌人仿佛被锁在里面。朗特纳克身陷罗网。

这一点确信无疑之后,就可以花点时间,寻求尽可能好的结局。牺牲的人已经不少。在最后的攻击中,要尽量减少伤亡。

最后这场攻击要冒很大危险。可能一开始就会遇到猛烈的火力。

战斗中断了。进攻者控制了底层和第二层,等待首领继续进攻的命令。郭文和西穆尔登在商议。拉杜默默地目睹他们在合计。

他胆怯地又行了个军礼。

"司令?"

"什么事,拉杜?"

"我有权得到一个小小的奖赏吗?"

"当然。你要什么就说吧。"

"我要求第一个冲上去。"

无法拒绝他。再说,不允许他也会这样做的。

十一 绝望的人

第二层在商量的时候,第三层在构筑工事。胜利引起疯狂,失败带来狂怒。这两层楼就要没命地拼搏。接近胜利,令人陶醉。楼下满怀希望,世上倘若不存在绝望,希望就会是人类最大的动力。

楼上充满了绝望。

一种平静、冷漠、悲哀的绝望。

被围困者在这间栖身的大厅以外,就没有任何藏身之地了;来到里面以后,他们首先关心的是堵住入口。关上门是无济于事的,将楼梯堵塞要好一些。在这种情况下,能够观察又能战斗的障碍,胜过一扇关上的门。

伊马努斯插在墙壁架子上的火把靠近硫黄导火线,给他们照亮。

在第三层的大厅中,有一只笨重的橡木大箱子,在发明带抽屉的衣柜前,用来塞满外衣和内衣。

他们把这只箱子拖过来,竖立在楼梯那扇门下面,牢牢地卡住在那里,堵住了入口。只在拱顶附近才留有狭窄的空间,能通过一个人,一个接一个消灭来犯者最好不过。但来犯者不一定敢冒险一试。

入口堵住以后,他们得以歇息。

他们清点一下人数。

十九个人只剩下七个,其中有伊马努斯。

除了伊马努斯和侯爵,所有人都受了伤。

那五个受伤者仍然生龙活虎,因为在鏖战中,但凡没受致命伤的人,还是来去自如的。他们是绰号罗比的沙特奈、吉努瓦佐、金枝乌瓦斯纳、一丝爱情和直肠子。其他人都已战死。

他们没有弹药了。弹盒是空的。他们数了数子弹。七个人有多少子弹可以射击?四发。

他们已到了唯有一死的地步。他们退到了悬崖边缘,下面是张着大口的可怕的深渊,很难再后退一步。

攻击刚刚又重新开始,缓慢,也就更加稳扎稳打。只听到进攻者的枪托的敲击声,在一级级地探索楼梯。

逃走是无计可施了。通过图书室吗?高台上有六门炮瞄准,引信点燃了。通过上面的房间逃走吗?有什么用呢?房间通到平台。那里可以找到办法从塔楼顶上跳到底下。

这顽强抵抗的一群人中的七个幸存者,看到自身被无情地困住,关在这保护他们、也拱手相让的厚墙中。他们还没有被抓住,但他们已经是俘虏。

侯爵提高了声音:

"朋友们,一切已经结束。"

稍停,他又说:

"直肠子重新变成图尔莫神父。"

所有人都跪下,手里拿着念珠。进攻者的枪托声接近了。

直肠子脸上鲜血淋漓,一颗子弹擦破他的脑袋,把头皮连同头发去掉了;他用右手举起十字架。侯爵骨子里是怀疑论者,但他单膝跪在地上。

"请每个人大声忏悔自己的罪过,"直肠子说,"老爷,您说吧。"

侯爵回答:

"我杀过人。"

"我杀过人。"乌瓦斯纳说。

"我杀过人。"吉努瓦佐说。

"我杀过人。"一丝爱情说。

"我杀过人。"沙特奈说。

"我杀过人。"伊马努斯说。

直肠子接着说:

"以神圣的三位一体的名义,我宽恕你们。愿你们的灵魂得到安息。"

"但愿如此。"所有的声音回答。

侯爵站了起来。

"现在,"他说,"咱们准备死吧。"

"而且要杀人。"伊马努斯说。

枪托的敲击开始晃动堵住门的箱子。

"想着天主吧,"教士说,"人间对你们已经不存在了。"

"是的,"侯爵又说,"我们都在坟墓里。"

大家低头捶胸。只有侯爵和教士站着,眼光盯住地上,教士在祈祷,农民们在祈祷,侯爵在沉思。箱子好像被铁锤敲打,发出惊心动魄的响声。

这当儿,他们身后冷不丁爆发出一个轻快而响亮的声音,喊道:

"我已经告诉过您了,老爷!"

所有人都惊愕地回过头来。

墙上刚刚现出一个洞。

有块石头和其他石头镶嵌得天衣无缝,但是没有用水泥,上下各有一个带钩螺钉,刚才像转门一样自动旋转起来,一面旋转一面打开了墙壁。石头按中轴旋转，形成两个开口，提供两个通道，一个在右，一个在左，都很狭窄，但是足以让一个人通过。在这扇料想不到的门以外，可以看到一座楼梯最初的几级。一个人的面孔出现在洞口。

侯爵认出了阿尔马洛。

十二 救 星

"是你吗，阿尔马洛？"

"是我，老爷。您看到了，旋转的石头是存在的，可以从这儿出去。我及时来到，但要赶快。过十分钟，你们就到森林深处了。"

"天主真伟大。"教士说。

"快逃吧，老爷。"人人都喊了起来。

"你们大家先走。"侯爵说。

"您头一个走，老爷。"图尔莫神父说。

"我呢，最后一个走。"

侯爵用严肃的声音又说：

"别来回谦让了。我们没有时间显得高尚。你们受了伤。我命令你们活下去和逃走，赶快！利用这个出口。谢谢，阿尔马洛。"

"侯爵先生，"图尔莫神父说，"我们这就分手吗？"

"到了下面就得分手。只能单独逃生。"

"老爷给我们指定一个汇合地点吗？"

"好的。森林中的一个林中空地。郭文石，你们知道那个地方吗？"

"我们都知道。"

"明天中午我会在那里。凡是能走的人都要到那里。"

"我们会到那儿的。"

"我们将再挑起战争。"侯爵说。

阿尔马洛按了按旋转石,才发现石头不转动了。洞口不再能关上了。

"老爷,"他说,"我们快走,石头现在转不动了。我能打开通道,却关不上。"

石头长期废弃不用,铰链确实像变僵硬一样。此后无法使它动一动。

"老爷,"阿尔马洛又说,"我本来希望重新关闭通道,当蓝军进来时,会再也找不到人,什么也不明白,以为你们化烟而去。但如今石头不听使唤。敌人看到敞开的出口,会追上来。至少,一分钟也不能耽搁。赶快,全都到楼梯里。"

伊马努斯将一只手按在阿尔马洛的肩上:

"哥儿们,从这条通道出去,安全到达森林,需要多少时间?"

"没有人受重伤吗?"阿尔马洛问。

他们回答:

"没有。"

"这样的话,一刻钟就够了。"

"因此,"伊马努斯又说,"如果敌人过一刻钟进入这儿……"

"就会追逐我们,但赶不上我们。"

"可是,"侯爵说,"他们五分钟就会进来,这只旧箱子挡不住他们多久。枪托敲几下就能砸开。一刻钟!谁能阻挡他们一刻钟?"

"我。"伊马努斯说。

"你吗,古日-布吕昂?"

"我,老爷。听我说。你们六个人中,五个受了伤。我呢,我没有一点擦伤。"

"我也没有。"侯爵说。

"您是首脑,老爷。我是士兵。首脑和士兵,这是两种人。"

"我知道,我们每个人都有不同的责任。"

"不,老爷,您和我,我们有相同的责任,就是救你出去。"

伊马努斯转向他的哥儿们。

"哥儿们,要紧的是挫败敌人,尽可能拖延他们的追击。听着。我还是身强力壮,没有失去一滴血,没有受伤,比别人坚持得更久。你们都快走。把你们的武器留下给我。我会好好利用的。我负责挡住敌人整整半小时。上好子弹的手枪有多少支?"

"四支。"

"都放在地上。"

大家按他的话做了。

"很好。我留下来。他们会看到和谁打交道。现在,快,快走。"

形势岌岌可危,免掉了道谢。几乎没有时间和他握手。

"待会儿见。"侯爵对他说。

"不,老爷。我不抱希望。不会待会儿见;因为我会死去的。"

大家一个接一个走进狭窄的楼梯,受伤的人先走。他们下楼时,侯爵从口袋笔记本中取出铅笔,在再也转不动,敞开通道的石头上写了几个字。

"走吧,老爷,就剩下你了。"阿尔马洛说。

阿尔马洛开始下楼。

侯爵尾随着他。

只剩下伊马努斯一个人。

十三 刽子手

四支手枪放在石板地上,因为这个大厅没有地板。伊马努斯拿了两支,一只手各握一支。

他斜线走向箱子堵塞和遮住的楼梯口。

进攻者显然担心意外袭击,一种同归于尽的爆炸,同时造成胜利者和战败者的灾难。最初的攻击越是迅猛,最后的进攻就越是缓慢和谨慎。他们不能,也许不想猛砸箱子;他们用枪托去掉箱底,在箱盖上戳了几个窟窿,在大胆攻进去之前,通过这些窟窿尽量观察大厅。

他们用来照亮楼梯那盏提灯的光芒,也通过窟窿照了进去。

伊马努斯发现一个窟窿里有一只眼睛在窥探。他猝不及防地将一支手枪对准这个窟窿,扣动扳机。子弹打了出去,伊马努斯喜滋滋地听见一声惨叫。子弹打中眼睛,从头颅穿过去,那个窥探的士兵刚刚仰翻在楼梯上。

进攻者在箱盖下方的两个地方戳的两个窟窿相当大,像开出了两个枪眼,伊马努斯利用其中一个孔,把手臂伸过去,随意朝那堆进攻者中开了第二枪。子弹可能弹跳几下,因为听到几声喊叫,似乎有三四个人被击毙或者受了伤,楼梯中的人乱成一团,他们顶不住,后退了。

伊马努斯扔掉刚刚开过火的两支手枪,拿起剩下的两支,双手各握一支,通过箱子的窟窿张望。

他看到产生的第一个效果。

进攻者已从楼梯下去。垂死的人在梯级上挣扎;螺旋梯的拐角只让人看到三四级楼梯。

伊马努斯等待着。

"已经争取到时间。"他心想。

他看到一个人趴着爬上楼梯,同时往下一点,一个士兵的脑袋出现在螺旋梯的中心柱子后面。伊马努斯瞄准这个脑袋开枪。传来一声喊叫,士兵倒下了,伊马努斯将最后一支装子弹的手枪从左手转到右手。

这时,他感到一阵可怕的疼痛,轮到他喊叫了一声。一把军刀插进了他的腹部。一只手,爬上来那个人的手刚刚通过箱子下方的第二个枪眼伸了进来,这只手将一把军刀捅进伊马努斯的肚子里。

伤口很吓人。肚子从这边穿到那边。

伊马努斯没有倒下。他咬紧牙齿说:

"很好!"

然后,他趔趄着,拖着脚步,退到铁门边燃烧的火把那里,把手枪放在地上,抓过火把,用左手托住流出来的肠子,用右手降低火把,点燃硫黄导火线。

火点着了,导火线在燃烧。伊马努斯扔掉火把,火把继续在地上燃烧;他又捡起手枪,倒在地石板上,但又站起来,用剩下的一点气,吹旺导火线。

火焰迅速蔓延,从铁门底下越过去,抵达桥头堡。

看到这令人切齿痛恨的成功,对自己的罪行比对自己的德行还要满意,这个人刚才还是个英雄,如今只是个杀人犯,危在旦夕,却微笑了。

"他们会记得我的,"他喃喃地说,"我在他们的孩子身上,为我们的孩子,关押在神庙的小国王报了仇。"

十四　伊马努斯也隐去了

这当儿,轰然一声,被猛地一推的箱子倒下,一个手握军刀的人一穿而过,冲了进来。

"是我,拉杜;谁愿意以身一试?我等得不耐烦了。我豁出去了。不管怎样,我捅死了你们一个。现在我攻击你们所有人。不管后面有没有人跟上来,反正我在这里。你们有多少人?"

确实是拉杜,只有他一个人。伊马努斯刚在楼梯连续杀人之后,郭文担心有伪装的地雷,把手下人撤了下去,和西穆尔登商量起来。

拉杜在门口握着刀,几乎熄灭的火把只投出一点光,他对着这片黑暗,重复他的话:

"只有我一个人。你们有多少人?"

听不到任何回答,他朝前走去。快要熄灭的火不时窜出一个火苗,可以称为火的呜咽;这时从火把窜出这样一个火苗,照亮了整个大厅。

拉杜看见其中一面挂在墙上的小镜子,走了过去,看见自己一脸鲜血的面孔和垂下来的耳朵,说道:

"破相的丑八怪。"

然后他回过身,惊讶地看到大厅空空荡荡。

"没有人!"他嚷道,"兵力是零。"

他发现会旋转的石头、洞口和楼梯。

"啊!我明白了。溜掉了。你们都来啊!哥儿们,来啊!他们跑了。他们溜了,颠儿了,没影儿了,溜之大吉了。旧塔楼这个罐子的裂缝。这就是他们穿出去的洞,混账东西!他们玩弄鬼花招,叫我们怎么制服皮特,夺取科堡啊!没有人啦!"

一声枪响,子弹擦过他的手肘,打在墙上。

"不对!有人。是谁好心对我这样有礼?"

"是我。"一个声音说。

拉杜把脑袋伸向前,在半明半暗中辨别出有样东西,那是伊马努斯。

"啊!"他嚷道,"我逮到了一个。其他人逃跑了,而你呢,你逃不掉啦。"

"你这样想吗?"伊马努斯回答。

拉杜迈了一步,停住了。

"喂,躺在地上的家伙,你是什么人?"

"我这人躺在地上,藐视站着的人。"

"你右手有什么东西?"

"一支手枪。"

"左手有什么东西?"

"我的肠子。"

"你被俘了。"

"你办不到吧。"

伊马努斯俯在燃烧的导火线上,用最后一口气吹旺火苗,就断了气。

过了一会儿,郭文、西穆尔登和所有人都来到大厅。大家看到洞口。他们搜索了各个角落,察看了楼梯,楼梯通到深沟里的一个出口。他们证实了敌人已逃跑,摇晃伊马努斯,他已经死了。郭文手里提着一盏灯,观察了那块使被围困者脱身的石头;他曾听说过这块会旋转的石头,但是他也认为这种传说是无稽之谈。他察看石头时,发现了用铅笔写的几个字;他凑近提灯,看到了:

再见，子爵先生。

朗特纳克

盖尚来到郭文身边。追逐显然徒劳的，他们已经逃之夭夭，逃跑者有整个地区活动，包括灌木丛、山沟、丛林、居民；无疑他们已经跑远了；无法再找到他们；整个富热尔森林是一个广阔的藏身之地。怎么办呢？一切要重新开始。郭文和西穆尔登交换了失望情绪和预测。

西穆尔登严肃地听着，一言不发。

"对了，盖尚，"郭文说，"梯子呢？"

"司令，梯子还没有到。"

"可是我们看到了一辆近卫骑兵的马车。"

盖尚回答：

"梯子没有运来。"

"那么运来了什么？"

"断头机。"西穆尔登回答。

十五　怀表和钥匙不要放在同一个口袋里

德·朗特纳克侯爵并非像他们以为的已经远离。

不过他仍然安全无虞，不会落到他们手里。

他紧随阿尔马洛。

阿尔马洛和他随着其他逃跑者下了楼梯。楼梯尽头靠近深沟和一条拱顶的狭窄走廊通向的桥洞。这条走廊通往一条很深的天然地面裂缝,裂缝一边通到深沟,另一边到达森林。它绝对隐蔽,在密不透风的植物覆盖下面蜿蜒而去。在这里抓到一个人是不可能的。逃跑者一旦来到这条裂缝,便能像蛇一样溜走,杳无踪影。楼梯下的秘密走廊入口被荆棘堵得严实,这条地下通道的建造者认为用不着用别的办法来封闭。

侯爵现在只消往前走。他不必担心要化装。自从他回到布列塔尼,他没有离开过农民服装,认为这样更像个大领主。

他仅仅摘下了佩剑,他解开扣子,扔掉皮带。

当阿尔马洛和侯爵从走廊来到那条裂缝时,另外五个人,吉努瓦佐、金枝乌瓦纳尔、一丝爱情、沙特奈和图尔莫神父已经不见踪影。

"他们真是飞毛腿啊。"阿尔马洛说。

"你要像他们那样。"侯爵说。

"老爷要和我分手吗?"

"当然。我已经对你讲过,只有单独一人才好逃走。一个人跑得掉的地方,两个人却跑不掉。我们一起走会引人注意。你会使我被抓走,我也会使你被抓走。"

"老爷熟悉这个地方吗?"

"熟悉。"

"老爷维持在郭文石会面吗?"

"明天中午。"

"我会去的。我们都会去的。"

阿尔马洛停顿一下。

"啊!老爷,我想起我们在大海的时候,我们只有两个人,我想杀死您,但您是我的领主,您是可以告诉我的,而您并没有对我说出来!您是个多么了不起的人啊!"

侯爵接口说:

"英国。现在没有别的办法。必须让英国人在半个月之内来到法国。"

"我会有许多事向老爷汇报。我完成了老爷委托的任务。"

"我们明天再谈所有这些事吧。"

"明天见,老爷。"

"对了,你饿吗?"

"也许饿了,老爷。我匆匆忙忙赶来,搞不清今天是不是吃过东西。"

侯爵从口袋里掏出一块巧克力,掰成两块,把一半递给了阿尔马洛,开始吃起另一半。

"老爷,"阿尔马洛说,"山沟在您的右边,森林在您的左边。"

"很好。你走吧。你自管自走。"

阿尔马洛听从了,没入黑暗之中。只听到荆棘的簌簌声,然后就声息全无。过了一会儿,已不可能再找到他的踪迹了。博卡日的这片土地,荆棘丛生,密不可分,是逃跑者的好帮手。人不是逃走了,而是销声匿迹了。正是这种迅速分散的便利,使我们的军队在节节败退的旺代军面前,在这些逃得飞快的战斗者面前趑趄不前。

侯爵纹丝不动。他是那种竭力不动声色的人;但是,在流了那么多血和如此多的杀戮之后,能够呼吸自由的空气,他仍然抑制不住内心的激动。在走投无路之后感到完全获救,坟墓近在咫尺又安然无恙,摆脱死亡恢复生命,甚至对朗特纳克这样一个人,也不啻是一种震动;虽然他已经经历过同样的事,他仍然不能使自己沉着冷静的心灵免于一阵震撼。他暗自承认,自己是高兴的。

他很快平息了这近乎快乐的冲动。他掏出怀表,让它报时。现在几点钟了?

令他大为吃惊的是,这才十点钟。一个人刚刚经历了生死存亡的曲折之后,总会惊异地看到,填得如此充实的分分秒秒居然不比其他时间更长。警示的一炮是在日落之前一点发射的,半小时后,在七到八点之间,在入夜时攻击部队接近了拉图尔格。因此,这场大战在八点钟开始,在十点钟结束。整部史诗持续了一百二十分钟。有时,灾难的发生快如闪电。事变的短暂令人惊愕。

仔细想想,情况相反倒会令人吃惊;这么少的人对付这么多的人,抵抗了两个小时,真是异乎寻常,十九个人对抗四千人的战斗,时间并不短,也没有马上结束。

眼下该走了,阿尔马洛大概走远了,侯爵认为没有必要在这里逗留更长的时间。他把怀表放回上衣口袋里,不是同一个口袋,因为他刚刚注意到,怀表和伊马努斯交给他的铁门钥匙相接触,表面可能会被钥匙撞碎;他准备也进入森林。正当他往左走时,他觉得有一抹朦胧的光照到他身上。

他回过身来,透过在红色背景上剪影分明、细小的枝条都突然清晰可见的荆棘丛,看见深沟里有一大片火光。他和深沟只隔开几步路。他向深沟走去,然后又改变主意,觉得没必要暴露在火光中;无论如何,事情毕竟与他无关;他又按照阿尔马洛给他指出的方向,朝森林走了几步。

他已深入并躲进荆棘丛中,突然,他听到头顶上一声可怕的叫喊;这喊声似乎是从深沟上方高台边缘发出的。侯爵抬起头,站住了。

第五章　IN DAMONE DEUS[1]

一　找到了，但又失去

正当米雪尔·弗莱沙尔看到被夕阳染红的塔楼时，她离塔楼还有一法里多。她几乎都迈不了一步路，但面对要走的这段路，没有丝毫犹豫。女人是柔弱的，但母亲是坚毅的。她一直在走。

太阳已经沉没；暮霭降临，然后一片漆黑；她始终在走，听到远处一座看不到的钟楼敲响八点钟，然后是九点钟。这个钟楼也许是帕里涅的那一座。她不时停下来，为了倾听那些沉闷的响声，这或许是黑夜含混不清的喧嚣声。

她笔直向前走，双脚踩在荆豆和石块尖利的荒原上，鲜血淋漓。她受到从远处的塔楼发出的微光指引，微光使她战栗，在黑暗中给这座塔楼一种神秘的闪光。当枪声变得更加清晰时，这亮光也变得更加明亮，随后亮光消失了。

米雪尔·弗莱沙尔行走的那个广阔的高台，是一片野草和欧石楠，没有一所房子，也没有一棵树；高台令人不知不觉地上升，一望无际，一条又长又直又硬的线，一直触到黑沉沉的布满繁星的天边。支持她往上走的，是她始终在

---

[1] 拉丁文：魔鬼身上的天主。

眺望的那座塔楼。

她看见塔楼在慢慢增大。

上文说过,沉闷的枪声和塔楼发出的微弱灯光时断时续;一会儿没有了,然后又有了,对这个落难的可怜母亲,提出的是一个说不清道不明的、令人揪心的谜。

突然枪声和亮光都戛然而止;一切熄灭了;一时间万籁俱寂,出现一种阴森恐怖的宁静。

正在这时,米雪尔·弗莱沙尔来到高台边缘。

她看到脚下是一个深沟,沟底消失在浓重的灰暗夜色中;隔开一段距离,高台的高处,车轮、斜坡和射击孔交错在一起,这是炮台;在她前面,炮台上点燃的引信依稀映照出一座巨大的建筑,仿佛黑暗筑成的,比周围的黑暗还要黑黢黢。

这座建筑包括一座桥,它的桥孔插入深沟中,桥上面矗立一座小堡,小堡和桥都支撑在一座灰暗的圆塔上,母亲从老远走来就是对着这个塔楼。

可以看到塔楼的天窗里来回晃动的灯光,从里面发出的喧嚣声可以琢磨出里面有一大群人,他们的身影甚至出现在塔顶平台上。

炮台旁边有一个兵营,米雪尔·弗莱沙尔分辨出几个哨兵,但她处在黑暗中和灌木丛里,没有被人发现。

她来到高台边缘,桥就近在咫尺,她几乎觉得用手可以触摸到。深沟把她隔开。她在黑暗中分辨出桥头堡的三层楼。

她木然地待了一会儿,因为她的脑子里不知怎样衡量时间;她默默地沉浸在这张开大口的深沟和这黑蒙蒙的建筑面前。这是什么建筑?里面发生了什么事情?这是拉图尔格吗?她因说不清的期待而产生昏眩;这期待像是到达,又像出发。她纳闷自己为什么在这里。

她在观察,在倾听。

突然,她什么也看不见了。

一道烟幕刚刚升起在她和她注视的东西之间,烟刺激得她闭上眼睛。她刚刚闭上眼皮,便觉得眼前又红又亮。她睁开眼睛。

她面前不再是黑夜,而是如同白天。但这是一种不祥的白天,是大火生出的白天。她眼前出现一场大火。

黑烟变成鲜红色,里面是一大团火焰;火焰时隐时现,像闪电和蛇一样凶狠地扭动着。

火焰犹如舌头从一个大口中吐出来,大口是一扇烈火熊熊的窗户。窗户的铁栅已经烧红了,这是桥头堡下面一层的一扇窗。整座建筑只能见到这个窗户。烟雾覆盖了一切,甚至高台,只分得清衬在鲜红的火焰上黝黑的深沟边缘。

米雪尔·弗莱沙尔惊骇地望着。烟是云雾,云雾是梦幻。她再也不明白自己看见的是什么。她应该逃走吗?她应该留下吗?她觉得自己几乎离开了现实世界。

一阵风吹过,撕开了烟幕,在罅隙中,那座遭殃的堡垒突然显露出来,主塔、石桥、小堡,整个儿清晰可见,光辉耀眼,咄咄逼人,从上到下被大火映照得金灿灿的。米雪尔·弗莱沙尔在大火阴森森的明亮中能够看清一切。

桥头堡的底层在燃烧。

可以看清上面还原封不动的另外两层,但却像被一只火篮子托着。在米雪尔·弗莱沙尔站在那里的高台边缘,透过火焰和烟雾,可以隐约看到内部。所有窗户都打开了。

三层的窗户都很大,米雪尔·弗莱沙尔透过窗户看到沿墙柜子似乎摆满了书籍,一扇窗户前的地上,半明半暗中,有一小堆乱糟糟的东西,表面看不清,像个鸟巢或者一窝小鸟,她觉得不时在蠕动。

她盯着看。

这一小团黑瘆瘆的东西是什么?

有时,她想到这像活生生的形状,她在发烧,从早晨起她没吃过东西,她不停地走路,精疲力竭了,她感到自己处在一种幻觉中,她本能地不相信这种幻觉;但她越来越专注的双眼离不开这堆黑乎乎的东西,或许是没有生命的,表面上一动不动,躺在大火上面那层大厅的地板上。

突然大火仿佛具有意志,将火苗从下面伸到一大条枯萎的常春藤;常春藤正好覆盖住米雪尔·弗莱沙尔注视的建筑正面。好像火焰刚刚发现这枯枝交织的网;火苗贪婪地逮住了它,沿着枝蔓,以导火线的可怕灵活开始上升。一眨眼间,火焰到达第三层,于是从上面照亮了第二层的内部。强烈的火光蓦然清晰地照亮了三个熟睡的孩子。

这是一堆可爱的小生命,手臂和腿交叠在一起,眼睛闭着,金发下的面孔浮出微笑。

母亲认出了她的孩子们。

她发出凄厉的喊声。

这种难以描述的不安喊声,只能来自母亲。没有什么更为凄惨,也没有什么更为动人心魄。一个女人这样呼喊,人们会以为听到母狼在嗥叫;一头母狼这样嗥叫,人们会以为听到一个女人在呼喊。

米雪尔·弗莱沙尔的喊声是嗥叫。正如荷马说的,赫卡柏[1]在吠叫。

---

1 据希腊传说,赫卡柏是特洛亚老王普里阿摩斯之妻,赫克托耳、帕里斯等人的母亲。赫卡柏化为犬的传说大约和赫卡忒的传说混同起来,因赫卡忒的圣物是犬。

德·朗特纳克侯爵刚听到的正是这喊声。

只见他站住了。

侯爵正处在阿尔马洛带他逃跑那条通道的出口和深沟之间。越过在他头顶交错的灌木枝条,他看到桥头堡在燃烧,拉图尔格被火灾光照得通红。透过两根树枝的空隙,他看见头顶上方,另一边,在高台的边缘上,面对燃烧的桥头堡,大火照得如同白昼,有一张惊恐不安、哀感顽艳的面孔,一个女人俯向深沟。

喊声正是来自这个女人。

这张面孔已经不是米雪尔·弗莱沙尔,而是戈耳戈[1]。不幸的人也是可怕的人。农妇变成了欧墨尼得斯[2]。这个平凡的、无知的、头脑不清的乡下女人,刚刚因绝望突然具有史诗般的高大。巨大的痛苦使人的心灵极大地升华;这个母亲就是母爱;但凡概括人性的都是超凡入圣的;她站立在那里,在深沟边上,面对这场大火,面对这桩罪行,就像一尊坟墓边的神灵。她像野兽一样吼叫,像女神一样捶胸顿足;她那吐出诅咒的面孔,仿佛是一张发出熊熊烈焰的面具。没有什么像她泪珠涟涟的眼睛那样至高无上;她的眼睛对大火发出电闪雷鸣。

侯爵侧耳细听。声音落在他头顶上;他听到说不清的含混而令人揪心的话语,宁可说是哭喊,而不是言语。

"天啊!我的孩子们啊!这是我的孩子!救命啊!救火啊!救火啊!你们真是土匪!那边没有人吗?我的孩子们快要着火了。啊!有这种事!乔热特!我的孩子们!胖子阿兰,勒内-让!这是怎么回事?谁把我的孩

---

[1] 戈耳戈,希腊神话中的三女怪,谁看到她们的头就要化为石头。
[2] 欧墨尼得斯,希腊神话中复仇三女神的别名。

子们放在那里？他们睡着了。我疯了！怎么会有这种事。救人啊！"

这时，在拉图尔格里面和高台上出现一阵骚动。所有兵营的人都跑到刚刚燃起的大火周围。进攻者和枪林弹雨打过交道之后，又遇上了火灾。郭文、西穆尔登、盖尚下了命令。怎么办？在深沟那条涓涓细流中，只能打几桶水。焦虑在增大。高台的边缘都是惊慌失措地观看的脸。

眼前的景象触目惊心。

大家望着，束手无策。

火焰通过着火的常春藤，蔓延到上面那层，那里是堆满干草的谷仓，火焰直扑上去。现在整个谷仓燃烧起来。火焰在跳荡；火焰的欢腾是可怕的事。似乎有股邪恶的风在吹旺这场大火。好像是作恶多端的伊马努斯整个儿化作夹带火星的旋风，趁着残害生命的烈火借尸还魂，这恶魔的灵魂变成了这场火灾。图书室那一层还没有着火，它的天花板很高，墙壁很厚，推迟了着火的时间，可是这致命的时刻临近了；一层的火舌已经舔到它，三层的火舌在抚弄它。死神可怕的吻触到了它。下面是熔岩般的地窖，上面是个火罩；只消地板上烧穿一个洞，就会崩塌在烧红的余火中；只消天花板烧穿一个洞，就会埋葬在炭火里。勒内-让、胖子阿兰和乔热特还没有睡醒，他们只是像孩子那样沉睡。烈焰和浓烟时而盖住时而露出窗户，在这间隙中，可以看到他们躺在火窟里，在这一闪而过的亮光中，安详、可爱、不动，像三个圣婴，自信地熟睡在地狱里；看到这些摆在火炉中的玫瑰和坟墓里的摇篮，凶恶如虎的人也会掉泪。

母亲绞着手臂喊道：

"救火！我在喊救火！难道都是聋子，不来人吗！有人要烧死我的孩子。快来人啊，你们，待在那边的人。我走了一天又一天的路，找到了他们，却是这样！救火！救人啊！这几个小天使！真是小天使呢！这些天真无邪的孩子，他们做了什么事！我呀，他们枪毙我，孩子们呢，却要烧死他们，究竟是谁做这种事！救人啊！救救我的孩子们！难道你们听不见我的话吗？就算一只母狗，人们也会怜悯一只母狗！我的孩子们！我的孩子们！他们在睡觉！啊！乔热特！我看见这个小乖乖的小肚子了。勒内-让！胖子阿兰！这就是他们的名字。你们看得很清楚，我是他们的母亲。眼下发生的事真是可恶可恨。我白天黑夜都在赶路。甚至今天早晨我还跟一个女人说过话。救人啊！救人啊！救火啊！你们都是魔鬼！这是一件暴行！大的不到五岁，小的不到两岁。我看到他们光着两只小腿。他们睡着，仁慈的圣母！上天的手把他们还给我，地狱的手又把他们从我手里夺回去了。想想看，我走了那么多路！他们是我用奶水喂大的孩子！我呀，不能找回他们，我觉得多么不幸！可怜我吧！我要我的孩子，我需要我的孩子！他们在火里可是千真万确的啊！看看我可怜的双脚吧，是血淋淋的。救人啊！世上有人，却让这几个可怜的孩子死去，这是不可能的事！救人啊！抓凶手啊！没见过有这样的事。啊！土匪！这座可恶的房子是怎么回事？他们把我的孩子偷走，把他们烧死！苦难的耶稣啊！我要我的孩子。噢！我不知道我会做出什么事！我不愿意他们死去。救人啊！救人啊！噢！要是他们就这样死去，我会杀死天主！"

和母亲发出可怕哀求的同时，在高台上和深沟里升起了喊声：

"一把梯子！"

"没有梯子！"

"水！"

"没有水！"

"上面，塔楼第三层有一扇门！"

"这是铁门。"

"砸开它!"

"砸不开。"

母亲加倍绝望地呼喊:

"救火!救人!你们赶快啊!要不然就杀死我吧!我的孩子!我的孩子!啊!多么可怕的火啊!要么把他们从火里救出来,要么把我投进去!"

在她呼天抢地的叫喊间歇中,只听到大火清脆的噼啪声。

侯爵摸一下口袋,触到了铁门钥匙。于是,弯腰钻进逃出来的拱廊,回到他刚走出的通道中。

二 从石门到铁门

整个部队围拢来抢救,但束手无策,茫无头绪;四千人无法营救三个孩子;这就是当下的形势。

他们的确没有梯子;雅弗奈送来的梯子没有到达;大火有如火山爆发,范围扩大了;想用几乎干枯的山涧水来浇灭它委实可笑;等于杯水车薪。

西穆尔登、盖尚和拉杜下到山沟里;郭文又爬上拉图尔格第三层有旋转门、秘密出口和图书室铁门的大厅。伊马努斯点燃的硫黄导火线就在那里;大火正是从这里引起的。

郭文带来十二个工兵。砸开铁门,只有这个办法了。铁门关得严严实实。

先是用斧头劈。斧头劈断了。一个工兵说:

"钢砸在铁门上像玻璃一样。"

门确实是用熟铁锻造的,而且用螺栓固定的双层铁板,每层厚达三法寸。

他们拿来一些铁棍,试图从门底下撬开。铁棍折了。

"像火柴杆一样。"工兵说。

郭文阴沉地咕噜说：

"只有炮弹才轰得开。必须把一门大炮弄上来才行。"

"还说不定呢！"工兵说。

一时间大家垂头丧气。所有无可奈何的手臂停止下来。这些人一声不响，打了败仗，神情沮丧，打量着这扇不可撼动的可怕铁门。门底下漏进来一片红光。门后的大火越烧越旺。

伊马努斯丑陋的尸体躺在那里，阴森可怖，得意扬扬。

也许再过几分钟，一切都要崩塌。

怎么办？再没有指望了。

郭文盯住墙上的旋转石头和逃遁的出口，恼怒地嚷道：

"德·朗特纳克侯爵可就是从这里逃走的！"

"也从这里回来了。"一个声音说。

一只白发苍苍的脑袋出现在秘密出口的石洞中。

他就是侯爵。

曾几何时，郭文没有这么近见过他了，退后了一步。

在场的人全都愣住了，呆若木鸡。

侯爵手里有一把大钥匙，高傲地扫一眼在他面前的几个工兵，径直朝铁门走去，在门洞里弯下腰，把钥匙插入锁孔。锁嘎吱一声，门打开了，只见大火张开一个深渊，侯爵走了进去。

他步子坚定，头高高扬起走进去。

大家注视着他，不寒而栗。

侯爵刚在着火的大厅里走了几步，被火烧坏的地板被他一踩，便在他身后塌了下去,在他和房门之间形成一道深渊。侯爵没有回过头来,继续往前。他消失在烟雾中。

什么也看不见了。

他能走得更远吗?他脚下是不是又张开一个新的火坑?难道他要葬送自己才能成功吗?难以说清。大家面前只有一堵烟和火构成的墙壁。侯爵在墙的另一边,生死莫测。

三 只见孩子们醒来又睡着了

孩子们终于张开了眼睛。

大火还没有进入图书室大厅,在天花板上投射出玫瑰色的反光。孩子们不认识这种曙光,望着它。乔热特则在凝视。

大火的壮观全部展现出来;黑色的恶蛇和红色的龙,出现在或明或暗、既难看又壮美的烟雾中。长条的火星溅到远处,在黑暗中闪烁,好像彗星在互相追逐搏斗。大火挥霍无度;炭火将一把把珠宝随风播撒。将炭火比作钻石并非一无是处。四层楼的墙壁出现了几条裂缝,炭火通过裂缝向山沟里倾泻珠宝瀑布;谷仓里熊熊燃烧的干草堆和燕麦堆,开始通过窗户像雪崩一样泻下金色的粉末,燕麦变成了紫晶,干草变成了红宝石。

"好看!"乔热特说。

三个孩子坐了起来。

"啊!"母亲喊道,"他们醒了。"

勒内-让站起来,于是胖子阿兰站起来,于是乔热特也站起来。

勒内-让伸了伸胳膊,走到窗户边说:

九三年

"我热。"

"好热。"乔热特跟着说。

母亲喊他们。

"孩子们!勒内!阿兰!乔热特!"

孩子们环顾四周,想弄个明白。凡是大人们感到恐怖的场面,孩子们却会感到好奇。容易惊讶的人反倒很难恐惧;无知者无畏。孩子们和地狱很少瓜葛,他们看见地狱会赞赏它。

母亲再呼喊:

"勒内!阿兰!乔热特!"

勒内-让回过头来;这声音使他的心从散漫中收了回来;孩子记忆力差,但回忆起来却很快;全部往事对他们来说只是昨天的事。勒内-让看见了母亲,感到非常普通,他周围有这么多奇怪的事,模糊地感到需要支持,他喊道:

"妈妈!"

"妈妈!"胖子阿兰喊道。

"妈妈!"乔热特喊道。

她伸出小小的双臂。

母亲在喊叫:

"我的孩子们!"

三个孩子都跑到窗边;幸亏这边没有着火。

"我太热了。"勒内-让说。

他加上一句:

"烫人。"

他用目光寻找母亲。

"来啊,妈妈!"

"来,妈妈。"乔热特跟着说。

母亲任由自己滚过一丛丛荆棘,落到深沟里,披头散发,衣服撕破,鲜血淋漓。西穆尔登和盖尚在一起,在下面无能为力,正如郭文在上面一样无能为力。因无可奈何感到绝望的士兵,挤在他们周围。炙热令人无法忍受,但是没有人感觉到。大家考虑着石桥的陡峭,桥拱的高度,塔楼的高耸,无法接近的窗户,行动的必要。需要爬三层楼,却又没有办法爬上去。拉杜受了伤,肩上中了一刀,一只耳朵被打掉一半,大汗淋漓,流着鲜血,跑了过来。他看到米雪尔·弗莱沙尔,说道:"啊,被枪杀了的女人!你难道又复活了?"母亲说:"我的孩子们!"拉杜回答:"不错,我们来不及关注幽灵。"他开始攀登石桥,可是徒劳,他用指甲抠进石头,爬了一会儿,可是石头很光滑,没有裂缝,没有突出的地方,接缝抹得很平,像新墙一样。拉杜摔了下来。大火还在烧,令人触目惊心;在烧得通红的窗框中,可以看见三只金栗色头发的脑袋。拉杜对天挥舞拳头,仿佛用目光寻找什么人,说道:"这样做好吗,仁慈的天主?"母亲跪着抱住桥墩,喊道:"发慈悲吧!"

沉闷的爆裂声夹杂着炭火的毕剥声。图书室书柜的玻璃炸裂了,哗啦啦掉下来。显而易见,屋架支持不住了。任何人间力量都无法挽救。再过一会儿,一切都会坍塌。只能等待灾难到来。传来微弱的声音一再呼喊:"妈妈!妈妈!"恐怖到达了顶点。

人人都抬起头来,人人眼睛都盯住看。有个人在上面,有个人在图书室,有个人在烈火之中。他的身影在火焰中显出黑色,但他满头白发。大家认出是德·朗特纳克侯爵。

他消失了,然后又出现了。

可怕的老人站立在窗前,在摆弄一把大梯子。这是放在图书室的救生梯,是他放在墙边,直到窗前的。他抓住梯子一头,像体格强健的人一样出色的灵活,将梯子滑到窗外,贴着窗台外沿,滑到深沟底。拉杜在下面像发了狂似的,伸出双手,接住梯子,紧紧抱住,喊道:"共和国万岁!"

侯爵回答:"国王万岁!"

拉杜喃喃地说:"随你愿意叫喊,要愿意就胡说八道,你是仁慈的天主。"

梯子放好了;着火的大厅和地上建立了联系;二十个人跑了过来,拉杜为首,一眨眼间他们从上到下一级级背后靠梯子站好,就像泥瓦匠传递石头一样。木头梯子成了一架人梯。拉杜在梯子顶端,触到窗户。他呢,他也转向火场。

散布在欧石楠中和斜坡上的小部队,一齐拥挤在高台上,深沟里,塔楼顶的平台上,激动万分。

侯爵又消失,然后又出现,抱着一个孩子。

响起一大片掌声。

这是侯爵随意抓住的第一个孩子,他是胖子阿兰。

胖子阿兰嚷道:"我怕。"

侯爵把胖子阿兰交给拉杜,拉杜递给身后下面的一个士兵,这个士兵再递给下一个。当胖子阿兰吓得叫喊,这样从手臂到手臂传到梯子底下时,侯爵消失了一会儿,带着勒内-让又回到窗口,勒内-让挣扎哭喊,正当侯爵把他递给中士时,他打着拉杜。

侯爵回到烈火熊熊的大厅。只剩下乔热特一个人。他走向她。她微笑。这个铁石心肠的人感到湿漉漉的东西涌上眼眶。他问:"你叫什么名字?"

"奥热特。"她说。

他把她抱在怀里,她始终微笑着。正当他把她交给拉杜时,这个如此高尚又如此阴暗的心灵被孩子的天真无邪迷住了,老人给了孩子一吻。

"是个女娃儿!"士兵们说;轮到乔热特在一片赞赏声中,从手臂到手臂传到地下。掌声四起,一片顿足雀跃;老兵们呜咽啜泣,她对他们微笑。

母亲在梯子脚下,气喘吁吁,面对这意外的惊喜如痴如醉,毫无过渡地从地狱来到天堂。过度的快乐就这样打击心脏。她伸出手臂,先是接住胖子阿兰,然后接住勒内-让,再然后接住乔热特,乱吻一气他们的脸蛋,然后她发出哈哈大笑,昏倒了过去。

响起一个洪亮的喊声:

"全部获救了!"

确实全都获救了,除了那个老人。

可是没有人想到他,甚至他本人或许也没想到自己。

他在窗户边沉思了一会儿,仿佛他想留点时间给火场拿定主意。然后他不慌不忙,慢吞吞地,高傲地跨过窗台,没有回头,笔直地背靠梯子站着,他背后是大火,面对的是深渊,开始带着幽灵的威严默默地走下梯级。梯子上的人匆匆下到地上,所有在场的人都瑟瑟发抖,周围的人看到这个人从高处下来,都像见了鬼一样恐惧得后退。他呢,却庄重地没入他前面的黑暗中;他们后退时,他走近他们;他的脸大理石般的苍白,没有一丝皱纹,他幽灵似的目光没有一丝闪光;所有人的目光都盯住黑暗中的他;他走近他们每一步时,显得格外高大。梯子在他脚下抖动,嘎吱作响。好像是骑士的石像[1]再次下到坟墓。

---

1 根据传说,唐璜邀请石像赴宴,石像应约而来,唐璜被打入地狱。

侯爵下来,到达最后一个梯级,把脚踩到地面时,一只手抓住他的衣领。他回过身来。

"我逮捕你。"西穆尔登说。

"我赞成。"朗特纳克说。

第六章　胜利之后的斗争

一　朗特纳克被捕

侯爵确实重新下到坟墓里。

他被押走了。

拉图尔格底楼的地牢，在西穆尔登严厉的监视下，马上重新打开；在里面放了一盏灯、一罐水和一块士兵吃的面包，又扔进去一捆干草。在教士的手抓住侯爵之后不到一刻钟，地牢的门在朗特纳克身后重新关上。

事情做完以后，西穆尔登去找郭文。这时，远方帕里涅的教堂敲响了晚上十一点的钟声；西穆尔登对郭文说：

"我这就召开军事法庭，你不要参加。你是郭文家族成员，朗特纳克也是郭文家族成员。你是太亲的近亲，因此不能当法官。我反对让平等去审判卡佩[1]。军事法庭将由三个法官组成，一个军官即盖尚上尉，一个下级军官即拉杜中士，还有我，主持法庭。这一切都与你无关。我们会按照国民公会的法令办

---

[1] 奥尔良公爵，即菲利浦·平等，赞成处死路易十六。

事；我们只限于验明德·朗特纳克侯爵的正身。明天，召开军事法庭，后天，上断头台。旺代寿终正寝了。"

郭文没有反驳一句话，西穆尔登专注于这件当务之急的事，离开了他。西穆尔登要确定时间，选择地点。他像勒吉尼奥在格朗维尔，塔利安在波尔多，沙利埃在里昂，圣鞠斯特在斯特拉斯堡，习惯于亲自参加行刑；这个习惯有好榜样的名声。法官来观看刽子手行刑，这是九三年的恐怖时期，从以前的法国最高法院和西班牙的宗教裁判所学来的习俗。

郭文也心中有事。

一股冷风从森林吹过来。郭文让盖尚去下必要的命令，他跑到位于拉图尔格脚下，树林边缘的草地上的帐篷，拿了带风帽的斗篷裹在身上。这件斗篷只绣上简单的条纹，按照共和派装饰从简的风尚，这标志着司令官。他开始在草地上踱步，刚才发起的进攻使这片草地血迹斑斑。他是独自一人。大火继续燃烧，但已被撇在一边；拉杜在孩子们和母亲旁边，几乎也像她那样有爱心；桥头堡已经全部烧着，工兵在隔离火势，有人在挖坑，掩埋尸体，有人在包扎伤员，有人在拆毁防守工事，有人在把房间和楼梯里的尸体清理出来，有人在清扫杀戮的现场，有人在打扫胜利后留下的可怕垃圾堆，士兵们以军人的雷厉风行，在做打扫战场的工作。郭文对这一切都视而不见。

他在沉思中，瞥了缺口的岗哨一眼，按照西穆尔登的命令，那边的岗哨加倍。

这个缺口，他在黑暗中分辨得很清楚，离开草地角落约两百步远；他就像躲在那里似的。他看见这个黑乎乎的缺口。三个小时以前，进攻正是从这里开始的；郭文呢，他也是从这里进入塔楼；防守工事所在的底层在那里；关押侯爵的地牢，门就开在底层。缺口的岗哨看守着地牢。

在他隐约看到缺口的同时，他耳朵朦胧地听到这句话像敲响丧钟一样回响："明天召开军事法庭，后天上断头台。"

大火已被隔断，工兵将能够弄到的水全部泼上去，火并没毫无抵抗地熄灭，间断地冒出火焰；不时可以听到天花板的爆裂声，楼层坍塌的相互撞击声；于是火苗的旋风就像火炬挥舞一样飞升，闪光照亮了天际，拉图尔格的黑影蓦地变得庞大无比，一直延伸到森林。

郭文在这黑影和进攻缺口面前，缓步踱躞。他不时双手交叉在戴着军人风帽的脑袋。他在沉思默想。

二　沉思的郭文

他的沉思不可测度。

在他眼中刚刚出现了一种变化。

德·朗特纳克侯爵变了个人。

郭文目睹了这个变化。

他从来没想到，这样的事会在复杂的事件中出现，而不管事件多么复杂。即令在梦中，他也想不到会产生同样的事。

出乎意外，这种戏弄人的、难以述说的高傲，令郭文震动，无法摆脱。

在郭文面前，不可能的事变成了现实，看得见，摸得着，避不开，不容情。

他呀，郭文，他对此怎么看呢？

推诿不了，必须下结论。

一个问题向他提了出来，他不能甩手跑掉。

是谁提出的问题？

是事件。

又不仅仅是事件。

因为，事件是变化多端的，向我们提出一个问题的时候，永恒不变的正义要强迫我们回答。

在向我们投下阴影的乌云后面，有着向我们投出光芒的星星。

我们既不能避开阴影，也不能避开光芒。

郭文受到审问。

他在一个人面前出庭。

面对一个令人畏惧的人。

就是他的良心。

郭文感到一切在他心里翻肠搅肚。他最坚定不移的决心，他最坚定地许下的诺言，他最不可变更的决定，这一切都在他意志的根柢中摇摇欲坠。

他的心灵产生了震撼。

他越是考虑刚刚看到的情景，就越是五内如焚。

郭文作为共和派，认为过去和眼下都掌握了绝对。但刚刚显现了一种更高的绝对。

在革命的绝对之上，有着人道的绝对。

所发生的事无法回避；事情是严肃的；郭文卷进了这件事；他就在其中，无法摆脱干系；虽然西穆尔登对他说过："这与你无关。"他心里感到的却如同一棵树被连根拽掉时一样不好受。

凡是人都有一个根基；这个根基动摇了，会引起内心深深的紊乱；郭文感到这种紊乱。

他用双手紧压脑袋，仿佛要把真理挤出来。明确眼前这种局势不是易事；

没有什么更加困难的了；他面前有一些可怕的数字，他要得出总和；做命运的加法，多么令人昏眩！他在尝试，尽力算清楚；他设法集中思想，克制内心感到的阻力，回顾事实。

他把事实摆在自己面前。

在紧要的局面下，关于要走的路，是前进还是后退，谁没有发生过要自我审察，自我查问呢？

郭文刚刚目睹了一个奇迹。

在世俗搏斗的同时，还有一场卓绝的搏斗。

是善与恶的搏斗。

一颗作恶多端的心灵刚刚被战胜了。

鉴于这个人身上包括一切邪恶品质，如凶悍残暴、怙恶不悛、无恶不作、冥顽不灵、狂妄倨傲、自私自利，郭文刚才目睹的就是个奇迹。

这是人道战胜了人。

是人道战胜了非人道。

通过什么方法？以什么方式？人道怎样打败一个愤怒和仇恨的巨人？运用了什么样的武器？什么样的战争机器？是摇篮。

郭文刚刚感到一阵头昏目眩。在社会战争的全盛时期，在各种敌意和复仇的全面冲突中，在动乱最黑暗和最狂热的时刻，在罪恶点燃了熊熊大火、仇恨导致重重黑暗的时刻，在斗争使一切都变成炮弹的时刻，在混战打得如此昏天黑地，以致分不清正义何在、公正何在、真理何在的时刻，揭示心灵奥秘的未知，让永恒的巨大光芒超越光明与黑暗，猝然大放异彩。

在谬误和相对正确打得难解难分之上，真理的面孔突然出现在深凹处。

弱者的力量突然插了进来。

九三年

只见三个可怜的孩子，出生不久，未识世事，被人抛弃，孤苦无依，茕茕孑立，牙牙学语，笑口盈盈，却受到内战的摧残，以牙还牙的报复、镇压的可怕逻辑、谋杀、屠杀、兄弟阋墙、疯狂、仇恨，各种各样的妖逆现象却横行无忌；只见犯下罪行的无耻纵火流产和失败了；只见歹毒的预谋被打乱和破产了；只见古代封建的残暴、往昔无情的蔑视、战争必要性的所谓经验、出于国家利益的理由、残暴的老年人所抱的各种狂妄成见，都在没有人生经验者的蓝眼睛面前消失殆尽；这是非常普通的，因为还没有入世的人没有做过坏事，他是正义，他是真理，他洁白无瑕，天上无数的小天使都是存在于小孩子身上。

这幅景象是有益的；是忠告和教训。残酷无情的战争中狂热的战斗者，面对所有的罪行、所有的暗杀、所有的狂热、谋害、一触即发的复仇、明火执仗的死神，突然看到耸立起这强大无比的力量，即天真无邪。

天真无邪取得了胜利。

人们可以说：不，内战不存在，野蛮不存在，仇恨不存在，罪行不存在，黑暗不存在；为了消除这些幽灵，孩子这片曙光就足够了。

在任何战斗中，无论撒旦还是天主，都没有这样显现清楚。

这场战斗的舞台就是良心。

朗特纳克的良心。

现在，战斗又在另一个良心中重新开始，更加激烈，兴许还更具有决定意义。

这是郭文的良心。

人是怎样一个战场啊！

我们都受这些神灵，这些妖魔，这些巨人，也就是我们思想的摆布。

这些可怕的交战者常常践踏我们的灵魂。

郭文在思索。

德·朗特纳克侯爵被包围,被困住,死路一条,不受法律保护,他像是笼中兽,钳中钉,藏身地变成他的监狱,被铁与火的墙壁从四面八方束缚住,却终于逃之夭夭。他完成了这逃脱的奇迹,实现了这个杰作,在这样一场战争中,逃跑是最困难的事情。他重新占据了森林,作为掩护,又可以战斗,并利用黑暗销声匿迹。他重新变成那个可怕的来去自由人、阴险可怖的浪游者、隐形人的统帅、地下军的首领、森林的主人。郭文取得了胜利,但朗特纳克获得了自由。此后,朗特纳克有了安全,在他面前有无限驰骋的地域,有藏身地无限的选择。他变成抓不着、找不到、接近不了。这头狮子掉进了陷阱,却从中逃脱。

可是,他又回来了。

德·朗特纳克侯爵自愿地、自发地、心甘情愿地离开了森林、黑暗、安全、自由,回到最可怕的危险之中,郭文先是看到他勇敢地冲进大火中,冒着被火吞没的危险,看到他第二次走下梯子,回到他的敌人那里;对别人这是救生梯,而对他是送命梯。

他为什么要这样做呢?

为了救三个小孩。

现在拿这个人怎么办?

送上断头台。

那么,这个人所救的三个孩子是他自己的吗?不是;是他家族的吗?不是;是他阶层的吗?不是;为了救这三个可怜的小不点,三个偶然遇到的孩子,三个弃儿,不认识、衣衫褴褛的小叫花子,这个贵族,这个亲王,这个老人,已经获救,已经逃脱,已经胜利(因为逃脱也是一种胜利),却冒着一切危险,不顾一切损害,不管重翻旧账,在交还孩子的同时,高傲地献出自己的脑袋,这个脑袋至今令人生畏,如今却气昂昂,他把它献了出来。

该怎么办呢?

接受它。

德·朗特纳克侯爵在别人的生命和他的生命之间做了选择;在这庄严的选择中,他选择了自己去死。

就要把他处死。

英雄行为要得到这样的回报啊!

用野蛮行为回报仁慈的行为啊!

让革命处于下风!

对共和国来说,这显得多么卑微啊!

当那个抱着偏见和奴役制的人突然转变了,回到人道之中时,他们,这些致力于自由和解放的人,他们却仍然待在内战中,待在流血的陈规中,待在兄弟残杀之中!

宽恕、献身、赎罪、牺牲,这崇高的神圣法则,对那些为谬误而战的人是存在的,但对那些为真理而战的人却不存在!

什么!不为宽宏大量而斗争!甘心认输,作为强者却变成弱者,作为胜利者却变成杀人凶手,这是授人以柄,说君主制方面有人搭救儿童,而在共和国方面有人在滥杀老人!

可以看到,这个魁梧的战士,这个八旬的壮士,这个手无寸铁的斗士,不是被俘虏的,而是被顺手抓来的,在行善时被逮住了,自愿受缚,额角上还有因崇高献身而流的汗,登上断头台就像登上荣誉的阶梯!把这颗头颅按在铡刀之下时,三个获救的小天使的灵魂会哀求着在它周围飞翔!面对有损于刽子手名誉的哀求,可以看到这个人脸上的微笑,而共和国将面红耳赤!

这一切将在身为司令的郭文面前完成!

他能阻止这件事,却避而不做!他会满足于高傲地不出席:"这与你无关!"他并没想,在这种情况下,弃权就是同谋!他并没发觉,在如此重大的行动中,在行动者和任人行动者之间,任人行动者更差劲,是懦夫!

但是,他不是答应要处死朗特纳克吗?他,郭文,是个宽容的人,他不是宣称过朗特纳克不在宽容之列,他会把朗特纳克交给西穆尔登吗?

这个头是他欠下的。那么,他把它交出去。一切完事。

但这确是同一个头吗?

至今,郭文在朗特纳克身上只看到野蛮的搏斗者,王权和封建制的狂热斗士,残杀俘虏,战争中滥杀无辜的凶手,双手沾满鲜血的家伙。这个人,郭文并不畏惧;他要将他放逐;他要以无情对待这个无情者。事情再简单不过,道路已经划定,很容易执行,虽然显得悲哀,一切都预见到了,要杀死这个杀人犯,这是战争恐怖的正道。但意料不到的是,这条正道断了一个逆料不到的拐弯显现的一片新天地,一个变形突现出来。一个没有料到的朗特纳克进入舞台。一个英雄从魔鬼身上倏地而出;不只是英雄,是一个人。不只是灵魂,是一颗心。在郭文面前的不再是一个杀人犯,而是一个救星。郭文被一股上天的光芒击倒。朗特纳克刚刚以善良的雷霆给他一击。

变了个人的朗特纳克却改变不了郭文!什么!这股强光却没有反应!属于过去的人会向前去,而属于未来的人却往后退!做出野蛮和迷信行径的人突然展开翅膀翱翔,俯视下面在泥泞和黑夜中追求理想的人爬行!郭文将匍匐在无情对待的旧车辙中,而朗特纳克将在崇高的境界中去追逐奇特遭遇!

还有另外一种情况。

还有家族!

他要让朗特纳克流血——因为让侯爵流血,就是让他自己流血——难道这不是他自己、郭文的血吗?他的祖父过世了,但他的叔祖还活着;他的叔祖就是德·朗特纳克侯爵。两兄弟中已在坟墓的那一个,难道不会起来阻止他兄弟进去吗?难道他不会命令自己的孙子尊重叔祖的满头白发吗?而这是他的白发的至亲啊!难道在郭文和朗特纳克之间不是有一个幽灵在愤怒注视吗?

难道革命的目的是要灭绝天性吗?难道是要扼杀家族,窒息家族构成的人性吗?远非如此。正是为了确定这最高的事实,而不加以否认,一七八九年才出现了。推翻巴士底狱,是为了解放人性;铲除封建制,是为了建立家庭。创始者是权力的起点,权力是藏于创始者之中的,除了创始者,没有别的权力。因此,蜂后的地位是合法的,是它创造了它的子民,作为母亲,它是蜂后;因此,人间的国王是荒谬的,他不是父亲,不能当主子;因此国王应当废除;因此建立共和国。这一切是什么?是家族,是人性,是革命。革命就是人民上台;说到底,人民就是人。

问题是要知道,当朗特纳克返回人性之中时,他呢,郭文会返回家族吗?

问题是要知道,叔祖和侄孙要在更高的启迪中相汇,还是侄孙以后退来回应叔祖的进步。

在郭文和自己的良心动情的辩论中,问题终于这样提出来,解决办法似乎自动得出了:解救朗特纳克。

是的,但法兰西呢?

这下子,令人头疼的问题突然变了样。

什么!法兰西已陷于绝境!法兰西被出卖了,国门敞开,受到肢解!她再没有堑壕,德国越过了莱茵河;她再没有城墙,意大利跨过阿尔卑斯山,西班牙跨过比利牛斯山。她只剩下天堑大西洋。这深渊有利于她,她可以背靠它,这个巨人依靠整个海洋,和整个大陆作战。这种形势毕竟难以攻克。啊,不,她就要失去这种形势。这个大洋不再属于她。大洋里有英国。说实在的,英国不知道怎么越过大洋。这时,有人要为英国搭桥,有人要向英国伸出手,有人要对皮特、克雷格、康华利斯、邓达斯[1]和海盗们说:"来呀!"有人要大喊:"英国,夺取法国吧!"这个人就是德·朗特纳克侯爵。

这个人已被抓住了。经过三个月的追逐、捕捉、激战,终于把他抓获。革命的巨掌刚刚落在这个恶魔身上;九三年痉挛的手掌抓住了这个保王党凶犯的衣领;由于上天对人间事务做了预先的神秘安排,这个谋逆者正在自家的地牢里等待着惩罚;封建头子被关在封建的地牢里;他的城堡的石壁用来对付他,把他囚禁起来。想出卖自己国家的人被他自己的家出卖了。天主显然安排好了这一切;正义的时刻已经敲响;革命抓住了这个人民公敌,他再也不能战斗,再也不能斗争,再也不能害人。在旺代,他有那么多臂膀,而只有他是头脑;他完蛋了,内战也就结束了;把他抓住了,这是个悲喜交集的结局;在那么多杀戮和屠杀之后,这个杀人犯关在那里,轮到他去死了。

但居然有人想救他。

西穆尔登抓住了朗特纳克,也就是九三年抓住了君主制,居然有人想从这铜爪下面救出捕获物!朗特纳克这个人,身上集中了所谓"过去"的许多灾祸。德·朗特纳克侯爵在这坟墓中,沉重的门永远对他关上,竟然有人想从外面抽掉门闩!这个社会的恶人死了,叛乱、兄弟残杀、野蛮的战争,随同他一起逝去,而有人却想让他复活!

---

[1] 邓达斯,英国大臣,催促保王党登陆,同英国呼应。

啊！这个死人的脑袋会怎样狞笑啊！

这个幽灵会说："很好，我还活着，这群傻瓜！"

他会重新作恶！朗特纳克会重新无情地、快乐地投入仇恨和战争的深渊！从第二天起，又会看到房子被烧，俘虏被杀，伤员被结束生命，女人被处决！

说到底，这件使郭文着迷的行动，郭文难道把它夸大了吗？

三个孩子陷入绝境，朗特纳克解救了他们。

但是谁使他们陷入绝境的呢？

难道不是朗特纳克吗？

是谁把三只摇篮放在火场之中的？

难道不是伊马努斯吗？

伊马努斯是什么人？

侯爵的副官。

罪魁祸首是头领。

因此，纵火犯和杀人犯都是朗特纳克。

他究竟做了什么值得大书特书的事？

他根本没有坚持，如此而已。

他组织了这个罪恶行动之后，就退避三舍。他对自己感到厌恶。母亲的叫喊在他心中唤醒了人类古老的怜悯心，这是一种普世的积淀，存在于所有人的心灵里，甚至在最冷酷无情的心灵里。听到这喊声，他又返回。他从堕入的黑暗中又回到光明。他策划了罪恶行动，又消除了行动。他值得称道的地方在于：没有坚持到底当恶魔。

为了这点小事，就把一切还给他！还给他空间、田野、平原、空气、阳光；还给他森林，他会用来烧杀抢掠；还给他自由，他会用来奴役人；还给他生命，他会用来致人死命!

至于想和他谅解,至于想和这个高傲的心灵交谈,至于想向他提议无条件释放,至于问他是否同意,由于获释,今后放弃一切敌对行动和叛乱;这种建议将会大错特错,会让他处于多么有利的地位,会遇到多么轻蔑的回绝,回答会令人多么难堪!他会说:"把耻辱留给你们自己吧。杀我好了!"

对这种人确实没有任何办法可想,除非杀了他,要么释放他。这个人站在悬崖边上,总是准备展翅高飞,或者一死轻生;他自认为是鹰隼又是悬崖。奇特的人!

杀死他吗?多么于心不安!释放他吗?要负多大的责任!

朗特纳克一旦获释,同旺代的一切较量又得重新开始,就像要对付脑袋没被砍掉的七头蛇一样。一眨眼间,由于这个人的消失而熄灭的大火,又会以流星的速度一样重新燃起。朗特纳克只要没有实现他的罪恶计划,像用墓石一样把君主制压在共和国之上,把英国压在法国之上,就不会歇手。救出朗特纳克,就是要牺牲法国;朗特纳克的生命,要换来一大批无辜者的死,包括男人、女人、孩子,重新被内战卷进去;这就是英国人登陆,革命后退,城市被劫掠,生灵涂炭,布列塔尼血流成河,猎获物落入利爪。郭文处在各种模糊不清、相互矛盾的思想闪光中,朦胧地看到沉思中呈现出这个问题,摆在他的面前:放虎归山。

随后,问题又以最初的面目出现;西绪福斯[1]的巨石不是别的,就是人的内心斗争,它又落了下来:朗特纳克究竟是不是老虎?

或许他曾经是只老虎;但他现在还是吗?郭文的思想反复回旋,活像蛇

---

[1] 西绪福斯,西绪福斯是个自私、狡猾、罪恶多端的人,死后受到惩罚,永不停息地把巨石推到山顶,但石头马上又滚下来,要重新开始往上推。

九三年

一样,弄得他头昏脑涨。无论如何,即使经过考虑,能够不论朗特纳克的献身精神,坚忍的忘却自身,崇高的无私无畏吗?什么!面对内战张开的血盆大口,表明了人道。什么!在低级准则的冲突中,带来了高级的真理!什么!证明了在王权之上,在革命之上,在人世的问题之上,有着人类心灵无限的同情心,强者对弱者应有的保护,获救的人对危难的人应有的救助,所有老人对所有孩子的慈爱。证明这是美好的事物,而且献出自己的头颅来证明!什么,身为将军,却放弃战略、战斗和复仇!什么,身为保王派,却拿了一架天平,在一个盘子里放上法国国王、经历一千五百年的君主制、需要恢复的旧法律、需要重建的古老社会,而在另一个盘子里放上三个普通的农民孩子,掂量以后,感到国王、王位、权杖和十五个世纪的君主制,比三个无辜的孩子分量轻!什么!这一切无足轻重!什么!做了这件事的人依然是老虎,应该当作猛兽来对待!不!不!不!刚以神圣行动的光芒照亮内战深渊的这个人,不是一个魔鬼!手执屠刀的人变成了手执光明的人。地狱的撒旦又变成了大天使。朗特纳克以自我牺牲的行动,赎回了他一切的野蛮行径;他在肉体上断送自己,却在精神上得到救赎;他重新变得清白无辜;他签署了对自己的赦免令。难道自我原宥的权利并不存在吗?今后,他令人肃然起敬。

朗特纳克刚才表现得不同凡响。如今轮到郭文要表现了。

郭文有责任对此做出反应。

善与恶的情感斗争此刻使人世产生了混乱;朗特纳克控制这种混乱,刚刚从中突现人道;现在轮到郭文来突现家族了。

他要怎样做呢?

郭文要错过天主的信任吗?

不。他内心嘀咕:"要救出朗特纳克。"

那么好吧。得,就做英国人的事。开小差。跑到敌人那边。解救朗特纳克,出卖法国。

他哆嗦起来。

你的解决办法不是只有一个,沉思者啊!——郭文在黑暗中看到司芬克斯阴险的微笑。

这种局面好似是一种可怕的十字路口,互相搏斗的真理到此来汇合和比较,人的三个最高观念,即人道、家族和祖国,在此互相对视。

这些声音轮流发言。每一个都说得有理。怎么选择呢?每一个似乎都找到智慧和正义的结合,说道:这样做吧。难道必须这样做吗?是又不是。推理是一种说法;感情是另一种说法。两种建议截然相反。推理只是理性;情感往往是良心;一种来自人,另一种来自上天。

这就使得情感不够明晰,却更有威力。

但严肃的理性有多大的力量啊!

郭文迟疑不决。

这是难以排解的困惑。

在郭文面前张开两个深渊。毁掉侯爵,还是救出侯爵?必须投进这一个或者另一个深渊。

两个深渊之中,哪一个是他的责任呢?

三 司令的斗篷

面对的确实是责任。

责任放在那里;在西穆尔登面前是不祥的,在郭文面前是可怕的。

在这一个面前很普通，在另一个面前复杂、错综、曲折。午夜钟声敲响了，然后是凌晨一点钟的钟声。

郭文不知不觉走到缺口面前。

大火只剩下些许散光，已经熄灭了。

位于塔楼另一侧的高台在火光映照下，有时看得清晰，然后烟雾遮住火时便隐没了。这火光时而跳荡，重新显现，又被黑暗突然切断，使物体不成比例，给哨兵以鬼魂的面目。郭文在沉思中朦胧地注视着火光驱散烟雾，烟雾遮住火光。眼前光亮的忽明忽暗，和他脑子里时隐时现的说理何其相似。

突然，在两团烟雾中间，从快熄灭的炭火中飞出的余火，鲜明地照亮了高台的顶部，使一辆大车显现出鲜红的轮廓。郭文望着这辆大车；周围是骑兵，戴着近卫骑兵的帽子。他觉得这就是几个小时前太阳西沉时，他用盖尚的望远镜在天际看到的那辆车。有几个人在车上，好像忙于卸车。他们从车上卸下来的东西看来很沉，不时发出铁器碰撞声；很难说这是什么，像是梁木，其中有两个人把一只箱子抬下来，放在地上，从形状看，这只箱子大概装着三角形的物体。余火熄灭了，一切又回到黑暗中；郭文目光呆定，面对那边黑暗中的东西陷入沉思。

提灯点亮了，高台上有人走来走去，但活动的人形是朦胧的，况且郭文在底下深沟的另一边，只能看到完全显现在高台边上的东西。

有声音在说话，可是听不清说什么。这儿那儿有撞在木头上发出的声音。还传来说不清的金属嘎吱声，活像有人在磨镰刀。

两点钟敲响了。

郭文就像故意前进两步又后退三步，慢悠悠地走近缺口。他走近时，哨兵认出了司令的斗篷有标志的风帽，举枪致敬。郭文走进改成了警卫室的底层大厅。一盏提灯挂在拱顶上,正好照得清,让人能够穿过大厅,而不会踩到躺在地面干草上的警卫,他们大部分都睡着了。

他们躺在这里,几小时前他们在这里战斗;没有打扫干净的铁和铅的霰弹,散布在他们身体底下,有点妨碍他们的睡眠;但是他们疲倦了,在休息。这个大厅曾经是可怕的战场;他们在这里进攻,狂呼乱叫,咬牙切齿,又打又杀,最后咽气;其中很多人倒在这片他们睡觉的地上死去;他们用来睡觉的干草吸掉他们同伴的鲜血;现在战斗结束,现在流血止住,军刀擦净,死者已然死去;他们呢,他们平静地睡觉。这就是战争。再说,明天,所有人睡眠都是一样的。

在郭文进来时,这些打瞌睡的人中有几个站了起来,其中有警卫队的指挥官。郭文对他指着地牢的门说:

"给我打开。"

门闩拉开,门打开了。

郭文走进地牢。

大门在他身后重新关上。

第七章 封建社会和革命

一 祖 先

地牢的石板上,方形气窗旁边,放了一盏灯。

石板上还可以看见装满的一罐水、按份额给的面包和一捆干草。地牢是在岩石中开采出来的,囚徒要是异想天开,点着干草,也是无济于事;牢房绝无着火危险,囚徒倒是准定窒息而死。

当门在铰链上转动时,侯爵正在地牢里踱步,像所有关在笼子里的野兽一样机械地踯躅。

听到开门和关门的声音时,他抬起头,放在地上、在郭文和侯爵之间的灯,迎面照亮了这两个人的脸。

他们互相对视,目光咄咄逼人,以致两人一动不动。

侯爵提高声音,大声说:

"您好,先生。曾几何时我们失之交臂了。您肯赏光来看我。我感谢您。聊一会儿我是求之不得。我开始百无聊赖。您的朋友们在浪费时间,要验明正身,开军事法庭,这些手续在拖时间。我做事要快得多。我在这儿是在自己家里。请您进来。那么，您对发生的事有什么看法？别出心裁，是吗？从前有一位国王和一位王后；国王就是国王，而王后是法兰西。人们砍了国王的头，把王后嫁给了罗伯斯庇尔；这位先生和这位夫人有一个女儿，名叫断头台，看来明天上午我认识它了。为此我会很高兴，就像见到您一样。您是为这件事而来的吗？您升官了吗？您会是刽子手吗？如果这是一次普通的友好拜访，我很感动。子爵先生，您也许不再知道什么是贵族。那么，这儿有一个，就是我。好好看看。真是奇了怪了；他相信天主，相信传统，相信家族，相信祖先，相信父亲的榜样，相信忠诚、正直、对君主的责任、对古老法律的尊重、信奉道德和正义；他会很乐意枪决您。请您赏脸坐下。不错，是坐在石板上；因为这个沙龙里没有扶手椅；但是，生活在污泥里的人也能席地而坐。我说这话不是要冒犯您，因为我们称作污泥，你们称之为民族。您无疑不要求我高呼自由、平等、博爱吧？这里是我的住宅里的一个老房间；从前领主把贱民关在里面，现在贱民把领主关在里面。这种鬼把戏称作革命。看来，再过三十六小时，你们就要砍掉我的头。我看不出有什么不妥。哦，如果您彬彬有礼，就把我的鼻烟壶拿来给我；它在楼上的镜子室里，小时候您在那里玩耍过，我让您坐在我的膝上颠簸呢。先生，我要告诉您一件事，您叫郭文，奇怪的是，您的血管里也流着贵族的血，当然，和我一样的血，这血使我成为一个体面人，却使您成为一个无赖。特点各有不同。您会对我说，这不是您的错。也不是我的错。当然，不知不觉成了坏蛋。这归因于所呼吸的空气；如今这世道，不能为所做的事负责，革命对所有人来说是荡妇；你们所有的大罪犯都是大好人。真是一群傻瓜！从您开始。请容许我赞赏您。是的，我赞赏像您这样的小伙子，您是一个贵族，身居高位，为伟大的事业不惜流血，是这座郭文塔楼的子爵,布列塔尼亲王,按法律可以升为公爵,通过继承可以升为法兰西重臣,人世间通情达理的人梦寐以求的一切差不多都有了,既然这样了,您却乐于成为眼下这个样子,使您的敌人把您看作一个坏蛋,使您的朋友把您看作一个傻瓜。对了,请您代我问候西穆尔登神父先生。"

侯爵从容而平静地说话,什么也不强调,保持有教养的语气,目光明亮而安详,双手插在小口袋里。他停住了,长久地歇口气,接着说:

"不瞒您说,我曾竭尽所能,想杀死您。正像您所看到的,我呀,我曾三次亲自用枪瞄准您。我承认,这样做失礼了;但是,以为在战争中敌人想讨好我们,那是轻信胡说八道。因为我们是在打仗,侄孙先生。一切处在火与血之中。他们确实杀死了国王。多么出色的世纪啊!"

他又停住了,然后继续说:

"人们以为如果把伏尔泰绞死,送卢梭去服苦役,这一切就不会发生了!啊!这些思想家,真是祸国殃民!啊!你们谴责君主制什么呢?不错,人们派遣普塞尔神父[1]到柯尔比尼修道院去时,让他挑选坐马车,想在路上走多长时间都可以。至于您那位蒂通先生,对不起,是一个非常放荡的人,他去瞻仰帕里斯副祭的圣迹之前,居然先到妓院去。人们把他从万森纳转移到皮卡第的阿姆城堡时[2],我承认,阿姆城堡是一个相当糟糕的地方。于是啧有烦言,我记得的;当年我也大声疾呼过;我像您一样愚蠢。"

侯爵摸摸口袋,仿佛他要寻找他的鼻烟壶,又继续说:

"但是并不那么凶狠。只是说说罢了。还有那次调查和请愿发生的叛乱,后来哲学家先生们来了,烧掉了著作,而不是烧死作者,宫廷的阴谋集团参与

---

1 普塞尔神父(1655—1745),原为法官,因反对宫廷和僧侣而入狱。
2 拿破仑曾被关在阿姆堡垒中。

了；也有各种各样的糊涂虫，杜尔果[1]、盖斯内[2]、马莱泽尔布[3]、重农主义者[4]，等等，吵吵嚷嚷开始了。一切都来自那些蹩脚作家和拙劣诗人。百科全书！狄德罗！达朗贝！啊！可恶的一钱不值的家伙！一个像普鲁士国王[5]这样出身高贵的人，也混入其中！我呢，我会把这些耍笔杆子的拙劣作家统统消灭。啊！我们这些人，我们是伸张正义的。可以在这里的墙上看到裂尸车轮的印痕。我们不开玩笑。不，不，根本不要蹩脚作家！只要有阿鲁埃[6]那样的人，就会有马拉那样的人。只要有乱涂一气的不入流作家，就会有杀人凶徒；只要有墨水，就会有抹黑的言行；只要有人用爪子抓住鹅毛笔，无聊的蠢话就会导致可怕的蠢事。书籍产生罪恶。空想这个字眼有两个意思，它意味着梦想，又意味着魔怪。我们为无稽之谈付出了多大的代价！你们空喊权利，对我们唱的是什么曲调？人权！人民权利！真够空洞，真够愚蠢，真够虚幻，真是毫无意义！我呢，我说：科南二世的妹妹阿伏瓦丝，给南特和柯尔努阿伊的伯爵奥埃尔带来了布列塔尼的伯爵领地，而伯爵把爵位让给了贝特的叔叔阿兰·费尔冈，贝特嫁给了荣河边的罗什领主黑汉子阿兰，生下了小科南，就是我们的祖先居伊，或者郭文·德·图阿尔，我说的是明明白白的事，这就是权利。可是，你们这些无事生非的家伙，你们这些无赖，你们这些反叛的乡巴佬，宣称的权利是什么货色啊？这是弑神和弑君！这还不够丑恶吗？啊！这些卑鄙的家伙！先生，

---

1 杜尔果（1727—1781），法国政治家、经济学家，曾任财政总监，著有《论财富的形成和分配》(1776)。
2 盖斯内（1694—1774），法官、作家，给百科全书撰稿，著有《经济图景》(1758)。
3 马莱泽尔布（1721—1794），法国政治家，支持百科全书出版，在恐怖时期被处决。
4 指15世纪的经济学家，他们在农业中看到财富的源泉，主张自由经济政策，以有利于发展。
5 指腓特烈二世，和伏尔泰来往，支持英法哲学家，鼓励共济会，认为政权应建立在神权之上。
6 伏尔泰原名弗朗索瓦-马利·阿鲁埃。

九三年

我为你感到惋惜;可是您属于高贵的布列塔尼血统;您和我,我们的祖先是郭文·德·图阿尔;我们还有一个祖先,就是伟大的德·蒙巴宗公爵;他是法兰西重臣,荣获过骑士团勋章,参加进攻图尔郊区,在阿尔克战役中受伤,作为王宫犬猎队队长,逝世于都兰他的库兹埃尔家里,享年八十六岁。我还可以对您谈起德·拉加尔纳什夫人的儿子德·洛杜努瓦公爵,德·什弗勒兹公爵克洛德·德·洛林,亨利·德·勒农库尔,还有弗朗索瓦丝·德·拉瓦尔-布瓦多芬。但又何必呢?先生您荣幸成了白痴,坚持和我的马夫平起平坐。须知,我已经是一个老人,而您还是个毛头小伙子。我给您擦过鼻涕,拖鼻涕的孩子,我还要给您擦鼻涕。您长大的同时,却找到办法变小。自从我们不再相见以来,我们各走各的路,我呢,走正直的路,您呢,坡度相反的路。啊!我不知道这一切会怎样了结;但是,您的朋友们,各位先生都是自负的可怜虫。啊!是的,多好啊,我同意,进步真不错,军队中取消了对喝醉的士兵连续灌水三天的刑罚;你们有最重的刑罚,有国民公会,有戈贝尔主教[1],有肖梅特[2]先生和埃贝尔先生,你们将过去一股脑儿抹掉,从巴士底狱到历法。以庸人代替圣人。好吧,公民先生们,做主人吧,统治吧,自由自在吧,痛快地玩乐吧,不要拘束。这一切并不能阻止宗教仍是宗教,君主制贯穿了我们一千五百年的历史,法兰西的古老贵族即使砍了头,也比你们高贵。至于你们对于王族的历史权利的无端指责,我们只是耸耸肩而已。希尔佩里克[3]说到底只是一个名叫达尼埃尔的教士,正是兰弗罗瓦推出希尔佩里克,为了给沙尔·马泰尔制造麻烦;我

---

1 戈贝尔主教,雅各宾派的积极成员,以特派员的身份来到波朗特吕伊。
2 肖梅特,巴黎起义公社的检察官,在国民公会时期鼓动长裤派动乱,在恐怖时期最有代表性的执法者之一。
3 希尔佩里克,纳斯特里的国王(715—721),被宫相沙尔·马泰尔(688—741)制服,只是在名义上进行统治。

· 378 ·

在旺代

们同你们一样，对这些事知道得一清二楚。问题不在这里。问题在于：要成为一个伟大的王国；成为古老的法兰西，成为治理出色的国家，首先要看重国家的绝对主宰即君主，然后是亲王，然后是陆军、海军和炮兵的王家军官，财政领导和总监，再然后是高级和低级司法官员，后面是盐税和一般税收的管理官员，然后是分为三级的王国警察。这一切完美无缺，有条不紊；你们却摧毁了。你们摧毁了各个省，你们就像是无知的可怜虫，甚至没有意识到外省的作用是什么。法兰西的特性是由这个大陆的特性本身构成的，法兰西的每一个省都代表欧洲一种美德；德国的直率在皮卡第，瑞典的豪爽在香槟，荷兰的灵巧在布戈涅，波兰的活跃在朗格多克，西班牙的计策在加斯孔，意大利的明智在普罗旺斯，希腊的机敏在诺曼底，瑞士的忠诚在多菲纳。你们全然不知这一切；你们破坏、砸碎、捣烂、拆除，你们安安静静当野兽。啊！你们不想再有贵族！那么，你们将什么也没有。你们就此罢休吧。你们再没有勇士，你们再没有英雄。和昔日的荣耀诀别吧。现在您给我找出一个德·阿萨斯[1]来！你们都害怕牺牲。你们不再有封特努瓦的骑士，他们杀人先敬礼。你们不再有莱里达围城战中穿丝袜的战士了；你们不再有翎饰像流星般掠过的豪迈的战斗日子；你们是一个完蛋的民族；你们将遭到入侵和蹂躏；如果阿拉里克二世[2]回来，他会找不到克洛维斯[3]，如果阿布德拉姆[4]回来，他会找不到沙尔·马泰尔；如果萨克森人回来，他们会找不到丕平[5]；你们再没有阿尼亚代尔、罗克鲁瓦、朗斯、斯塔法

---

1 德·阿萨斯（1733—1760），奥凡涅团的上尉，扑向一支准备突袭法国人的敌军而牺牲。
2 阿拉里克二世（484—507），西哥特人国王，在大部分西班牙和卢瓦尔河南部的高卢统治，被克洛维斯打败和杀死。
3 克洛维斯（约466—511），法兰克人国王。
4 阿布德拉姆，伊斯兰国家的首长，入侵高卢，被打败。
5 丕平（714—768），法兰克人国王，创立加洛林王朝，重建王国统一。

· 379 ·

九三年

尔德、内尔温德、斯坦凯尔克、马赛、罗库、劳菲尔德、马翁等战役[1];你们再没有弗朗索瓦一世在马里尼昂[2]取得的胜利,再也不会有菲利普·奥古斯特在布维纳[3]取得的胜利,他用一只手俘虏了德·布洛涅伯爵勒诺,用另一只手俘虏了德·佛兰德尔伯爵费朗。你们会有阿赞库尔[4]的战役,但是你们再也没有巴克维尔那样了不起的旗手,他将军旗裹在身上,战死沙场!得了!得了!行动吧!当你们的新人吧。变得渺小吧!"

侯爵停顿一下,继续说:

"但让我们保持高贵。杀死国王吧,杀死贵族吧,杀死教士吧,打倒、毁灭、屠杀、踩平一切,把古老的格言踩在你们脚跟之下,践踏王座,践踏祭坛,扼杀天主,在上面跳舞吧!这是你们的事。你们是背叛者,是懦夫,无法忠诚和献身。我说完了。现在让我上断头台吧,子爵先生。我有幸成为您恭顺的仆人。"

他又加上一句:

"啊!我对您说出您的真实情况!我这样做又何必呢?我是要死的人了。"

"您自由了。"郭文说。

郭文朝侯爵走过去,脱下自己的司令斗篷,披在侯爵肩上,把风帽拉下来,盖住他的眼睛。两个人身材一样高。

"喂,您这是干什么?"侯爵说。

郭文提高声音,大声说:

"中尉,给我开门。"

---

[1] 法国在君主制时期得胜的战役。
[2] 法王于1514年在此打败瑞士。
[3] 法王于1214年在此打败日耳曼皇帝。
[4] 在百年战争中,英国的亨利五世征服了阿尔马尼亚克人的土地,随后又在诺曼底取得胜利,让无畏约翰回到巴黎。

门打开了。

郭文大声说：

"您要在我身后仔细关上门。"

他把惊诧莫名的侯爵推到门外。

读者记得，已改成警卫室的低矮大厅，只有一盏角形灯照明，里面一切都混沌不清，黑暗多于亮光。在朦胧的灯光下，没有睡着的士兵，看到一个高个子的人从他们中间经过，走向出口，披着斗篷，风帽有司令的标记；他们行了军礼，那个人走过去了。

侯爵慢腾腾地穿过警卫室，穿过缺口，脑袋不止一次撞上去，走了出去。

哨兵以为看到郭文，向他举枪致敬。

侯爵来到外面，脚底下踩到田野里的草，在森林里走了两百步，面前是一片空旷、黑夜、自由、生命，他站住了，一动不动地待了一会儿，仿佛刚才让人摆布，屈从于意外事件，利用了一扇打开的门，眼下他要想一想做得对不对，在走得更远之前踟蹰不决，倾听一下最后的想法。仔细沉思了一会儿之后，他举起右手，用中指和大拇指打了一个响指，说道："毫无疑问。"

他走起来。

地牢的门已重新关上。郭文在里面。

二 军事法庭

当时，军事法庭上的一切，几乎都是自由决定的。仲马[1]在立法议会起草

---

[1] 仲马（1762—1806），法国将军。

过军事立法草案，后来又经过塔洛在五百人院进行过修订，但最终的军事法庭法规是在帝国时期制定的。顺便说一句，也是从帝国时期起，军事法庭进行表决时，必须从下级军衔开始。在革命时期，这项法律并不存在。

1793年，军事法庭的庭长本人几乎就是整个法庭；他选择成员，排列军阶，确定表决方式；他既是主子，又是审判官。

西穆尔登指定军事法庭就设在底层的这间大厅里，那里曾经有防守工事，如今设置了警卫室。他坚持缩短一切，从牢房到法庭的路，从法庭到断头台的距离。

按照他的命令，法庭在中午开庭，法庭是这样布置的：三把草垫椅子，一张松木桌子，两支点燃的蜡烛，桌子前面是一张凳子。

椅子是给法官们坐的，凳子是给被告坐的。桌子两头有两张凳子，一张给司务长担任的助审员，另一张给下士担任的书记官。

桌子上有一根红色蜡条、一枚共和国铜印、两瓶墨水、一些白纸卷宗、两张印好的展开的布告，一张是通缉令，另一张是国民公会的法令。

中间的椅子背后，有一束三色旗；在这个删繁就简的时期，装饰布置很快就完成了，只消很短时间就把一个警卫室改成法庭。

中间的椅子是给庭长坐的，正对着地牢和门。

两个近卫骑兵守卫小木凳。

西穆尔登坐在中间椅子上，右首是盖尚上尉，他是第一审判官，左首是杜拉中士，他是第二审判官。

西穆尔登头戴三色羽翎帽，腰挂军刀，腰带上别着两把手枪。他脸上的刀疤呈鲜红色，增强他的凶相。

拉杜终于让人包扎，头上缠了一块手帕，上面的血迹在慢慢扩展。

中午，还没有开庭。一个传令兵站在法庭的桌子旁边，外面传来他的马踢蹬的声音。西穆尔登在写信：

  公安委员会委员各位公民：
  朗特纳克已被擒，将于明日处决。

他写上日期，签了名，折好后封上，交给传令兵，传令兵出发了。
做完后，西穆尔登高声说：
"打开牢门。"
两个近卫骑兵抽掉门闩，打开地牢，走了进去。
西穆尔登抬起头，双臂交叠在胸前，望着牢门，喊道：
"把囚犯带过来。"
在打开的门洞下，一个人出现在两个近卫骑兵中间。
这是郭文。
西穆尔登吓了一跳。
"郭文！"他嚷道。
接着又说：
"我要的是囚犯。"
"就是我。"郭文说。
"是你？"
"是我。"
"朗特纳克呢？"
"他自由了。"

"自由!"

"是的。"

"逃走了?"

"逃走了。"

西穆尔登哆嗦一下,结结巴巴地说:

"这座城堡确实是他的,他熟悉所有的出口,地牢也许通到某个出口,我本该想到的,他会找到办法逃走,这样做不需要任何人的帮助。"

"他得到帮助。"郭文说。

"得到帮助逃走了?"

"得到帮助逃走了。"

"是谁帮助他的?"

"是我。"

"是你!"

"是我。"

"你白日做梦吧!"

"我进入地牢,单独和囚犯在一起,脱下我的斗篷,披在他的背上,把风帽拉下来遮住他的脸,冒充我出去了,我留下来代替他。现在我在这里。"

"你没做这件事!"

"我做了。"

"这不可能。"

"确实如此。"

"把朗特纳克给我带过来!"

"他不在这里了。士兵们看到司令的斗篷,把他看作我,让他过去了。当时还在夜里。"

"你疯了。"

"我和盘托出。"

缄默一会儿。西穆尔登期期艾艾地说：

"那么你该判……"

"死刑。"郭文说。

西穆尔登脸色煞白，活脱像被砍下的头。他犹如刚被雷电击中了一样一动不动。他似乎不再呼吸。额角上沁出一大颗汗珠。

他让自己的声音坚定起来，说道：

"近卫骑兵，让被告坐下来。"

郭文在凳子上坐下。

西穆尔登又说：

"近卫骑兵，拔出刀来。"

这是被告行将被判死刑时惯用的形式。

近卫骑兵拔出他们的刀来。

西穆尔登的声音恢复了平常的语调：

"被告，"他说，"站起来。"

他不再以亲密的口吻称呼郭文了。

三 表 决

郭文站起来。

"你叫什么名字？"西穆尔登问。

郭文回答：

"郭文。"

西穆尔登继续审问：

"你是什么人？"

"我是北海岸远征军的总司令。"

"你是逃跑者的亲戚或者盟友吗？"

"我是他的侄孙。"

"你知道国民公会的法令吗？"

"我看到你桌上有这份布告。"

"你对这个法令有什么要说的？"

"我副署了这个法令，我下令执行，是我让人印刷了这个布告，下面署上了我的名字。"

"你挑选一个辩护人吧。"

"我自己来辩护。"

"你说吧。"

西穆尔登重新变得冷漠无情。只不过他的冷漠无情不那么像一个人的沉静，而更像一块岩石的岑寂。

郭文一时沉默无语，仿佛陷入沉思。

西穆尔登又说：

"你有什么话要为自己辩护？"

郭文慢慢抬起头，不看任何人，回答：

"是这样的：一件事妨碍我看另一件事；一件见义勇为的行动贴近去看，遮住了一百件罪恶的行动；一边是一个老人，另一边是几个孩子，这一切置于我和责任之间。我忘却了被焚烧的村庄、被蹂躏的田野、被屠杀的俘虏、被结果性命的伤兵、被处决的妇女,我忘却了被出卖给英国的法国;我放走了残害祖国的凶手。我是有罪的。我这样说,好像指责自己;错了。我在为自己辩护。当一个罪人承认自己的错误时,他是在挽回唯一值得挽回的东西:荣誉。"

"你要为自己辩护的就是这些吗?"西穆尔登又问。

"我补充一句,作为司令,我应该做出表率,轮到你们,作为法官,也应该这样做。"

"你要我做什么表率?"

"处死我。"

"你认为这公平吗?"

"而且必要。"

"你坐下。"

充当助审员的司务长站起来宣读文件,首先是对前侯爵德·朗特纳克的通缉令,其次是国民公会关于凡是帮助被俘叛乱分子逃跑的人处以死刑的法令;最后是印在法令布告下方的几行字,禁止对叛乱分子"施以援手",违者"处以死刑",署名的是:**远征军司令郭文**。

宣读完毕,助审员重新坐下。

西穆尔登交叉双臂在胸前,说道:

"被告,听仔细了。旁听者也听好了,看好了,不要说话。法律摆在你们面前。马上进行表决,以简单多数通过判决。每位审判官轮流表态,当着被告的面大声说话,司法没有什么东西要遮掩。"

西穆尔登继续说:

"第一审判官发言。盖尚上尉,请说。"

盖尚上尉好像既不看西穆尔登，也不看郭文。他耷拉的眼皮遮住了死盯着法令布告的眼睛，仿佛盯着一道深渊。

他说：

"法律是明确的。一个审判官既不多于也不少于一个普通人，他少于一个普通人，因为他没有心；他多于一个普通人，因为他有裁判权。公元前414年，曼利乌斯[1]处死了他的儿子，由于他儿子没有得到他的命令而获胜，犯了罪。违犯了纪律是要赎罪的。如今是法律被侵犯了；而法律高过于纪律。由于怜悯心作怪，祖国又处于危险之中。怜悯心可以产生犯罪。郭文司令让叛乱分子朗特纳克逃跑了。郭文犯了罪。我主张死刑。"

"记下来，书记官。"西穆尔登说。

书记官写上："盖尚上尉：死刑。"

郭文提高声音：

"盖尚，您的票投得很好，谢谢您。"

西穆尔登又说：

"第二审判官发言。拉杜中士，说吧。"

拉杜站起来，转向郭文，向被告敬了个军礼，然后大声说：

"如果这样处理，那么，就把我送上断头台吧，因为我在这里以天主最神圣的名义起誓，我首先想做那位老头所做的事，然后是我的司令所做的事。当我看到那个八十岁的人扑到火里救三个娃娃的时候，我说：老头，你是一个勇敢的人！当我知道我的司令从断头台这头野兽爪下救走了那个老头时，他妈的，我说：司令，您该当将军，您是一个真正的人，我呢，妈的！我真想给您圣

---

[1] 曼利乌斯（卒于公元前384），古罗马执政官，因暴虐被从悬崖推下去处死。

路易十字勋章,如果眼下还有十字勋章,还有圣人,还有路易的话!啊!眼下我们就要成为傻瓜了?如果我们取得了热马普战役、瓦尔米战役、弗勒吕战役和瓦蒂尼战役的胜利,正是为了这样做,那么必须说出来。怎么!四个月来,正是郭文司令穷追猛打顽固的保王派,挥舞军刀拯救共和国,多尔一仗才智横溢,你们有这样一个人,却想除掉他!你们不让他成为将军,却想砍掉他的脖子!我说这是越过新桥的护墙,头朝前栽下去,您本人呢,郭文公民,我的司令,如果您不是我的将军,而是我的下士,我会对您说,您刚才讲了一通混账的蠢话。老头救孩子做得好,您救老头也做得好。如果把人送上断头台是因为他们做了好事,那么见鬼去吧,我压根不明白这是怎么一回事。再也没有理由让人住手。这一切都不是真的,不是吗?我掐自己,想知道自己是不是清醒。我不明白。因此老头应该让那几个娃娃活活烧死,我的司令应该让人砍掉老头的脑袋喽。嗨,是的,砍掉我的脑袋吧。我宁愿这样。假设那几个娃娃死了,红帽子营名誉扫地了。这是人们所希望的吗?那么,我们互相吞噬吧。我和你们在座的各位一样懂得政治,我是梭枪区俱乐部成员。见鬼!最后我们都搞糊涂了!我概括一下我的看法。我不喜欢有什么麻烦,弄得根本摸不着头脑。见鬼,为什么我们互相杀来杀去?为的是让人杀死我们的首领!不能这样,狗日的。我要我的司令!我必须要我的司令。今天比昨天我更爱他。把他送上断头台,你们让我冷笑!这一切,我们不同意。我听了前面的发言。人家爱说什么让他去说。首先,不能这样做。"

拉杜重新坐下。他的伤口又裂开了。一道血丝沿着他的脖子,在耳朵受伤的地方,从绷带里流出来。

西穆尔登转向拉杜。

"您主张被告免受惩处?"

"我主张这样,"拉杜说,"让他当将军。"

"我问您,是不是主张宣告他无罪。"

"我主张让他当共和国首脑。"

"拉杜中士,您主张郭文司令无罪,是或不是?"

"我主张让我替他砍掉脑袋。"

"宣告无罪,"西穆尔登说,"记下来,书记官。"

书记官写上:"拉杜中士:宣告无罪。"

然后书记官说:

"一票主张死刑。一票宣告无罪。扯平。"

轮到西穆尔登投票。

他站起来,脱下帽子,放在桌上。

他不再脸色发白和发青,他面如土色。

即使在场的人都躺进裹尸布里,也不会有更深沉的寂静。

西穆尔登用庄重、缓慢而坚定的声音说:

"被告郭文,诉讼辩论结束了。军事法庭以共和国的名义,按两票对一票的多数……"

他停住了,仿佛要中止一下;他在死亡面前踟躇不安了吗?他在生命面前踟躇不前了吗?所有的胸膛都呼吸急促。西穆尔登继续说:

"……判处你死刑。"

他的脸呈现出可悲的胜利的扭曲。当雅各[1]让黑暗中被他摔倒的天使祝福时,他大概有这种令人毛骨悚然的微笑。

---

[1]《圣经·创世纪》第32章,雅各在夜间和天使摔跤,但不知是天使,天亮后请求天使祝福,后改名以色列。

但这只是一闪,随即消失。西穆尔登又变得大理石一样,重新坐下,把帽子戴在头上,补了一句:

"郭文,你将在明天日出时被处决。"

郭文站起来,鞠了一躬,说道:

"我感谢法庭。"

"带走囚犯。"西穆尔登说。

西穆尔登做了一个手势,牢门又打开了,郭文走了进去,牢门重新关上。两个近卫骑兵手里握着出鞘的军刀,把守着牢门两旁。

拉杜刚昏倒在地,被抬走了。

四 在法官西穆尔登之后是主宰者西穆尔登

一个军营就是一个胡蜂巢。革命时期尤其如此。士兵身上公民的针刺,在赶走敌人之后,很快自动伸出来,毫不迟疑地刺向他们的长官。夺取了拉图尔格的英勇部队,发出了变化多端的嗡嗡声,当他们知道朗特纳克逃走时,嗡嗡声先是反对郭文司令。当他们看到郭文从本以为关着朗特纳克的地牢里出来时,有如电击一样,不到一分钟,全军都传遍了。在这支人数不多的部队里,众说纷纭。头一阵议论声是:"他们正在审问郭文。但这是装模作样。谁能相信前贵族和教士呢!我们刚看到一个子爵救了一个侯爵,我们就要看到一个教士赦免一个贵族!"

当知道对郭文的判决时,有了第二种议论:"太过分了!我们的首脑,我们正直的首脑,我们年轻的司令,一个英雄!他是一个子爵,那么,他成为共和党人就更加可贵!怎么!他解放了蓬托尔松、维勒迪厄、蓬托博!多尔和拉图尔格的胜利者！带领我们无往不胜的人！是共和国在旺代的一把利剑！五个月来对抗舒安党人，弥补了莱舍尔和其他人的所有蠢事！这个西穆尔登居然判处他死刑！为什么？因为他救了一个老人，而这个老人救了三个孩子！一个教士要杀一个军人！"

军营里取得胜利和不满的士兵这样喷有烦言。愤懑之情包围了西穆尔登。四千人迁怒于一个人，仿佛是一种力量；其实不然。这四千人是一群人，而西穆尔登是一个意志。众所周知，西穆尔登很容易皱眉，这就足以使军队敬畏。在形势严峻的年代，一个人身后有公安委员会的影子，就足以使他成为一个可怕的人，使咒骂变成窃窃私语，使窃窃私语变为钳口不语，在窃窃私语的前后，西穆尔登主宰着郭文的命运，就像主宰着所有人的命运一样。要知道，无法向他求情，他只听从自己的良心，那是只有他一个人听得到的异乎常人的声音。一切取决于他。他以军事法庭审判官所做的事，只有他能以特派员的身份撤销。只有他能赦免。他有全权；他一个表示就能释放郭文；他主宰生杀大权；他掌握断头台。在这个悲剧性的时刻，他是至高无上的人。

大家只能等待。

黑夜降临。

五　地　牢

法庭又变成警卫室；像昨天一样变为双岗；两个哨兵守住关上的牢门。

将近午夜，有个人拎着一盏提灯，穿过警卫室，亮出身份，让人开了牢门。他是西穆尔登。

他走了进去，门在他身后半掩上。

地牢黑幢幢，寂静无声。西穆尔登在黑暗中走了一步，把提灯放在地上，站住了。暗陬中传来一个睡熟的人均匀的呼吸声。西穆尔登若有所思地倾听这平静的声音。

郭文在地牢尽里面的干草堆上。传出来的是他的呼吸声。他在沉睡。

西穆尔登尽量悄没声儿地往前走，走近后端详着郭文；一位母亲望着自己的婴儿睡熟，也不会有更加温馨和更加难以表达的目光。这目光或许是西穆尔登情不自禁的流露；西穆尔登像孩子有时所做的那样，双拳放在眼睛上，一动不动。然后他跪下来，轻轻提起郭文的手，把嘴唇贴在上面。

郭文动了一下，睁开眼睛，带着惊醒的朦胧惶惑。提灯微微照亮地牢。他认出了西穆尔登。

"啊，"他说，"是您，我的老师。"

他又加上一句：

"我梦到死神在吻我的手。"

西穆尔登受到震撼，思潮邃然涌入，有时会给我们这种震动；思潮这样汹涌澎湃，似乎要淹没心灵。西穆尔登的幽深心灵中，什么也没有流露出来。他仅仅说："郭文！"

两人对视；西穆尔登眼睛里充满能烧干眼泪的火焰，郭文带着更温柔的微笑。

郭文用手肘支起身子说：

"我看到您脸上这块伤疤，这是您为我挨的一刀。要是上天没有把您派到我的摇篮旁边，我如今会在哪里呢？在黑暗里。如果我有责任的概念，那是来自您。我生来就受到束缚。偏见就是绳索，您给我解开了绳索，让我自由成长，使已经变成了僵尸的我重新变成孩子。您在我可能发育不全的身体里，放入了良知。没有您,我长大了也是侏儒。我靠了您才存在。我曾经只是一个领主,您使我成为一个公民;我曾经只是一个公民,您使我成为一个有才智的人;您使我作为人能够适应人世生活,作为灵魂能够适应天国生活。您给了我真理的钥匙,去探索人间现实,您给了我智慧的钥匙,去到更远的地方。噢,我的老师,是您创造了我。"

西穆尔登坐在干草上、郭文的旁边,对他说:

"我来同你一起吃晚饭。"

郭文掰断黑面包,递给西穆尔登。西穆尔登拿了一块,然后郭文把水罐递给他。

"你先喝。"西穆尔登说。

郭文喝过后把水罐递还他,西穆尔登在他之后也喝了。郭文只喝了一口。

西穆尔登大口大口地喝。

这顿晚饭,郭文在吃,西穆尔登在喝,表明一个平静,另一个兴奋。

地牢里平静得异常可怕。这两个人在交谈。

郭文说:

"伟大的事业蓄势待发。革命此刻所做的事是神秘的。在可见的事业后面,有不可见的事业。一个掩盖另一个。可见的事业是粗俗的,不可见的事业是崇高的。当下,我非常清晰地分辨出一切。这是奇特而美好的。需要使用过去的材料。由此,九三年异乎寻常。在野蛮的脚手架下面,正建立起文明的殿堂。"

"是的,"西穆尔登回答,"从暂时状态将产生最终结果。最终的结果就是权利和责任共存,比例税制和渐进税制,义务兵役,平均化,不偏不倚,在一切人和一切之上的,是这条直线即法律。绝对的共和制。"

"我更喜欢,"郭文说,"理想的共和制。"

他停顿一下,又继续说:

"噢,我的老师,在您刚才所说的一切中,您把忠诚、牺牲、忘我、仁慈的宽厚交织和爱放在什么位置上?使一切平衡,很好;使一切和谐,更好。天平之上是竖琴。您的共和制衡量和制约人,我的共和制把人带到蓝天;这是定理和雄鹰之间的区别。"

"你迷失在云层里了。"

"而您迷失在算计中。"

"和谐中有幻想。"

"代数里也有幻想。"

"我愿意做欧几里得创造的人。"

"而我呢,"郭文说,"我更喜欢做荷马创造的人。"

西穆尔登对郭文露出严肃的微笑,仿佛要遏制住这个心灵。

"这是诗歌。要提防诗人。"

"是的,我熟悉这类话。要提防风,要提防光,要提防芬芳,要提防花,要提防星座。"

"所有这一切都不能吃。"

"不见得吧?思想也是粮食,思考是吃饭。"

"不要抽象议论。共和制是二加二等于四。我给了每个人所应得的……"

"剩下的是给每个人所不应得的。"

"你这是什么意思?"

"意思是说个人对大家,大家对个人广泛的互让,就是全部的社会生活。"

"在严格的法律之外,什么也没有。"

"一切都有。"

"我只看到正义。"

"我呢,我看得更高。"

"在正义上面还有什么?"

"公道。"

他们不时停一下,仿佛有亮光掠过。

西穆尔登又说:

"说准确些,我不信这个。"

"好的。您不是要实行义务兵役制吗?针对谁呢?针对其他人。我呀,我不要义务兵役制。我要和平。您希望穷人得到救助,我呀,我希望消灭穷困。您希望实行比例税,我绝不希望实行税制。我希望公共开支减少到最低限度,用社会剩余价值来支付。"

"你这是什么意思?"

"是这样:首先消灭寄生现象;教士的寄生现象,法官的寄生现象,士兵的寄生现象。其次利用你们的财富;你们把肥料扔进了阴沟,要扔到垄沟里。现在四分之三的土地是荒地,要在全法国垦荒,取消无用的牧场;平分市镇土地。让每个人都有一块地,所有的地都有人耕种。你们就可百倍增加社会产品。当下,法国只能让农民每年四天有肉吃;土地得到好好耕种,法国可以养活三亿人,养活全欧洲。要利用大自然,这个巨大的助手未受重用。让所有风力、所有瀑布、所有磁流都为你们服务。地球地下有一个网络;在这个网络里有惊人的水、油和火在流动;要戳破地球的脉管,让水喷射出来成为泉水,让油喷射出来供你们点灯,让火喷射出来为你们的炉灶焚烧。考虑一下波涛的起伏、潮涨潮落、潮汐的起伏吧。海洋是什么?白白浪费的巨大能量。世人真蠢啊，不利用海洋！"

"你是在做白日梦。"

"就是说完全在现实里。"

郭文又说：

"还有女人呢？您怎样安排？"

西穆尔登回答：

"维持现状，做男人的女仆。"

"好的。但有一个条件。"

"什么条件？"

"就是男人将做女人的男仆。"

"你这样想？"西穆尔登大声说，"男人做男仆！绝不！男人是主人。我只接受一种王权，就是家庭的王权。男人在自己家里是国王。"

"好的，但有一个条件。"

"什么条件？"

"就是女人将是家庭里的王后。"

"就是说你想让男人和女人……"

"平等。"

"平等！你这样想？男人和女人是不同的。"

"我是说平等。我没说相同。"

又一次停顿，仿佛两个用闪电交锋的精灵在休战。西穆尔登打破了沉默。

"孩子呢！你把他给了谁？"

"首先给创造他的父亲，然后给哺育他的母亲，然后给扶养他长大的老师，然后给使他具有男子气概的城市，然后给至高无上的母亲祖国，然后给伟大的祖先人类。"

"你没有提到天主。"

"这些等级的每一个，父亲、母亲、老师、城市、祖国、人类，都是要上升到天主那儿的其中一个梯级。"

西穆尔登沉默了，郭文继续说：

"当到了梯级的顶上时，也就到达天主那里。天主开着门，只消进去就是了。"

西穆尔登做了一个让人言归正传的手势。

"郭文，回到地上来吧。我们要实现可能的事。"

"首先不要使之变成不可能的事。"

"可能的事总是能实现的。"

"不一定。如果粗暴地对待乌托邦，就会扼杀它。最没有防卫能力的莫过于鸡蛋。"

"但必须抓住乌托邦，硬给它套上现实的车轭，把它纳入现实的框架之中。抽象思想应该变成具体思想；它在美的方面所失去的，在实用方面都挣回来了；它变得不起眼了，却变得更好了。权利必须进入法律之中；它进入法律时，就是绝对的了。这正是我称为可能的事。"

"可能的事不止这样吧。"

"啊！你又梦想了。"

"可能的事是一只神秘的鸟，总是在人的头上翱翔。"

"必须抓住它。"

"抓活的。"

郭文继续说：

"我的想法是：始终向前。如果天主想让人后退，他就会让人在后脑勺上长只眼睛。始终望着曙光、花开、诞生那边。倒下的东西激励上升的东西。老树的爆裂声是对小树的召唤。每个世纪都有它的作品，今天是公民的，明天是人道的。今天是权利问题，明天是工资问题。工资和权利，说到底，是同一个词。人活着不能不要报酬；天主在创造生命时就欠下一笔债；权利，这是天生的工资，工资，这是获得的权利。"

郭文带着预言家的冥想在说话。

西穆尔登在倾听。角色颠倒了，现在好像学生成了老师。

西穆尔登喃喃地说：

"你的思路走得真快。"

"这是因为我也许时间有点紧迫。"郭文微笑地说。

他接着又说：

"噢，老师，这是我们两种乌托邦的区别。您要的是义务兵役，我呢，我要的是学校。您梦想人成为士兵，我梦想人成为公民。您希望人变得可怕，我希望人变得会思索。您建立一种利剑共和国，我建立……"

他顿住了：

"我建立一种思想共和国。"

西穆尔登望着地牢的地面，说道：

"在这之前你希望什么？"

"现在这样。"

"那么你原谅眼前这个时刻？"

"是的。"

"为什么？"

"因为这是一场风暴。风暴总是知道它所干的事。一棵橡树被雷击倒了,多少树木得到净化!文明得了瘟疫,这场飓风给它消除疾病。飓风兴许选择得不够。它能有别的办法去做吗?它承担了如此的清扫任务!面对瘟疫的肆虐,我理解狂风怒吼。"

郭文继续说:

"再说,如果我有指南针,风暴对我有什么关系,如果我有良知,事件能对我怎样!"

接着他用低沉而又庄重的语气补充说:

"有一个人,总是必须让他行动。"

"谁?"西穆尔登问。

郭文将手指高举过头。西穆尔登顺着举起手指的方向看去,他觉得透过地牢的拱顶,看到了繁星布满的天空。

他们又沉默无言。

西穆尔登又说:

"我对你说吧,社会比自然界更加伟大,这是不可能的,是幻想。"

"这是目标。否则,何必要社会?就待在自然界里面吧。就做野人吧。奥塔希提[1]是天堂。只不过在这个天堂里人们不思索。一个有智慧的地狱胜过一个愚蠢的天堂。当然不,绝不要地狱。要人类社会。社会比自然界更伟大。是的。如果不能给大自然增加什么东西,为什么要脱离大自然呢?那么,只满足于像蚂蚁一样干活,像蜜蜂一样采蜜吧。停留当干活的动物,而不做有智慧的主宰。如果想给大自然增添点什么,就必然要比它更加伟大;增添就是提

---

[1] 即波利尼西亚群岛中最大的塔希提岛,1002平方公里,岛上约有5000中国人。

高；提高就是扩大。社会是升华的大自然。我要蜂巢所缺乏的一切、蚁巢所缺乏的一切，要纪念性建筑、艺术、诗歌、英雄、天才。永远负重，不是人类的法则。不，不，不，不要再有贱民，不要再有苦役犯，不要再有罪人！我希望人类的每一种品质都是文明的象征和进步的楷模；我希望思想自由、观念平等，心灵博爱。不！不要再有枷锁！人生来不是要拖着锁链，而是要展开翅膀。不要再有爬行的人。我希望幼虫变成彩蝶；我希望蚯蚓变成活生生的花朵，会飞起来。我希望……"

他住了口。他的目光炯炯闪光。

他的嘴唇在翕动。他不再说话。

门始终打开。外面的嘈杂声传到地牢。只听到模糊的军号声，兴许是起床号；然后是枪托着地的声音，这是哨兵在换岗；然后是离塔楼相当近，尽量在黑暗中去分辨，就像是在搬厚的和薄的木板，声音低沉，断断续续，好像锤子在敲打。

西穆尔登在倾听，脸色苍白。郭文没在倾听。

他越来越陷入深沉的思索。完全专注于自己头脑中呈现的幻象，好像不再呼吸。他轻轻地颤抖，瞳孔里呈现出的黎明般的闪光在增大。

这样过了一会儿。西穆尔登问他：

"你在想什么？"

"想未来。"郭文说。

他重新陷入沉思。西穆尔登从他们俩坐着的干草铺上站起来。郭文没有发觉。西穆尔登盯住沉思的年轻人，慢慢后退到门边，走了出去。地牢重新关上。

六　日　出

　　天边很快露出曙光。

　　与此同时，一样奇特的、一动不动的怪异东西，出现在拉图尔格的高台上，凌驾于富热尔森林上方，天空的鸟儿也不认识。

　　这是在夜里安置的，矗立着，而不是摞起来的。在地平线从远处看，这是由一些硬直的线条搭成的轮廓，外形很像希伯来字母，或者像属于古代神秘文字之一的埃及象形字。

　　乍一看，这东西令人想到它没有用处。它处在开花的欧石楠丛中。人们纳闷，这能用来干什么。随后感到不寒而栗。这是由四根立柱搭成的一个台子。台子的一头，两根高高的柱子直立着，顶部有一根横梁相连，中间吊着一个三角形物体，在早晨的天空中显得黑苍苍的。台子的另一头有一架梯子。在两根柱子下面的三角形物体下方，可以分辨出一块板，由活动的两部分组成，经过互相校正，就能看到一个圆洞，差不多有一个人的脖子那么大小。木板的上半块在一个槽里滑动，能升能降，两个半圆合起来就形成颈圈，眼下是分开的。在吊着三角形物体的两根柱子脚下，可以看到一块能在支轴上转动的木板，看上去像跷跷板。这块木板旁边，有一只长筐子，两根柱子之间前方，台子边缘有一只方筐，漆成红色。一切用的都是木料，除了三角形物体是铁的。可以感到这东西是人建造的，那么难看、庸俗、低贱；而又值得由精灵搬来，因为这是个庞然大物。

　　这个偌大的丑物就是断头台。

　　对面几步远的地方，深沟里有另一个怪物拉图尔格。一个石头怪物和一个木头怪物遥遥相对。可以说,当人接触到木头和石头时,它们就不再是木头和石头,而具有人的某种东西。一座建筑是一个信条,一部机器是一个观念。

拉图尔格是往昔的必然结果,这结果在巴黎称为巴士底狱,在英国称为伦敦塔,在德国称为施皮尔伯格狱,在西班牙称为埃斯科里亚尔宫,在莫斯科称为克里姆林宫,在罗马称为圣天使城堡。

拉图尔格凝聚了一千五百年历史,包括中世纪、诸侯时代、封建领地时代、封建制时代;断头台只包含九三年一年的历史;这十二个月和十五个世纪相抗衡。

拉图尔格是君主制;断头台是革命。

这是悲剧性的对照。

一方面是血债累累,另一方面是报应已来。一方面是古老的错综复杂的结构:农奴、领主、奴隶、主人、平民、贵族、习惯法的各种法典、结盟的法官和教士、无数的桎梏、捐税、盐税、永久管业、人头税、例外、特权、偏见、宗教狂热、王室的破产特权、君权、王位、君主意志、神权;另一方面只有这简单的东西,一把铡刀。

一方面是绞索的结,另一方面是利斧。

拉图尔格长期单独待在这荒漠里。它伫立在那里,还有沸油从那里倾泻而下的雉堞、燃烧的松脂、熔化的铅弹、地上白骨累累的地牢,还有车裂的房间,还有充满塔楼的巨大悲剧;它以阴森森的面目凌驾于这座森林之上,它在这片阴影中经历了十五个世纪孤寂的生活,它是当地唯一的强权、唯一的受尊敬和唯一的恐惧对象;它统治过;它曾经是独占的野蛮;突然,它看到前面矗立着反对它的东西——超过了某种东西——是和它一样可怕的断头台。

石头有时似乎具有奇特的眼睛。一座塑像会观察,一座塔楼会窥伺,一座建筑会凝望。拉图尔格好像在观察断头台。

它似乎在询问自身。

这是什么东西?

它好像从地下冒出来。

这确实是从地下冒出来的。

在这带来不幸的土地里,萌生出不祥的树。从这块浇灌了那么多的汗水、那么多的眼泪、那么多的鲜血的土地,从这块挖掘出那么多堑壕、那么多坟墓、那么多营房、那么多埋伏的土地,从这块被各种暴虐造成的各类尸体腐烂的土地,从这块那么多深渊重叠,掩埋了那么多坏事即罪恶的种子的土地,从这块深层的土地里,在确定的日子,冒出了这台陌生的、复仇的、残暴的带铡刀的机器。九三年对旧世界说:

"我在这里。"

而断头台有权对主塔楼说:

"我是你的女儿。"

与此同时,主塔楼感到自身被断头台杀死了,因为这种不祥的东西也有默默无闻的生命。

拉图尔格面对可怕的显现,有一种莫明其妙的恐慌。好像它害怕了。这个花岗岩的庞然大物巍巍耸立,令人厌恶,带三角形的木板更加险恶。倒台的全权害怕新生的全权。罪恶的历史注视伸张正义的历史。从前的暴力和现在的暴力对比;古老的堡垒,古老的牢房,古老的庄园,这里曾经有受车裂的行刑者在惨叫,这是座打仗和杀人的建筑,如今已不能使用,不能战斗,被侵占、拆毁、贬黜,这堆石头只抵得上一堆灰烬,丑陋、巍峨、已没有生命,充满对那些可怕的世纪令人昏眩的回忆。昨天在今日面前发抖,旧的残暴目睹并忍受新的恐惧,已成为虚无的东西,睁大充满阴暗的眼睛,面对恐怖的东西。幽灵望着鬼魂。

大自然是无情的;它不同意在人类的暴戾恣睢面前收回它的鲜花、它的音乐、它的芬芳和它的阳光;它以神圣的美反衬社会的恶,责难人类;它不以一只蝴蝶的羽翼,也不以一只鸟儿的啁啾来宽恕人类;人必须在大屠杀、血腥复仇和暴行中正视神圣事物,人不能免除世间的温馨的无尽谴责,不能免除蓝天无情的晴朗照射。必须让人类法律的丑陋在永恒的光辉中显出原形。人在破坏和摧残,人在消灭,人在杀戮,但是夏天仍然是夏天,百合花仍然是百合花,星辰仍然是星辰。

这天早晨,清晨的凉爽天空从来没有这样迷人。和风吹动了欧石楠,雾气柔和地在枝叶间攀爬,富热尔森林弥漫着山泉冒出的气息,在黎明中雾气腾腾,仿佛一个青烟缭绕的大香炉;天空的蔚蓝,云彩的洁白,山泉的清澈,绿树的葱蔚泅润,和谐地一级级转换,从海蓝宝石到祖母绿,还有友爱的树丛,平坦的青草地,伸到远方的平原,这一切有着大自然对人类永恒忠告的纯净。在这一切之中,展现着人类丑恶的无耻;在这一切之中,现出堡垒和断头台,战争和酷刑,这是血腥年代和流血时刻的两个形象;往昔黑夜的猫头鹰和未来黄昏的蝙蝠。面对鲜花盛开、芬芳扑鼻、迷人而可爱的世界,灿烂的天空将朝阳浴满拉图尔格和断头台,仿佛对人说:看看我所做的事和你们所做的事吧。

这就是太阳光线的出色运用。

这幅景象有一些观众。

这支小远征军的四千多人,在高台上排成战斗队列,从三方面围住断头台形成一个E字形的实测平面图;设在最长那条线中间的炮台,形成E线的缺口。红色的断头机好像封闭在三个战斗队列之中,两头的人墙折过来,一直延伸到高台的斜坡边上;第四条边是敞开的,是深沟本身,对着拉图尔格。

这就形成了一块长方形的地方,当中是断头台。随着亮光上升,断头台投在草地上的影子也缩小了。

炮手们各就各位,点燃了引信。

淡淡的青烟从山沟升起,石桥的大火刚刚熄灭。

烟雾使拉图尔格变得模糊,但没有把它遮住;高高的屋顶平台凌驾于整个地平线之上。在平台和断头台之间,只隔着一条深沟。从这头到那头人们可以互相说话。

军事法庭的桌子和插着三色旗的椅子已搬到平台上。晨光在拉图尔格后面升起,衬出堡垒黑乎乎的一大团,在它的顶上,一个人一动不动,双臂抱着,坐在军事法庭的椅子上和三色旗的下面。

这个人就是西穆尔登。他像昨天一样,穿着特派员的服装,头戴三色羽翎的帽子,身侧挂着军刀,腰上插着手枪。

他沉默不语。所有人都一声不吭。士兵们的枪托靠在脚边,眼睛低垂。他们手肘相触,但是互相不说话,朦胧地考虑这场战争、那么多的战斗、如此勇敢地冒着争夺树篱的枪林弹雨、黑压压地冲过来的气鼓鼓的农民、被夺取的城堡、获胜的战役和胜利。现在他们觉得全部光荣都转成了耻辱。在断头台上可以看到刽子手在来回走动。在逐渐增大的晨曦明晃晃地照亮了天空。

突然传来了蒙着绉纱的鼓发出的沉闷鼓声。这报丧的鼓声走近了;队伍闪开,一队人走进那块方形地,朝断头台走去。

前面是蒙黑纱的鼓,然后是一队士兵,枪口朝下,再然后是一队近卫骑兵,军刀出鞘,最后是犯人郭文。

郭文自由行走,手和脚都没有被绳子捆住。他身穿普通军装,佩着剑。

他身后有另一队近卫骑兵。

郭文脸上带着深思的笑容，就像他对西穆尔登说"我想到未来"那样容光焕发。这持续不断的笑容笔墨难以形容，显得崇高。

到达行刑地时，他的目光首先是看塔楼的顶。他对断头台不屑一顾。

他知道，西穆尔登监斩是履行职责。他用目光在平台上寻找，西穆尔登在上面。

西穆尔登脸色惨白而冷漠。在他身边的人听不到他的呼吸声。

当他看到郭文时，并没有哆嗦。

郭文朝断头台走去。

他边走边望着西穆尔登，西穆尔登也望着他。似乎西穆尔登就支撑在这目光上。

郭文走到断头台下，爬了上去。

指挥近卫骑兵的军官跟在他身后。

他解下佩剑，交给军官，他解下领带，交给刽子手。

他像一个幻影。他从来没有显得这样英俊。他的棕发在风中飘舞；当时行刑之前不剃头发。他白皙的脖子令人想起一个女人，他勇武而威严的目光令人想起大天使。他站在断头台上，沉思着。这个地方也是一个峰顶。郭文站在那里，英姿勃发，镇定自若。阳光浴满他全身，仿佛把他置于荣光之中。

但必须捆住受刑的人。刽子手拿了一根绳子走过来。

这时，当士兵们看到他们年轻的司令这样毅然决然地引颈就戮，再也忍不住了：这些战士的心都要爆裂了。只听见全军呜咽，这是了不得的场面。响起一片喊声："宽恕吧！宽恕吧！"有几个人跪了下来，其他人扔掉枪，向西穆尔登所在的平台举起双臂。一个近卫骑兵指着断头台喊道：

"能让人代替吗？我在这里。"所有人疯狂地一再呼喊："宽恕吧！宽恕吧！"狮子听到这喊声也会感动，或者恐惧，因为士兵的眼泪是可怕的。

刽子手停住了，不知所措。

这时，一个低沉而短促的声音，但大家都听得见，这声音是多么阴森恐怖啊，从塔楼上面发出：

"执法！"

大家听得出这冷酷无情的声音。是西穆尔登下的命令。军队不寒而栗。

刽子手不再踌躇。他拿着绳子走过去。

"等一等。"郭文说。

他转向西穆尔登，用还能活动的右手向他做了个诀别的动作，然后让人捆绑。

他被捆住后，对刽子手说：

"对不起，再等一等。"

他高喊：

"共和国万岁！"

刽子手把他平躺在摇板上。这只可爱而高傲的头被套进令人厌恶的颈圈中。刽子手轻轻地撩起他的头发，然后按一下弹簧；三角铡刀启动了，慢慢滑动，随后快速落下；只听到可怕的一声……

与此同时，传来另一个声音。和铡刀相应的是一下手枪声。西穆尔登刚刚抓住腰间的一把手枪，正当郭文的头颅滚落到筐子里时，西穆尔登用一颗子弹射穿了自己的心脏。一股鲜血从他嘴里涌出来，他倒下死了。

这两颗灵魂，悲惨的姐妹，一起飞升，一颗灵魂的阴影插入了另一颗灵魂的光辉中。

郑克鲁译文集

悲惨世界（ⅠⅡⅢ）　　青　鸟
巴黎圣母院　　　　　　茶花女
红与黑　　　　　　　　局外人
九三年

图书在版编目(CIP)数据

九三年 /(法)维克多·雨果著;郑克鲁译. —北京：商务印书馆，2022
(郑克鲁译文集)
ISBN 978-7-100-20658-7

Ⅰ.①九… Ⅱ.①维… ②郑… Ⅲ.①长篇小说-法国-近代 Ⅳ.①I565.44

中国版本图书馆 CIP 数据核字(2022)第 016481 号

权利保留，侵权必究。

郑克鲁译文集
九三年
〔法〕维克多·雨果 著
郑克鲁 译

商 务 印 书 馆 出 版
(北京王府井大街36号 邮政编码100710)
商 务 印 书 馆 发 行
苏 州 市 越 洋 印 刷 有 限 公 司 印 刷
ISBN 978-7-100-20658-7

2022年6月第1版　　开本 890×1240　1/32
2022年6月第1次印刷　　印张 13.375
定价：58.00元